Orlando Syrg Taschenbuch 62019

OR
SY
TA

RAT ACBO

Reihe

Alte Tradition

Azurcelesteblueoscuro

herausgegeben

von

Joerg K. Sommermeyer & Orlando Syrg

Exemplarische Werke der Weltliteratur

herausgegeben von

Joerg K. Sommermeyer

Über dieses Buch

Modern voranschreitend, Sprachkritikern und -skeptikern sowie späteren Existentialisten vorauseilend, spiegeln die wesentlich im Autobiographischen wurzelnden Romantexte Gustav Sacks, Hermann Broch und Robert Musil verwandt, die unbehaglichen Umstände einer ungeliebten Zeit. Nachkantianische Erkenntnis- und Wirklichkeitsprobleme, nachnietzscheanische Wertkonflikte und Maßstabszertrümmerungen. Alles hat sich schon aufgelöst oder ist in Auflösung begriffen. An wen oder was soll und kann man sich in dieser Welt noch halten? (siehe Nachwort des Herausgebers Joerg K. Sommermeyer, unten S. 191 ff.)

Der Autor

Gustav Sack, Sohn des Volksschullehrers Ernst Sack, geboren am 28. Oktober 1885 in Schermbeck bei Wesel, gefallen im Ersten Weltkrieg am 5. Dezember 1916 in Rumänien bei Finta Mare in der Nähe von Bukarest. Schriftsteller, Lyriker und Dramatiker. Gilt als wichtiger Vertreter der expressionistischen Literatur anfangs des 20. Jahrhunderts. Erich Maria Remarque, Ernst Jünger, Thomas Mann, Georg Britting und Theodor W. Adorno schätzten sein Schaffen. Zu Sacks Lebzeiten findet sich freilich kein Verleger seiner Werke. Fast sein gesamtes Œuvre wird erst in den Jahren nach seinem Tod, 1917-1920, von seiner Ehefrau (Heirat im Juli 2014) Paula Sack, geb. Harbeck, publiziert. (siehe Nachwort des Herausgebers Joerg K. Sommermeyer, unten S. 191 ff.)

Der Herausgeber

Joerg K. Sommermeyer (JS), * 14.10.1947 in Brackenheim, Sohn des Physikers Prof. Dr. Kurt Hans Sommermeyer. Kindheit in Freiburg. Studierte Jura, Philosophie, Germanistik, Geschichte und Musikwissenschaft. Klassische Gitarre bei Viktor v. Hasselmann und Anton Stingl. Unterrichtete in den späten Sechzigern Gitarre am Kindergärtnerinnen-/Jugendleiterinnenseminar und in den Achtzigern Rechtsanwaltsgehilfinnen in spe an der Max-Weber-Schule in Freiburg. 1976 bis 2004 Rechtsanwalt in Freiburg. Setzte sich für eine Verstärkung des Rechtsschutzes bei Grundrechtseingriffen ein (Unterbringungsrecht, Untersuchungshaft, Durchsuchungsrecht). Zahlreiche Veröffentlichungen in juristischen Fachzeitschriften sowie Artikel in Musikblättern. Gründer und Vorsitzender der Internationalen Gitarristischen Vereinigung, Organisator und Künstlerischer Leiter der Freiburger Gitarren- und Lautentage, Herausgeber und Redakteur der Zeitschrift *Nova Giulianiad: Saitenblätter für die Gitarre und Laute*. Juror beim Schlesischen Gitarrenherbst in Tychy und Internationalen Gitarrenkongress Freiburg/Basel/Straßburg. Songs, Liedtexte, Arrangements, Instrumentalmusik. 7 CDs, u. a.: *Total Overdrive*, *Those Rocks & Lieders*, *Nel Cuore Romanzo Rock*, *Ergo*, *7 Celebrities*. Prosa: Anton Unbekannt, Pathoaphysischer Antiroman, Tragigroteskenfragment, 2008/2009; Vernimm mein Schreien, 2017 / 2018. Lieblingsmärchen, 2017 / 2018. Editionen u. a. von Werken Hugo Balls, Carl Einsteins, Franz Kafkas, Heinrich von Kleists, Robert Müllers, Joseph von Eichendorffs, Adelbert von Chamissos, Annette von Droste-Hülshoffs, Jeremias Gotthelfs, Georg Büchners, Christian Morgensterns, Heinrich Heines, Rainer Maria Rilkes, Eduard von Keyserlings, August Stramms, Joseph Conrads, Gottfried August Bürgers, Lukians von Samosata, Johann Wolfgang von Goethes und August Klingemanns.

Orlando Syrg, Berlin, 27. März 2019

Joerg K. Sommermeyer (Hg.)

Gustav Sacks

Romane

Ein verbummelter Student, Paralyse,
Ein Namenloser

Durchgesehen, revidiert und mit einem Nachwort
herausgegeben

von

Joerg K. Sommermeyer

Orlando Syrg

MMXIX

1. Auflage 2019

Orlando Syrg, Berlin (vormals Freiburg i. Brsg.)

Orlando Syrg Taschenbuch

ORSYTA 62019

Reihe Alte Tradition Azurcelesteblueoscuro

RAT ACBO 19

Revision, Herausgabe und Nachwort:
Joerg K. Sommermeyer

Umschlaggestaltung (unter Verwendung des Gemäldes von Paul Klee, *Blumenmythos*, 1918, auf der Vorderseite): JS

Lektorat, Satz und Layout: Carla Goldin, JS, Ton Unbe, Waltraut Schmidt, Hans Ohnson, Sophie Jehring, Erika Achow, Lars Penath, Agnes Pesner, Lenardo Hohensee, Alois Adelsbach, Grete Prassek

Herstellung, Vertrieb, Verlag BoD - Books on Demand, Norderstedt

Made in Germany

ISBN 9783749436880

Inhalt

Ein verbummelter Student

[*Der dunkelblaue Enzian*; 1910-1912; S. Fischer, Berlin 1917]

Der Lichtenhagen

In einem flachen Kessel am Niederrhein liegt zwischen waldigen und heidigen Höhen ein Dorf, dessen Signum ein kurzer klobiger Backsteinkirchturm ist und dessen Hauptstraße kurz und gut die Mittelstraße heißt, und die wird zu beiden Seiten begleitet von der Kaffeestraße und Kirchstraße und ist mit ihnen verbunden durch mehrere Sträßlein, deren offizielle Namen man nur in dem heimatkundlichen Unterricht der Schule hört; später vergisst man sie und bezeichnet die Sträßlein nach irgendeinem irgendwie hervorstechenden Anwohner.

Die Bewohner aber neigen ein wenig zum Kretinismus und haben insbesondere vor ihren Nachbarn einen eigentümlichen hämischen und bissigen Witz voraus – sonst leben sie wie diese in den Tag und wissen nichts von der transzendenten Idealität der Zeit, der Verneinung des Willens, dem Pathos der Distanz und wären so glücklich wie ihr Vieh, wenn sie eben nicht den hämischen Witz hätten und so eingefleischte Ebenbilder ihres Gottes wären.

In diesem Dorfe ging gerade der Küster zur Kirche, um das Abendläuten zu besorgen, als ihm Erich Schmidt begegnete, der seinen Abendspaziergang begann. »Erich Schmidt«, das hieß für seine Mitbürger so viel wie ein älterer Student, der sich nach seiner, höchst wahrscheinlich doch lustigen, Studienzeit bei seinen Eltern aufhielt, wie er sagte, um sich für sein Examen vorzubereiten, – es war aber schwer, an ihn heranzukommen, und deshalb war er ihnen nur ein dankbares Objekt für ihren schiefmäuligen Witz.

Sein Gang war hastig und unruhig, besonders wenn es seinen Abendspaziergang galt: denn der begann erst draußen mit dem »Tiefen Weg«, und er musste zusehen, schnell aus dem Drückenden, Engen, Warmen, Hämischen, Vorwurfsvollen und Ungefälligen – dass er aus alledem herauskam.

Der Tiefe Weg nimmt seinen Anfang gegenüber der letzten Wirtschaft des Dorfes, führt mit einer flechten- und moosgeschmückten Steinbrücke über den Mühlenbach, geht dann unter alten Rosskastanien, die vor einiger Zeit ihre weißen gelb und purpurn gefleckten Blütenblätter zur Erde gekrümelt haben, den Teich entlang und verliert sich durch Gärten und Felder im Wald.

Es war den Tag über drückend warm gewesen: die Schulen hatten geschlossen und die badenden Jungen zertraten das hohe Gras, die Frauen setzten für die Feldarbeit ihre ungefügen weißen Hauben auf und die Imker hatten volle Arbeit mit dem Einfangen der Schwärme, da ein Hochzeitsflug den anderen drängte – und jetzt hing es blauschwarz im Osten. Doch Erich zählte eine geraume Zeit, ehe der Donner bei ihm war, oft blieb er noch aus, und es kam als einziger Bote der rasche bleiche Blitz.

Das Gewitter ist noch weit; und wenn auch, mag's mich übereilen – denn weswegen soll der Blitz, wenn er einmal einen Baum treffen muss, gerade den treffen, unter dem ich mich befinde? Und wenn auch – was geht's mich an.

So ging er seinen Weg; am Teich entlang, wo er bemerkte, dass die Kaulquappen am ganzen Ufer eine bestimmte Tiefe bevorzugten und sich derart wie ein zitterndes schwarzes Band dahinschlängelten, an den Gärten vorbei, wo wieder Dornhecken zerstört und ersetzt waren durch starrende Drahtzäune, zwischen den süßlich duftenden Kornfeldern hindurch und kam dann in den Lichtenhagen.

Dieses Wort begreift den ganzen Buschkomplex, der sich nordwärts von dem Gärten- und Felderring eine Wegstunde breit bis zum Königlichen Wald hinzieht. Es liegt dort leichter

Boden, Sand über Lehm, und außer Streu und Lehm und Brennholz ist wenig zu holen; so holt man dies und lässt das andere liegen und wachsen wie es will.

Hier hatten einmal Jungen einen kleinen Waldbrand entfacht – man kümmerte sich nicht um den Nachwuchs und ließ die Birken und Heidelbeeren sprießen; hier war vorzeiten Lehm gegraben – nun wucherten in den ausgewühlten Löchern die Rohrkolben und quakten die Grünröcke, und nebenan, umrahmt von Ginster und Brombeergestrüpp, lag ein Acker mit kärglichem Hafer; auf der anderen Seite, verborgen hinter Haseln und Adlerfarn, schlief eine Wiese und neben ihr kämpfte eine andere um ihr Leben gegen Binsen und Glockenheiden; hier in der flachen Mulde eines Heidestücks, deren Rand düstere Wacholder und Stechpalmen bestanden, lebten Wollgräser und halbmeterdicke Polytrichumpolster und in den trügerischen schwarzen Lachen trieb der Wasserschlauch und hob seine bleichgelben Blüten in die Sonne; und dann wieder weitausladende Kiefern und weiße Birken, Buchen und blitzgetroffene wipfeldürre Eichen – und das alles wuchs, wie's ihm gefiel; wurde ein Buschstück gefällt oder eine Wiese nicht mehr gepflegt, so konnte die Natur dort selber bauen. Und der Hauptweg war sandig, bald lehmig oder torfig, bei schlechtem Wetter kaum zu gehen.

Da lag zu linker Hand ein junger Eichenbusch abgeholzt am Boden, armdick die Stämme und die jungen Blätter zerknittert und grau; aber zwischen ihnen wucherte der gelbe Wachtelweizen so üppig wie nie in den vorigen Jahren. – Euch, die ihr wachsen wolltet wie für eine kleine Ewigkeit, fällt unsere Unvernunft wie ein Schlag – aber unter euch das schmarotzende Kräutervolk kommt und kommt wieder und wird nicht schwinden trotz Streuhacke und Spaten. Aber weswegen umhüllt das Wort Schmarotzer ein peinliches Gefühl? Ist es begründet in dem Ahnen oder gar in dem absoluten Wissen von einer Ordnung der Dinge nach Gut und Böse, oder in unserem rücksichtslosen Selbsterhaltungstrieb? –

Er steckte die Pflanzen, die er mit dem Stock ausgegraben und die mit einigen Gräsern verwachsen waren, zu sich, bückte sich zu einer Blume nieder und schaute ihr in die Augen und ging mit ärgerlichen Schritten wieder fort.

Ob nicht bald der blaue Enzian blühen wird? Dort im feuchten Grase unter der Eiche ist sein Ort, die Jägereiche nennt man sie. – Wie eine Blume und ein Baum so seinen Namen hat – und diese Namen sind unsere Welt. Wirklich diese Namen? Oder die Dinge, die uns diese Namen aufzwingen? –

Da prallte ihm plötzlich ein süßer Duft entgegen: ein wildes Geißblatt hatte einen Haselstrauch überwuchert und sandte in den schwülen Abend seinen lockenden Duft; Käfer und Nachtfalter umschwärmten seine fahlen Blüten. – Da schlug dem Einsamen eine heiße Blutwelle ins Gesicht, und eilends drang er vom Wege ab in den tieferen Wald.

Der hohe Farn streifte seine Brust, die Peitschenzweige des gleißend gelben Ginsters schlugen ihm ins Gesicht, ein Kuckuck stieß seltsam laut und sich überstürzend seinen Ruf aus und zwischen den Salweiden und Dornen rief eine Drossel ihr lärmendes Warnsignal, ein Häher trug es kreischend weiter – fort ging es durch Birken und Krüppelkiefern, Sumpflachen und Heidekraut, bis er sich erschöpft auf einen modrigen Baumstumpf warf, und blitzschnelle Vorstellungen, schimmernd aufsteigende Erinnerungen breiteten ihren charakteristischen aufregenden Duft um ihn – – –.

Aber die Ruhe des Ortes, die weite Schonung, die sich vor ihm bis zum Hochwald ausdehnte und einen kühlen Luftzug aufkommen ließ, das spielende Betrachten rotköpfiger Becherflechten, die dem Baumstumpf entwuchsen, all das begann löschend und begütigend auf ihn zu wirken – aber da fuhr ein Rauschen durch den Wald, blendete ihn ein Blitz und brach krachend neben ihm ein Donner ein –:

Oh! Nun fliegt wieder des Sturmes lose Braut dahin! In Fetzen stiebt ihr Schleier und wird zu wüsten, nachsausenden Gestalten, zu feurigen Schimmeln, die leuchten in den Blitzen wie

10

Silber und Gold – nun flattere ich in ihren Haaren – es reißt mich hin – fort – fort! Eingewiegt im Sturmwind – weit – weit und hoch!

Es war Morgen, als Erich in sein Dorf zurückkehrte. Arbeiter, Bauernsöhne und Handwerker, die ihr kleines Gut vertrunken und verspielt hatten und jetzt in den Gruben des naheliegenden Industriebezirks ihr Brot verdienten, begegneten ihm auf ihrem Weg zum Bahnhof, sahen ihm nach und machten ihre Glossen über ihn, wie er beschmutzt und durchnässt daherging. – Der will die Nacht über im Wald gewesen sein? Betrunken hat er im Graben gelegen, kopfüber ist er beim Fenstersteigen in den Mist gefallen!

Aber er ging auf sein Zimmer, kleidete sich um und lehnte sich in das Fenster, blaue Tabakwolken in den Morgen blasend.

Erich führte seit einiger Zeit über seine Stimmungen und mancherlei ihn quälende Fragen eine Art von Tagebuch – wie er sich vor sich selber entschuldigte, nur zu dem Zwecke, diese an sich vagen Zustände und Gefühle unter dem Zwange, sie in feste Worte, Sätze und Verbindungen zu pressen, einfacher, begreiflicher und eindringlicher zu machen. Nun war ihm nach den Erregungen der Nacht und mit dem erfrischend kühlen Morgen ein Besinnen auf sich selbst gekommen, das, so leicht und froh wie es zuerst war, nur sein Verhältnis zu den Dingen betrachtend und dieses rätselhafte-interessante genießend, bei der bald eintretenden Ermüdung und der Unbehaglichkeit der durchnässten und beschmutzten Kleidung immer persönlicher, kritischer und missmutiger wurde. –

Da fühle ich wieder den Draht, der mich mitspielen heißt in diesem Marionettentanz des Lebens; soeben in reiner Anschauung über den Dingen schwebend, von mir und dem drängenden Willen befreit – und jetzt ein armer Teufel, rettungslos in die Zwickmühle geklemmt von Leben-Müssen und Nicht-mehr-leben-Mögen, von Lust am Wissen und dem Wissen von dem Nicht-wissen-Können, von – haha! von Examensangst und Philosophasterdünkel –! –

Und als er, nur für eine kurze Dauer erfrischt durch den Tabaksgenuss und das Bild des erwachenden Tages, schnell wieder verstimmt durch den beginnenden Tageslärm, das hungrige Brüllen der Kühe, das patzige Krähen der Hähne, das Rasseln der Wagen und vermaledeite Knallen der Peitschen – vom Fenster zurücktrat, überfiel es ihn wieder mit aller Macht: Da setzte er sich vor den Tisch, wo auf einer kleinen zierlich gestickten Decke Petrefakten lagen und ein Stein drüben aus der Heide über und über geschmückt mit hervorgeschossenen Kieselkristallen, – und schrieb:

Sie nennen mich, ich weiß es wohl, den verbummelten Studenten, und blicken mit mühsam verhehlter Schadenfreude auf mich und meinen Vater. Dass ich sie wegen dieser spezifischen Primateneigenschaft niedriger schätze als meine verstorbene Katze, ist meine Quittung hierauf. Aber mit ihrem verbummelten Studenten haben sie insofern Recht, als mein *studere,* meine Willenskraft – zwar nicht durch ein überlustiges Leben, wie sie sich zu glauben zwingen – verbummelt, zersplittert, gehemmt und unselig gestört ist; als ich unfähig bin zu akademisch nüchterner, schematischer und absichtlich begrenzter, einseitiger Bearbeitung meiner Wissenschaften; Analogien, Beziehungen, Verbindungen und Zweifel zeigen sich mir überall und reißen mich über die Schranken des Schemas fort.

Zwar macht es mir wenig Sorge, wenn mich ein Leitfossil aus der Geographie hinüberzieht zur Zoologie, zu Entwicklungstheorien und damit zu denen unserer Begriffe, und wieder ein Bodenbakterium zur Chemie und weiter zur eigentlichen Physik – und damit wieder zur Philosophie: mit ist es eben Ernst mit meiner – Wissenschaft.

Aber das ist schon trauriger, wenn die jahrelang mir aufgezwungene Betrachtungsweise – oder was sonst? – bewirkt hat, dass es mir nicht möglich ist, diese Tatsachen, die mir zwar ihre Verbindungen und Beziehungen unaufhörlich aufdrängen, als einen gemeinsamen Erfahrungskomplex zusammenzufassen und einer philosophischen Ansicht unterzuordnen: denn darauf läuft doch alle Wissenschaft hinaus! – dass so meine Feierabendstunden, in denen ich das philosophische Resultat einer wochen- und monatelangen Arbeit ziehen wollte und deren anspornende Wirkung ich mir so freudig ausgemalt hatte, zu Qual- und Nötestunden wurden; – dass ich schließlich verzweifelt alles über den Haufen warf, bis in mir eine klägliche Leere war und ich mein Leben hypochondrisch ausfüllte mit Journalelesen und Rauchen, Schlaf und Trank und tagelangem trüben in die Wolken Sehen. Dadurch ist mir die Freude zur steten Arbeit genommen; ohne einen mich befriedigenden Abschluss zu erreichen, werden meine Kräfte lahmer und widerspenstiger von Tag zu Tag. Dadurch – und das ist das Böseste – konnten jene Gedanken zu mir kommen und haben sich bei mir eingenistet: alles Wissen sei kein Wissen, sei nur ein zu wissen Glauben.

Lerne ich, um am Ende zu bekennen, all mein Wissen ist nur Glaube, ist nur ein auf geglaubten Grundgesetzen, der absoluten Wahrheit unserer Denkformen, aufgetürmter Begriffebau? Der in absoluter Hinsicht keinen Pfifferling Wert hat? Um mir gegen mein Wissen Brot, Bier und eine Gans zu kaufen – erklettere ich deswegen diesen gläsernen Bau? Arbeite ich, um mit Hilfe jenes Glaubens, jener Lüge mein Leben fristen zu können – das Leben, das ich doch habe, ohne es gewollt zu haben?

Und doch sagt mir eine drängende Stimme, dass es irgendwie und irgendwo ein abschließendes Wissen, eine adäquate Wahrheit gibt –: so war eben der Weg, den ich einschlug, sie zu erreichen, für mich der falsche, und darum suche ich mir einen neuen Weg, darum will ich von heute an diese wissenschaftliche Bummelbahn, dieses Springen von einem zum anderen, weitergehen, ausgesprochener und unbekümmerter als der krasseste Fuchs – mein Geist drängt darnach, er wird schon wissen weshalb. Darum will ich ihn ohne Aufsicht meines wurmstichigen Willens irrlichtern und tauchen lassen wohin und wie seicht oder tief er mag; darum will ich ihn von jenem für andere vielleicht lobenswert praktischen, aber für mich unangenehm spanischen Stiefel befreien und ihn schauen und walten lassen wie er will. Nur die eine Regel soll er nicht ganz aus dem Auge verlieren, alles was er zu sich zieht, mit Ernst zu umfassen, nicht dem mystifizierenden Kirchen- oder Katheder- oder gar dem kuhäugigen Philisterernst, sondern dem stets wachen Gefühl, dass auch das Geringste ein Ausfluss des Urdings, Urgrunds ist, aus dem auch er geflossen, dass das anscheinend Einfachste und Alltäglichste das Würdigste und Bedeutendste ist, da es die Lösung des Rätsels in sich verborgen hält.

Aber nun möchte ich wissen: wie kommt es, dass ich zu dieser paradoxen Selbsthilfe greifen und meinen Intellekt, den ich vergeblich bemüht war durch meinen Willen zu lenken, nun ganz von ihm befreien muss, damit er wieder kräftig und seiner froh wird? Mein Wille ist zu schwach, gewiss; aber wann, wie ist er schwach geworden?

Ist er, ehe er vollkräftig war, geknickt? Dass ich den Kränkling nun zu ewigem Feiertag frei lassen muss?

Ich habe nicht mehr oder weniger als jeder meines Alters und Standes dem Trunk und den Straßenfreuden der Liebe gehuldigt: und die andern schreiten fort und erwerben sich Amt und Stand, während ich am Wege liege und träume; waren sie stark und robust, und habe ich da, empfindsamer als sie, den Knacks bekommen?

Empfindsamer? So ist er als schwaches, morbides Kind geboren, während sein Bruder gesund und leicht ins Leben flatterte? Neige ich, weil es mir angeboren ist, dazu, die Dinge zu betrachten nicht nach dem, was sie mir nützen, sondern nach dem, was sie sind?

Aber es führt zu nichts, einen Fehler als ererbt zu erkennen und ihn bei der Voraussetzung der Unveränderlichkeit des Charakters auf sich beruhen zu lassen.

So gilt es, den Punkt zu suchen, wo und wie und wann ich den Knacks bekommen habe, auf dass ich nicht wie die angeschossene Wildente untertauche und im Schlamm mich fest beiße, um im Dunkeln zu sterben, sondern meine Wunde am hellen Tageslicht betrachte und auf Heilung sinne.

Und zu diesem allen trage ich noch ein seltsames Instrumentenmöbel durch mein Leben huckepack, ein Wort, mit der ganzen es umgebenden Hülle des Gefühls, eine immer wache melodische Selbsttäuschung über meine kurze überstürzte Arbeitswut und mein langes, leeres und lässiges Nichts, ein immer bereites fades Objekt für sentimentale Reimereien: Sehnsucht nennt sich dieses Möbel. Wonach? Wozu! Sehnsucht! Arme Ausbreiten und in die Wolken Träumen!

Doch nun frage ich: wo habe ich sie mir aufgeladen und warum? – Vielleicht damals, als ich den Knacks bekam, habe ich sie mir da als Rezept verschrieben, um nur noch leben, nur noch vegetieren zu können? Mir gar von Poetastern und Schwätzern aufhalsen lassen? das Rezept: Du bist berufen, eine hohe blaue Sehnsucht zu tragen, eine Sehnsucht, die aber ach! nicht erfüllt werden wird, die nicht erfüllt werden kann!

Oder habe ich auch die als Zugabe auf den Lebensweg bekommen? – –

Aber sollte nicht gerade mein leidiger Wille, da doch sein Bruder ungerührt und uninteressiert über den Dingen flattert, in diesem flatternden Drängen und Sehnen verborgen sein? Sollte er nicht so, einmal nicht geschaffen, der Welt als Räuber gegenüberzustehen, mich treiben, die Dinge nach ihrem Sein und Leiden zu betrachten? Auf dass ich mich in allem wiederfinde? Auf dass ich ihn durch Verneinung von der ewigen Leidenskette zum Nirwana erlöse, der Ruhe, dem Nichts, wo die Winde stille sind –? Sollte dies die blaue Sehnsucht sein?

Haha! Der verbummelte Student als buddhistischer Philosoph! Nur schade, dass er nicht glaubt, was er schwadroniert und – leben möchte!

Ich will baden gehen.

Die Lippe

Den Weg zur Lippe, die von hier aus noch einige Stunden sich durch sandige Ufer windet, bis sie sich in den Rhein ergießt, ging Erich mehrere Male des Tags; und darum sinnierte er sich dann jedes Mal einen kleinen Roman zurecht, wie er es auf alten und bekannten Wegen pflegte; es handelte sich da meistens um eine Privatdozentenstellung nebst einer anhängenden blonden Grafen- oder exotischen Fürstentochter.

Und nach dem Bade streckte er sich nackt ins Gras und ließ stundenlang die steile Mittagssonne auf sich nieder brennen –.

Als ich Junge war und auf Vaters Armen das Schwimmen lernte, ließ er mich untertauchen und das etwas salzige Wasser schmecken –: Sieh, so, aber viel stärker schmeckt das Meer. – Dann streiften wir über die Wiesen, benannten Blumen und sprangen über Bäche und sahen das Wasserhuhn auf dem sandigen Grund unter den Wellen laufen. Im Dorf aber beim Schummerlicht erzählte ich den Nachbarjungen, wie gewaltig tief die Lippe sei und wie dort schwarze Vögel, groß wie ein Strauß, gleich Fischen unter dem Wasser schwimmen, und die rufen so, gerade als wenn ein kleines Kind ertrinkt. – Doch wenn die Fledermäuse kamen und die Glühwürmer tanzten, wurden wir unter dem Wagen, wo wir hockten und erzählten, hervorgeholt und zu Bett gebracht. Dann kam das Gute Nacht, das wohlige Sich-Gruseln und Verstecken-Spielen in den Kissen und dann das Gebet: Da war ein Kaninchen krank geworden – Lieber Gott, lass es wieder gesund werden – ein kleiner Eichbaum gepflanzt – Lieber Gott, lass ihn anwachsen – war ein Feuerchen angezündet, und das wird morgen geklatscht – Lieber Gott, lass mich keine Prügel kriegen.

Da gedachte er – und reckte sich eitel-behaglich in der bratenden Sonne – wie er bei solcher Gelegenheit auf die Frage: Willst du es nicht wieder tun? – nach einigem Überlegen mit Ja! geantwortet hatte, da er sich sagen musste: Ja, ich will es nicht wieder tun – ist richtiger

13

als die doppelte Negation: Nein, ich will es nicht wieder tun. Die Belohnung für diese erste Probe ogischen Gefühls war nicht ausgeblieben. –

Und da mir gesagt war, Amen bedeute so viel wie: Ja, ja, es soll also geschehen – so hängte ich an mein zierliches Gebet einen ungeheuren Amenschwanz; hunderte Male leierte ich das Zauberwort her und zählte es an den Fingern ab –: wenn ich mir so viel Mühe gebe, kannst du mir auch helfen! –

Doch dieses trauliche Bittverhältnis nahm bald ein Ende; er merkte schnell, dass sein Gebet wenig fruchte, im Gegenteil, hatte er im Hinblick auf ein gefährliches Vergnügen heftiger als sonst um Sicherheit gebeten und ging dann umso sorgloser zu Werke – Feuermachen, auf die Bäume-Klettern, Eisschollen- und Nachenfahren auf dem Teich, so traf ihn desto sicherer das Verhängnis; dazu die Belehrung älterer Kameraden, der unverständliche Katechismusunterricht mit Auswendig-Lernen, Prügel und Nachsitzen, wenn die andern sich draußen tummelten: Das störte bald dieses Verhältnis, das nur auf Bitten und berechtigten Erwartungen beruhte. – Seinen letzten Stoß erhielt es mit dem Tode eines kleinen Mädchens. Noch einmal hatte er während ihrer kurzen Krankheit alle seine Gebetsmacht aufgerufen, hatte sein Amen! so dringlich und unzählig hergeschrien, bis der mitleidige Schlaf ihn in die Arme nahm – aber die Kleine, Zarte starb, still und schön wie ihr kurzes Leben –.

Da streifte ich mir die schwarze Trauerbinde vom Arm und band sie vor die Augen, dass dem kleinen umherstapfenden Jungen die ganze Welt schwarz erschien; des Nachts suchte ich zwischen den Sternen, ob ich nicht dort ihr Veilchenauge fände, des Tages aber sammelte ich Primeln und Hainanemonen – das waren ihre Lieblingsblumen, und legte sie auf ihr kleines Grab. –

Dann brachte die unheimlich losplatzende Liebeszeit Nöte über Nöte. Und da fielen die schimpfenden Worte eines bornierten Pfaffen, der ihn zur Konfirmation vorbereitete und für sein Geld etwas leisten wollte, auf geeigneten Boden; der wetterte von Sünde und ewiger Höllenpein, dass der Scheublickende, Ratlose sich ansah wie ein ganzes Nest von Sünden. Und hatte er so kein Vertrauen und keine Ehrfurcht, geschweige denn Liebe für den wieder aufgetauchten Gott, so doch vernichtende Furcht. – Da fielen ihm die Edda und seltsamer Weise die Dichtungen Shelleys in die Hände; die vertrieben den eifernden Judengott und setzten den Verschüchterten wieder mitten in die Natur.

Da hatte ich auf einer hohen Stange, um die ich eine Türkische Bohne hatte ranken lassen, meine Wetterfahne stehen –: das war eine Schwanenfeder, die auf der dornigen Astspitze einer Schlehe spielte; auf der Ligusterhecke, in der die Wetter-Bohnen-Stange ihren Halt hatte, hockte mein Kompass –: den hatte ich gebaut aus einer mit Wasser gefüllten Lippmuschelschale, n der auf Holundermark eine magnetisierte Nadel schwamm; daneben ein hygroskopischer Fichtenzapfen und am Fenster das Thermometer waren meine übrigen meteorologischen Instrumente – aber es waren seltsame Instrumente: um ihre Aufzeichnungen kümmerte ich mich wenig, ihr einfaches Dasein, von mir geschaffen und zusammengestellt und nun lebend in der freien Natur, bei Tag und Nacht, Regen und Sonnenschein – genügte mir. Sie bildeten für mich die Verbindung, den Kontakt mit dem Innersten der Natur – dem Innersten? Haha! dem Innersten der Natur!

Aber als ich Gott Valet gesagt und dem Engländer die Hand gereicht hatte, lebte ich, wenn ich des Morgens zur Bahn ging, um nach der naheliegenden Gymnasialstadt zu fahren, es mit seltsam lyrischem Stolz nach, wie der Sonnenaufgangsäther die rosa Schäfchenwölkchen umarmte, ehe er sie trank, sah in düsterseliger Melancholie den Sturm der Raben Scharen wiegen und hörte ihn an den Telegraphendrähten seine Klagelieder pfeifen. Und die Edda bevölkerte meine Welt mit Riesen aus Frost und Reif und dem einäugigen Windegott, wie er neun Tage an der Esche hängt und aus Mimes Quell dicke Weisheit schlürft.

Aber je tiefer ich mich in diese Gestalten flüchtete, je vertrauter mir das Rauschen eines einsamen Wacholders wurde und je bedeutsamer die schwüle Stille des Mittags, wo die Kornweibchen über den wogenden Roggenfeldern geistern, desto tiefsinniger zugleich, rätselhafter und einem innigen Erfassen widerstrebender wurde das, was mich da umgab. Und da kam es, dass ich eines Tages neugierig in einen Garten trat voll hoher Pappeln: doch was Spinoza mir zu Einem Großen einte, zerschlug Schopenhauer mit einem Hieb: ich und das Ding da draußen, das ich doch erraten wollte, ich und das Ding in mir, das ich doch fassen wollte: und da bekam ich ein Wort, ein wüstes wildes drängendes Wort – und so war es denn wieder nichts weiter als der in ein Wort verkleidete hinterweltliche Finstergott und der Junge, der mit seinen schwachen Kräften gegen ihn loszieht.

So warf ich das Große Eine, das ich ersehnte und wofür ich nun die Formel gefunden, und die ewige Zweiheit, die ich fürchtete, deren Formel ich aber nicht widerlegen konnte, zusammen und begnügte mich mit Schlagworten, die ich nur zum Teil verstand.

Aber was mir so an Verständnis abging, ersetzte sich reichlich durch Gefühl. Ich wusste und fühlte mich glücklich darüber, dass ich mit meinem *amor dei,* meiner *substantia cogitans et extensa* oder meiner Erlösung des Willens durch den Intellekt, meiner Interesselosen Anschauung, meiner Welt als moralisches Problem irgendetwas Tiefes aussagte und jedenfalls den Dingen näher stand als meine Mitschüler und Lehrer, wenn sie mit donnerndem Pathos »die Worte des Glaubens« hinwarfen und nicht ahnten, was sie sagten und, wussten sie es, zu feige waren, aus ihrem Wissen die Konsequenzen zu ziehen. Sie fühlten, wie ich sie kannte und verachtete, und dankten mir mit Spott und gemeinem Hohn.

Und dann war ich eines Morgens Student, war Fuchs und stand unter der kalten Ernüchterungsdusche: Schau, Leibfuchs, jetzt kommt das Leben, Mädel, Schläger- und Gläserklang! Und in den Ferien: bald nächtlicher Wanderer im Wald, bald Sternengucker; bald Mikroskopiker, bald trübsinniger Träumer am Bach – – semester-, jahrelang. – Da tauchte das Wort Sehnsucht auf – es hing so in der Luft, da holte ich es herunter. Und dann? Wo vorher die Sehnsucht gehangen, hing nun das Examensgespenst, wurde größer und größer und hüllte sich in die absonderlichsten Masken. –

Und jetzt liege ich hier und bin ein verbummelter Student. Und suche mir zu helfen, indem ich mich mit klarer Absicht und hellstem Bewusstsein auf dieser Bummelbahn des flüchtigen Naschens fortrollen lasse. Soll denn das Unergründliche, das mich in das bewusste Dasein geworfen, nur sein Spielzeug an mir haben wollen? Ein interessantes Experiment mit mir anstellen wollen, was aus solchem Konglomerat aus haltlosem Willen und überwacher Anschauung, hineingestoßen in das rastlos und erbarmungslos rollende Rad des Lebens, wird – um es dann, wenn es zerschellt, in die Rumpelkammer der missratenen Existenzen zu werfen? Hm, auch mich interessiert's.

Ja, lieber Strom, das ist derselbe Knirps, den du vor zwanzig Jahren das Schwimmen gelehrt – ein wenig größer geworden, ein wenig dümmer, ein wenig klüger, ein wenig braun gebrannt, ein wenig zerhauen – – Wie die Sonne brennt! Als ich am Lubminer Strand oben in Pommern lag, zog sie mir die Haut in Fetzen vom Leibe – ah! da war Leben.

Sollte vielleicht das, was ich meine blaue Sehnsucht nenne, die versteckte Wut nach lautem Leben sein? Soll erst dann meine Willenskraft aufwachen, wenn ihm etwas Gewaltiges entgegentritt, nicht dieser elende Mikrokrimskrams von Bücherstaub und Tüftelei – Kampf und Krieg, ein lohendes Glück, ein mich niederschmetterndes, buchstäblich mich mit Füßen tretendes Leid – brausendes riesenfäustiges Leben?

Sehnsucht nach dem Leben? Eine vermaledeite Sehnsucht – schmeiß sie fort! –

Es war spät am Nachmittag, als Erich müde und wie betäubt von der brennenden Sonne zu Hause ankam.

Als es Abend ward, blätterte er in seinem verehrten Byron und las das süße Märchen von dem griechischen Inselkind Haidie. –

Und als er am nächsten Tag vom Bade heimkehrte, ging er auf sein Zimmer und schrieb: Die Kieselkristalle blinzeln und glitzern mich an – bald fern und still wie ein Stern, bald wie neckische Geister. Über ihnen breitet ein Sauerklee, die hohe, ästige, an Gartenhecken häufige Form, seine Blätter; flach ausgebreitet am Tage, dicht zusammengefaltet in der Nacht – wie liegt in diesen bescheidenen Bewegungen das ganze Rätsel des Lebens!

Man nennt und gruppiert sie unter dem Namen Schlafbewegungen, nyktitropische, und reiht sie unter die durch äußere Reize hervorgerufenen Variationsbewegungen. Das sagt mir nichts: so habe ich Schnitte durch die Blattpolster gemacht und sie unter dem Mikroskop betrachtet. Das sagte mir noch weniger.

Gewiss, wie diese Bewegungen möglich sind und zustande kommen, kann ein Schuljunge verstehn. Aber hiermit begnügen wir uns nicht, wir glauben mit diesen Bewegungen einen augenscheinlichen Nutzen für die Pflanze verbunden und kommen so immer wieder auf die verrufene Zwecktätigkeit zurück. Nun können wir aber nicht ins Blaue hinein den Pflanzen Empfindungen der Außenwelt und ein zweckmäßiges Reagieren auf deren Veränderungen zuschreiben, doch nicht das Bedürfnis als Grund der Handlung, es zu befriedigen, hinstellen. Sie müssten das Bedürfnis nicht nur deutlich empfunden, sondern klar erkannt haben und danach unter den verschiedenen Handlungsmöglichkeiten die zweckmäßigste aussuchen und zielbewusst anwenden, um das so erkannte Bedürfnis zu stillen. Und wissen wir überhaupt so bestimmt, ob ein solches Bedürfnis, wie wir es meinen, vorlag? Ob mit der erreichten Handlung überhaupt irgendein Nutzen, und wenn – ob gerade dieser damit verknüpft war?

Und dem Plasma, als der lebenden Kohlenstoffverbindung, allgemein die Fähigkeit der Empfindung und des zweckmäßigen Handelns zuzuschreiben, sagt gar nichts; das ist nur eine Phrase mehr.

Und schalte ich die Zweckmäßigkeit und auch einen unbeabsichtigt erreichten Nutzen aus und betrachte allein den nackten Zusammenhang von Ursache und Wirkung, so haben sich vielleicht unzählige Ursachen von irgendwo her an diesem Punkt getroffen und ihr Zusammenstoß war ebendie »zufällige« Ursache zu dieser ungewussten und ungewollten Wirkung.

Und diese Wirkung, diese Erscheinung hat sich nun vererbt – und zwar ohne dass in allen Fällen die zufälligen Ursachen, wie sie die erste Erscheinung bewirkt haben, weiterwirkten –, nun komme ich schon ohne Empfindung, Nutzen und Zweckmäßigkeit nicht weiter. Ich muss sagen: Die Pflanze hat den Nutzen der einmaligen Abänderung empfunden, er hat ihr im bekannten Kampf ums Dasein geholfen, und sie hat ihn deshalb ihren Kindern vererbt – denn die Erklärung: Das ist eine spezifische Eigenschaft des Plasmas, die durch äußere oder innere Eindrücke in ihm bewirkten Veränderungen zu vererben, ist keine Erklärung, ist nur eine sehr wohlfeile Beschreibung.

Aber auch schädliche Abänderungen vererben sich –? –

Und nun steckt einmal in dieses Durcheinanderwirken von Ursachen und Wirkungen, Vererbungen und Anpassungen, unbewussten und bewussten Empfindungen, zweckmäßigen bewussten und unbewussten Handlungen, Tropismen, Nastien und Instinkten eure Molekulartheorie hinein, beseelten Stoff und stoffliche Seele, Kräfte von irgendwo her, die irgendwo angreifen – wundert ihr euch dann noch über euer hilfloses Gesicht? – Aber euer Gesicht ist glatt und eure Brillen sind ganz vergnügt – –?

Oder liegt die Erklärung wieder darin, dass wir alle Erscheinungen als in Wirklichkeit auch so seiend aber auch nur so seiend auffassen, wie sie uns scheinen, und sofort sie nach Zeit, Raum und Ursächlichkeit ordnen, schematisieren und erklären wollen, wo unser Intellekt vielleicht gar nicht geschaffen ist, die Dinge adäquat zu erkennen? Aber weswegen ist er

16

denn fähig, seine Unfähigkeit zur absoluten Erkenntnis einzusehen? Weswegen muss ich denn wissen, dass ich nichts wissen kann?

So stehe ich denn abermals vor der mit Brettern zugenagelten Wand – es ist so jämmerlich traurig. Oh, es ist wohl besser, dieser vermaledeiten Wand den Rücken zuzukehren, anstatt jahrlang an ihr entlang zu rasen und eine Öffnung zu suchen, von der man sich doch sagt, dass sie nicht zu finden ist, gar nicht vorhanden sein kann? Oh, es ist wohl besser, mit einem Sprung, einem tollen, alles überjauchzenden Schrei in das Leben da draußen zurückzujubeln: Es lebe das Leben!

Aber da humpelt wieder die griesgrämige Frage an: Weshalb jubelst du nicht, es lebe die Arbeit? – Herrgott! weil sie doch wieder an die vernagelte Wand führt!

Und die andere, die ebenso griesgraugrämige: Tu's – aber was hast du davon?

Und die teuflische: Tu's – aber meinst du, du tust es, weil du willst? Du Narr, weil du musst; du kannst nicht anders!

Ich werde ins Freie gehen. Wohin? Ins Bruch? In den Wald? In die Heide? – Soll ich schließlich den zureichenden Grund suchen, weshalb ich dieses Mal ins Bruch und nicht in die Heide gehe!

Das Bruch

Östlich vom Lichtenhagen zieht sich von Norden nach Süden eine Senkung hin, auf der gegenüberliegenden Seite begrenzt von aufsteigenden Ackerfeldern, weiten Heideflächen und Kiefernwäldern. Zwei Bäche sammeln die Wasser dieser auf Lehm und Mergel ruhenden Senkung und tragen sie in trägem Lauf zu Tal, um mit ihnen den Dorfteich zu speisen. Der treibt mit ihnen seine Mühlräder, schafft aus ihnen Badekölke und Eisbahnen für die Jugend, Schwemmen für die Pferde und Waschplätze für die Weiber und gibt dann diese durchtollten und durchwühlten Wasser durch eine andere Senkung in den südlichen Höhn weiter durch Bach und Fluss zum Strom.

In der Mitte dieses langgestreckten, mannigfach eingeengten und verbreiterten Tales liegt ein Heiderücken, der schon seit langer Zeit auf seiner einsamen Höhe ein Hochmoor trägt; das schmückt seinen Rand mit würzigen Gagelsträuchern und Sumpfporsten und dem gelben Beinheil, mit schwarzen Moorkiefern und kümmerlichen Zwergbirken, über seiner Mitte aber wölbt sich ein gewaltiges Sphagnumlager – und unter dem, hier in dem übermoosten See, haben die beiden südwärts fließenden Bäche und ein dritter nach Norden abströmender ihren Ursprung.

Dieses ganze, versumpfte, vermoorte und vertorfte Gebiet nennen die Leute das Bruch und denken dabei an saure Wiesen, oftmalige Überschwemmungen, die ihnen das karge saftlose Heu wie Schiffe und Flöße davontragen, und an Maifröste, die in den wenigen anliegenden Gärten die Obstblüte und die jungen Gemüse regelmäßig zerstören.

Aber auf den torfigen Wiesen, den sandigen Aufschüttungen der Bäche und eisenroten Gräben, an den überriechenden Sumpflöchern, in den zerstreut liegenden Elsen- und weichhaarigen Birkengebüschen, am Rande der Kiefern- und Eichenkolonien geben sich flammende leuchtende Blumen ihr Stelldichein: Da läuten neben den brennenden Weidenröschen die Purpurglocken des Fingerhuts, gesellt sich zu dem weinduftenden Wasserdost der friedlose Goldweiderich und breitet die gewaltige Bärenklau ihre gastlichen Dolden. Hier leuchtet weit über die Wiesen die hohe Grundfeste und unter ihr nickt die Arnika mit ihrem harzduftenden Blütenkopf, während allerorts die bunten Kerzen der Knabenkräuter brennen und die zartgefransten Blütentrauben des Fieberklees; und allerorts schwellen die Sphagnummoose ihre grünen und bläulichen Polster, zarte Moosbeeren und gleißender Sonnentau haben sich auf ihnen angesiedelt und neben ihnen, wo der wilde Schneeball an zierlichen Schirmtrauben seine Früchte hängen lässt, hockt träge und tückisch das Fettkraut und schaukelt seine Veilchenblüten auf schlanken Stengeln. Aber in der Mitte, dort um das schwarze Erlenloch, in dem der sparrige Pferdekümmel sich breit macht, haben gefleckter Schierling und hohe Brustwurz im Verein mit übermannshohen Sumpfdisteln und Nesseln eine Mauer geschlungen, über die nur noch die braunen Rispen des Schilfrohrs ragen; und von Rispe zu Rispe, von Halm zu Halm und Baum zu Baum klettert über alles und überschüttet alles die Winde mit ihren weißen Trichterblüten. –

Ringelnattern und Kreuzottern haben hier ihr Reich und ihre Beute an lärmenden Froschheeren und mannigfachen Mäusen; Wasserhühner und Krickenten locken aus dem Röhricht und trippeln des Abends auf den taufeuchten Wiesen; polterndem Fluges gehen Rebhühner- und Fasanenketten vor dir hoch; gaukelnde Kiebitze wiegen sich in den Lüften; schreiende Regenpfeifer streichen in Scharen dahin; der schillernde Eisvogel huscht über die Bachläufe – während der Reiher steif wie ein Pfahl am Schilfrand steht.

Aber in den Kölken und Lachen tanzen unzählige seltsame Wesen auf und nieder – ein grotesker ungeheurer Kopf, mit zwei Hörnern versehen, der Körper eingeschlagen und nicht viel größer als dieser, mit breiten Borsten am Schweif – mit einigen zornigen Schlägen ist es unten und steigt jetzt wieder geruhig hoch, stundenlang geht das Spiel, auf und ab –. Doch des Abends schälen sich aus den seltsamen Tauchern Schnaken hoch, diese Lachen und Kolke senden Heere auf Heere aus von sausenden surrenden Mücken, dass das ganze Tal singt und summt und surrt. –

Es ist schön, am glühenden Sommermittag durch dies alles zu schweifen, sich im Schatten einer Silberweide neben den Bach ins Gras zu werfen, zuzusehen, wie der Grashalm in den kleinen Wellen sich hebt und senkt, wie über ihnen blauschimmernde Gyriniden gleich tanzenden Quecksilberkugeln ihre unermüdlichen Reigen kreisen, wie glänzende Schilfkäfer von Halm zu Halm schwirren, wie dort auf dem trockenen Eichenast ein Sperber aufbäumt, umlärmt von Schwalben und Bachstelzen und anderem scheltenden Volk – um dann seinen Blick an eine einsame Wolke zu hängen und mit ihr durch den blauen Himmel zu segeln, weit fort ins Reich der Träume, der bunten Sommerträume – so weit, dass du plötzlich um dich blickst: was ist das? – wer bin ich? – wo war ich? –

Wie die beiden südlichen Bäche ihr Wasser dem Dorfteich zuführen, so hat auch der dem Nordrande des Hochmoors entspringende seinen Teich zu tränken. Der liegt am nördlichen Ende der großen Senkung. Die Wälder, die in einiger Entfernung das ganze Tal begleiten haben und dann in gewaltiger kompakter Masse sich bis an den Rhein nach Cleve wälzen, senken sich hier von allen Seiten flach und sanft herab und lassen ihre Vorposten, Haseln und Weiden, in den stillen Wassern sich spiegeln. Weiße Seerosen liegen in der Mitte dieser Wasser und träumen in lauen Nächten zum Mond, während an den langgestreckten Ufern der ewig raschelnde und lispelnde Schilfwald schwätzt; bis unter die Buchen und breitkuppligen Kiefern dringt er zuweilen in dem umgebenden Wald vor mit seinen bleichen Schlangenwurzeln. Mehr und mehr sucht er dem Wasser sein klares spiegelndes Reich zu rauben, immer neue spitze Schösslinge lässt er aus dem schlammigen Grund hochschießen, er kann nicht genug sein windiges zerrissenes Gesicht sehen, nicht genug sich rascheln und schwätzen hören. Nach Osten zu hat er schon die beiden Ufer bis fast zur Teichesmitte in seinem festen schwätzenden Besitz, hier und da reicht er sich schon die Hand von Ufer zu Ufer, seine rauschende raschelnde Hand, und die armseligen freien Lachen dazwischen hat er in ein, zwei Jahren zugewürgt, und dann liegt er da, breit und brutal, und neigt schwätzend seine braunen fahrigen Köpfe nach den ewig gleichen Stößen des Westwinds –.

Doch am östlichen Ende dieses raschelnden Waldes liegt wieder ein Teich, blank und rein vom Schilf; Laichkräuter, Froschlöffel und runde Kolonien dunkelgrüner Krebsscheren leben in dem, und purpurne Schwanenblumen und die weißen Blütenwirtel der Pfeilkräuter lächeln von seinen Ufern: und wenn bis hierhin die kleinen Wellen des Baches, die von da oben zwischen den narkotischen Gageln und Porsten heruntersickerten, gekommen sind, dann spielen und glucksen sie an mächtigen Mauern und Pfeilern, ein hoher Turm spiegelt sich in ihnen, dann plätschern und wandern sie rings um eine Wasserburg, das alte Schloss zu Raesfeld – eine Wasserburg, im Tiefland, von breiten Gräben umgeben – wie sie im Norden und Nordwesten Deutschlands träumen und zerfallen.

Nichts weckte in Erich schöner und reiner die schmerzlose Verwunderung über unser hineilendes, verzerrtes, sinnloses und unergründliches Dasein als diese alte, halb zerfallene Burg. Oft wanderte er, vor sich und seinem Überdruss flüchtend, hier hinaus, um auf der flechtenbewachsenen Galerie des Turmes stehend oder in eine der tiefen Fensternischen gelehnt dieses träumerische Bild auf sich wirken zu lassen.

Auf drei Wegen konnte man das Schloss und das nach ihm benannte etwas abseits gelegene Dorf erreichen. Einmal durch das Bruch, an den Bächen entlang, über den Heiderücken mit dem einsamen Moor und den anderen Bach hinab; das war der kürzeste, er lief der Luftlinie gleich und in zwei Stunden war man dort. Sodann im Bogen über die östlichen Höhn, durch Felder und Heideland, über ein Dorf, das berühmt war durch eine uralte Eiche – von dort aus benutzte man den Fahrweg und sah nach einer kleinen Weile die Türme des Schlosses herüber grüßen – drei Stunden ging man hier. Der dritte Weg schlängelte sich westwärts vom Bruch durch den Lichtenhagen und den Königlichen Wald – sandige, nasse und verheidete Waldwege. Es dauerte vier, auch wohl fünf Stunden, bis man mit dem niedersteigenden Wald bei dem Schilfteich anlangte; doch meistens verlief man sich unterwegs und kam nach stundenlangem Umherirren in einer ganz anderen Gegend heraus.

Ein feiner Westwind, der zuweilen an stillen glühenden Sommertagen von den feuchten Wäldern nach der weiten dürren Heide weht, rastet gern auf seiner Fahrt bei dem alten Schloss. – Mit einem leisen Schwung hebt er sich von den Teichen, deren ölig glatte Fläche er nicht zu kräuseln vermocht hat, hoch und streicht, nach vergeblichem Bemühn die steilen Mauern des Schlosses, seine hochgelegenen breiten Fenster und sein flaches Schieferdach zu erklimmen, längs der Wand des auf jenem Flügel senkrecht stehenden Gebäudes hin, hebt sich langsam bis zu dem spitzen Ziegeldach, um sich aber bald in dem mächtigen Efeubewuchs der Mauer zu verfangen und über ihre dunkelgrüne Mauerraute, ihren Rainkohl und Hauslauch niederzugleiten zu den niedrigen Trümmern eines runden Turms; er kühlt und tränkt die Pflanzen, die dort zwischen dem Schloss und dem Wassergraben hausen – den Alant, die Pestwurz und das Bilsenkraut, den alten Spindelbaum, der jahraus, jahrein im Schutz einer hohen Esche in scharlachroten Kapseln seine orangegelben Samen trägt, den schwefelfarbenen Eibisch und die über ihm blühenden weindüftenden Rosen.

Inzwischen hat der Graben, der die ganze weitere Nordseite des Schlosses schützt, schon seit Jahrhunderten hinter dem runden Turm einen Arm nach Süden geschickt – und über den eilt nun der Westwind hinüber, quer über den langgestreckten Hof, um aber gleich an der zusammenhängenden Wand der Wirtschaftsgebäude und ihrem steilen Ziegeldach anzuprallen; die werfen ihn wieder über den Hof zurück, sodass er denselben Graben über einer breiten Brücke überweht und dann in den eigentlichen Schlosshof fällt.

Auf diesem hochgelegenen Hof, den an seinen beiden Wasserseiten eine niedrige Mauer umfasst, lagert die Luft heiß und leicht und lässt den Wind, wie er von den kühlen Bogengängen vor den Kelleröffnungen zurückfährt, kreisen und steigen, die enge Treppe, die zu der schmalen Tür des Hauptflügels führt, hinaufgehen, auf der Plattform neben ihr seine Kräfte wieder sammeln, in die breiten, der Morgensonne entgegenlachenden Fenster des einen und die schmalen, Schießscharten ähnlichen des andern Flügels blicken – und dann im Bogen auf den hohen Turm zuwehen, der neben dem Schieferdach in eigentümlich ausgeschweiften Linien sich verjüngt. Vergebens versucht der Flüchtige an solchen Tagen die rostige Windfahne, die da oben von der zwiebelförmigen Kuppe ins Land schaut, zu drehen und setzt mit einem eleganten Sprung über die beiden Höfe und den Graben zu dem anderen Turm hinüber, der massiger und weniger hoch als der des Wohngebäudes das Südende der langgestreckten Wirtschaftsgebäude abschließt.

Hier oben auf der steinernen Galerie, über der sich eine schieferbedeckte Kuppel mit kleinem Glockenaufsatz erhebt, umläuft der Wind dann wohl den Turm und blickt ins Land: unten schläft der Burggraben mit seinen Nymphäenblättern und Laichkräutern, schlafen still die roten spitzen Dächer der Tagelöhnerhäuser, ruht die zweitürmige Kapelle und schlummern die holprigen spitzsteinigen Gassen mit ihren windschiefen blaugekalkten Häusern – sie scheiden das Dorf da hinten mit seinen Wirtshausschildern und elektrischen Lichtern, die neue hastende Zeit gegen die Vergangenheit, die hier schläft und träumt – blickt in den Schlosshof, wo zwei Geistliche auf und nieder wandeln, sich auf die Hofmauer setzen, plaudern und den Hahn fortscheuchen, der sich vor ihren Augen den Minnesold holen will – da hängt der Efeu so matt und sonnenmüde über dem breiten Fenster, das auf die Turmreste blickt – da ragt der Turm so einsam in die Luft, und neben ihm hin und über das gleißende Schieferdach fort schweift der Blick fern auf den sonnenbeschienenen Teich, das sich beugende neigende Schilf und die ruhenden Wälder – blickt über die Anger und Felder weit in die Heiden, wie sie mit dunklem Kieferngebüsch gesprenkelt sich unabsehbar in den blaugelben Sonnenglast verlieren, in dem die Kirchtürme ferner Dörfer auftauchen, zittern und verschwinden –, aber dort über dem Heidesattel lagert grauer schwerer Dunst; da schickt der Industriebezirk seinen Kohlenrauch ins Land und hängen schwarze Punkte in der Luft: die Fördertürme der Zechen, wo das gewaltige Rad die schwarzen Gestalten wieder ans Licht trägt!

Wie lange wird's dauern, dass das Dröhnen und donnernde Hasten von da unten auch hier die Ruhe und den Traum verscheucht, auch hierhin seine tobende, dampfende und rasselnde Zeit trägt? Und wenn die alt geworden und zerfällt, so hängt wieder eine andere dort am Horizont und droht mit ihrer Gegenwart, und wieder – was ist Menschenleben, was ist Menschenlos! Wie eine Stunde fließt es und träumt es dahin, und ihre Werke vereinsamen und zerfallen zu Staub –. Aber sind sie denn anders als ich? Ich komme und vergehe, Stunde für Stunde, bin zeitlos und bin doch immer da. –

Als so der Wind gesprochen, erhob er sich und wehte fort über Dorf und Feld in die glühende Heide, um nach kurzem Schlaf in den Bärlapprasen und Farndickichten zur Nacht wieder zurückzukehren zu den westlichen feuchten und warmen Wäldern.

Am Bruchbach

In jener Gewitternacht war Erich ein Verlangen gekommen, das Schloss wiederzusehen; er war seit dem Herbst des vergangenen Jahres nicht mehr dort gewesen, da er gehört hatte, es werde wieder bewohnt, – aber heute an einem heißen Junitag war er hinausgewandert, sei es auch nur, um sich an der Geschmacklosigkeit, verfallene Gebäude wieder wohnlich zu machen, zu weiden. Er war den Weg über die östlichen Höhen und das Dorf gegangen und wollte sich auf dem Heimweg durch das abendliche Bruch für den ausgestandenen Ärger entschädigen.

Aber als er schon von der Heide aus eine Fahne auf dem Turm flattern, und als er näher kam, das Geländer der Brücke angestrichen und mit Maien bekränzt und den Torbogen mit Fichtenkränzen und Papierblumen umwunden sah, machte er grimmig kehrt, ging in eine Wirtschaft und freute sich an seinen Verwünschungen, diesen Überrest aus kraftvollen Tagen in einem Narrenkleid wiedersehen zu müssen.

20

Dann werden sie dir auch deinen Efeu abreißen, der dich bisher geschützt, und deine entblößten Mauern werden sie mit Zement beklecksen, deinen Alant und Eibisch werden sie dir geraubt, deine Weinrose ausgerodet und dafür Teppichbeete gezirkelt haben, deine hallenden Zimmer haben sie renoviert, deine rauchgeschwärzten Kamine vermauert, deinen Rasen mit unfruchtbarem Kies bestreut – haben dich verhunzt, das Narrenvolk! Zum Brandstifter möchte ich werden: lieber Schutt und Asche, den Pflug darüber und die allmählich verklingende Erinnerung an ein Schloss mit hohen Türmen, das hier einst gestanden, als ein zementbeworfener renovierter Zwitter!

Wie ein Kneifer auf dem Visier einer Ritterrüstung mutet mich dieser Zementbestrich auf den rohen Sandsteinblöcken an – versucht doch nicht zu mischen, was nicht zu mischen ist! Die Zeit ist kein Zusammenhängendes, kein absolut Gegebenes; die da haben in ihren harten Köpfen die ihre geschaffen, ihr schafft euch die eure: wie könnt ihr die Produkte mischen, da eure Köpfe verschieden sind? –

Auf seine Frage erzählte ihm die Wirtin, das Schloss sei zu Ehren der Grafentochter geschmückt worden, die vor acht Tagen – wissen Sie, bei dem großen Gewitter – angekommen.

Weswegen ist denn noch die Fahne auf dem Turm? –

Ja, in der ersten Begeisterung sind die Leute von außen auf den Turm gestiegen und haben sie da aufgesteckt, und jetzt wagt sich keiner mehr hinauf. –

In der ersten Begeisterung? –

Nun ja, sie freuten sich doch. Sie sind ja auch für heute Abend zu einem Fässchen Bier geladen. –

Freuten und begeisterten sich für eine Puppe, für einen Zieraffen, der von ihrer Hände Arbeit schmarotzt. – Ist denn schon vorher oder erst des gnädigen Fräuleins wegen der Efeu abgerissen und das Schloss mit Zement beworfen worden? –

Das Schloss mit Zement beworfen? Wie kommt Ihr darauf? –

Da zog er die Stirn in Falten, zahlte seine Zeche, grüßte und ging. –

Die wird mich für einen verfluchten Sozialdemokraten halten, – dachte Erich, als er außerhalb des Schlossbezirks den Bach entlang stapfte – und doch ist mir nichts widerlicher als dies grölende Gezänke um Lohn und Brot. Aber ebenso wenig kann ich für den irgendein Gefühl der Hochachtung oder gar Begeisterung hegen, der durch seine Geburt und nicht durch eigene Kraft die Früchte fremder Arbeit an sich reißt und vergeudet. Nun – das mag mich wenig kümmern – ich muss erst mit mir klar sein, ehe ich mir über das Wohl und Wehe meiner erbärmlichen Landsleute Gedanken mache.

Und wann wird das werden? Kann das werden? – Aber soll sich Natur nicht doch einmal selbst ergründen? – Vielleicht in einer anderen ihrer Erscheinungen und eben nicht in mir – wozu aber bin ich denn da? –

Er blieb stehen und hörte verbissenen Blicks den Stock in den torfigen Grund –

Ein spöttisches Lachen riss ihn hoch: Es wird Sonnentau sein, Herr Botanikus! –

Es ist böser grundloser Sumpf – was suchen Sie hier? – rief er sich aufrichtend und den Stock, der tief in den schwarzen Moder eingesunken, herausziehend dem noch immer spöttisch ihn anlachenden Mädchen zu, das schlank und schön zwischen den Erlen am anderen Ufer stand.

Einen Weg über den Bach. – Wohin? – Zum Schloss – zu Ihnen, wenn Sie wollen.– Hier ist der Bach breit und seicht – waten Sie doch durch. – Ich muss zum Tanz! – Haha! sind Sie das famose Fräulein, das mit Böllerschüssen, Täterä und wehenden Fahnen kam? –

Dann watete er aber trotzdem hinüber, nahm sie wortlos auf seine Arme und schickte sich an, sie hinüberzutragen. In der Mitte des Baches blieb er mit seiner Bürde stehen und fragte, ihr nahe in die Augen blickend: Also Ihretwegen hat man mir das Schloss verhunzt? –

Schätzen Sie mich niedriger als das Schloss? – Tragen Sie mich hinüber, – ich schenke Ihnen morgen eine Rose. –

Ah, so herum willst du –? –

Warum nicht? Ich schenke dir eine Rose! –

Und wenn ich sie nicht mag? –

Ha! ich heiße Loo – und nun Gute Nacht, mein hübscher Herr. –

Als Erich über die Höhe ging und im Mondschein die fernen Türme und die schlaff herabhängende Fahne sah, duftete der Porst so narkotisch und jauchzte und klagte eine Nachtigall so feurig und traurig, dass er den Kopf schütteln und sich zusammenreißen musste: Ich will es nicht! ich will meine Sehnsucht – hoho! meine Sehnsucht! aber ich will sie nicht verheddern mit der Brunst! –

Aber das Lied, das dort oben in der Nacht schwamm, klebte an ihm und folgte ihm tückisch in Schlaf und Traum; es half ihm nichts: die Welt war eine schluchzende unaussprechliche Melodie, und ihre sich jagenden Erscheinungen ihr immer gleicher immer wechselnder Text.

Mit einem leichten Blut, aber einem Verstand, der in den Stunden, in denen er dieses nicht zu zähmen hatte, nicht von Langeweile geplagt war, sondern vorsichtig und neugierig in die Welt lugte und sich auf seine Weise bestrebte, in der Bilder Flucht das Beharrende zu finden, und deswegen mit ein wenig Melancholie und guten blauen Augen: so war ihr Vater auf dieser Welt angetreten. Zu einem Gelehrten zu ungeduldig, zu einem Landedelmann zu regsam und zu einem Beamten mit zu guten blauen Augen beschenkt, war er Soldat geworden und hatte in den drei Kriegen mitgekämpft. Und nun, zu Geduld und Gelassenheit gealtert, hatte er den Rest seines Lebens seinem still neugierigen Verstand zur Verfügung gestellt. Und da er eben geartet war, in den Dingen nur nach einem Dauernden zu suchen und nicht zu fragen nach ihrem wie? und woher? und weshalb so?, ging er gemächlich und mit fröhlicher Traurigkeit an der großen Grenze entlang, und der einzige Blick, den er hinüber tat, war die Ahnung und die zögernde Bewunderung eines Unerklärlichen.

Und hatte ihm bisher das Schloss mit seinen reichen Erträgen aus ausgedehnten Ländereien und Waldungen ein sorgenfreies Leben gewährt, so sollte es ihm jetzt in seiner Stille und Abgeschiedenheit erst das rechte geben. So lebte er seit einiger Zeit zwischen seinen Volieren und Aquarien, seinen kleinen Gewächshäusern und Algen- und Pilzkulturen und war nebenbei bedacht, seine reichen Sammlungen zu vertiefen und zu erweitern. Manchen klugen Blick tat er so in das Leben, seine weitverzweigten Beziehungen, seine Wiederkehr und ewige Änderung – Einblicke und sich klärende Gedanken, die ihm bei einem eigentlichen und polemisierenden oder gar lehrenden fachwissenschaftlichen Studium ewig fern geblieben wären.

Er hatte zwei Söhne und eine Tochter erzogen, so gut wie er wusste, und die waren ihm verdorben: so mochte sein jüngstes Kind seine eigenen Wege gehen; es geht ja doch alles auf das hinaus, wo es hinausgehen muss. – Nun war sie auf ihren eigenen Wunsch hierher gekommen und durfte teilnehmen an seinen kleinen Forschungsreisen und geduldigem Ausharren über Drahtglocke und Mikroskop. Und sollte sie wieder hinauswollen in die Puppenwelt, so mochte sie es tun; vielleicht würde sie eine kleine Sehnsucht mitnehmen nach dem ruhigen Land, das er sie einen Blick hatte tun lassen.

Als Sechzehnjährige, blauäugig, schön und unbändig lüstern, bei der ersten Gelegenheit das Leben, wie sie es auffasste, an sich zu reißen, fing sie ihr Leben an. Aber da ihre Ritter dumm oder roh waren, blieb es bei einem unruhvollen, naschenden, stets um das Ende bangenden Genießen. Und je älter sie wurde, desto weniger war sie befriedigt, desto heftiger, seltsamer und tiefer schien ihre Glut – desto näher rückte der Überdruss, desto greifbarer, drohender stieg in der Ferne magenfarben der Ekel hoch. – Da war sie zu ihrem Vater geflüchtet, um mit Absicht sich in seine stille Beschaulichkeit hineinzuleben, das mit eigenen Augen zu sehen und mit eigenen Gedanken wieder zu denken, was sie wahllos über die Natur und ihre bizarren Erscheinungen zusammengelesen hatte. –

Sie stand am Fenster und blickte in die Nacht hinaus. In dem Efeu zirpten die Sperlinge im Traum, ein Igel schmatzte und prustete unten an den alten Turmmauern, die Wasserhühner im Schilf lockten und riefen sich, drüben zwischen den Weiden quäkte eine Gesellschaft Frösche ihren Hochzeitsgesang ruhelos, eintönig wie eine tollgewordene ins Wasser gefallene Spieluhr – und tief und schauerlich dumpf rülpste von den Teichufern her eine Rohrdommel ihr Ü rump – ü plump pump in die Nacht –; Stimmen grölten im Dorf, von dem Bier und Tanz waren die Burschen fortgegangen und machten nun ihren Wünschen Luft in derben Liebesliedern – einige Hunde bellten heulend und klagend zum steigenden Mond – der Nachtwächter ging mit seiner Flöte umher und blies die Stunden ab – ein – zwei – dreimal: Mitternacht.

Der Sommerabend

Als Erich am nächsten Nachmittag wieder hinauswanderte, den Bach hinauf, über das Hochmoor hin und wieder den Bach hinunter und hinkam, wo der Sumpf auf beiden Ufern brütet und in sich den Rasenplatz und den Bach einschließt, umgrenzt von Erlen und Disteln, lag Loo schon im Grase, unter einem Sonnenschirm und die Arme unter dem Kopf verschränkt. Leg' dich zu mir ins Gras. – Erich heißt du? Ich will dich Heinz nennen. Küss' mich, Heinz! – Und da sie sich ihm in die Arme gab, berührte er mit seinem Mund den weißen Ausschnitt an ihrer Brust.

Du trägst den Sonnentau? Wo ist die Rose, Loo? – Lass die Rose. Aber sag mir, woran dachtest du, als du gestern so dumm-tiefsinnig über deinen Stock dich beugtest? – Ich dachte darüber nach, wozu ich auf der Welt bin. –

Wozu? Sieh die Schmetterlinge! Zwei zusammen! Sieh, sie fliegen dabei! Durch die Blumen geht es hin, über die Gräser, oben, unten – über den Bach, über die Bäume, hoch in den blauen Himmel hinein! – Wozu du auf der Welt bist? Ach du Dümmster! Deswegen! Deswegen! Sieh her, du Dümmster! –

Und sie öffnete mit einem Ruck ihr Kleid und schälte ihre weiße Brust hervor. Da hob er sie hoch und trug sie, die Lippen auf ihre kleinen Brüste gepresst, zum Bach, während ihre Zähne in seine Wange schlug, dass ihm das Blut in zwei kleinen Tropfen von den Lippen floss. Dann ließen sie die Sonne auf ihren nackten glänzenden Leibern spielen und sahen zu, wie ihr Licht auf den Wellen glänzte, die sich im Schilf verloren, schmal, gleißend wie ein Schwert. Und als sie die Wipfel der Erlen berührte, kleideten sie sich an und verabredeten die Stunde für den nächsten Tag.

Erich erschienen die Traumbilder zuweilen in der Hülle von Rhythmus und Reim. In Metren und klingenden Endreimen sprachen und sangen die handelnden Figuren, und ihres Äußeren und zumal der Landschaft, in der sie sich bewegten, ward er sich bewusst, als wenn ein anderer oder sie selbst ihre Reize in einem Gedicht vortrügen; seine Phantasie zeigte sie ihm nicht, wie sie ihm am hellen Tage entgegengetreten wären, sondern in der abziehenden und verallgemeinernden Form der gebundenen Rede. Irgendein klingender Vers zauberte ihm ein wogenschlagendes Meer, einen mondbeschienenen Schneeberg vor, blieb aber zugleich mit dem vorgestellten Bild im Bewusstsein. Am Morgen war dann nur noch eine wohltuende Erinnerung an tönende Verse und ein verblassendes Bild, aber vergeblich bemühte er sich, der Pracht und Gewalt dieser nächtlichen Verse wieder habhaft zu werden. – Traum, gib mir Rhythmen und tönende Reime, auf dass noch einmal ihre Nacktheit vor mir tanzt! –

Aber weder Schlaf noch Traum wollte ihm nahen. Da streckte er sich behaglich aus und blickte von seinem Bett aus in den schwindenden Sommerabend. Mit der sinkenden Sonne war er heimgekehrt, und jetzt lag er da, faul und liebesmüde. Er sah den Himmel in grünlichen Farben leuchten, eine Schar purpurroter Schäfchenwolken dahin schwimmen, hörte die Leute auf den Straßen plaudern und lachen – ein Wagen fuhr ab und zu, Turmschwalben kreisten schreiend über den Dächern, und ein Windhauch trug Lindendüfte ins Zimmer.

Wie schwer es hält, mich gegen dieses alles, das mich so träumerisch süß in sich bettet, abzuschließen und es sachlich zu betrachten. Es durchdringt mich, ich nehme es in mich auf und bin selbst der grüne Himmel, in dem wie sonnenbeschienene Porphyrinseln die Abendwolken schwimmen, das friedliche Plaudern, das da um die Leute schwebt, und ruhevoller Sommerabend.

Diese ruhevolle und, wenn ich sie lange anschaue, herzbeklemmende Schönheit und Harmonie. sind es Begriffe, die wir aus unserem Geist in den Himmel da draußen verpflanzt haben, oder haben wir nicht vielmehr die Dinge da in Jahrtausenden auf uns wirken lassen, haben sie nicht so die Begriffe Schönheit und Harmonie in uns und mit uns gebildet?

Was bewundern wir nun? Bewundern wir nicht die unbeschreibliche Empfänglichkeit und Kraft unseres Geistes, der aus dem, an sich ihm gleichgültigen, Material, das ihm die Sinne gegeben, den Begriff der Form gebildet, und das tätige schaffende Gefühl, das wir beim Anschauen dieser erschaffenen Form in uns warm und tröstend leben fühlen? Wirkt also deswegen der Sonnenuntergang auf die Menschen verschieden, weil die einen in sich etwas Formendes und Empfindendes haben und die andern nicht?

Und was tut der exakte Naturwissenschaftler? Er erklärt: er zerlegt den »Abendhimmel« in Strahlengattungen, Brechungen, Absorptionen und physiologische Farben – und die führt er zurück auf die Empfindlichkeit der durch die roten Strahlen abgestumpften Netzhaut gegen deren Komplementäre: mit Worten, Zahlen, Zeit und Raum und Ursächlichkeit erklärt er alles und führt alles bis auf sie zurück – beschreibt, so gut er kann, das Bild, das er sich von den Dingen macht, machen muss, nennt's erklären und legt sich schlafen.

So hat er ja immer sein Genügen, alles absolut so sein und sich abspielen zu lassen, wie es der *homo sapiens* verstehen kann, alles auf ihn zurückzuführen, durch ihn zu erklären; er strebt danach, in allem die Ordnung nach Raum und Zeit und Kausalität, in allem die Daseinsweisen und Anschauungsformen des Menschengeistes wiederzufinden, sodass als letzte abschließende Frage die nach der Beschaffenheit dieses Geistes bleibt – und die löst er dann im kecken Zirkelschluss durch die schon nach dessen Denkgesetzen erklärten Außendinge. Eine schöne Wissenschaft, die mit dem Zirkelsymbol! Eure ganze Wissenschaft, mit der ihr alles erklärt, erklärt nur euch selbst, und ist durch das Ergötzen, das dieses Euch-überall-Wiederfinden und Euch-Beschreiben erregt, nur ein verfeinertes und zugleich umfassenderes gewaltiges Gefühl!

Und was sagt der Philosoph, wenn ich die Abendröte meine Schöpfung und mein Eigentum nenne und zusehe, wie andere sich unsägliche Mühe geben, sich durch sich zu erklären? Er nickt mir zu, mit einem melancholischen Lächeln, weist aber schnell mit hochgezogenen Augenbrauen auf ein Unerklärbares hin, das allem Anschein nach, schon weil diese Schöpfung zustande kam, dahinter steckt. Er nennt es das Ding an sich, ich glaub's, gewiss – aber was soll das Großes sein? Es ist Loo und ihr wilder Mund!

Inzwischen war es dunkel geworden; da kleidete er sich wieder an und vergrub sich in mathematische Formeln, auf dass sie ihm Schlaf brächten. Und sie taten es; fragten aber wenig nach seiner Hoffnung auf Rhythmus und Reim – sondern rächten sich, indem sie ihm die Welt in nichts denn schwingende Atome zerlegten und ihn durch die Ausrechnung ihrer verschiedenen Schwingungselastizität zur Verzweiflung brachten.

Den gleichen Abend saß Loo im Turmzimmer ihres Vaters mit der Bestimmung von Laubmoosen beschäftigt; sie betrachtete und zählte unter einem Präparationsmikroskop die zierlichen Zähne, die das Peristom der Sporenkapsel bilden, und bestimmte hiernach und nach der Gestalt des Deckels und der Haube die einzelnen Pflanzen. Ihr behagte wenig diese peinliche Arbeit, aber gleich nach ihrer Heimkehr war sie in das Zimmer ihres Vaters getreten und hatte zu seiner Freude ihm ihre kleine Hilfe angeboten. Der saß vor seinem Tisch und ließ seine Augen auf einem Enzian ruhen, den er sich aus dem Walde mitgebracht hatte –:

Wo kommst du so früh her? Der Herbst, August und September ist deine Zeit. – Du blaue Blume! Wie oft hat man dich im Walde läuten gehört, aber folgte man deinem Klange, so warst du wieder unendlich fern; und die Sehnsucht suchte dich in Minne und Kampf, in Klostermauern und Einsiedelwald, in Treue und aller Tugend, in ruhelosem Streifen von Burg zu Burg, von Wald zu Wald.

Schön blühst du im Kampf! Im Rossewiehern und Todesdonnern – das Leben ein Rausch und im Rausch es geendet!

Aber heute bist du verwelkt, dein Läuten ist im Winde verklungen und verloren – die große Sehnsucht ist tot. Da reden sie wohl noch von ihrer Sehnsucht, nach einer großen Persönlichkeit, oder gar nach einem großen, deutschen Reich, ergehn sich in gefühlsseligem Gottsuchen oder in brünstiger Erotik – aber es sind Worte, Worte. Wenn die Alltagsarbeit ruht und die Langeweile drohend hinter dem Berge steht, dann reden sie sich wohl ein, sie hörten dein Läuten – andere gar lügen es anderen vor und machen ihre Lüge zu Geld – aber trau ihnen allen nicht, es sind nur Worte, glaube mir, nur Feiertags- und Lügenworte.

Und die, die sich auf alten Schlössern vergraben und sinnend in das drängende Wachsen und Hasten und Blühen da draußen schauen, zuweilen ist ihnen wohl, als klänge von ferne, von ganz ferne ein leises, blaues Läuten zu ihnen, aber so dünn und bang – ach! ein Mensch, in dem sie noch voll und tönend läutet, nicht in Feiertagsstunden – Tag für Tag ein großes Sehnen, Locken und Läuten!

Liebe Loo, was denkst du dir von meiner Beschäftigung? –

Vielleicht will mein Vater auf diesem Wege finden, weswegen er eigentlich auf der Welt ist? –

Wie kommst du darauf? –

Ich meine eben, eine Antwort hierauf müsste man zuallererst zu finden suchen, wenn man einmal auf der Welt ist. –

Ja Kind, das ist so eine Frage, die man gerne stellt, die aber zu gar nichts führt. – Man kann sie wohl nur, da es mit unserem Intellekt nicht weit her ist, aus der Moral beantworten – vorausgesetzt, dass es eine unbedingte Moral gibt. – Die meiner kleinen Käfer und Algen glaube ich zu kennen, die Käfermoral: friss und wachs, auf dass du nicht gefressen und überwachsen wirst. Da liegt eine Antwort drin – aber für uns? Nicht wahr, hier wird man gerne verlegen.

Ein anderer würde wohl eine Antwort wissen: zur Entwicklung unserer Persönlichkeit – würde er sagen – oder zur Erkenntnis – wieder einer: um mitzuarbeiten an einer Art geistiger Entropie der Welt, sind wir da – und was sie sonst zu schwätzen wissen.

Wir sind eben einmal da, und das Einzige, was wir können, ist, diese Frage tun, und da keine Antwort folgt, weggehn. Doch da das schon von selber kommt, warum sollen wir nicht auch einmal leben? – – –

Sie hat die große Sehnsucht nicht – sprach er vor sich hin, als Loo mit einem Gutenachtgruß das Zimmer verlassen hatte. – Ach, das mag nicht leben und nicht sterben.

Sie streifte die Kleider ab und lehnte sich in die Nacht.

Warum kommst du nicht? Der Efeu ist stark und fest, und alles schläft. –

Sie warf sich auf ihr Lager, aber auch ihr kam weder Schlaf noch Traum. – Da rudert unter dem Ufergebüsch ein Nachen heran und leise raschelt das Schilf – nun legt er an, unten am Turm – da schwingt er sich hoch –! ah! da sollte er mir König sein, zu dessen Füßen ich säße, Märchen spinnend bis zum frühen Morgen, und wieder die Nächte durch, tausend Nächte durch wie Königin Schehersad ihrem König Scheherban erzählte –.

Die Mücken

Reißend und sonnenfroh flog der neue Tag herauf, doch wie braune Schnecken langsam krochen Eich die Stunden daher – aber die Stunde Wegs den Bach hinauf, den Flügelschlag einer Stunde den Bach hinab –! Das Gras lag noch zertreten und zerdrückt – Tandaradei! – er wühlte sich hinein, kreuzte die Arme hinter dem Kopf und blinzelte wartend ins Licht.

Aber er wartete und wartete, eine halbe, eine geschlagene Stunde ging hin. Da sprang er hoch und blickte umher – nichts, nur der brennende zitternde Mittag. Und wieder verrann eine Stunde und glühte senkrecht die Sonne herab; Wolken blutgieriger Bremsen und pfeifender Mücken umschwärmten ihn, summend, singend, stechend und quälend – er schlug um sich, tauchte abgerissene Weidenzweige ins Wasser und schlug damit um sich, flüchtete in die Schatten der Erlen – aber ganze Schwärme stiegen aus dem kochenden Sumpf. Da warf er die Kleider ab und suchte Schutz in dem Bach, streckte sich über den Sand und ließ die perlenden Wasser über sich rinnen. Nun hatte er Ruhe vor den Stechborsten und haarfeinen Stiletts seiner schwirrenden Feinde; sie stoben fort und suchten sich ein anderes Wild.

Aber jetzt kam ihm der Durst, trocken, zungenklebend. Der trieb ihn hoch, dass er sich ankleidete und ingrimmig scheltend nach dem nahen Eichendorf lief, – eine stöbernde Mückenwolke sang hinter ihm her.

Und dort, in der Wirtschaft Zur alten Eiche, trank er, aß und trank und trank –

Allerhand Volk kam herein, Pfahlbürger und Fuhrknechte, ein Trupp Viehjuden schlurfte herein, schmutzig und kotstinkend, und fuhr in seinem Schacher fort.

Haben sie dem das Gesicht verhauen! –

Hat sich gefecht, hat sich mit's Rasiermesser von die Doktors gefecht. –

Ein Unfug, der sich immer breiter macht, – rief ein junger, schwarzröckiger Volksschullehrer – eine Sünde, sich derart den Körper zu verstümmeln! Eine Unmoralität, der verfluchten Eitelkeit wegen mit seinem und seiner Mitmenschen Leben zu spielen! –

Was! einen Unfug, Eitelkeit, eine Sünde – Unmoral! – rief Erich aufspringend und in den Kreis tretend – und Sie schwarzröckiges Pfaffengeknete wagen das mir zu sagen?

Wie? Wenn ich handele, wie mir behagt, nennt ihr das Unmoral? Ja, ihr nennt's so. Ihr duckt euch, ohnmächtig, hassend, vergeltungwartend, und nennt meine rücksichtslose Kraft unmoralisch, böse, weil ihr sie nicht habt, weil sie euch schadet – was sie mir ist, darnach fragt ihr nicht. Ach, was wisst ihr Gesindel von mir! – –

O, ihr kennt wohl die süße Trunkenheit der Rache, die mir die Klinge in die Hand drückt – aber ihr seid schwach, ihr wagt und könnt euch nicht rächen, sagt uns aber, ihr wolltet es nicht und vergebt. Aber spart ihr nicht ihre Süße dem Siege der Gerechtigkeit auf, auf dann, wann ihr in eurer erbettelten – pfui Teufel! – Ewigkeit und Seligkeit lacht und jubelt und jauchzend und lobsingend euch freut an dem Duft unserer höllegebratenen, schwefelgeschmorten Ruchlosigkeit, Ungerechtigkeit, unserer – Stärke?

Nicht wahr, ihr nennt mich gut, wenn ich euch nicht schade und alles das, was ich mir errauben und in mich zwingen könnte, euch überlasse – nein, mit euch teile – sonst wäre ich ein verdächtiger Verächter. – Und böse, wenn ich lebe, wie ich will, nach meinem Gesetz und meiner Moral, wenn ich sorge, dass mein Handeln, meine Eigenart und mein Gewissen nicht beschmutzt, mich mir nicht verekelt, wenn ich meine Lebenskraft nach außen werfe,

26

dem Gegner ins Gesicht, auf dass ich nicht über mich selber herfalle und mich zerschlage, mich zu meiner eigenen Hölle machen muss?

Eure Güte ist Ohnmacht, eure Geduld Warten-Müssen, eure Verzeihung Schwäche, eure Seligkeit Zinsen für erhaltene Prügel; euer Gut das euch Pöbel Nützliche – mein Gut das mir – mir allein Nützliche und Genehme.

Ihr lügt eure Schwächen um in Verdienste, in entsagende hoffende langweilige Tugenden: verlangt aber nicht von mir, dass ich tue und denke wie ihr: ihr habt eure Welt, ich die meine, ihr habt keine Ahnung von der meinen, sie ist euch ewig fremd, sie und ihre »Moral«: so schmuggelt nicht eure Welt in die meine, betrügt, belügt und bezaubert und knechtet nicht meine Moral mit der euren!

Moral? Moral? Gut? Bös? Ihr moralisiert mich gut, wenn ihr mich nicht fürchtet, böse, wenn ihr meinen Schlägen entgegen bangt. Meinethalb. Wähnt aber nicht, dass ich deshalb diese Faust, die euch peitschen könnte, böse nenne, unmoralisch nenne – sie ist mir gut, gut und höchst moralisch, weil sie tut, was ich will. Maßt euch nicht an, dass ich euch, die ihr mich aus bangen, müden, dummen Augen anstarrt, gut heiße – ihr seid mir schwach, feig, schlecht und schlecht! Was ich kann, will und tu, ist gut – das ist meine Moral, ist die Moral, ich bin das Maß der Moral – und ihr seid feige Hunde! – –

Wollt ihr nicht? – – Oder wollt ihr lieber eine Runde Bier? –

Sie knurrten und schielten ihn an – die Runde kam, da tranken sie mit – weswegen sollten sie auch nicht mittrinken?

Dann ging er nach draußen und setzte sich mit einem neuen Glas unter den Kastanienbaum.

Er hat Nietzsche gelesen, meine Herrn, und ist dazu betrunken. Gehen wir beiseite. Er wird schon daran zugrundegehn. –

Dann sprachen sie noch eine Weile durcheinander, tranken und gingen nach Haus.

Als die Sonne schon schräg über den Dächern stand, trank Erich das letzte Glas und ging. Er ging, den Hut in der Hand und den Rock am Stock über der Schulter getragen, und der kühle Lufthauch, der über den schattigen, hochgelegenen Fahrweg strich, trug ihn in einer leichten wiegenden Stimmung weiter. Von rechts her blinkten die Türme des Schlosses herüber.

Glänzt nur und blinkt! Ich kenne eine weiße Haut in euren Mauern, die tausendmal schöner glänzt und blinkt, – und die gehört mir, mit Leib und Seele mir. Haha! mit Leib und Seele mir! –

Ein Hügelrücken, der aus einem duftigen Birkental aufstieg, lockte ihn mit einem Ausblick über den langgestreckten Bruchgraben, die Wälder und den farbenfrohen Westen.

Sieh, wie ein flacher grüngoldner Weinbecher ist der Himmel über die Erde gestülpt. Dort, wo die sinkende Sonne hinter dem Himmelsglase leuchtet, hängen purpurgoldne Schaumtropfen an der Weinschale, und drüben im Osten, wo der Mond rot und gespenstisch groß durch sie hindurch blinkt, liegt blauschwarz die kalte Nacht hinter ihr und reißt blutrote Risse in sie. – Nun werden die Rotweintropfen im Westen aussehen wie brennender Purpur, die ganze Schale leuchtet und flammt – hörst du nicht, wie sie klingt? Ein klingender, mächtiger Ton, süß und lang, als wollte er nicht enden – lass mich aufgehen, großer Gott, in deinem Farbenklang, selbst du werden und rosenrote klingende Welt! – –

Mit meinen Denkformen arbeite ich meine Sinneseindrücke um zur Welt. Und nehme ich einen Teil dieser Welt heraus, so kann ich von ihm meine menschlichen Zutaten nicht mehr abstreifen, um ihn als ein Ding für sich hinzustellen. Versuche ich, ihn zu erklären, so beschreibe ich meine Zutaten, also mich – durch wen? durch mich – empfinde ich seine Schönheit, so empfinde ich mich, den Schöpfer des Schönen; und bewerte ich ihn nach Gut oder

Böse, so bewerte ich mich, mich den Schöpfer moralischer Werte. – So habe ich eine Ichwelt und daneben, dahinter eine andere Welt, ein Chaos für mich, ohne Ordnung, Zahl und Zeit, Raum und Ursächlichkeit, Gut und Böse, Schön und Hässlich, Sein und Nichtsein, das ich aber in mich umschöpfe, das ich umschaffe zur bunten Wirklichkeit – ich, das kleine Tier das große wilde Chaos – dieses Himmelsweinglas, das da über mir hängt voll von Wein und Trunkenheit, und das ich an die Lippen setze, durstig, durstig – O Welt! O Gott! O Ich! –

Er stand auf, blickte mit trunkenen Augen in seine Welt und machte sich auf den Weg.

Aber als er die ersten Häuser im Dorf erreicht hatte, leuchtete ihm ein Wirtshausschild entgegen. Leute saßen am Fenster und er meinte, sie nickten ihm freundlicher zu als sonst. So trat er ein, trank und war guter Dinge. Und die Nacht endete damit, dass er mit früheren Trinkkameraden zusammengeriet und – am nächsten Morgen sich nackt vor dem Klavier liegen fand, an dessen Kerzenständern er seine Kleider aufgehängt hatte.

Der dunkelblaue Enzian zum ersten Mal

Am nächsten Tage erhielt Erich einen Brief von Loo, aus dem ihm neben einer gleichgültigen Entschuldigung ein Efeublatt entgegenfiel.

Nur werde ich in der Nacht hinauswandern, denn die Lage des efeuumrankten Fensters ist mir wohl bekannt. Bald Gott und Weltenschöpfer, bald Trunkenbold und Fenstersteiger! – Aber meinen Enzian habe ich gefunden, unter der Jägereiche; träumerisch und dunkelblau, die Glocke schlank und halb geschlossen, wie jedes Jahr. Früh ist er gekommen; es ist in diesem Jahr alles so früh, die Sonnenuntergänge leuchten wie im Herbst, und wir schreiben den 20. Junius. – Ich habe mich neben ihn ins Gras gesetzt und ihn lange angeschaut: wer bist du? was willst du, was bedeutest du mir? Ich habe dir einen Namen gegeben und dich dadurch geschaffen und für mein Eigentum erklärt: was siehst du mich so fremd und seltsam an? Bewegst dich und mich und schwankst hin und her und läutest in mir?

– Weißt du noch, wie du tastetest von Buch zu Buch, wie du schwanktest von Meinung zu Meinung, weißt du noch, eitler Junge, wie du deinen Intellekt trenntest vom Willen, wie du missmutig warst, gedrückt und gequält, wie du eine Sehnsucht huckepack trugest, wie du littest an dir?

Gib Acht! Man hatte dir eingeredet, du hättest es schwer, dein Leben sei verpfuscht, das Leben sei eine Schuld, sei schlecht, ohne Sinn, ohne Wert; man wollte dich ducken, dich in die große Armee der Leidenden schmuggeln, du solltest bemitleidenswert werden und bemitleiden: und du glaubtest ihnen – wie ungern! – und wieder nicht – wie gern! Denn du bist stark, aber warst krank – wo? wie? was weiß ich. Und deine Sehnsucht war, herauszukommen aus allen diesen müden Verneinungen, diesen törichten Formeln, die im Nein ihr Ja haben, diesen tönenden Wissenschaften, diesen Worten –. Deswegen sprangst du von Buch zu Buch, spieltest mit ihren Formeln und ließest sie wieder fallen, die Neins und Wenns, um selber eins zu finden, aber ein Ja! sollte sie klingen – denn du wolltest leben! Aber nicht wie der Pöbel lebt – einen Grund, ein Ziel, eine Lebensformel suchtest du. Nun, hier ist sie:

Weißt du: das Himmelsweinglas, das du ausschlürfen wolltest – – nun niete dir die Formel: Die Welt schaffst du.

Du vergeistigst das Chaos zur Welt; das Andere, das Noch-nicht-Du, das alte Ding an sich, ist nur das, was von dir noch nicht geschaffen, vermenschlicht, noch nicht dein Eigentum geworden ist. – Du schaffst die Welt: nun lebe, lebe! –

Die kleine blaue Blume läutete so froh und stark – warum soll ich ihr nicht glauben?

Und dann bin ich baden gegangen – – – und habe stundenlang im Grase gelegen; und während die weißen Wolken durch den Himmel segelten und der Fluss geruhig durch Schilfduft und Ried und schwatzendes Vogelvolk hinströmte, habe ich das Ding an sich, den Intellekt und den Willen verlacht und mir ein Ich-weiß-nicht-was? gewünscht.

Gegen Abend entstiegen Schwärme von Eintagsfliegen dem Fluss, an den Gräsern, Halmen und Pfosten kletterten sie hoch und warfen aus der Hülle sich in die Luft zum kurzen Hochzeitsleben. Die Luft war weiß über den Wassern von den auf und nieder tanzenden Massen – und die sinkende Sonne in dem Höhenrauch, den der Nordwind gebracht hatte, rot wie ein Rubin: das hätte mich fast bezwungen, dass ich schon begann, die stundenkurze Existenz der Imago zu beklagen und daran sentimentale Folgerungen zu knüpfen – aber da hörte ich den Enzian läuten und ich lachte: Das Tier freut sich jahrelang seines Räuberlebens, und dieser Liebesflug ist sein taumelnder Höhepunkt. Es lebe das Leben und seine ewige Brücke: *Venus genetrix!*

Vor acht Tagen hätte ich ihr geflucht und geklagt: Was ist das Leben? So ist das Leben: es fließt dahin wie Wellenschaum, kommt und geht, quält sich und stirbt – wozu? –

Die ganze Luft ist erfüllt von Höhenrauch, sogar ins Zimmer dringt er herein mit seinem brenzlichen Geruch, und die Luft ist mürrisch und kalt. Das wird heute Nacht ein Weg durchs Bruch! Nebelgeschwader werden dort lagern, Moormannen hocken und frieren an Irrlichtfeuern, und ich sehe mein Schattenbild riesengroß und gekrönt vom Zirkel Ulloas auf den Zeltwänden geistern – und ü rump – ü plump pump geht die Reveille – in solcher Nacht plaudert's sich süß in den Armen Loos.

Das Efeublatt

Die Nacht flog über den Nebelheeren hin und her; sie lugte durch die Türritzen und Fenster und Spalten, hinter die sich das Getier des Tages vor ihren Kulpaugen [hervorstechende Augen, Klotzaugen; Anm. d. Hg.] geflüchtet hatte.

Nun hockte sie zwischen dem Efeu und den feuchten Mauerresten des Turmes und schielte zu dem Fenster hoch. Da sah sie zwei Menschen stehen, nackt, und ihn ein Tuch über die Blöße seiner Freundin werfen. Und sie schmiegte das Haupt mit dem langen losen Haar an seine Schulter und legte den Arm fest um seinen Nacken, so schauerte der Atem der Nacht herauf. –

Kennst du das Märchen vom fehlenden Reim? – fragte sie ihren schweigsamen Freund.

Es war einmal ein großer Magier, der arbeitete Tag aus Tag ein und die stillen Nächte durch in seinem Laboratorium. Die langen Nachtwachen, die giftigen Dämpfe und die furchtbaren Erscheinungen hatten ihm den Famulus geraubt; nun musste er allein arbeiten, Tag und Nacht, Sommer und Winter.

Aber eines Tages, am Nachmittag des heiligen Weihnachtsfestes, ließ er die Feuer erlöschen, wusch sich und ging in ein anderes Zimmer, das geschmückt war mit Krokodilpanzern und staubbedeckten Versteinerungen; an den Wänden hingen sie, auf den Tischen und Schränken lagen sie, ja von dem hohen Kanonenofen glotzten sie herab. Er sah mit einem finstern Blick über sie hin, holte aus einem Schrank einen großen Bogen Papier und setzte sich vor einen Tisch: Jetzt werde ich von meinem Leben schreiben.

Und er fing an zu schreiben in einer schweren klingenden Sprache, lauter Reime – stundenlang, bis ihn das heilige Abendläuten aufsehen hieß; er legte die Feder hin und sagte: Ich will eine Pause machen. Mir fehlt ein Reim – vielleicht finde ich ihn, gewiss, ich finde ihn. –

Da läuten sie: was dieses Plasma sich doch für seltsame Häuser baut – und der Muschelpetrefakt auf meinem Tisch, jedes Atom von ihm ein Sonnensystem: wenn diese Dinge einmal sprechen könnten mit Worten, wie wir sie verstehn, ob sie auch das Wörtchen wozu? kennen? Ob sie es auch wenden und drehen werden nach allen Seiten und es dann in heller Verzweiflung von sich werfen – wozu? – Doch mir fehlt der Reim – – –. Wie die Glocken läuten! Das ist nun alles für mich vorbei – Glauben und Jugend und Freunde – o ich hatte viele Freunde, aber ich traute ihnen zu sehr – und dann machte ich Reisen – Reisen – wie ist mir? Fand ich nicht auf einer meiner Reisen den Reim? –

In einem finsteren Geklüfte Karmels liegt eine Höhle und gräbt sich mit ihren ultravioletten Krallen tief hinein in das steinerne Herz des Berges. In dieser Höhle, fern, wo es so still wurde, dass das ungeheure Schweigen mir mit Donnerstimmen in die Ohren schrie, liegt ein kleines Gemach.

Dunkelrote Teppiche rollen von den Wänden, die selber schimmern wie Amethyst, Ambra brennt auf goldenen Dreifüßen, Smaragde, Opale und dunkelgrüne Chrysoberylle blinken, schwellende Diwane ziehen sich an den Wänden entlang – das war die Wohnung einer jungen Fee.

Beim Lesen hatte der Schlaf sie übermannt, dass ihre Hand, die ein Buch hielt, hinabgesunken war, – mitten auf ihrer runden Brust aber saß ein Falter und wiegte mit seinen blauen Flügeln. Und das Schweigen, das draußen mit Donnerstimmen schrie, war hier nicht mehr.

Behutsam ließ ich mich vor ihr nieder auf ein Gepardenfell und stahl das Buch, ein seltsam gebundenes, voller Schnörkel und sich verschlingender Arabesken.

– »als nunmehr der vierundzwanzigste Vers des heiligen Buches Mann geworden war, ging er in die Welt, um sich das schönste Weib, das es gab, als Ehegespons zu suchen. Er wanderte und wanderte, durch alle Fährnisse und Nöte, vergrub sich in Klüfte und Schluchten und stärkte seine Augen am Lichte tausender Sonnen und seinen suchenden Geist an Geweben und Gespinsten von Nichts – dann war ihm wohl, als hätte er die Ersehnte im Arm – doch sie zerflatterte ihm wie der Duft der Rose – du fühlst ihn, er durchdringt dich und macht deine Augen glänzen, aber du weißt nicht wie? und wo?

Da begannen Falten sich in seine Stirn und Wangen zu graben, und seine Augen wurden hart.

Aber eines Tages klopfte er an die enge Tür eines Buches und sprach zu dessen Herrn, der hervortrat, angetan mit einem weißen Seidenkleid: Ich bin der vierundzwanzigste Vers des heiligen Buches, der da heißt: In Allem Ist Und Alles Ist, O Mensch – – – –«

Als ich bis hierhin gelesen hatte, schwirrte der Falter von der Mädchenbrust herab und verdeckte den Vers mit seinen schimmernden Flügeln – ich blickte auf und sah die Augen des Mädchens in den meinen ruhen, da ließ sie ihre Arme auf meine Schultern sinken und drückte ihren Mund auf den meinen. –

Aber als sie eines Abends in meinen Armen schlief, fiel mein Blick auf das Buch, das ich vor Jahresfrist oder mehr von mir geworfen hatte, und suchte den Vers – da ergrimmte der Falter und wuchs und schlang seinen Rüssel um mich und trug mich und warf mich – – Unter einem Ginsterbusch, der seine gelben Blüten über mich streute, fand ich mich wieder –

Da trat aus dem Walde vor mir ein Wanderer, staubbedeckt, das Antlitz von glühenden Sommern verbrannt und von beißenden Wintern zerrissen, eine Narbe der ganze Mensch. Der kam auf mich zu und fragte: Habt Ihr sie nicht gesehen? Ich bin der vierundzwanzigste Vers des heiligen Buches, der da heißt: In Allem Ist Und Alles Ist, O Mensch – ich suche das Mädchen, das mir bestimmt ist vom Anfang bis zum Ende der Welt –

Da ging er weiter, über den Bach hinüber, über die Wiesen, die Felder, bis er hinter den Hecken aus Haseln und wilden Rosen verschwand.

Jetzt fiel der Felsen von meiner Brust und ich schrie ihm nach: Ja, ich habe sie gesehen, ich habe sie besessen, ich habe ein Jahr oder mehr an ihrer Brust geruht – sie war der Reim! Sie war der Reim! Doch ihr Bild ist mir verschwunden, kein Bild, kein Laut oder Hauch – Der Abendwind tat sich auf, eine Amsel schlug im nahen Waldesrand – dann brach ich meine

Reisen ab und fuhr heim. Werde ich sie wiedersehen? Ihr Kuss war sanft, und ihre Lippen waren weich und süß. –

Da sah die Nacht, wie das blanke Weib aus dem schwarzen Tuch sich hochzog zu ihres Liebsten Mund; und hörte es dann leise weiter sprechen:

Als so der Magier gedachte, wie er einstens den Reim besessen, hörte das Geläute der Glocken auf, und erstaunt blickte er hoch. Dann schüttelte er grimmig-traurig den Kopf und ging in das Laboratorium zurück, wo er die Rolle mit den tönenden Reimen fluchend zerriss und mit den Fetzen das Feuer anfachte unter den rußigen Kesseln und Retorten.

Das ist das Märchen vom fehlenden Reim. Kennst du es nicht? Kennst du es nicht? – Wie kalt ist der Wind, o trage mich in meine Kissen zurück. –

Das hörte die Nacht und sah, wie der Jüngling seine Freundin auf die Arme nahm, und sie sich um ihn klammerte wie eine weiße Schlange.

Die Sonne hing schon gleich einem roten brennenden Ballon im Osten, als Erich auf der Höhe stand, wo der Sumpfporst blüht.

Wo hat sie das Märchen her? Will sie, dass ich alles Strebens Wurzel und Krone in ihr und ihrer Liebe finde? Ihr liebes Spielzeug werde, ihr zärtlicher Besitz? –

In den Tälern lag der Nebel wie ein Meer, und die Wipfelgruppen der Erlen und Eichen sind Klippen, um die es brandet – eine steile Insel, ein flacher Himmel und eine brennende Kugel, die aus gelben Dünsten sich hebt: da ließ er sich auf ein Polster von Rasenbinsen nieder, um sich an dem Schauspiel zu weiden.

Und wie er seine Augen von den leise quirlenden Massen fort auf die Sonne wandte, bemerkte er auf der glühenden Scheibe einen Fleck; er blickte schärfer und sah, dass er eigentümlich zitterte und schwankte –

So wird ein Falke, der über einem Nebelmeer rüttelt, zum Sonnenfleck –

Jetzt fiel der Punkt blitzschnell in die Tiefe –

Wie mancher andere Fleck, der sich so zwischen uns und die Wirklichkeit schiebt, mag so zur Erde stürzen! Wie manches Wort noch, das uns die Aussicht versperrt – nicht jedes Wort?

Ziehen wir nicht mit Worten und Formbildern die Welt in uns und suchen sie dann, wenn sie in unserem Besitz ist, dieser zu entkleiden und streifen die verschlammten Netze ab von dem köstlichen Meeresschatz? Und was haben wir dann: das nackte bloße blanke Ding, das aber dennoch in unseren Gedanken steckt – in uns –?

Denke ich nicht zuerst das Chaos, aus dem ich eine Wortwelt bilde, die ich sodann durch Abstreifen der Worte zum Ding an sich konstruiere?

Muss ich nicht so meine Formel: Ich schaffe die Welt – verbessern in die: Ich bin die Welt? Einmal Chaos, einmal Wortwelt, einmal Ding an sich?

Suche ich also nicht Loo durch meine Vorstellung, meinen Wunsch und Besitz in mich zu verwandeln, sondern vielmehr: denke ich sie nicht erst, schaffe ich sie nicht zuerst in mir, ist sie nicht ein Teil von mir, mit dem ich schalte, wie mir behagt?

Wie könnte ich jemals ihr zärtliches Spielzeug werden! Ist sie nicht ich! Bist du nicht ich, du süßes Märchen?

Ich bin die Welt! –

Aber wenn alles Menschenleben zerstiebt, so hängt doch droben noch düsterrot die erlöschende Sonne – ah! wie nun ihre warmen Strahlen in den Nebel greifen, sie zu langen Locken und Bändern spinnen und in die Höhe ziehen, um aus ihnen die weißen Wolkenbälle zu weben und zu nähen, und dann den Wind rufen und ihre Weberkünste ihn forttragen und weitersegeln heißen durch die blaue Sommerwelt!

Der Bauchhaarige

Wo das Sonnentier *Actinosphaerium* im Grundschlamm des Kosakenkolkes rollt, wo die prachtvoll grünen Desmidiazeen und zierlichen Diatomeen gleiten und als selbstherrlicher Räuber dieser Welt der Ruderfüßler und Große Wasserkäfer haust, lebt ein rätselschweres, bauchhaariges Wesen, der *Chaetonotus chuni*.

Man weiß wenig von ihm, man ist noch mit der Frage der Zugehörigkeit der Gastrotrichen, d. i. der Bauchhaarigen, beschäftigt; kennt man aber die, kann man bestimmt sagen: es ist kein Infusorium, es ist ein Fadenwurm, ganz bestimmt ein Fadenwurm, Herr Collega, so ist das Rätsel, mit dem sich der Bauchhaarige umhüllt, gelöst. – Dieses Rätsel wollte Erich lösen.

Es ist doch nur ein Wortspaß – murmelte er und schleuderte die Flasche mit dem Rest des Schlammes, aus dem er die Bauchhaarigen gefischt, in den Kolk zurück; hängte das Planktonnetz zum Trocknen an einen Weidenast und etikettierte eine Reihe anderer Gläser –

Ja, nur ein Wortspaß. Man füllt eine Rubrik, schlingt einen neuen Knoten, freut sich und damit hat die Sache ihr Ende – mit einem Wortspaß; und damit vertreiben Leute ihr Leben, mit einem Wortspaß. Es mag auch ein Augenspaß sein, ein Trost vielleicht, dass auch diese Plasmawürste leben und leiden – leiden? Gefressen werden! Das Leiden bezweifle ich – das ist unser Privileg. – –

Da kommt ihr Vater! Ein Graf mit Ketscher und Botanisiertrommel! Ein würdiger Nachkomme derer von Raesfeld! Beim Teufel! ein würdiger Schwiegervater! Ich möchte ihn sprechen hören. –

Er trat auf den alten Herrn zu und entschuldigte sich, dass er ihm ins Gehege gekommen sei.

Sie schaden ja nicht meinem Besitz, wenn Sie sich die Mühe machen, ihn zu durchforschen.

Nun ja, ich gebe Ihnen ein paar Worte mehr – sie stehen zur Verfügung. –

Der alte Herr lächelte und bat ihn, ihm eine Durchsicht der Gläser zu gestatten.

Bitte, aber es sind nur Worte, immer Worte, Herr Graf. Ich suche nur das Rätsel des *Chaetonotus* zu lösen. –

Sie setzten sich ins Gras, und der Graf betrachtete bedächtig kleine Schlammproben unter der Lupe und setzte dann mit einem Grashalm die weißen Striche auf die Glasplatte des Algensuchers.

Der *Chaetonotus chuni*, zweifellos. –

Nicht wahr? Man müsste eine Kultur von ihm anlegen. Das Rätsel muss geknackt werden. Und zwar bald, sonst kommt Ihnen ein anderer zuvor. –

Zweifellos. Die Lösung schwebt in der Luft – ein glücklicher Griff, und der Mann hat sein Lebenswerk getan. –

Gewiss. – Wir haben eine viertel Stunde bis zu mir. Begleiten Sie mich? –

Gerne. Aber bedenken Sie, es sind nur Worte; Rätsel und Lösung sind Worte –

Sie fangen wohl nach wortlosen Begriffen? Damit kommen wir nicht weit. Sie wissen, man sagt, unsere natürlichsten Begriffe und Stellungen zu den Dingen seien Irrtum und Lüge von Anfang an. – Bist du toll geworden, Loo? –

Er sprang auf und eilte auf das Sumpfloch zu, in welchem Loo über die Graspolster, die sich um die Erlenstämme gebildet hatten, auf sie zu turnte. Aber lachend sprang sie aus dem gefährlichen Gebiet.

Den Weg hab ich schon tausendmal gemacht! – Ach, gehen Sie mit meinem Vater auf die Schmetterlingsjagd? Haben Sie ein komisches Schmetterlingsnetz! – Sie ergriff das Netz und schwang es kreisend um sich, dass Erich die Tropfen ins Gesicht flogen.

32

Da sah sie die Gläser, die neben ihm im Grase standen.

Was haben Sie hier? – Der Große Bauchhaarige aus dem Kosakenkolk – was für ein Unsinn! Weg damit! Und das! – Fort mit dem Zeug! – – Lass uns gehen! –

Jaja. Sie kommen doch mit? Gewiss kommen Sie. –

Gewiss komme ich. –

Er nahm sein Netz, zerriss es mit einem Ruck und schmiss es den Gläsern nach, die Loo in den Kolk geworfen hatte. Sie gingen durch den Sumpf, durch den soeben Loo gekommen, sprangen von Erle zu Erle und balancierten dann vorsichtig über einen schmalen Pfad, der unter ihren Schritten wogte wie junges Eis. – So waren sie eine Weile gegangen, wortlos, Loo voraus – als Erich plötzlich einsank und schnell bis zu den Hüften im Schlamm steckte.

Mit bösen Augen hatte Loo ihm zugesehen, wie er sich an einer Erle, die ihr Vater zu ihm niedergebogen, herauszog, und war dann mit den Worten: Ich werde vorausgehen und für den verunglückten Herrn trockene Kleider bestellen – wütend fortgelaufen.

Bad, Anzug und Wäsche war für Erich bereit, aber vergeblich suchte er nach einem Brief, einer Karte, einem Wort, nur nach einem Zeichen von Loo. Da kleidete er sich um; es schien der Anzug eines Gärtnerjungen zu sein – es war ihm gleich, aber der Durst quälte ihn. Da stand auf einem Tischchen ein Glas Milch und ein belegtes Brot – Er nahm das Glas und setzte es an den Mund, aber mit einem Fluch riss er es zurück und warf es auf die Steinfliesen.

Du Teufelin! –

Da trat sein Wirt ins Zimmer –

Wer stellte Ihnen denn das hier hin? – Aber wie wär's, wenn wir den Bauchhaarigen für heute in Frieden ließen und einmal zusähen, was Raesfeld an Diatomeen besitzt? –

Sie gingen hinab und stiegen in den Nachen; und Erich ruderte, durch den Schlossgraben und den Schilfwald in den langgestreckten westlichen Teich. – Nymphäenblätter, dicke aufgetriebene Algenwatten, ein Schwanenpaar, das wütend das trichterförmige Netz angriff, erschwerten ihre Arbeit; aber als sie genügend Material hatten, gingen sie an Land, siebten, sonderten, glühten und färbten, bis die blendenden Wolkentürme, die vorher ihr schönes Licht in das Mikroskop geworfen, zu dunklen Gebirgen wurden und mit wilden Zacken und schneeglänzenden Gipfeln zu ihnen herüberdrohten. Da schoben sie die Instrumente beiseite und Erich verabschiedete sich, denn es war sicher, dass die nun schiefergraue Bergmauer mit Gewittern ging; den Wagen, den ihm sein Wirt anbot, lehnte er ab.

Auf den Gängen, im Hof oder Garten, an ihrem Fenster – von Loo war nichts zu sehen. Da schlug er den Kragen gegen den in großen Tropfen schon niederschlagenden Regen hoch und eilte ins Freie.

Hier überholte ihn der Sturm, warf ihm den Hut vom Kopf, dass er über die Felder tanzte –

Zwei Monde lang hatte der Himmel gebrannt und geglüht und unendliche Wassermassen hochgehoben, jetzt warf er sie in einem Gusse herab, Sturm und Gewitter hinterher. Die Luft ward zu Wasser, klatschenden, schlagenden, gießenden, prasselnden, unheimlich brausenden Wassern, die die Stürme hin und her warfen, dort es als eine kompakte Masse glatt auf die Erde schleudernd, dort es sich in die Hände werfend und als gischtenden Schaum wieder in die Wolken wirbelnd. Hier riss der Sturm, auf weiten Feldern seine Brüder zu einem singenden Keil zusammenschweißend, eine jähe Lücke in die brausenden Wasser und verteilte sich dann heulend über die Wälder, bahnte sich hier, vertausendfacht, seine zusammenbrechenden Wege, um sich drüben auf den Heiden wieder zu eins zu ballen und im Hui! über die Hügel zu tanzen – Wacholder und Heidebüschel hinterher. Da spaltete ein Schlag den Himmel in zwei Teile, und polternd rasselten die Trümmer herab! Da wieder einer! – Da! – Dort! Ein Riese stand da oben und zerhieb den Himmel in Fetzen, und wie Hagelschlag unaufhörlich kollerten die rollenden Trümmer herab. Und aus den zerfetzten Rissen fuhr der entfesselte Sturm und stampfte Wälder und Felder in Grund – Feuerjoh! Feuerjoh! Im Schloss hat's eingeschlagen! – Feuerjohoho! Die Scheune brennt, das Schloss brennt! – Brand! Brand! Das ganze Dorf brennt! – Hoho! Das Fräulein! Fangt sie! Das Fräulein ist toll geworden! Fangt sie! Hussa ho! Fangt sie!

Doch sie war schneller als ihre Verfolger. Von Liebe und Furcht gejagt, flog sie durch den Sturm und Lärm. Fangt sie! Schon hatte sie die Chaussee erreicht – Fangt sie! – jetzt bog sie in die einsamen Waldwege ein – o sie kannte die einsamen Waldwege! Noch zwei, drei beherzte Burschen sprangen ihr nach – dann lockte neuer Feuerlärm sie zum Dorf zurück.

Da kämpfte sie sich wieder durch zum Weg; laufend, kriechend, liegend – die nassen Büsche zerschlugen ihr Gesicht, Regen und Sturm warfen sie hin und her. Dann trieb sie ein jäher Blitz, der spukhaft die Gegend erhellte und polternde Donnertrümmer auf sie warf, wieder auf den rechten Weg. Haare und Kleider flatterten in dem schlagenden Sturm – er warf sie zu Boden – in den Graben – da krachte ein abgerissener Ast neben ihr nieder – sie stolperte, stürzte – doch weiter! nur weiter! immer weiter! Zu ihm! Zu ihm! Zu Füßen will ich ihm liegen – aber mir soll er gehören, mir allein! Mir allein! Jauchzend schrie sie es in den Sturm.

Du Teufel! Du Teufelin! Das Lied sang der Sturm und Donner in Erichs Ohren den ganzen Weg; warf ihn hin und her – Du Teufelin! Süße Teufelin! Da spellte ein Blitz eine Pappel neben ihm – in zehn, zwanzig glühenden Schlangen fuhr er in den Boden und als leuchtendes Schwert wieder hoch in die Nacht. Schlag sie tot, schlag sie tot, die Teufelin! Ho! du Sturm schlage sie tot! Da fegte er ihn über den Weg und rollte ihn in den Graben – er watete in ihm fort, von dem der gießende Regen wie ein Schaum und Nebel wieder hoch stieg. Er fiel, raffte sich hoch und erkletterte mit Händen und Füßen den Weg. O wie schmerzt der Regen auf dem bloßen Kopf! Als spülte er Haare, Haut und Knochen fort! Da tanzte eine blaue Kugel über dem Weg, da fern über den sturmgebeugten Bäumen, nun hier, jetzt da – O du blauer Blitz, o du tanzende Kugel – tanze sie, tanze sie tot, den Teufel! Da sprang sie mit einem klatschenden Donner auseinander – Heißa! Klatsche sie tot! – Der Wind verschlang's, warf ihn hin und her, quirlte und wirbelte gelbe Wolken wie Schwefelstaub durcheinander und schmiss sie hussa ho! in den brechenden Wald. – Du Teufelin, süße Teufelin! O du schöne Teufelin! Was tat ich dir? O schlagt sie tot, schlagt sie doch tot!

Rief sie da nicht? – Oh, die Teufelin kommt! Da floh er vor ihr her wie ein wolfgejagtes Tier. – Heinz! – Schlagt sie tot! – Heinz! – Da hatte sie ihn ereilt und riss ihn zurück – er stieß sie fort in den Schmutz –. Da umschlang sie seinen Leib und er schleifte sie hinterher –. Schlage mich, Heinz, o bitte, schlage mich! – Da drängte sie sich hoch, umklammerte mit beiden Händen seinen Arm und presste sich an ihn. – Ich will ja nur dich haben, aber dich allein, ich dich allein! – Sie halten mich für toll – Heinz! sie wollen mich fangen wie einen tollen Hund! O ich bin auch von Sinnen, bin ja toll – – Der Sturm warf die Taumelnden hin und her – und der soeben eine Pause gemacht, brach mit neuem Ungestüm über sie. Da fegte er ein Meer wirbelnder Blätter hoch über ihnen her und warf es weit in die Heide, die grau und unsäglich wild vor ihnen lag.

Hussa! mein schönes Lieb! Hussa! – Wollen wir fliegen? Kannst du nicht fliegen, süßer Teufel? –

Er riss sie hoch, sprang windgetragen über den Graben und flog mit ihr Hand in Hand über die Hügel – jauchzender Sturm und Blätterwirbel hinterher. Hussa! Ich habe dich lieb, du schöner Engel – Hussa! Du süße Schöne, wir fliegen – o du Wilde, Schöne wir fliegen – fliegen – Da warf sich der Sturm auf eine andere Seite, wirbelte sie um und rollte sie den Hügel hinab. Dann holte er noch einmal Atem in die brausende Brust und spie ihn aus, dass die Wacholder und Heidebüschel wieder über die Hügel tanzten. – Dann legte er sich stöhnend auf die Seite und sank in Schlaf; die zerfetzten Wolken da oben und da auf Erden die jagenden Blätter und verwehten Menschen mochten sehen, wo sie eine Ruhestatt fänden. –

Auf der Heide wurde es still. Nur droben die Wolken trieben noch ihr Spiel und erzählten sich in ihrer hastigen Weise, dass nun Regen kommen würde, langer wochenlanger Regen.

Der Landregen

Ein Landregen, der nicht weichen wollte, der tagelang seine grauen Eimer trug vom Ozean bis fern zum sommerdürren Steppenland, legte sich über Stadt und Land. In unendlich eintönigem Getröpfel fiel es von den Dächern und goss aus den Rinnen, tagelang.

In einem Regenmantel, den regenschweren Hut tief in der Stirn, war Erich hinausgewandert. Jetzt saß er mit Loo und dem alten Herrn im Schloss, in einem Zimmer, dessen Fenster auf den Hof und die zum Teil niedergebrannten Scheunen blickten. Sie quälten sich nicht zu einem Gespräch, sie sahen wortlos hinaus in den gießenden Regen.

Aber trotzdem, – unterbrach der Graf die Stille – Sie werden es wohl glauben, junger Freund, ich liebe solchen Regen. Hören Sie, wie das von den Dächern tropft, so selbstverständlich und eintönig, ein Tag wie der andere. Dazwischen die alte undichte Regenrinne mit ihren klatschenden Güssen, unregelmäßig und ungleich stark, das sind so die Episoden, die hohen Tage des Lebens – und alle gehen zu Wasser, alle. Aber hören Sie das Tröpfeln, das Tröpfeln, so müde und eintönig-geschäftig, das bleibt – wird ja auch zu Wasser – aber es bleibt – tripp – trapp. Sehen Sie, das erfüllt mich mit so eigener Freude – – Und er ging in sein Turmzimmer hinüber.

Du hättest nicht kommen sollen, Geliebter – sagte Loo, die mit verschränkten Händen am Fenster stand – der Regen ist nichts für uns. Was soll unsere Liebe, was soll das? Weshalb haben wir uns so lieb? – Und das nennt sich Glück – – ! – Hör einmal zu, Loo:

Es war ein Tag wie heute, so zwischen Nachmittag und Abend, als ein junger Scholast durch die Straßen Jenas ging. Winkelige, enge Gassen waren das, langnasige Giebel mit großen, unheimlich schwarzen Augen und einem breiten gefräßigen Maul, aus dem die schwarze Zunge wie eine Rolle geformt heraushängt. – Es wird später und später und wird eine stürmische Nacht. Da begegnet dem einsamen Scholasten ein Mensch, dessen Beruf es war, durch seine Dummheit und seinen Reichtum alles um sich unglücklich zu machen, ohne dass er selbst dabei Glück genoss – den packt sich der Scholast, schüttelt ihn und schreit ihm ins Ohr: Sieh diese stürmische Nacht! Weiße, zerrissene Wolken jagt der Wind von der Rudelsburg her, und blickst du lange hinauf, wie der Mond sie verzinnt und versilbert, dann wird's dir, als flöge der Mond dahin, der Fenriswolf hinterher, und Turmspitzen, Turmhähne mit flatternden Flügeln, die langnasigen Giebel in wilder Flucht mit, die Häuser, die Gassen, die Stadt, du selbst – hui! in die Unendlichkeit! Packt's dich, du Jammermann? Siehst du das Haus dort mit der grotesken Doppelnase am Giebel? Und das Fenster darunter, im windigen dritten Stock, Licht ist drin? Da geht's hinauf, drei Treppen hoch – komm mit! Hoppla, du Jammermann. –

Was? Du siehst nichts? Tränen dir die Augen? Beißt dir der scharfe Tobak sie aus?

Und draußen heult der Sturm, die langen Giebelnasen knarren und wackeln und schütteln den Kopf über das schlechte Wetter und rufen in gespenstischer Zwiesprache bei jedem Nieser Gesundheit! Gesundheit! Euer Gnaden – sich zu. Und der Kessel singt, der Grog glüht und wir sechzehn sitzen tabakrauchumhüllt am runden Tisch, und unter uns ist einer, der hat eine harte böse Stimme: Ich habe zehn Tage keinen Wein getrunken, ihr Füchse, keinen Schläger und kein Weib berührt, ich habe mich hier vergraben und habe die Rettung gefunden. Nicht für die Menschheit – was heißt Menschheit? Für mich, für euch, ihr Füchse.

Und ich habe gefunden: So viel Individuen, so viele Welten. Unser sind ihre Erscheinungen, unser ist ihre Zeit, unser ihr Raum, unser ihre Ursächlichkeit: wir sind die Welt.

Seht, jetzt nehme ich die Zeit – er streckte die geöffnete Hand hoch – presse zusammen, was zwischen ihrem Anfang und ihrem Ende liegt – er krallte langsam die Hand zu – und werfe es unter mich – er schmetterte die Faust nieder.

Füchse, Sophistik! heißa Sophistik! Jetzt lösen wir ein Geheimnis! Habt ihr schon über die Möglichkeit nachgedacht? – Wähntet ihr nicht damals in der Zeit, eine Handlung als Ausführung eines Gedankens sei möglich, und die andere nicht? Und weswegen war sie unmöglich: weil sie eurer Erfahrung und Logik widersprach. Und was ist denn Erfahrung? – Die, kausal gedachte, zeitliche und räumliche Verbindung zweier oder mehrerer Erscheinungen. Was erfahrt ihr so? – Euch. Wie könnt ihr denn euch durch euch widerlegen? Füchse, Sophistik! Heißa Sophistik! Und was ist eure Logik? Die angenommene Gleichheit gewisser zeitlicher und räumlicher Erscheinungen, und was daraus im Zwange eurer Kausalität folgt. Wie könnt ihr denn abermals euch durch euch widerlegen? – Und wenn ihr die Ausführbarkeit eines Gedankens von einer fernen Zukunft erhofft: haben wir die Zeit nicht niedergerissen und unter unsere Füße getreten? Gedanke und Ausführung sind nicht mehr getrennt, sie sind eins geworden.

So gibt es keine Möglichkeit oder Unmöglichkeit; was ich auch denke, ist nicht nur ausführbar, sondern schon da, ist schon dadurch geschaffen, verwirklicht und da. Ruhig, du Jammermann!

Und nun gebt Acht, wir bauen ein Schiff, ein glückhaft Schiff. – Da holte er unter einem abgeschabten roten Plüschsofa einen zweiunddreißigeckigen Kasten hervor, in dessen Mitte eine Geige befestigt war, – und sang ein Lied: die Geige gab einen leisen Klang. Und jetzt sang er hart und sporenklirrend: schrillend klangen die Saiten. Mittönende Schwingungen. –

Nun legte er sein Gesicht in stille Falten, und seine Augen wurden traurig: da klang die Geige auch leise und traurig – Dann reckte er sich hoch: zornig schrie eine Saite auf.

Ich nenne es übertragende Schwingungen der ersten Kategorie – wovon? worauf? Äther, Luft – was tun Worte! – Dann nahm er die Geige wieder und entriss ihr einen Ton: ein Nordlicht hing draußen in der Luft und warf Flammenspeere und Feuerglorien über den Himmel.

Ich nenne es übertragende Schwingungen der zweiten Kategorie – wovon? worauf? Luft, Äther – was tun Worte! – Und nun schlug er das Fenster zurück und strich einen Klang, der sich wie roter Sammet anfühlte: da ward es stille draußen, der Sturm ward zum Hauch, eine weiße Wolke fiel vom Mond und schwebte wie von einer Sehnsucht durchwogt vor dem Fenster, und die Giebel machten Bücklinge, graziös steife Rokokoverbeugungen, und schnitten ein verliebtes Gesicht.

Doch als er dann den Bogen führte, rasselten die Schiefer zu Boden wie Hagelschlag, die rostigen Turmglocken fuhren aus ihrem Schlaf und schrien dröhnend und schmerzlich auf, und eine Windsbraut lachte durch die Gassen.

Luft – Äther – Luft – ich nenne es kurz die dynamischen Schwingungen. – Seht ihr, wir bauen ein Schiff, ein glückhaft Arche-Howald-Schiff! Seht ihr's nicht schwimmen droben an der Steilküste Samlands, brandungumrauscht, bernsteingeschmückt – rund, zweiunddreißigeckig und eine Geige klafterhoch die Bordwand überragend? – Ja Loo, denke dir eine ungefähre Halbkugel, neunzig Meter breit, dreißig Meter tief, zweiunddreißigeckig, ohne Mast und Segel, ohne Schornstein und Schraube, ohne Anker und Steuer, statt dessen in der Mitte eine Riesengeige tragend: das war Musarion und unser glückhaftes Schiff. Und seine Besatzung bildeten sechzehn ganze Männer und ein halber, der war Geheimrat und Berliner, und diente uns als Koch. – Unsere Gehirnwindungen, graue und weiße, und damit unsere Welt, stehen in Beziehung zu einem ganz bestimmten Ton, wie er aus Grundton und Nebentönen sich zusammensetzt: erklingt dieser, so geraten sie und ihr Weltbild in frohe, treibende Erregung. Und wie jeder Mensch eine Tagesstunde hat, in der er sich am zärtlichsten liebt, so ist jene Erregung am intensivsten in dieser Stunde. Und was ist denn die Stunde weiter, als der Stand der Sonne über oder unter einer bestimmten Himmelsrichtung?

So entsprach unser Wesen einem Strich der Himmelsrose. Verstärkten wir nun unsere Erregung, indem wir mit dem grotesken Riesenbogen unseren Leibton über der Stirne strichen, von wo aus wir unsere Gehirnwindungen am eindringlichsten miterklingen hießen, so pflanzten sich deren Schwingungen auf die Saiten der Riesengeige fort und wurden dort aus den übertragenden Schwingungen erster Kategorie in dynamische umgesetzt: Das Schiff bewegte sich in der dem Ton eigenen Himmelsrichtung. Strich Howald *e,* so fuhr es gen Ost, geigte er *cis,* so wandte es sich der Abendröte zu.

Wie der Wechsel der Schnelligkeit mit Hilfe einer Flöte, das Anlegen mit Hilfe einer Pauke bewirkt wurde, wirst du dir selber ausmalen können.

Das war die fremdartige, wie ein Hünengrab oder Brontosdurosknochen in unsere Zeit hinaufragende Besatzung Musarions. –

An einem waldmeisterduftenden Maiabend verließen wir die Bernsteinküste mit dem Kurs zwischen Bornholm und Rügen auf Trelleborg. Dort raubten wir ein schwedisches Mädchen Marga und geigten sodann durch den Sund, Kattegat und Skagerrak, am südlichen Abhang der Doggerbank entlang und durch den Kanal, um am nächsten Abend vor Lizard vor Anker zu gehen.

Ein Paukenschlag! und Wind und Wellen treiben an uns vorbei, die massigen Wogen des Ozeans werfen sich dröhnend gegen unser Schiff, und in den Saiten der Geige pfeift der Westwind, der ozeangeborene, seine klagende Melodie. Ich war abgelöst worden, und der Fuchs Torring übernahm den Dirigentenplatz; so ging ich an Deck, lehnte mich an die Geige und ließ meine Gedanken schweifen – –

Da höre ich ein Toben und Schreien und sehe sie herstürmen, lachend und mit fliegendem Haar –

Eine Riesengeige streicht man mit einem Riesenbogen! – und unter dem jubelnden Zuruf der Gefährten reißt sie den tönenden Bogen über die Saiten:

Als hätte ein Wetterschmied alle Taifune und Orkane und all ihr wildes Geschwistervolk zusammengehämmert, um sie in einem Guss auf uns loszulassen – so flog unser Schiff. Die Wasser bäumten sich wie Berge vor uns hoch, standen als grollende brausende, donnernd in sich einstürzende Mauern zu unseren Seiten, und ihr Wutschrei, wenn sie meilenweit hinter uns zusammenschlugen, warf den Erdball zitternd und pendelnd aus seiner Bahn. Und gleich einer ungeheuren Geschützkugel tönte unser hoch aus den Wassern sich hebendes Schiff dahin, eine Meute bellender, kläffender, heulender Sturmhunde hinterher. Wir lagen am Boden wie vom Beilschlag hingestreckt – aber Marga, die geduckt auf ihren Knien neben mir kauerte, lachte mit funkelnden Augen in das erboste Wasser – Planken und Menschenleiber tanzten und quirlten vorbei – wie ein Blitz kam's, wie ein Blitz verschwand's – helljauchzend bäumte sie sich hoch und starrte ihnen nach in die grüne gischtende Finsternis.

Als ich das sah, die Trümmer eines überrannten Schiffes und das jauchzende zerstörungstrunkene Weib, kroch ich in meine Kajüte, um in mir das Mitleid und das Grausen zu töten. –

Und dort erhitzte ich drei Tage lang meine Phantasie, mir die grausenerregendsten und bemitleidenswertesten Bilder vorzujagen, und hatte meine prickelnde Lust, die letzten Fäden, die mich in den Bannkreis des Phantoms Gott und »Gut und Böse« ziehen wollten, langsam zu durchschneiden. – Dann eilte ich an Deck, um die Schriftstücke, auf die meine Phantasie ihre Teufelsbilder gemalt hatte, über Bord zu werfen, und warf sie – in den Amazonenstrom, jawohl – in den Amazonenstrom.

Amazonien! Wie lange hat es gedauert, bis die *Pororoca* [„großer Lärm"; den Amazonas hinauflaufende Tidenwelle; Anm. d. Hg.] wasserwolkenlärmend in deinen Strom sich wälzt! Einmal Meer, das gegen granitene Küsten eines Urlands im Osten brandet, Inseln aus sich hebt, sumpfig und üppig wie nur im tropischen Sumpf, und Insel sich an Insel schließend, dein Meer versinkend und vertrocknend: Land! Dann die Küste wieder eines gewaltigen Meers, auch das zerfällt, versandet und verdünnt und verfrachtet seine Wasser in mächtige westliche Ströme, bis die aufbäumende *Cordillera* ihnen den Weg vertritt und mit ihren eigenen Wassern vereint sie einen See bilden heißt, mächtig und breit, überströmend und seine Fluten in gewaltigen Rinnen in den Ozean werfend: da ward dein Amazonas! da rollte der Wasserwolkenlärm rauschend und brausend deinen Strom hinan – Amazonas!

Hochwassergeschwollen, gelb und trüb, verfilzte Pflanzenbarren und umgestürzte Bertholletien [Paranussbäume] tragend, wälzte er sich unabsehbar zwischen seinen Inseln ins Meer. Wo der *Tapajos* sein flaschengrünes Wasser in ihn wirft, wo am Ufer Mumbakapalmen, langarmige Heveen und Bambusse eine schwermütige Linie ziehen und die *Victoria regia* ihre grünen Blattteller wiegt – lag still und stumm unser Musarion und ließ die schlaffen Saiten seiner Riesengeige im Morgenwind summen.

Aber ich fand mich allein, die Boote waren fort – so lehnte ich mich an die Riesengeige und spielte ihr auf meiner Fiedel ein Lied.

Das ist nun deine Welt, einzigartig und nie oder immer wiederkehrend, auch wohl schön und wild – aber eine Welt der absoluten Einsamkeit, das ist deine Welt. – –

Am Mittag kam Howald mit den Gefährten zurück, mit Pflanzen und erbeuteten Tieren beladen; in Kiepen, Körben, Gläsern und Netzen brachten sie die Fauna und Flora Amazoniens an Bord. Sie grüßten mich zerstreut, redeten mit unendlichem Stimmengewirr durcheinander und zogen sich, immer disputierend, in die gemeinsamen Arbeitszimmer zurück.

Marga, an der Geige lehnend und sich aufrichtend und leise dehnend, lächelte mich an – da überließ ich meine Freunde ihrem Treiben und folgte ihr. Nach tagelangem Arbeiten unter Deck tauchten meine Gefährten wieder ans Licht, ruderten sich an Land, kehrten mit den mannigfaltigsten Dingen zurück und verschwanden wieder, immer redend und mit nachdenklichen Gesichtern. Und ich – blieb bei ihr.

Doch eines Tages berief Howald einen Konvent und hielt folgende Rede: Füchse! Zwiefacher Art waren die Ziele unserer Arbeit: einmal, zu erklären die Fähigkeit unseres Wesens, sich bei einem gewissen Ton zu konzentrieren und nach einer bestimmten Richtung hin übertragende Schwingungen zu erregen – ein andermal, dieses erklärte Phänomen mit unserer Philosophie in Verbindung zu setzen.

Was den ersten Fall betrifft, so waren wir bescheiden und haben uns begnügt mit der Beschreibung des geschichtlichen Werdens dieser Fähigkeit, und nebenbei mit einer detaillierten Beschreibung.

Worin bestand also unsere Erklärung? Sie bestand darin, nachzuweisen, dass bei den verschiedensten, einfachsten und differenziertesten, Wesen ein gewisses höchstes, Kräfte auslösendes Wohlbehagen auf Schwingungszuständen beruht – und (wenn auch nicht in der lückenlosen Reihe einer bestimmten Steigerung) festzustellen, dass dieses durch die Wellen eines spezifischen Tones erhöht und sogar in übertragende Schwingungen umgesetzt werden kann.

Diesen Nachweis haben wir geführt, haben den Vorgang selbst bis ins dritte, vierte Glied der Ursachenreihen trefflich beschrieben – und so unser vorliegendes Phänomen erklärt. –

Nun, meine Freunde, was haben wir mit dieser Erklärung eigentlich ausgesagt: wir haben eine Eigenschaft verfolgt, wie sie sich bei verschiedenen Lebewesen in verschiedener Stärke zeigt, sodass wir in der Lage waren, nach den verschiedenen Graden dieser Stärke ihre, in anderen Eigenschaften sich ähnlich verhaltenden Träger in eine Rangordnung einzusetzen; diese betrachteten wir dann in ihrer zahlenmäßig aufsteigenden Linie unter dem Bilde der Zeit – und stellten so die Hypothese des geschichtlichen Werdens, der Entwicklung unseres Phänomens auf.

Nun konnten wir diese Betrachtungsart bei allen Dingen anwenden und durchführen, sodass wir eine Welt erhielten, die sich entwickelt, die aus sich wird – und diese galt es nun, laut des philosophischen Zieles unserer Arbeit, in Beziehung zu setzen zu der, die nach unserer Formel in uns und durch uns ist.

Ihr fühlt alle, dass ein gegebener Verknüpfungspunkt in der *Apriorität* der Zeit liegt. Und so würde leicht einer sagen: nur im Banne der Zeit sehen wir das als ein Nacheinander und Werdendes, was in Wirklichkeit ein Nebeneinander und Seiendes ist. Dem würde ich entgegnen: wir haben als Menschen die Zeit niedergerissen und nehmen als solche das Nebeneinander an – obwohl in dem »Nebeneinander« noch der Begriff der Zeit steckt –, aber wie stand's mit diesem Nebeneinander, als noch die haarige Bestie, dieses Gürteltier, dieser Amöbenklumpen, das höchstdifferenzierte Wesen des Planeten war? Denn nichts hindert uns, dieses für einen Teil der Welt anzunehmen; nichts hindert uns, ihr Füchse, die Zeit räumlich zu setzen, sie als vierte Dimension zu postulieren.

Es bleibt also die Frage: in welchem Verhältnis steht die gewonnene (wissenschaftliche) Formel einer werdenden, oder räumlich nebeneinander geordneten Welt zu unserer alten unerschütterlichen (philosophischen) einer konzentrierten Welt, die sich manifestiert in unserem Schlachtruf: Ich bin das All, ich bin die Welt? Oder offener: wie ordnen wir die erste der zweiten unter?

Du, und jetzt wandte sich Howald an mich, jüngster aller Füchse, wirst die Schwere dieser Frage würdigen – ist doch mit ihr im tiefsten Grunde die Existenz Musarions verknüpft –; aber die Lösung verlangt, insbesondere für dich, einen Ort und ein Klima ohne die fordernden und lockenden Schönheiten dieses tropischen Stroms:

Berghohes Eis und frostblauer Himmel, Schnee und sturmgejagte Wolken, blaue Gletscher und Feuerberge in nordischer Nacht –! Folg uns zum Vatna Jökull! Auf nach Island! –

Auf nach Island! rief ich – Auf nach Island! donnerte es über den Strom. –

Ein Leierkastenmann hatte sich unter dem Fenster aufgestellt und dudelte ihnen seine Freitagsnachmittagsmelancholie herauf.

Ach Loo, der Regen regnet jeglichen Tag, such dir einen lustigeren Galan. – Sieh den Gärtnerjungen drüben, er stützt den Kopf in die traurige Hand und blickt zu dir. Weißt du, was er denkt? Er denkt – Hoff nur, du armer Fratz – Ach erlass mir den Kitsch. Wer weiß, sie sucht sich einen andern Kavalier. – So ist's. Nur nicht feige, liebe Loo –. Ich werde in die Heide gehn – 's ist just das rechte Wetter. – Er reichte ihr flüchtig die Hand und ging. –

Der Wacholder

Meine Heide – ein Erdenstück, das sich wälzt durch Licht und Finsternis. –

Meine über sie hinbrausenden Stürme – nichts denn Wellen eines Meers, mitgerissen im lichtüberschütteten, finsternisdurchschauerten Planetenlauf. –

Meine schwarzen Wacholder hier, Jahrhunderte alt – was sonst, als eine Folge von Tag und Nacht, Sommer und Winter, vom unbeschreiblich schnellen Erdenlauf –

Und ich unter ihnen, ihrem Rauschen und Raunen lauschend, eintagsalt – geworden in der Zeit aus der Algenkugel, die dort grüngolden im Wasser rollt, schaffend die Welt in mir durch die Zeit – kommend und seiend, rollend und fest und dennoch rollend – es ist, um toll zu werden! –

Da wurden die Wacholder auseinandergebogen, und Loo trat zu ihm.

Vergib, ich musste dir nach. –

Gewiss. Aber komm, es graust mich hier unter dem Gerausch und Gerätsch der buckligen Wacholdergreise und dem verrückten Gelispel der Birke, die da in dem algengrünen Wasser ihre Haut bespiegelt – Komm, wir wollen in die Heiden und Winde gehen. –

Da verließen sie das Kieferngebüsch, das in seinem kleinen Kessel diese Gesellschaft barg, und traten in die Heide, die in langen Hügelwellen nach allen Winden hinwogte. Auf dem höchsten Sattel einer solchen setzten sie sich nieder und blickten mit traurigen Augen ins Weite

Der Regen hatte aufgehört; nur ab und zu versuchte eine schnelle, niedrig hängende Wolke ihre Eimer auszugießen – doch der Wind blies sie fort und setzte in unruhigen Stößen von Hügel zu Hügel und warf sich mürrisch rauschend in den fernen Wald.

Braunrote Flachsseide hatte die junge Heide zu Boden gedrückt und würgte sie tot, und die rotblättrigen Ampfer- und dunkelgrünen Bärlapprasen zogen sich hügelauf, hügelab und beneideten nicht die beiden, die, die Knie hochgezogen und Wange an Wange gelehnt, dasaßen, als gehörten sie sich nicht in diese Welt. – Siehst du den Findlingsblock? Der liegt da schon viele Jahrtausende – und dahinter den Muschelhügel? Auster über Auster –: Was mögen sie alles gesehn und erlebt haben? – Nichts haben sie gesehn, nichts haben sie erlebt! Nur wenn der Blick stiller Heidewanderer und sturmverwehter Liebenden auf ihnen ruhte, bildeten sie den Teil einer Welt. – Und jetzt leben sie, jetzt kauere ich hier, und sie küssen dich – und spielen mit deinem Haar –. Was mag nach Jahrtausenden hier vorgehen? Nichts, nichts! Die Jahrtausende sind nur in uns, wir sind nicht mehr, und die Welt ist tot. – – Wie der Wind braust und die Wolken eilen – o Loo, ich habe dich unsäglich lieb. –

Er nahm ihren Kopf in beide Hände und sie pressten ihren Mund aufeinander, als wollte eins sich in das andere flüchten vor sich und der Welt. – – –

Du, weshalb lachen wir eigentlich nie? –

Lachen? Lachen? Ja, es ist auch zum Lachen. Hör zu:

Wenn die winterlichen Südweststürme der nordatlantischen Zyklone kreisen, dann werfen sie die grauen Wogen auch in die Risse und Fjorde Islands. Und dahin ging unsere Fahrt. Ein zerfetztes braunes Oval, wie es auf dem tiefblauen Meer der Karte liegt, mit Basalten und Trachyten bedeckt und über ihm mit Vulkanauswürfen und berghohem Eis, inmitten brausender Stürme und in halbarktischer Nacht – dahin ging unsere Fahrt.

Gemächlich geigten wir den alten Seglerweg entlang, ließen die Kapverdischen Inseln und Azoren im Osten liegen und trieben in einer Novembernacht auf Island zu. – In Sturm und Regen lenkten wir in den Faxa-Fjördr und schlugen am nächsten Morgen vor Reykjavik die Ankerpauke. Nun lagen wir da – unser Schiff war gesund und Marga stark und liebesfroh, aber Zwiespalt und bitteren Streit trugen wir mit.

Beim Verlassen des Amazonas hatten wir uns versprochen, die wissenschaftliche Seite unserer Arbeit – die Erklärung Musarions – als beendet anzusehen und uns mit nichts anderem als dem Versuch der Unterordnung jener Erklärung unter unsere philosophische Formel zu beschäftigen. Da trieb uns auf der Höhe von St. Vincent der Kanarienstrom einen Tamarindenzweig zu, und sogleich begann Howald die »Klangfähigkeit« des Pollenschlauchplasmas der rotgelben Tamarindenblüten experimentell zu vergleichen mit der der Amöben, die er im Schiffswasser fand. – Nun kann ich alles, was ich mir wünsche, mir auch als ausführbar beweisen, noch mehr, es ist in dem Augenblick des Wunsches schon als bewiesen da, und ich genieße es. Aber ich darf dann nicht gestört werden durch eines andern anzweifelnde Methode, die sich eitel-dumm die exakte nennt.

Und nun kommt mir, der ich auf der langen Seefahrt schon oftmals die erwünschte Unterordnung vollzogen sah, dieser Plumpe und höhnt: Mein Freund, sieh hier den abermaligen

40

Beweis eines Werdens, einer über allen Zweifel erhabenen Tatsächlichkeit der Entwicklung. – Da fährt der Zorn in mich und ich kündige meinem alten Kameraden mit bittern Worten die Freundschaft; und zugleich werden unsere gemeinsamen Freunde uneins, schwanken und ergreifen Partei, der Streit wird »sachlich«, vertieft und verbeißt sich – und so setzen wir unsere Fahrt mit zwiespältigem Gemüte fort.

Und Marga, die sich inzwischen aus Langeweile verliebte, gab sich, ich weiß nicht mit wem – mit einem Gärtnerjungen ab. Aber da der ein Tölpel war und sie erkannte, dass sie in ihm nur eine Laune, meinethalb einen Wunsch ihres Geliebten umarmte, sehnte sie sich in die Arme des Lebendigen zurück. Da aber ein in wissenschaftlichen Zank verbissener Liebhaber niemals bei der Sache sei und eine nur persönliche Versöhnung zwischen mir und Howald zwecklos, eine solche aber von Philosophie und Wissenschaft, wie wir sie hier plötzlich verträten, unmöglich sei, machte sie den Vorschlag, die Angelegenheit als Ehrenhandel zu betrachten und den auf Island auszutragen.

Und damit einverstanden, beschleunigten wir die Fahrt, bis sich im Angesicht Islands die Frage erhob, mit welchen Waffen unser Handel auszufechten sei. Nach einer zerdisputierten Woche vor Reykjavik hatten wir keinen anderen Ausweg mehr als den, die ganze Frage wissenschaftlich anzufassen, d. h. erstens, darzutun und zu begründen, weshalb dieser Streit zwischen exakter Wissenschaft und reiner Philosophie als Ehrenhandel aufgefasst und ausgetragen werden müsse – und zweitens, aus der Begründung dieser Tatsache zu folgern, welche Waffen zu gebrauchen seien.

Ich gebe das Extrakt unserer Verhandlungen: Unser, mithin Doktor Erichs und Howalds Wesen und dadurch das ihres Faches charakterisiert ein Ton. – Wie legen zwei Dinge ihr strittiges Verhältnis zueinander bei, d. h. wie unterwirft entweder eines das andere, oder wie grenzen sie ihre Gebiete gegenseitig ab, oder schließlich, wie heben sie sich beide auf eine höhere Stufe, auf der ihre feindlichen Seiten sich nicht widersprechen? – Durch ein klares und umfassendes Zutagelegen ihrer Eigenschaften.– Und da die im feindlichen Verhältnis zueinander stehenden Dinge im vorliegenden Falle letzten Grundes Töne sind, wie legen sie ihre Eigenschaften am umfassendsten zu Tage? – Durch Erklingen. – Wie nennt man es nun, wenn zwei Dinge zugleich hervortreten, in der Absicht, durch vollständiges Entfalten ihrer Eigenschaften ihr strittiges Verhältnis irgendwie beizulegen? – Kampf. – Präziser und exakter? – Zweikampf. – Wie also beseitigen sie ihre strittige Stellung zueinander? – Durch Zweikampf. – Und was zwang sie überhaupt, ihr unklares Verhältnis zu klären? – Das Gefühl, sich, d. h. ihrer Macht nicht genug zu tun, wenn es bei dem schwächlichen Unklaren bliebe. – Wie nennst du dieses Gefühl? – Ehre. – Was ist also der Zweikampf? – Ein Ehrenhandel. – So legen mithin zwei Dinge ihr strittiges Verhältnis durch einen Ehrenhandel bei. – Und welche Waffen handhaben sie in diesem? –

Welche Waffe benutzt der Stein im Kampf mit dem Wasser? – Die Schwere.

Der Hund? – Den Zahn.

Der Engländer? – Die Pistole.

Also? – Die ihnen charakteristischen.

Und was ist uns, und somit unserem Fach charakteristisch? – Sich in einem Ton zu konzentrieren.

Benutzt werden deswegen was für Waffen? – Töne. – D. h.? – Instrumente. – Was für Instrumente? – Die jedem Ton eigenen. – Was vertritt der Ton? – Ihr Wesen. – Und? – Ihr Fach. – Welche Instrumente sind also zu wählen? – Die jedem Fach eigenen. – Also? – Erich den Dudelsack, Howald die Alarmtrompete.

In ähnlicher, schwieriger Weise stellten sie den Paukkommment auf, den mir mein Sekundant am Abend nach der exakten Disputation mitteilte. – Folgendes war ausgemacht:

Was in der Theorie vonnöten, ist in der Praxis oft Wurst. Dieser Satz gilt auch umgekehrt. – Unparteiische sind Geysir und Oräfa; sie geben das Kommando durch einen kilometerhohen, in der Mittagssonne gleißenden Wasserstrahl und ein unterirdisches Grollen. Sodann dudelt Erich ein Liebeslied, nach ihm Howald das seine. Das Urteil sprechen wieder die beiden Naturburschen: ein höhnisch-unterirdisches Grollen bedeutet Unterordnung des Evolutionisten, eine blaue Dampfwolke Auswischung des Philosophen. Sekundant Howalds ist Merker mit der Bumbumtrommel, meiner ein verkorkster Pfaff mit der Posaune. – Es ist ein Kinderspiel und kommt alle Tage vor –

Dann verließ mich mein Sekundant, und ich legte mich schlafen. Und der Sturm brauste um unser Schiff, und der Wogengott, der tranige, wogentatzige Kerl, saugt ihn ein und speit ihn prustend wieder aus, Eddagepolter auf seinen Lippen und Seemannslachen in seiner verbrannten Kehle. Hoiho! Sturm und böiger Wind. Von Nord und West fährt er her, mein Lieb, und stößt nun über uns hin, ruhelos – was ist Leben, was ist Liebe? Hoiho! Wind und Regen und böiger Sturm! –

Die Nacht ging hin, der Morgen kam, und die Mensur begann. Howald war an Land gegangen, ich blieb auf dem Schiff und sah vor mir die welligen Schneetücher der südlichen Höhn, die Weiden und Birken, die unter der niedrig zwischen gelben Schneewolken herablugenden Sonne dahockten wie phantastische Gnomen und eingepelzte Riesenkinder. Die Unparteiischen gaben das Kommando, und ich spielte mein Lied und erzählte vom trüben Winter, von grauen Wolken, die über die dämmrige Erde Flocken streuen, und vom Jüngling, der in diese Flocken, die tanzenden, leisen, blickt und der Liebsten denkt – und sie dann plötzlich dahinfahren sieht, in Pelze gehüllt, die Schellen klingen, die Rosse dampfen, und mit lachenden Augen blickt sie in die stöbernde Weite –

Marga lachte, die Gefährten lächelten, und die verschneiten Weiden und Birken kicherten ihre Schneekapuzen herab: weshalb springt er nicht auf den Schlitten und nimmt sie sich? Der bange, der dumme, der spezifische Träger der Lächerlichkeit – der Mensch! –

Da paukte Merker, und Howald setzte sein Horn an den Mund. –

Und vor mir sehe ich einen sonnenlosen Julitag, der auf einem Exerzierplatz die Zeit verdöst; aber unter den sieben verkrüppelten Akazienbäumen üben sie unentwegt, rühren sie unentwegt ihre Trommel und blasen im grässlichen Durcheinander ihr ewig gleiches, ewig falsches Signal sich in die Ohren; in den unwirklichsten Dissonanzen, in den quäkendsten, schreiendsten Wehmuttönen schlingen und knäueln sich ein Dutzend hoffnungslose Versuche zusammen zu einer jämmerlichen Apotheose biderbsten Fleißes und ewigen Nicht-Gelingens – das ewig gleiche falsche Signal: oh wie liebe ich dich, *scientia, mechanica, mathematica*, oh wie liebe ich euch, die ihr mir die sieben Welträtsel knacktet, mir dem Zerschmetterer Kants und dem unendlichen Schwätzer und Enträtseler der Welt – es ist, um in die Wolken zu gehen.

Aber Marga lachte, die Gefährten lächelten, und die verschneiten Birken und Weiden kicherten: warum isst er nicht? warum trinkt er nicht? warum treibt er nicht Unzucht und schläft? Warum bläst er denn? Aber immerhin: ein pläsierlicher Mensch, ein sapienter Mensch – der lustigste Witz der Welt! – Da stieg die blaue Dampfwolke hoch und wischte mich weg. – Das sind mir abstruse Tölpel! Das sind mir Unparteiische! Wie kann man das lieben, mit dem man kämpfen muss Stunde für Stunde, das man unterkriegen muss und kann es nicht, das unser Leben zur Hölle macht, mehr als Hunger und Qual zum jammervollsten *Inferno* macht! Das mir jeden Tag vergällt, mich kein Ding ansehn und genießen lässt, ohne dass ich fragen muss: was seh ich da? – wie seh ich es? – was steckt dahinter? – weshalb frage ich danach? – was ist das, wenn ich mich frage? – Das lieben? Vermaledeite Tölpel! – – –

– Als Howald an Land zurückgerudert war, machte er einen Versöhnungs- und Wiederanbie-

42

derungsversuch: Philosophie und Wissenschaft gehören nun einmal zusammen; und bedenke – Bedenke! Erst wischst du mich nach berühmten Mustern aus und zimmerst dann mit deinen dürftigen Experimenten und Begriffsbrocken eine Welt zusammen und rufst mich zurück, meinen Segen zu diesem Gebäu zu geben? – Nicht so, Lieber. Bedenke, sind wir nicht nach Island gefahren, um das Ergebnis unserer exakten Forschung unserer Formel unterzuordnen? Das Probieren, Konstatieren, Registrieren dem reinen Denken? – Denken? Denken? Ich habe das Denken satt! Ich gehe in die Wüste, auf den Vatna Jökull – Denken? – Dann steckte ich eine Rolle unbeschriebenen Papiers und ein Paket Zündhölzer zu mir, machte mich auf und ging gen Osten in die Wüste; erreichte nach einigen Tagen den Thorsa, von dessen Ufer aus ich den Hekla seine Rauchwolken in den Himmel blasen und die blauen Gletscher des fernen Oräfa herüberspiegeln sah und langte um die Zeit der Sonnenwende im Lande meiner Sehnsucht an: auf den Gletschern und Eisfeldern des Vatna Jökull wanderte ich.

Und die Menschen, die mir auf meiner Pilgerstraße oder im Lande meiner Sehnsucht begegneten, verscheuchte ich, indem ich einen Bogen des übrig bleibenden Papieres in Brand setzte und ihn schweigend unter ihrer Nase verbrennen ließ.

Mein Trank war geschmolzener Schnee und meine Speise süßgefrorene Ebereschenfrüchte, Moose und *Cetraria islandica* – mein Lager aber war der Schnee, meine Decke der Himmel mit seinen Stürmen und Sternen, und noch manchen Bogen Papieres trug ich: so war ich gegen die schmutzige Not des Lebens zwiefach geschützt und begann nun ernstlich, die Hydraköpfe meines Denkens totzuschlagen.

O hätte ich einen Gesellen gehabt, der mir bei jedem aufsteigenden und aufquellenden Gedanken eine Kopfnuss oder einen Schlag vors Maul gegeben hätte! – Ich hatte Marga gebeten, mir solchen Liebesdienst zu tun:

Nicht denken – ei ja; deswegen brauche ich aber nicht erst in die Einsamkeit zu gehen –

So suchte ich mir einen anderen Gehilfen: das Denken ist ein Verbrennungsprozess, und darum muss er gelöscht werden, wie der Heilige von Padua seine Liebesglut löschte. Merkte ich also, dass etwas wie ein Gedanke aufflackern wollte, dann – Haha! das will wieder ein Gedanke werden – warf ich mich kopfüber in den Schnee und kugelte mich in der stäubenden Wolke. Und sagte ich mir dann: Jetzt wird der Gedankenembryo erstickt sein – Haha! Da ist der Schnee! – Und nach langen Wochen war ich soweit gekommen, dass ich nicht mehr dachte! O Loo, nicht mehr denken! – Das letzte Sich-Aufbäumen jenes rätselhaften, grausigen Tiers, das ihr Gedanke nennt, klammerte sich an Marga und ließ sich erst nach schwerem Kampf, tagelangem Hinaufkriechen und Hinunterwälzen auf dem scharfen Gletschereis endgültig niederzwingen.

Warum hast du Marga gepriesen und nicht deine *scientia?* Aus Wahrheitsdrang, so prahltest du, und hast doch gelogen. Warum nur hast du gelogen? Warum gerietest du mit Howald in Streit? Warum wurde deine Formel so schwach gegen seinen Zweifel, dass du zanktest? Und warum unterlagst du? Warum zerplatzte deine Formel und wurde deine Welt zerstört, dass du das Denken fliehst? Weil du Marga liebst? –

So weit musste ich das Höllentier beißen lassen, da packte ich es und rang mit ihm, da begann ich einsam in mondbeschienenen Nächten und an kurzen Mittagen am vergletscherten Nordhang des Oräfa hinaufzukriechen und hinunterzukugeln, immerfort – durch die Spalten und Risse, über den Schutt und die scharfen Blöcke weg – die Sterne lachten dazu, und der Schnee knirschte vor Vergnügen. Da zwang ich das Tier, da zerriss ich es Glied für Glied unten im Eiswasser und Moränenschutt.

Drei fahle Blitze – jetzt liegt es unter dir – jetzt bist du soweit – jetzt hast du dein Glück – lautlos, unfassbar, bläulich fern – dann wurde es Nacht, tiefste Stille, tiefstes süßestes Dunkel – nicht mehr denken – – – – –

Wie lange das währte? Eine Sekunde, ein Jahr – – hat das Nicht-Denken, das Glück eine Zeit? – – –

Oh Loo, der Wind stößt grimmig über die Heide und aus dem Osten klettert grau und unwirtlich die Nacht – lass uns gehen. –

Aber sie warf sich über ihn und hielt ihn so lange fest, bis die Nacht über ihnen war und sie im Regen nach Hause stolperten.

Osmunda regalis

Im feuchten Gebüsch, auf den Hängen des Landwehrgrabens, breitet der Königsfarn seine gewaltigen Laubwedel aus. Dort hatten ihn Erich und Loo überrascht, wie er aus seiner hohen Rispe die Sporen zur Erde streute. Da hatten sie ein Stück des Lehmbodens, der von den keimenden, ihren chlorophyllreichen Inhalt entleerenden, Sporen wie mit feinem grünen Sammet bedeckt war, ausgeschnitten, um ihre weitere Entwicklung unter einer Glasglocke zu verfolgen. –

Komm mit! – Und sie führte ihn in das Turmzimmer, betrachtete flüchtig ihr Präparat unter dem Mikroskop und bat ihn dann, hineinzusehen: Er ist reif geworden! –

Die Antheridien des bandförmigen Vorkeims hatten sich unter dem Druck des Deckglases gelöst, und die Spermatozoiden schwärmten aus – drängend, hastend, in einem taumelnden unruhvollen Suchen, bis zwei, drei in den offenen flaschenförmigen Hals eines nahegebrachten Archegoniums eindrangen, um sich mit der tiefgelegenen Eizelle zu vereinigen. –

Hm! –

Hm! Ist das alles, was du hier zu sagen weißt? Sagt es dir nichts? gar nichts? – Nun, das Präparat ist sehr hübsch – alle Anerkennung, liebe Loo. – Sonst nichts? – Nun ja, viel und wenig – im Grunde gar nichts. – Wieso? – Wenn du es wissen willst: dieser kleine ungestüme Spermatozoid und das offene Archegonium ist das, was wir Liebe nennen. Und dann – wie sage ich es am besten? – kehre den Satz um: die Liebe ist jenes Spermatozoid und Ovum – und die sind Plasmagebilde mit der Funktion der Fortpflanzung. – Es ist ein Schauspiel, ein schönes, gewiss. – Das ist die Liebe? Das? – Das ist meine Liebe und deine, ist die Liebe. Frauge lieber nicht, was wir aus ihr gemacht haben. – Nein, nein! Du lügst! Weißt du, du lügst! – Es ist die Wahrheit. – Aber ich mag solche Wahrheit nicht. Das ist auch gar nicht wahr – du lügst, weißt du – du lügst! Soll ich dir einmal sagen, weshalb ich dich so lieb habe? Weil du mein Leben bist, weil – weil ich dich liebe! Das ist etwas anderes, das ist mehr als das – das da – das ist – – pfui! –

Sie riss die Glasplatte aus den Klammern, warf sie auf den Boden und zertrat die Trümmer mit dem Fuß. Und als er sie beschwichtigen wollte, stieß sie ihn zurück, trat ans Fenster und sah starren Blicks hinaus. – –

Dann lachte sie hell auf, raffte die Röcke und tanzte auf ihn zu: Heißa! mein Schatz! Gewiss hast du recht. Das ist die Liebe! Wie die Spatzen und Katzen – aber gewiss, das ist die Liebe! Was kann ich dafür, dass ich Mensch bin? Tanze, mein Freund – eins, zwei, drei – tanze! O weh! Was kann ich dafür, dass ich Weib bin? Tanze, tanze – eins, zwei, drei – tanze! Wie die Tagelöhner und Hunde – haha! Oh pfui! pfui! pfui! –

Da fing er sie auf und führte sie aus dem Zimmer, geleitete sie über die Treppe und den Hof, setzte sie in den Nachen und ruderte sie in das hohe Schilf. – Und hier kauerte sie sich zu seinen Füßen, schmiegte den Kopf in seinen Schoß und blickte traurig zu ihm hoch.

Ich sterbe nun bald. Was soll das alles? Das ist ja alles eine große Lüge. Mein Leben ist verpfuscht. – Das Leben ist so schön, o so schön – – Was redest du, Loo? –

Doch, es ist so. – Weißt du, weswegen ich dir den Farn zeigte? Ach, du weißt es schon. Wenn alles liebt, – nein! ich darf nicht daran denken. – Das Leben ist so schön, mein süßer

44

Freund – so schön wie die Liebe. – Aber das ist bei uns beiden anders, das ist ja alles so über mich gekommen – –. Und darum – sterbe ich. – Oh, das Sterben ist schön. Du wirst mir dein Märchen erzählen – mich noch küssen – –

Dann bat sie ihn in einer ängstlichen Hast, sie an das Ufer zu rudern; und als sie an Land gestiegen waren und er gehen wollte, trat sie an die Efeumauer, hob sich auf die Zehenspitzen hoch und pflückte ein Blatt; das drückte sie ihm in die Hand.

Jetzt gerade! sagten ihre Augen.

Als es Nacht war und der Vollmond schien, und die Sperlinge nur noch leise in ihren kleinen Träumen schilpten, schlich mit wachsbleichem Gesicht der Gärtnerjunge an die Efeuwand und begann mit ungelenken Fingern auf einer Geige zu zirpen. – Sollte das der blaue Enzian sein? – murmelte Erich, wie er in den Armen der Geliebten lag.

Du lügst – sprach da Loo im Traum, dann erwachte sie und warf sich über ihn.

Der dunkelblaue Enzian zum zweiten Mal

Vom nächsten Tag war in Erichs Tagebuch zu lesen: Morgen ist Kilian! Drei Tage Kilian! Volks- und Schützenfest auf historischer Grundlage! Meine Herrschaften, das muss man gesehen, das muss man gehört haben – jede Nummer gewinnt! Zehn Pfennige Einsatz! Nur zehn Pfennige! Hau den Lukas! – Holla! Böllerschuss und Tschingdara und Zapfenstreich!

Und auf der andern Seite: Sonntag, den ersten Kilianstag. Drei Schöne habe ich aufgebracht! Die eine zwischen den Gärten; zuerst stahl ich für sie Birnen, dann knöpfte ich ihre Bluse auf und hinter einer Hecke kam sie zu Fall – Winden knüpfte ich um ihre Schenkel; ich wette, sie trägt sie noch. Die zweite fiel am Nachmittag, beim Tanz; ihre Brüste hüpften wie ein Paar Melonen – da führte ich sie ins Korn. Von der dritten komme ich her – die hatte den Teufel in den Beinen.

Und auf der nächsten: Montag, den zweiten Kilianstag. Heute werde ich saufen gehn.

Und auf der vierten: Dienstag, den dritten Kilianstag. Als ich meinen Kater vertrunken hatte, geriet ich an einen Ingenieur. Wir saßen auf dem Thron, er hatte eine Rede gehalten und versuchte uns nun mit einer Erklärung der Kilowattstunde zu düpieren.

Zuerst amüsierte es mich, ihm zuzuhören, dann aber musste ich einer Erscheinung gedenken, die mich zuweilen überfällt: Es stößt mir wohl zu, dass ich mir plötzlich vorkomme als ein wie aus allen Himmeln Gestürzter, dass ich einen Baum, eine Blume, besonders eine Hecke mit fremden Augen und maßlosem Erstaunen, mit einer betroffenen Bangigkeit anblicke und ängstlich zu mir spreche: was ist das?

Ich liege an dem besonnten Abhang eines Hügels und in der Ferne glänzt ein Strom – da fällt mein Blick von den Wolken und Schwalben fort auf die vanilleduftenden Strahlenblüten einer Fetthenne. – Und plötzlich schiebt es sich wie eine Wand zwischen mich und die geschauten Dinge, dass ich sie nun als etwas Nie-Gesehenes, Unüberbrückbar-Fremdes, nie zu deuten Wunderbares ansehen muss. Die Namen, die wir über sie geworfen haben, verfliegen, und ich stehe nun den Namenlosen gegenüber – einsam, unausdenkbar verlassen, in einer unerhörten Welt, von einem rätselhaften Grauen gepackt: was ist das?

Und da erinnere ich mich, wie wir einmal die fetten Blätter solcher Sedumarten zerdrückt und in dem grünlichen Schleim die Chlorophyllkörner und Kerne gesucht haben: Und das Graue, meine Herrn, ist jenes Plasma, das uns alle aufbaut. Fügen Sie etwas Quecksilberoxydul hinzu – Sie werden sehen, es färbt sich ziegelrot.

Da haben sie die Pflanze zerschnitten, zerfasert, zerquetscht und verbrannt und haben gefunden, dass dieses Ding da, das sie *Sedum telephinum* nennen, besteht aus dem und dem, seine spezifischen Eigenschaften sind die und die, und es wächst und blüht dann und dann, und so und so, und da und dort. Derart haben sie es erkannt und als etwas so Erklärtes und Erkanntes ihrem Schema einverleibt; sie kennen seinen Stoff, seine historisch gewordene Form und seine, kausal gedachten, physiologischen Eigenschaften; dieses dann mechanisch-mathematisch geordnet bildet die Wissenschaft über die Knollige Fetthenne, und diese Wissenschaft schließt kühn in sich Philosophie und wenn du willst, Religion, Ästhetik und Politik. – Aber mich trennt in diesem Augenblick eine unüberbrückbare Kluft von dem da vor mir, etwas wie Ehrfurcht und Grauen und das herzklopfende Bewusstsein meiner kläglichen Einseitigkeit, Kurzsichtigkeit, Subjektivität und absoluten Unfähigkeit hält mich gebannt, bis es schließlich mich hinwegstürmen heißt, zurück in die schwankend-feste Wortwelt der Menschen. – Und doch ist dieses Leben und sein Bild, die Gedanken und das Rätsel, die es in mir auslöst, der Ausfluss einer Welt – und doch trennt mich von ihm eine solche Kluft.

Aber ich muss die Wand wegschieben, muss sie überspringen – aber wie? –

Ein Joule ist nun gleich zehn hoch sieben Erg, und ein Erg ist die Arbeit, welche ein Dyn – – höre ich den Ingenieur. – Alles blühender Blödsinn! – Was? Ich? – Ja Sie! – Glauben Sie nicht? – Und zur Bekräftigung und da es gerade Kilian ist, schlage ich ihn ins Gesicht. – Der Thron fährt hoch, die Adjutanten und Kellner springen – doch ich wehre die nächsten ab und verlasse mit dem Gefühl eines genossenen ungeheuren Spaßes das lamentierende Zelt. – Den Abend war ich wieder da, tanzte und trank – der Ingenieur sah mich scheel an und kniff. –

Und auf der folgenden: Diese vier Tage haben mir gut getan. Keiner wusste, was er von mir denken sollte, da wurden sie beleidigt, und es ward eine große Prügelei. Aber ich fange wieder an, klarer in meiner Welt zu sehen; jetzt noch ein langweiliger Tag und eine tiefe Nacht – dann gehe ich auf Jagd: den alten Gang, nach der Jägereiche zum Enzian. –

Und unter dem Datum des letzten Augusttages schrieb er auf: Vorgestern war ich unterwegs, und jetzt ist die Beute sortiert. – Es war um den beginnenden Nachmittag, als ich meinen Enzian fand und so lange in seinen dunklen Kelch schaute, bis mir nur noch so war, als sänke hier und da leise ein herbstlich purpurnes Blatt des Faulbaums oder auch das ziegelfarbene einer Zitterpappel zu Boden, als schrie fern vielleicht ein Häher und zögen hoch über mir die weißen Wolken – – –

Mit Hilfe deiner heiligen Dreieinigkeit, mit Zeit und Raum und Ursächlichkeit, du Narr, schaffst du und bist du die Welt.

Deine Zweifel sagen: Diese Dreifaltigkeit und die Fähigkeit, durch sie die Welt zu schaffen, ist geworden – folglich dienen sie deinem Bauch und nicht dir, du Narr, und um die Welt zu erkennen.

Was aber zweifelt hier, was fällt hier ein Urteil über ein anderes? – Du über die Welt, wie du sie geschaffen hast und bist – du über dich: Kann nun ein Ding über sich – und nicht über sich – etwas aussagen, das etwas anderes als es selbst ist? Kann der Geist mit Hilfe der Logik, d. i. durch sich über sich urteilen? zumal – wenn er tatsächlich geworden ist – seine Prinzipien höchst wahrscheinlich nicht geworden sind, um ein Organ einer adäquaten Erkenntnis zu werden? – Und sagst du: Gut, aber die Dinge, wie sie sind ohne meine zutuende Vermenschlichung – was weißt du von denen?

Urteile und zweifle, soviel du willst – so sagte der Enzian – du bleibst in deiner Welt. –

Aber es sagt mir jeder Nerv, jeder Knochen – ich bin heraus aus meiner Welt, ich kenne sie nicht mehr, glaube ihr und mir nicht mehr, traue mir nicht mehr – ich bin mir selber fremd geworden! Ich bin nicht mehr der verbummelte Student, ich bin ein Zwitterding, bin nichts –.

Ja, wenn dich die ganze Gattung, die ganze stiere dumme Herde mit ihrem gemeinsten und verrücktesten Triebe packt, wie willst du da noch eine eigenartige Welt sein? – Wie kann Liebe so große Dinge tun! Liebe ist – – Nun, was ist sie? – läutete die kleine Teufelsglocke –

du wusstest es; Plasmagebilde, nicht wahr, du Superkluger? So viele Individuen, so viele Welten gibt es zwar, aber jede ist gleichzeitig ein Teil der andern. Jede ist auf tausend andere verstreut, wird durch tausend andere erbaut und baut mit an tausend anderen und langsam, ihr selber unmerklich, wird sie ihr Eigenes verlieren und sich in ein Produkt der andern verwandeln. – Siehe den freiwilligen Einsiedler, den eigensten, freiesten Menschen, die in sich harmonischste Welt. Weshalb bist du nicht Einsiedler geworden, Erich? –

Und jetzt sieh Mann und Weib, um die der Geschlechtstrieb sogleich eine gegen andere Einflüsse schützende Ringmauer schlägt – nimm zwei Menschen mit eigenem Geist und machtbegehrlichem Willen und lasse sie in jener Ringmauer zu ihrem Turnier aufeinander los: und kommt es nach prickelndem Kampf zur gegenseitigen Modifizierung, verknoteten Abhängigkeit, Zugehörigkeit und schließlichen Unterwerfung eines Teils und haben die beiden an dem Zucken der sie verknäuelnden Fäden ihre Lust – das ist die Liebe.

– Wie konntest du lieben! Du schwächst, auch als Sieger, dein Selbst. Wie sehr bindet der Unterworfene noch seinen Überwinder! – Und die Frage: wer war in eurem Fall der Stärkere? – Du lächelst, aber siehst du nicht schon mit Loos Augen die Welt: liebst du nicht die Welt? Weswegen trittst du deiner Welt gerade mit Liebe gegenüber?

Hier steckt's, *hic haeret aqua*, hier liegt der Hase im Pfeffer und der Hund begraben – hier wurde deine Welt brüchig und brachen die Mauern deines Hauses ein, dass die Zweifelwinde blasen und wehen und wehe tun konnten.

Was ist aus deiner Sehnsucht geworden? Konnte sie nicht darauf hinausgehen, einmal die Kraft zu erlangen, deine selbstgeschaffene Welt mit kühler Verachtung abzutun? – Und nun Liebe? Was heißt das? Kann ein Ding, wenn nichts außer ihm existiert, sich lieben? Sagtest du nicht: Ich bin die Welt! Die Welt sich lieben? Wo steckt denn das andere, das sie, um sich zu lieben, von sich scheiden muss? O du Liebender! O du Geliebter! O du Zwitter! O du Hanswurst! –

Uneins ist deine Welt, halb und zerstört, unselig verheddert eure beiden! Da sitzt sie und quält sich mit Sehnen, Seele, Welt und Tod – deinem Spezialfach, mein Teurer, aber unselig lächerlich doppelt verwandelt und verdreht – o hau den Knoten durch, den löst ihr nicht mehr, den löst kein Gott –!

Oder – willst du fliehn? Versuch's. Ein gut Teil von dir, und welch guter Teil, bleibt zurück bei Loo, ist Loo. Willst du als Kastrat in die Wüste ziehn, als Zentaur auf die Berge steigen?

Oder – willst du so weiterleben, taumelnd und wankend in Genüssen, die für dich keine Genüsse sind – aber stagnierende Lachen, in denen die Frösche vergnüglich quaken, das Herdenvieh! – und in Stunden der Einsamkeit gequält vom Hunger und Durst nach dir, deiner Ganzheit, deiner Welt – mit dem Bewusstsein, ihn niemals stillen zu können, um dann fluchend zurückzutorkeln in die Lachen – Tier, nur Mensch, nur Mischmasch sein?

Ich hau den Knoten durch, ich hole mir im Tode meine Welt, mein Ich zurück, ich vereinige mich mit mir in meiner Vernichtung.

Dann ist die Formel gelöst; die Welt ist tot, ist nichts und wird nichts sein, wie sie ohne mich Schaffenden nichts gewesen; ist zeitlos, raumlos, ursachlos, ist von Ewigkeit zu Ewigkeit tot. O du großer Tod.

Doch noch einmal wollen wir aufflammen wie ein schönes Licht – dann wird die Zeit getötet, die Ursächlichkeit erschlagen und der Raum gewürgt, dann wird die Formel gelöst. –

Und Loo? Reiß sie mit! – Lass sie leben, was liegt an ihr?

So? was liegt an ihr! – Das, dass die Tiere kommen, die feigen, viehischen Weniger-als-Tiere und täppisch, geil und widerlich in meiner Welt, meinem Erbe wühlen: ihr vorschnarren was Gnädigste ersehnen, bin ich – äh, Assessor Pavian, äh, Graf Schimpanse auf Gabun.

O die Affen! O der Mischmasch! – Loo leben lassen? Reiß sie mit, sie ist deine Welt. – Ich werde auch Loo erschießen. Ich tu's – oder sie mag zusehen, wie sie zur rechten Zeit es selber tut.

Da achte die blaue Glocke, da nickte der karnevalbunte Herbst mir zu, dass die roten flittergoldnen Blätter aus seinen Haaren stoben – ein Wind tat sich auf, ein Häher schrie – da erwachte ich, riss die Glocke aus und warf sie dem feixenden Alten ins Gesicht: lach du – ich tu's.

Hagebutten

Als nach dem Bade Erich im Fenster lag und in den Abendhimmel blickte, reichte ihm der Postbote einen Brief herauf. Er öffnete ihn, las ihn, zog die Stirn in Falten und sprach zu sich: Ahnt sie etwas, oder macht sie sich selber daran?

Er sprang aus dem Fenster und ging ins Bruch, wo die Batrachier kantierten.

Was hältst Du, hatte Loo geschrieben, vom Traumorgan? Weshalb soll ein Einwirken Verstorbener auf Lebende nicht möglich sein? und umgekehrt? Sogar mein Vater gab zu, dies wäre *a priori* nicht zu leugnen – oder vielmehr, es sei ein Auswuchs der Schopenhauerischen Trennung von Willen und Intellekt; hätte es damit seine Richtigkeit, so wäre die Frage diskutierbar. Denn das stehe auch ihm fest, dass der Mensch mehr sei als nur eine chemische Verbindung in historisch gewordener Form. Und wie sollte Schopenhauer nicht Recht haben: ist nicht die Welt so wüst und traurig?

Wende Dich nicht ab von Deinem blaustrümpfigen Mädchen – o wenn Du alles wüsstest!

Stundenlang allein sitze ich an der Efeumauer oder schaukele in der Hängematte und sehe in den Garten und auf die Teiche mit ihrem Schilf; die Astern beginnen zu knospen, und die Tomaten und Hagebutten werden rot und reif.

An einem solchen Tag – ich hatte Shelley gelesen – war ich in einem Tal Kaschmirs zwischen Rhododendren, Kletterrosen und gewaltigen Primeln – und Du warst da, mein Freund. Und wenn das mir Lebenden geschieht, was wird erst kommen – –? Oh, die Welt ist viel seltsamer, als wir gedacht haben. Komm nicht zu mir in der nächsten Zeit – – –

Da stand eine bläuliche Flamme, wie ein Kind groß, an der Erlenbuschecke, still und unbeweglich, und die melancholischen Unkenstimmchen läuteten noch seiner und trauriger – –

Es ist der Kosakenkolk, – sagte Erich – und die Ufer des Tobol und die tobenden Burane, die einst im runden Schädel lebten, spuken jetzt im niederdeutschen Bruch. Auch eine Metempsychose: einmal in einem verfilzten lausigen Menschenkopf, dann in der spitzen Flamme $H_2S + PH_3$ – – Sie nähert sich – sie kommt – sie wächst – spricht da etwas? – Er riss die Augen krampfhaft auf, dann machte er kehrt und ging und raste in wilden Sätzen nach Haus.

O wie schön ist es, an übergroßer Liebe sterben zu müssen – sagte Loo zu ihrer Seele und blickte mit dem Ausdruck tiefen Glücks in die herbststille Welt – mit einem Lächeln süßer Müdigkeit nach hartem Kampf: Meine Liebe ist nichts – ist nichts anderes als was die Tagelöhner und Hunde treibt. –

Als so ihr alter Bekannter, der magenfarbene Ekel vor der entwerteten Welt, kam und der Wunsch, ihn zu fliehen, und der Tod mit doppeldeutigem Gesicht lockte und greifbarer und näher wurde, stand er bald als unvermeidlich, als nicht mehr ferne Wirklichkeit vor ihr. Und es galt nun, für ihn Ursachen zu suchen, d. h. das Gerne-Wollen, aber Feige-Sein zu verkleiden in ein übermächtiges Müssen, und dem dann das Harte und Unfreie zu nehmen durch eine moralische oder ästhetische Würdigung: wie gut, wie schön ist es, so leiden zu müssen, zu leiden. Und die windigsten Ursachen genügen, es genügt eine Phrase, ein kitschiges abgedroschenes Bild:

Wird mir die Brust nicht zu eng und droht mir das Herz nicht stille zu stehen, erfüllt es mich nicht mit unaussprechlichem Glück und kalter Todesangst, wenn er mir seine Liebe gesteht? Wenn er mich mit in seinen Taumel reißt, kommt dann nicht diese Liebe über mich wie ein glühender Wirbelwind, mein ganzes schwaches Leben verbrennend und verzehrend? Bin ich nicht, wenn ich ihn in meinen Armen habe, eine lohende Flamme? Kann sie ewig brennen? – Muss ich nicht darum an übergewaltiger Liebe sterben?

Und dann werden diese »Ursachen« vergessen – man traut ihnen nicht recht – und man ergötzt sich an der Schönheit und Erhabenheit ihres Wertes: O wie schön ist es, an übergroßer Liebe zu sterben! –

Dann greift man zu Dichtern, diese Hausapotheke weiß immer Bescheid. Und der Zufall wollte, dass ihr Shelley in die Hände fiel:

> »Welch Wunder ist der Tod,
> Tod und sein Bruder Schlaf –«

Eine Seele, die auf Wunsch der Feenkönigin den schlafenden Körper verlässt, frei im Raume schwebt und Vergangenheit und Zukunft schaut –!

Sie träumte in die Weite, wohlig, unbewusst –

Ein Traumorgan – die Fähigkeit, sich entlegener Vorgänge bewusst zu werden ohne Vermittlung der Sinne, ungebunden durch die beengenden Denkformen – befreit von der Zeit! Das hatte der Philosoph gelehrt. Und hier löst sich die Seele vom Körper und blickt in die gewesenen und werdenden Zeiten – ein körperloser Geist empfindet! –

Da entfiel das Buch ihrer Hand, und die schon eine Weile starr vor sich hin gesehn hatte, fuhr erschrocken zusammen und blickte hoch. –

Dann streifte sie mit der Hand über die Augen und sagte laut: Ich habe wohl geträumt. – Und dann ging sie auf ihr Zimmer und schloss sich ein, denn das Schwätzen der Leute und der Wind, der in der Esche spielte, taten ihren Ohren weh.

Eine sonderbare Welt! Ich saß an der Efeuwand und war zur gleichen Zeit in den Bergen Kaschmirs und schlug einem Dichter die Harfe – tat ich das? Ich hatte sie in der Hand und stand vor einem Mann, der im Grase schlief. Wer war es? Er war's! Dann spielte ich auf der Harfe – habe ich wirklich auf der Harfe gespielt? Aber dann wachte er auf und hat mich an sich gerissen. – – –

Dann war meine Seele hierher zurückgeflogen, wo ich an der Efeumauer saß; und das Bild des Gartens und der Teiche, das während der ganzen Zeit in meinen Augen blieb, kam mir erst zu Bewusstsein, als meine Seele zurück war. Und da erschien mir das alles fremd – die Astern, das Schilf und die Tomaten; und als ich es erkannte, musste ich lächeln, ich glaube, ich habe gelacht.

Und wenn ich dann tot bin – und mein Geist beginnt zu wandern – –

Wenn den »Gründen« und »Ursachen« das Unangenehme genommen ist, und man sich ergötzt hat an dem Guten und Schönen der noch immer mit Schmerz verbundenen Handlung, wird ihr auch der Schmerz genommen: nicht um ihrer selbst willen, auch nicht des Guten und Schönen, das sie begleitet, wird sie begangen, sondern sie ist zum Mittel geworden: Der Tod nicht Flucht, sondern Übergang zu einem körperlosen und als solchem freieren und reineren Leben.

Und jetzt dürfen sich die ersten »Gründe« und der letzte »Zweck« die Hand reichen und ins Bewusstsein treten: Sterben, um dem unfreien und gemeinen Triebe zu entfliehen in ein ewiges, körperloses Land, in ein Land der Seelen, wo nur die Seele liebt. –

Aber sie wusste nichts von der Komödie, die sie sich selbst gespielt hatte, sondern ging still in den Zimmern, dem Hof und dem Garten umher – mit ernsten Augen und mit lächelnden Lippen.

Damals schickte sie Erich den Brief, er möge jetzt nicht kommen, denn die Astern gingen ins Knospen und die Hagebutten würden rot und reif.

Aber nach einigen Tagen schrieb sie ihm abermals, er möge kommen, denn es sei alles bereit.

Phallus impudicus

Auch Erich steckte mitten in seiner Komödie.

Aber in Ruhe und Ordnung soll es vor sich gehen. Nicht dass am Ende die Leute mir in ihrer furchtsamen Weise vor dem Unverstandenen den Verstand absprechen. – Aber was liegt daran! mögen sie es tun und die Glocken läuten.

Meine Schulden betragen zweitausend Mark; hätte ich ihrer mehr, so wären sie das imaginäre Überbleibsel eines Abendessens oder einer Liebesnacht – der Himmel bezahlt's.

Meine Raritäten und Siebensachen, die mir lieb sind, weil ich sie selbst gefunden und gepflegt habe, mitnehmen kann ich sie nicht – zerstören und zerkrümeln wir's.

Dann setzte er sich hin, um den Abschiedsbrief zu schreiben. Und da sein Blick dabei auf einen Strauß roter Moschusmalven fiel, den er am Morgen gepflückt hatte, bemüßigte er sich zu der Bemerkung: Oh ihr! Ihr werdet faulen – anrühren wird man euch ja nicht – und den Infusorien ein Heim bieten; das Rad, das öde, rollende Rad! –

Jetzt halt ich es auf – begann er zu schreiben – morgen falle ich ihm in die Speichen, oder es geht über mich hin: es ist eins wie das andere. Drüben in der Heide in dem Kiefernbusch, in seiner Talschüssel, bei dem Birkenmädchen und ihren Wacholdergreisen, da soll's geschehen.

> Blickt nicht auf mich so ernst, so kummervoll,
> Kopfschüttelt nicht: ach, unser Sohn war toll –

Nanu! – lachte er und riss das Blatt heraus. Packen wir es anders an: Der Himmel blaut und die Sonne lacht, und wenn man Abschied nimmt, muss man hoffnungsvoll und fröhlich sein – – Auch das ist nichts – murmelte er und zerriss das Blatt. Das Epitaph eines unglücklich Verliebten. Das Grabgebrumm eines durchgefallenen Kandidaten! Wie kann ich denn ihnen meine Gründe so darlegen, dass sie mein Handeln verstehn! Wie können sie meine Gründe auch nur für einen Augenblick von ihren Meinungen über sie trennen! Sie werden immer in ihren Augen zu den ihrigen, und sind dann als solche für sie unzureichend.

Dann warf er seine Petrefakten und Knochenrelikten in den Mühlenbach und ging den alten Weg und geriet mit der Weile in ein dorniges Gestrüpp, in dem krochen ockerfarbige Schleim- und gallertige Zitterpilze auf modernden Hagedornästen, die an anderen Stellen zerfressen wurden von bläulich-weißem Schimmelbelag und dunkelhutigem Hallimasch; mächtige Konsolen des Zunderschwamms entquollen einer sturmgebrochenen Buche und grünblaue und orangegelbe Flechten siedelten und hingen allerorts; über allem aber thronte wüst und beschmutzt ein verlassenes Elsternnest, und unter ihm erfüllte alles eine fliegenumschwärmte Stinkmorchel mit ihrem beißend aasartigen Geruch –.

Wie sie um den triefenden *Phallus* gieren und schwärmen –! Ihr Leckerbissen, ihr Ideal – *impudicus! Impudice! impudice!*

Habe ich Recht dazu? Habe ich keine Pflichten gegen andere? – Pflichten gegen andere sind egoistische Forderungen dieser andern an mich; nur in diesem Sinne haben sie mir »Gutes getan«, und das habe ich nicht verlangt und nur in meiner Schwachheit angenommen, anstatt es zurückzuweisen. Und soll ich für diese Schwachheit jetzt büßen, indem ich in ihr verharre? –

Habe ich Grund dazu? Treibt mich nicht ein Selbstbetrug, eine Täuschung? Die könnte nur in der Art liegen, wie ich meine Welt anschaue. Und dass die Welt meine Vorstellung ist, und dass diese schöpferische Vorstellung ihr Eigenartiges verloren hat, das ist die Wahrheit. Und ebenso wahr ist es, dass ich ohne eine eigenartige, ganze Welt nicht lebenswürdig leben kann. –

Treibt mich auch keine Feigheit? Nicht das Gespenst: ewig missmutig, nörgelnd und reuegequält, verarmt und hungernd, ein abschreckendes Exempel und leicht zu erreichendes Mitleidsobjekt: ein verbummelter Student? – In einem Jahr könnte mir der Bauchhaarige den Doktor und der Graf die schöne Erbin geben, und wollte ich es anders, so segelte ich noch in dieser Stunde mit ihr und ihrem Geld nach Indien.

Schreckt mich nicht das Bild, in einer verknäuelten und verkrümelten Zwitterwelt leben zu müssen, einer Welt, die nur zum Teil, und auch da nur meine verzerrte Schöpfung ist?

Nun, so etwas wie einen Grund muss ich doch haben, und diese drohende Zwitterwelt fliehen zu wollen, ist eben mein Grund.

Ist das Feigheit? Wo mir ein Zustand winkt, den Tausende mit dem Gefühl, in ihm das Glück zu packen, empfangen würden?

Aber das sind alles nur Gegenargumente für euch. Ich bin das *Einzig Eine*, das was fest steht, in dem *Alles* lebt und ist; alle Welt, der Friedlose hier und die Abendwolke dort, der Sternennebel im Haupthaar der Berenike – ich bin Raum und Zeit, in mir ist alles verbunden durch Ursache und Wirkung, ich bin der große Namen- und Sprachenschmied, in mir ist Chaos und Dissonanz, Ordnung und Harmonie, ich bin das große Doppelgesetz, ich stelle die Rätsel und Geheimnisse und löse sie auf – ich bin das X, bin Gott, All, ich bin die Welt!

Und dann? – Dann ist die Welt tot. –

Wer sagt denn, dass zu meinem Ich nur dies Denken nach den drei Formen und vier Prinzipien gehört? Der Körper ist schon gedacht, existiert nur im Denken, jede Zelle ist nur ein ins Sichtbare, »Stoffliche« umgesetzter Gedanke, Wille – woher weiß ich, ob nicht das denkende Ich sich auch einen ätherischen, ich meine immateriellen, Körper geschaffen hat? Oder umgekehrt, ob nicht gerade dieses immaterielle Wesen das Ursprüngliche ist? Das sich ein Organ in meinem Denken geschaffen hat? So, dass mein jetziges Ich und seine Denkweisen seine Sinnesorgane bilden? Deren Mitteilungen es durch höhere, feinere und mehrere »Denkformen« verarbeitet? Wer sagt mir, dass das nicht so ist?

O, dann bin ich erst recht, erst dreifach recht die Welt.

Und wenn dieses höhere, reinere Ich seiner Organe überdrüssig geworden ist – denn es ist nicht durch sie bedingt, es hat sie geschaffen – und frei wird – und dann beginnt zu fliegen, – frei – zu – fliegen – – – – Sieh, es dämmert, und ich finde mich wieder hoch auf dem Moorrücken bei meinen Porsten und Goldweiden, und es wetterleuchtet – o blitzt nur blau, gedankenschnell und fern: wer weiß, ob ich nicht morgen schon blitze wie ihr, schneller als ihr, schneller, höher – höher als der Gedanke –!

Da nach einer Weile das Wetterleuchten unter den Horizont sank, nahm er Abschied von dem moosüberwölbten See und ging heim.

Einen Abschiedsbrief schreibe ich nicht; sie mögen die peinliche Affäre, zumal wir beide den gleichen Weg gehen, einer unglücklichen Liebe aufs Kerbholz schneiden. Und wo und wie sie meinen Leib finden –: fragt die junge Imago nach ihrem Gewand, wenn sie es abstreift und in die Lüfte sich schwingt? In die Lüfte sich schwingt –!

Nach dem Abendessen wanderte er im Garten durch den schweren Duft der weißblühenden Tabakpflanzen und betrachtete lange den massigen Backsteinbau der Dorfkirche.

So ernst und fest wie für Jahrtausende – und alles Trug, ein süßer, verrückter, boshafter Trug, und heute ein Geschäft.

Aber deinen goldenen Clever Schwan will ich treffen! Das Wappentier über dem Kreuz – so gehört's. –

Und er holte die Pistole und zielte in dem matten Licht der Sterne. Hart und laut hallte der Schuss, und in den Fenstern nebenan wurde es hell – –: Der traf das Schieferdach, von dem an Wintermittagen der Schnee in den kleinen Lawinen niederrollt. – Und der ging durch das Kreuz, von dem im Frühjahr die Stare ihre Lieder singen. – Und nochmals! Die Fenster öffneten sich und die Schlafmützen rissen die Augen auf – –: Und der traf den goldenen Schwan, wie er durch die braune Nacht hinschwimmt. Und die Schlafmützen knurrten und schimpften –. Dann nahm er einen Gartenstuhl und setzte sich dicht neben die weißen Solanazeen, deren betäubenden Duft er stundenlang in sich sog – über ihm, über den dunklen Dächern und dem schwarzen Turm kreisten lautlos tausend Sterne. –

Das Auge ist noch so gut – murmelte er, als er die Waffe gereinigt und sich schlafen gelegt hatte – und die Hand so fest, dass auch ein ferneres Ziel sich lohnt als diese breite Brust. –

Aber kurz vor dem Einschlummern, wenn die Traumbilder beginnen, die müden Tagsgedanken zu überwältigen, und ihnen das Metermaß und Stundenglas aus der Hand reißen, tauchte noch der letzte müde auf: O, sie wird sterben – sie will es ja. Warum soll sie nicht sterben? –

Dann waren die Tagsgedanken tot, und es kam der Traum durch die Mauer, durch das Zimmer, nahm ihn auf seine Arme und wiegte ihn – fort mit ihm! über die Dächer, die Linden, um den Kirchturm herum – siehst du den Punkt im Schwan? Den Kirchturm hinunter! Tiefer – tiefer – – –.

Der Grünspecht

Am nächsten Morgen kam ihr Brief: Du Lieber, ich habe Dich unsäglich lieb. Ich bin ganz nur Du, denke nur Dich, fühle und träume nur Dich. Ich bin um Dich Tag und Nacht, ich wiege Dich auf meinen Armen in Schlaf und küsse Dich mit meinen Lippen wieder wach. O wie lange haben wir uns nicht gesehen. Aber Geliebter, weißt Du auch, wie lange wir uns schon vorher gesehen haben und gekannt und lieb gehabt, bevor Du mich trugst über den Bach, schon so lange, o wie lange. Wie wir in Indien waren – wie lange ist das her! – ich Dein Page und Du mein Ritter – o wie die braunen Weiber Dich mir neideten! – wie ich Dir sang in dem einsamen Zelt und die Harfe schlug –, weißt Du das wirklich nicht mehr, Geliebter? Ob Du das noch weißt! Und wie lange wir uns danach noch gesehen haben – und sehen werden!

Wenn ich gestorben bin und Du die alten Wege wieder wandelst, durch die Weidenbüsche, über die Heidehügel, und es Abend wird und die Nebel ziehn –, dann wehe ich leise zu Dir, und Du merkst mich nicht und ich bin doch um Dich, schwebe immer um Dich durch Heide und Wald –, dann setzest Du Dich nieder, müde vom Wandern und trauriger Sehnsucht voll – und ich schmiege vom Rücken her meine Arme um Dich und drücke meine Lippen in Dein Haar – auf Deinen Mund, und Dein warmer Atem durchweht mich wieder –. Warte nur, warte! – Du musst nun heute zu mir kommen, Vater ist verreist und alles bereit. Wir gehen zuerst dorthin, wo die Weidenröschen und Erlen stehn; dann wandern wir in den Wald, wo an der glatter Buche der Specht lacht; und dann über die Heide in das Dorf, wo unter der alten Eiche der Champagner wartet. Und dann trägt uns ein Wagen ins Schloss, wo ich zu Dir tanze als Dein Page im schwarzen Pagenkostüm. Und dann – ach dann –! –

Als Erich kopfschüttelnd den Brief gelesen hatte, schob er eine Patrone in den Pistolenlauf und machte sich auf den Weg.

Auf der Mühlenbachbrücke saß ein Schustermeister und ließ die weißgescheuerten Holzschuhe auf den Zehen baumeln.

Morgen, Examen gemacht? – Gemacht. – He is duhn – knurrte er ihm nach und spuckte in den Bach.

52

Aber Erich ging festen Schrittes weiter und kam nach einer Stunde bei den Schlossteichen an. – Und als er um ein letztes Heckengebüsch bog, flog Loo, dunkelrot gekleidet, wie eine Katze auf ihn zu, riss sein Hemd auseinander und presste ihren Mund auf seine Brust. Dann hängte sie sich in seinen Arm und führte ihn über die holprige Dorfstraße zum Schloss. Als sie auf der Brücke stehenblieben und den hochrückigen Karpfen zusahen, fühlte sie die Pistole in seiner Brusttasche. Schnell wie ihr Gedanke griff sie zu und zog sie hervor.

Und hiermit will mein Freund sich totschießen? Ach, du dummer Freund! Du hast nur eine Kugel bei dir, und die steckt im Lauf. Soll ich den goldbuckligen Herrn da unten anschießen? Eine Hand darunter oder zwei –

Da krachte der Schuss und goldgelbe Schuppen schwammen auf den kleinen Wellen.

Und jetzt könnte ich sie hinterher werfen – aber sie ist so sauber und blank. Ich werde Kugeln holen – wollen wir Karten schießen? Herzen schießen, rote Herzen schießen? – Weswegen wolltest du dich nur totschießen? Ich komme doch wieder. Ich hol' Karten und Kugeln – und dann – gehen wir baden, dummer Heinz! –

Sie eilte fort. – Nun, hast du dein Examen gemacht? Sonst mach's hier! Hinunter! und beiße dich fest in die Laichkräuter und Algen! Wie die Wildente, weißt du noch? – Aber dann schüttelte er den Kopf und lehnte sich über das Geländer und blickte in das trübe Wasser, auf dem junge Enten an den Schuppen, die da noch schwammen, ihre Schnäbel versuchten.

Was meint sie mit dem Wiederkommen? Was meinst du mit dem Wiederkommen? –

Er nahm ihre zwei letzten Briefe aus der Tasche und las sie Wort für Wort.

Das immaterielle, über- und vormaterielle Wesen, das sich unser Denken als Organ gebaut – spukt das auch in dir? Nach deiner Art? Weswegen spuken? Und wenn wir gestorben sind und es ist so? –

Da fühlte er, wie sie sich über ihn lehnte und hörte sie an seiner Wange flüstern: Glaubst du jetzt, dass ich wiederkomme? – Ich habe dir Kugeln mitgebracht. Karten mit roten Herzen gibt's nicht bei uns, da habe ich ein Buch genommen; das wollen wir zerschießen. Tristan und Isolde – ach lache nicht! – Da wandte er sich um, – mag es sehn, wer will – hob sie hoch und trug sie über die Brücke –.

Es war Mittag, als sie gebadet hatten und zu der Buche kamen, die da am Rand des Waldes wächst.

Jetzt ist das Buch zerschossen, Loo; und Tristan und Isolde sind wieder einmal tot. –

Lieber, ob nicht die beiden wirklich gelebt haben und noch leben? – nicht als Mensch, ich meine: als Geist, umherschwebend, als – Als ein immaterielles Wesen – nicht wahr, Loo? –

Und die erzählen nun denen, die ein Ohr haben für Geisterstimmen, ihre Schicksale, traurig-süß. Ließe sich das nicht denken? – Und eben, wie wir die Geschichte zerschossen, waren sie um uns; sie haben schon heute Morgen dir ins Ohr geflüstert, wir möchten ihr süßes Leben wieder lesen – Es ist so einsam in der Geisterwelt. – Was werden sie wohl gedacht haben, Heinz, als unsere Kugeln um sie pfiffen? – Gelacht haben sie. –

Sie hatten sich auf das spärliche Gras und die Moospolster, die aus der Blätterschicht unter der Buche hervorquollen, hingestreckt, Loo dicht neben ihren Freund. Nun legte sie den Kopf auf seine Brust – Du bist mir noch dein Märchen schuldig. – Da nahm er ihre Hand und erzählte: Du weißt, ich wanderte auf dem Vatna Jökull – da klang es: tra-tra-ruuuh! – Der Evolutionist! rief ich und warf mich in den Schnee. – Tra-tra-ruuuh! – Der Evolutionist! ruf ich und rolle über eine Schneebrücke und stürze mit der einbrechenden klaftertief hinab. Ganz langsam und weich schlage ich auf messerscharfen Eisblöcken auf. Jetzt fängt das Denken wieder an – sage ich, dann legt es sich purpurn über meine Augen. – Und wer sagt dir denn, ob nicht deine Prinzipien und deine Anschauungsformen nicht nur geworden, sondern geradezu erlogen sind, lebenbedingte Lüge von Anfang an? – höre ich Howalds Stimme über mir. In einem grausigen Nest von Unsinn und Brutalität endete mein Liebeslied von Reykjavik. Da habe ich den Evolutionisten an den Nagel gehängt und mich verschworen, dir zu folgen.

Denn du hattest recht; aber deine Formel ist halb, mache sie ganz: Die Welt ist das Vergnügen, das Vergnügen ist die Welt! – Das ist der Weisheit allerletzter allerbester Schluss; eine Formel, die in sich schließt eine Wertschätzung alles Lebens, aller Wissenschaft und aller Moral, eine, die Ja und Nein sagt – Wache auf! –

Und unser Schiff bauen wir um; wollen wir die jetztzeitige Literatur in Ballen unter seinen Kiel heften? Denn ich will urteilen wie der Oräfa, wenn besagte jetztzeitige unser Musarion nicht in die Lüfte hebt: kraft ihres geringen spezifischen Gewichtes und ihres enormen Auftriebs wird sie es in ein Luftschiff verwandeln – wir steigen in die Lüfte, wir streichen unsere Geige und werden fliegen, fliegen werden wir! –

Und wir bestiegen unser Schiff, nahmen den grotesken Riesenbogen und geigten längs den Faröer und Shetland Inseln, durch das Skagerrak, Kattegatt und den Sund auf Greifswald zu. Dort schlugen wir dröhnend die Ankerpauke, auf dass wir an Land gingen, und am nächsten Morgen wurde Musarion von den Eldenaer und Wieker Pferden und Schiffern an Land gebracht und vertaut; wir aber begannen mit dem Engroseinkauf der gesamten schönen und philosophischen Literatur, die die letzten zehn Jahre an das Licht der Sonne gekotzt hatten; dazwischen hurten und soffen wir und schlugen uns die Schädel ein.

Bis es eines Tages in der Gesellschaft ruchbar wurde, dass unser Schiff beschlagnahmt werden sollte. Auf unsere Erwiderung, die Fähigkeit Musarions, als Luftschiff zu fungieren, beruhe auf der Windigkeit der Jetztzeitliteratur und habe mit dem Staate nicht das Geringste zu tun, ward uns zur Antwort, gerade dieses träfe den Staat ins innerste Mark – entweder nicht geflogen, oder verstaatlicht und unter Polizeiaufsicht geflogen. –

Da spannten wir einen Droschkengaul vor unsere zwölf Bücherwagen und jagten nach Wiek; und da wir die Saiten beschlagnahmt fanden, stürmten wir auf die Stadtwache und mit zwölf Pickelhauben nimmt Howald es auf –: Ei, wozu habe ich meine Quart gelernt? Und meine Terz? Und meine brillante Prim? – Die Saiten her! Und hussa nach Wiek! –

Die Bücherballen sind festgebunden, sie treiben uns reißend hoch, dass die Haltetaue klingen und singen – Pfiffe gellen, Blendlichter gespenstern über den Hafen und brüllend und übereinanderkugelnd wie ein betrunkener Bienenschwarm stürmt die Horde an – unsere Freunde voraus, ein Sprung, die Taue durchkappt, und wie eine ungeheure Granate heulen wir hoch! Kugeln schlagen ein, die Wut und Enttäuschung tief unter uns schreit und wimmert herauf, aber wir haben eine Saite befestigt und streichen unsern königlichsten Bogenstrich, und fort fliegen wir, als machten wir Jagd hinter Sonne und Mond. – Am Morgen hingen wir über den südlichen Ausläufern des Ural.

Wohl hatte bei der tollen Flucht sich jeder von uns gesagt, dass es von jetzt an für ihn mit der menschlichen Gesellschaft zu Ende sei: allen Winden und Nöten preisgegeben, sturmgetragen wie der Vogel in der Luft, allein vertrauend auf unsern königlichen Bogenstrich und kriegerischen Paukenschlag würden wir irren durch die Welt, ruhelos von Stadt zu Stadt, rastlos von Land zu Land – ohne einen Gott, dem wir vertrauen und unsere Leiden als liebende Züchtigung, unser Nicht-Wissen als vorsorgliche Huld zuschreiben könnten, an dem wir verzweifeln und dem wir fluchen könnten, ohne eine Wahrheit, ohne ein Ideal, ohne Gut oder Böse, Schön oder Hässlich, Sünde oder Tugend, ohne Liebe oder Hass, ohne Verantwortlichkeit, Gehorsam, Pflicht oder Mitleid, ohne Gesetz oder Willkürlichkeit, ohne Freund und Geliebte, Mensch, Staat, Familie und Gesellschaft, Ding oder Tier – nur uns und unser Musarion und den skeptischen Herrscherblick über die weite Welt; unsere sonnengewöhnten Augen, unsere Flüchtigkeit und wüstenbraune Haut, unser Nicht-Tier, unsere lohende Lust

54

und grüner Ekel würde uns verraten in der alten und neuen Welt, Jeder könnte uns fassen mit seiner schmutzigen Schacher- und stinkenden Alltagsfaust, uns aus seiner verbrannten Kehle anpoltern und mit seinem nervlosen Jargon anhauchen: Da ist einer! Da ist einer vom Musarion! Ein Musarione! Haltet ihn! haltet ihn! –

Wohl wussten wir das, aber jetzt schwimmen die purpurn und goldnen Morgenwolken gerade unter uns und lassen die Erde verschwinden, und wir selbst sind nichts denn eine goldene schwebende Wolke – Freiheit! Freiheit! –

Was weinst du, Loo? Wenn du weinen willst, gehe ich allein. –

Gleich einem herbstverwehten Ampelopsisblatt liegen im Abendlicht die gewaltigen Seebecken des Lorenzstromes da, wie wir über der steinigen Nordküste des Huronsees stehen. Mit unsern Gläsern sehen wir hoch am südlichen Horizont die Häusermeere Buffalos liegen und glauben als winzigen Silberfaden den Niagara stürzen zu sehen – da meldet Howald: um elfeinhalb treten wir zwischen Sonne und Mond, und wir bleiben über unserer unwirtlichen Küste hängen.

Die Nacht ist wolkenlos und still, nur die Seen unter uns branden unhörbar an den Gneisblöcken und Basalten. Hoch und mit seinen Tychostrahlen wie eine geschälte silberne Nagarunga [Bitterorange; Anm. d. Hg.] anmutend hängt der Mond über uns, nur der Orion und der Bär sind bei seinem hellen Licht zu sehen. – Unsere Uhren zeigen halbzwölf, da wird der Ostrand undeutlich und verschwimmend, ein flacher dunkler Einschnitt frisst sich langsam ein, ein rostbrauner Kreisschatten saugt die silberne Apfelsine in sich – langsam, geduldig, er hat Zeit –. Und wie eine Stunde verflossen ist, ragt nur der westliche Rand wie eine schmale gleißende Kalotte über den kleineren dunkelrostroten Körper. Hinter ihm flammen leuchtend die Sternbilder in der dunklen Nacht auf, weißgrau und sternenleer ist der Himmel vor ihm; das Auge beginnt zu flimmern, lange rückwärts gerichtete Strahlen schießen von der halbmondförmigen Silberhaube aus – und jetzt strudelt und rennt das dunkelrote weißköpfige Gebilde wie ein riesiger Algenschwärmer mit scheitelständigem Wimpernkranz durch die Welt. – – –

Aber im Süden hinter den Seen sind Wolken aufgequollen, ein Nachtwind treibt sie unter uns her und wie zerwühlte Kissen, in denen ein Riese schwer geträumt, liegen sie unter uns; und der Algenschwärmer ist enzystiert, eine braune, tote Kugel taumelt er in die Nacht. – Doch um zwei Uhr morgens ist er vom Rost befreit und lacht wieder mit seiner pausbackigen Bonvivantvisage in die Welt, unschuldig dumm und süß, als wäre nichts geschehn, – und die Wolken unter uns sind glatt und schwellend wie weiße Betten, die auf ein Liebespaar warten. – Nun treiben wir langsam über die Alleghenies und das *Piedmont* dem Süden zu; am Abend hängen wir hoch über den Baumwollfeldern Alabamas –. Da, wie der Rand der sinkenden Sonne den Horizont berühren will, versammelt uns unser Fuchsmajor.

Wenn das Rätsel der Schwerkraft gelöst ist, und, ihr Füchse, es ist in diesem Moment geschehn, – jetzt haben wir die Schere, sie zu durchschneiden, und die Kappe, uns gegen ihre Strahlen zu schützen – ein Sprung in den Raum –! So reißen wir uns los von der Erde und folgen der unter uns rollenden auf ihrer Grenze von Tag und Nacht.

Ein unverrückbarer Standpunkt im Raum: und es eilt die Sonne davon und ihre Planeten in gewaltigen Spiralen: folgen wir ihren glänzenden Schleifen! Berechnen wir die Resultierende der drei Geschwindigkeiten und Wege, finden wir den absoluten Weg und die absolute Geschwindigkeit, mit der wir unserer überwundenen Mutter im gedankenschnellen Lauf folgen!

Vor uns den Tag und hinter uns die Nacht,
den Himmel über uns, und unter uns die Wellen!

Da war der von Abendwolken durchwogte Kessel, in dessen Mitte wir gehangen, herabgestürzt und rollt als buntfarbiger Riesenball auf dem Boden einer ungeheuren nachtschwarzen

Kugel. Zu unseren Seiten die Sonne, fern, stechend und kalt, und die Sternbilder des Südens und Nordens sind um uns. – Fliegen wir, rasen wir durch den Raum, oder hängen wir fest wie ein Adler über unserer Erde?

Aber wir wollen ihre blauen Meere unter uns schäumen, ihre weißköpfigen Berge vom gelben Tag durch rote Dämmerung in braune Nacht sich wälzen sehen –! Da lässt unser Fuchsmajor uns wie schlagendes Raubgevögel niederstürzen –: Die Sterne sind erblasst, Wolken und Himmel flammen und flüchten, Orkane rütteln an unserem Schiff – aber unter uns spielen die *Cañons* des *Rio Colorado,* rosenrote Zinnen, Türme und gewaltig ummauerte Basteien, quirlen, kreisen, flüchten in die Nacht, eine bunt bekleckste Palette reckt sich die Yuccawüste [Mojave-Wüste; Anm. d. Hg.] ihnen nach –, da schießen die steilen Osthänge der Sierra Nevada hoch, weiß-firnig kommen sie an, schlagen unter uns in roten Flammen hoch und versinken als verbrannte, dunkelglühende Schutthaufen im Osten –. Ein Wolkentanz! Göttliche, rosige, tanzende, kugelnde, umschlingende und umschlungene Leiber: Bacchantinnen sind's, Meerfrauen flüchtend weiße wilde – – – und nun kommt Er! Wie ein gewaltiger wolkerumuferter Strom – der Ozean! Silberfarben aufquellend aus dem fernen Tag, tiefblau unter uns und in Purpurtodesfarben gehüllt in den Schlund der Dunkelheit sich gießend. Acht Stunden lang trinkt sie seinen wogenden Purpur, acht Stunden lang hängen unsere durstigen Augen über ihm. – Wieder ein Wolkenleibertanz über gelben Ebenen, und der Göttliche ist tot. Berge und Ströme, der Kailas und Ganyri mit ihrem blauen Schmuck der heiligen Seen, Bergriesen, Dschungeln und braune Wüsten fahren dahin; Babylon, Golgatha und den Nil grüßen wir; Wüsten und Meere tanzen, der wolkenstürmende Atlas flammt und erlischt, der Ozean rauscht stundenlang – da kriechen die Brackwasser und Sümpfe Georgiens hoch, die abendlichen Baumwollfelder Alabamas träumen wieder unter uns und ein Tag ist hin.

Die Saiten gerefft! Die Pauke geschlagen!

Halb in braune Schatten, halb in bläuliches Licht getaucht, frisst sich der unter uns rollende Globus in den Boden der sternbestickten Nacht – biegt seitwärts in gewaltiger Spirale – jetzt nur noch ein purpurner Stern – jetzt verschwindend im galaktischen Staub.

Die Planeten –! Und auch sie nur Staub, in die Nacht gestreute Diamanten – Straßenkehricht, den ein Wind aufwirbelt und verweht.

Und die Sonne beginnt zu wandern, zu kreisen – und ist auch nur ein Stern wie die andern.

Fest, fester und ruhender als irgendein Ding der Welt, Giordano, stehen wir im Raum; silberner, flimmernder Schimmelbelag überwächst seine gewaltigen Hohlkugelwände.

Da fangen die kosmischen Bilder an, sich zu verzerren, öffnen sich und treten auseinander, beginnen zu kreisen, zu eilen, zu schwirren wie ein liebestoller Schwarm Leuchtkäfer in einer Sommernacht – und werden größer und gewaltiger, kommen über uns – die Hand am Steuer! – – – Der Sternensturm ist vorbeigewirbelt, verwirbelt, verrauscht – – ein silberner Rauchring, den einer in den Äther geblasen – eine leuchtende Linse, die wir in den Raum gerollt – die sich verliert wie ein sinkender Stern.

Das war die Welt, war »das Ungeheuer von Kraft – die feste eherne Größe von Kraft – das zugleich Eine und Viele – das Meer in sich selber stürmender und flutender Kräfte, ewig sich wandelnd, ewig zurücklaufend, mit ungeheuren Jahren der Wiederkehr – mit einer Ebbe und Flut seiner Gestaltungen – umschlossen vom Nichts als seiner Grenze –« und wir hängen im Nichts, jenseits der Grenze, jenseits der Welt – . – –

Jenseits der Welt? Und nie wieder in der Welt? – fragte Marga und sah uns leuchtend an; dann trat sie an das Fallreep und verließ sausend als ein Meteorit des Nichts unser Schiff.

Horch Loo, der Specht lacht!

Als uns, die wir im Nichts, in grundlosen Abgründen und raumlosen Weiten und Höhen trieben, der silberne Rauchring wieder begegnete, nahmen wir Musarion die Tarnkappe ab

56

und überließen uns den wogenden Strömen der Schwere und fragten nicht: wohin treibt ihr uns? an welcher Sternenklippe spült ihr uns an? – – –

Als wir nach endlosen Jahren Umherirrens und phantastisch-langweiligen Weltenspuks wieder die Erde unter uns sahen, ließen wir unsere Literatur wie weiße Vögel nieder flattern und schaukelten wieder auf den Wellen des Ozeans. –

In einer windig-kalten, regnerischen Augustnacht landeten wir an der friesischen Küste; dort zündeten wir ein Windlicht an und begannen laut aus den übrig gebliebenen Jetztzeitbüchern vorzulesen. Da begann das Schiff zu stöhnen und zu ächzen, da schwoll es unnatürlich zu einer gewaltigen wimmernden Kugel an, da hob es sich gleich dem schwangeren Bauch eines Meerweibs aus den Wogen und platzte, als wir eine viertel Stunde gelesen hatten, mit einem kurzen kanonenschussähnlichen Knall auseinander.

Am nächsten Morgen trennten wir uns. –

Nach manchen verloschenen Herbsten erhielten wir von Howald einen Brief, durch den er uns zu dem Abschluss seines Lebens einlud. Wir eilten zu ihm.

Um den flechtenfarbigen Säulenstamm einer Buche gelagert, sehen wir zu, wie der Sommer verbrennt; wie er die Substanzen, die er unter der Sonne zusammengebraut, in der Flamme aufleuchten lässt, um sie dann dem alten qualitativen Analytiker in die Retorten und Gläser zu werfen: und im leuchtenden Gold verflüchtigt das Buchengrün, blutfarben der Faulbaum und knallrot Ebereschen und Vogelkirschen, während auf blendend weißen Dochten sich die schwefelfarbigen Birkenfeuer wiegen und tiefpurpurn wie ein glimmender Aschenhaufen im Sumpf der Schneeball glüht.

Hörst du, Loo, wie der Specht lacht?

Wenn der Stab dort, um den der Kreis gezogen ist, den kürzesten Schatten wirft, dann soll es geschehn. Wir aber sind elegisch und schauen die Buchen an; als aber der Schatten unseres Stabes nur noch wenige Minuten Zeit bis zu seiner kleinsten Länge hatte, fing Howald mit einer Art Gebrüll also zu reden an: Saufen wir! Reden wir nicht! Denn das Reden ist aller Trübsal Vater von Anfang an. Wären wir verbummelte Studenten, wenn wir nicht reden könnten? Buschklepper wären wir und stellten den Dienstbolzen und Schnapsausschänken nach und wären höchstens zuweilen etwas mürrische Tagediebe –in den Momenten, in denen jetzt unser Lamentieren am pathetischsten sich gibt, höchstens etwas mürrische, querkäuzige Tagediebe. In der Sonne lägen wir und brieten uns die Haut braun und schwarz, und unsere ganze Sprache wäre ein Nüstern-Blähen und eine Art stiermäßigen Gebrülls beim Anblick zweier Brüste oder eines runden Hinterteils, oder wäre ein Durch-die-Nase-Schnauben und ein inniges Grunzen wie das einer sielenden Sau. Oh, ihr Füchse und verbummelten Studenten, wir trügen in diesem Grunzen und Brüllen die Lösung der Welt, wir wären das Ding an sich, und die Welt bestände nicht aus Ich und Du, wir würden nicht merken und uns nicht einbilden, die Welt sei noch etwas anderes als Schnapsgläser und Weiberschenkel, der Katzenjammer bliebe uns fern und wir trügen nicht den Buckel der schweifenden Sehnsucht, wir merkten nichts von dem Chaos von tausenderlei Meinung und Lüge, in das wir uns hineingeredet, hineingeschwätzt; da wäre kein Wortefadengewirr, da hätten wir nichts zu entknäueln, keinen Anfang, kein Ende des Wortelügenfadens aufzufinden, da tobten wir uns nicht in metaphysischen Paroxysmen, in abschließenden Formeln und Systemen aus, da brauchten wir nicht wie heute dastehn und unseren letzten feinschmeckerischen Spaß zu haben an uns, die wir die Orientierung verloren, da unser Ich sich in Grammatik und unsere Philosophie sich in atavistisches Geschwätz verflüchtigt hat, da brauchten wir nicht außerhalb und jenseits stehen, da lägen wir da und grunzten und brummten uns mit seligen und kuhäugig dummen Augen zu Grab – oh, ihr Füchse und verbummelten Studenten, saufen wir! Reden wir nicht! – –

Und nachdem wir noch eine Weile still und unbeweglich dagelegen hatten und den drei, vier Buchenblättern nicht wehrten, die in kleinen spielerischen Spiralen auf unsere Augen und Körper niederfielen, stieß Howald plötzlich einen brüllenden Klageschrei aus und schoss sich eine Kugel in den Bauch.

Horch doch, Loo, wie der Specht lacht!

Als sein Körper erkaltet war, gingen wir in den Wald, um Reisig für den Scheiterhaufen zu sammeln. Hier aber befiel uns eine sonderbar bleierne Müdigkeit, und ein Drängen und Brausen entstand in unseren Ohren, das uns zu unserer Buche zurückkehren hieß. Und hier betteten wir uns um seine Leiche und wühlten uns tief in die gelben Blätter und schliefen ein.

Oh Loo, horch, wie der Specht lacht!

Da senkte sich vor meinen Augen ein Nebel herab und mir war, als habe ich meine Augen fest geschlossen und sähe doch Marga aus dem Nebel treten; und ich fühlte, wie sie mir Augen und Stirn berührte und mich hochzog an ihre Brust. Ein Luftstrom schraubte uns hoch – da holte sie aus ihrem Busen ein Fläschchen hervor, das duftete nach Ruchgras und welkem Thymian, und träufelte Tropfen auf die Schlummernden. Da hebt es sich wie ein Hauch von ihnen, und ist kein Körper mehr, und hängt sich an uns, wispert, lispert und plaudert um uns, und hebt uns hoch und höher, über die Wipfel und Höhn – und werden wie ein Luftzug, ein Wind – und sind Sturm und brausen durch die Lande zum Meer, und dort verteilen wir uns in alle Winde. –

Hell und klingend lachte der Specht auf und wiegte sich in elastischen Wellentälern über sie hin, die nach einer sprachlosen Weile sich mit wahnsinnswildem Ungestüm in die Arme pressten.

Der Rehbock

Wein, Heinz, Wein! Wir gehen ins Dorf – auf die Kirmes gehn! Tanzen, süßer Heinz! Und einen kalten Fasan mit Preiselbeeren! Und roten Burgunder will ich trinken –

Da schwang er sie hoch und sie umpresste mit ihren Beinen seine Brust und bog sich weit zurück, und so begann er zu laufen, keuchend, Hügel auf, Hügel ab, bis er häuptlings mit ihr in das blühende Heidekraut stürzte. Aber als er sie ganz entkleidet hatte, entriss sie sich ihm und lief nackt auf die Höhe des Hügels – denn sie waren in einer kleinen Mulde gestolpert, in der das Heidekraut mit zähen Zweigen sich bis über ihre Knie verstrickte. Und die Hände über den Rücken verschränkt blieb sie stehen und genoss ihre Nacktheit und die endlos blühende Heide mit ihrem Mittagsschweigen und ihren abertausend summenden Bienen. Als er sich ihr aber nähern wollte, floh sie vor ihm und raste in wilder Flucht geradewegs auf das Dorf zu, dessen Kirchturm hinter einem blauschwarzen Kiefernwald wie eine spitze Lanze in den Himmel stach. Das Heidekraut zerriss ihre langen Strümpfe, aber ihr Haar blieb fest und es währte lange, bis er die Flüchtige, atemlos gegen seinen Schoß Hinsinkende erreicht und wütend zu Boden geworfen hatte.

Als sie sich wieder angekleidet hatten, gaben sie sich die Hand und gingen weiter, wie ein Geschwisterpaar, das sich in einem dunklen Walde ängstigt. – Bei einem kleinen Birkengebüsch stutzten sie und sahen Rehe in dem spärlichen Grase äsen. Da bat sie ihn um die Pistole und schoss, vorsichtig auf den Knien näherkriechend, auf den ihr zunächst stehenden Bock. Das Tier zuckt zusammen, seltsam matt und dünn hallt der Schuss in die Heide und in weiten Sätzen wippen die Aufgeschreckten über die Hügel hin, dann versinken sie hinter der letzten Purpurwelle. – Er wird schon verenden – dann gab sie ihm die Pistole zurück und sah mit scheuen Augen zu, wie er in den Lauf eine neue Patrone schob. Als sie in das Dorf gekommen waren, fragten sie sich zu der Vogelrute hin, wo auf einer hohen Stange der hölzerne Vogel saß – ein runder unförmiger Kloben, denn Kopf, Flügel und Schweif sind schon herabgeschossen. – Wenn ich den Königsschuss schieße, wirst du Königin, Dorfkönigin, Spaßkönigin. – Dann ließ er es sich einige Bitten kosten, bis man ihn in die Schützenzunft aufgenommen hatte, tat drei Schüsse und schoss den Vogel herab. Und unter Gebrüll hoben ihn ein Dutzend Kameraden auf ihre Schultern und trugen ihn so unter Hochrufen und Lachen in das Zelt, wo man ihn in einen Gehrock steckte und ihm die Königskette um den Nacken hängte. Loo dagegen blieb in ihrem roten Kleid, ihr wurde ein bunter Georginenkranz aufs Haar gesteckt, Parade wurde vor dem neuen Königspaar gehalten, und dann ging der Zug ins Dorf – die Musikanten blasen und die dicke Trommel knallt.

Und das Pokulieren [zechen, stark trinken; Anm. d. Hg.] begann, und bald hatte Erich ein Gelüste, seinen drei Hofdamen die Kleider herunterzureißen, bald zuckte es ihm in der Hand, seinen Mitpokulierenden mit einem Säbel die Köpfe vom Rumpf zu schlagen, dass das Blut in Springbrunnen in die Höhe schösse und als warmer Regen auf ihn und seine Königin niederfiele; aber er begnügte sich, mit einer feinen bissigen Ironie seine Untertanen gegen sich aufzustacheln und beim Tanz seinen Damen obszöne Dinge ins Ohr zu flüstern – sie waren es zufrieden und wären auch noch mit anderem zufrieden gewesen. Dann aber tanzte er lange mit Loo und seine Blicke vergruben sich schmerzlich in ihre traurigen Augen.

Als es Abend werden wollte, verabschiedete er sich und ließ seinen Thron leer. – Der letzte Tag vor dem Nichtmehrsein, jetzt rüstete er sich, hinzugehen zu den anderen, geschwundenen, fern im Westen hinter den dunklen Wäldern. Er putzte seinen Himmel blank und rein und rundete zart seine duftigen Schäfchenwolken und bemalte sie mit Gold und Rot und strich mit seiner weichen Hand noch einmal über seine Sonne – dann ruhte er aus und legte sich klar und weich zum letzten Male über seine Erde, die närrische Erde, den tollen Stern.

Sie waren in ein Wirtshaus gegangen, das etwas abseits vom Dorf an der Landstraße lag, und vertrieben sich die Zeit und wehrten sich gegen die Zeit, indem sie mit nachdenklichen Augen den Dreiecken und Kreisen zuschauten, die Erich mit einem Stock in den Sand des Gartens zeichnete, bis er plötzlich aufschaute und mit trockener Stimme fragte: Und nachher? – Aber da er ihre angstvoll großen Augen sah, blickte er wieder fort und zeichnete seine Kreise weiter. Von ferne kam ein Wagenrollen – da nahm er sein Glas und goss es auf die Kreise aus –: Eine kitschige Symbolik – aber wir müssen gehen, müssen gehen, Loo. – Der Wagen hielt, mit zurückgehaltenem Atem hörten sie den Kutscher nach ihnen fragen, da traten sie mit zögernden Schritten aus der Laube und stiegen ein. – Die Laube verschwand, die Linde vor dem Haus und das Zelt mit dem hellen Tuch, – einige Häuser, dann waren sie allein auf dem weiten Weg.

Aber der Luftzug und die Sonne, die hier draußen noch nachmittagshell auf den Wegen und Stoppelfeldern brannte, das Getrappel der Pferde und die roten keck aus dem dunklen Laub hervorfunkelnden Beeren der Eberesche und die gelben schwarzscheckigen um die Räder wirbelnden Blätter der Ahornbäume machten ihr Blut wieder schneller kreisen; die Stoppelfelder lagen da so prall und grell, die Leute grüßten, und die Sonne funkelte und lachte –: Oh wir leben! Denk doch, wir leben – leben! –

Donnernd polterte der Wagen über die Schlossbrücke, aber die beiden, trunken vor Lebens- und Abschiedsglück, sahen noch immer nur sich –; da hielt der Wagen.

Wir sind da, Loo. –

Der Gärtnerjunge kam auf sie zu und überreichte eine Depesche ihres Vaters, dass er am nächsten Morgen käme.

Es ist gut so – sagte Loo, und sie wankten auf ihr Zimmer.

Die Nacht

Als um halb neun die Nacht auf ihren Fledermausflügeln aus der Heide kam und ihren Bruder, den Abend, hinter die Wälder verscheuchen wollte, rief der ihr zu: Halt ein mit deinen Flatterscheuchen, du Garstige! Ich will deine Neugier kitzeln, du Schwarze. Gib Acht auf das Schloss, das da zwischen den Teichen und Rohrdommelwiesen schläft; auf das nördliche Fenster gib Acht, wo der Efeu sich plustert und die Spatzen schlafen. –

Das alte Geschwätz! Wie viel von deinem Neblerleben soll ich dir wieder schenken? Was hast du gesehen? – Da verkroch sich der Abend hinter das Dorf, wo die Lichter brannten, und erzählte seiner Schwester, die über den Dächern auf ihren Flügeln hing: Als ich vorhin bei dem alten Schloss meine Nebel kämmte, sah ich in dem Efeufenster einen Menschen stehen, der mir bei meiner Arbeit zusah. O, ich kenne die Augen der Menschen! Und der – kennst du noch den Moorbrenner, der da oben in Friesland – oder war es am Haarlemer Meer? – in der tollen Wut sein Kind in den Backofen unter dem Schlehdorn warf? Es war um die Zeit, wenn mir der Höhenrauch meine Nebel verdreckt – nun flattere nicht gleich mit deinen Scheuchen! denn der Moorbrenner machte auch solche Augen.

Da dachte ich, Der da im Fenster hat dir so oft zugesehn, just wie das blanke Weib, das sonst dort steht: du solltest ihn trösten. Darum flog ich hinter die Wälder, wohin die gestorbenen Jahre und Tage gehen, und brachte von dort einen Nussbaum mit und an ihn gelehnt ein altes, hohes Haus, an dem ein Weinstock bis hoch zu dem spitzen Giebel kletterte. In dem Garten auf dem rechten schmalen Beet längs des Weges waren Stiefmütterchen und Goldlack, links aber standen die Georginen und krausköpfigen Sonnenblumen; und hinter der Weißbuchenhecke kamen die Ginsterbüsche und das Heidebruch, in dem im Herbst der Nebelkönig seine Laken spinnt, und aus dem Heidebruch wurde Buschwerk und märchendunkler Wald. Und da wuchs ein Machandelboom [Wacholderbaum]: bei dem hatte er gespielt und eine schöne goldbraune Schlange gefangen. – Dann war er krank; und ich brachte ihm ein helles Zimmer, dessen vier Wände waren weiß gekalkt. An der einen Wand gegenüber dem kleinen Bett hing das Bild des alten Kaisers und darunter einen alten Glasrahmen ein vergilbter Bibelvers; auf der Glasscheibe spielte die Sonne mit ihren runden Lichtern, – das sah der Knabe und fragte seine Mutter, die neben ihm am Bett saß: Mutter, was will die Sonne? – Sie will dir Gute Nacht sagen, mein Junge. – Dann küsste sie ihn, faltete seine Hände und ging aus dem Zimmer; das wurde voll von Sonnenschein. – Und dann brachte ich ihm einen Sonntag her – Oh, Schwester, nun scheuche nicht mit den Flatterflügeln! –

Als nun diese Tage und Stunden mit mir gekommen waren, schnitten sie ein traurig Gesicht und wollten den da im Fenster nicht wiederkennen und gingen zurück hinter die dunklen Wälder. – Als das der da am Fenster merkte, zerdrückte er eine Träne in seinen gottverlassenen Augen und wollte herabspringen und fliehn – aber da trat das schwarze blanke Weib zu ihm und warf sich vor seine Füße. Da lachte er. – Aber sie erhob sich und legte den Kopf auf seine Schulter, und nun sahen mir beide bei meiner Arbeit zu mit ihren gottlosen Augen. Aber als du angeflattert kamst, du Garstige, schlossen sie das Fenster und ließen den schweren Vorhang herab.

Gib Acht auf das Fenster, Schwester, da geht was vor! Erzähle mir drüben, was du gesehn, du Feuchte, Garstige, du Fledermausflüglige! –

Da hob die Nacht sich hoch, und als sie mit gewaltigen Flügelschlägen ihren Bruder vertrieben und nachgeholt hatte, was sie versäumt, huschte sie und kreise sie acht Stunden lang um das Schloss. Bald hing sie auf ihren Flügeln wie ein Alp über den Dächern und Türmen – bald klammerte sie sich mit ihren Krallen in den Efeu und die Mauerritzen und lugte in das Zimmer während ihre Fledermausflügel die ganze Wand bedeckten, dass die Spatzen im Schlaf die Federn sträubten, so kalt und feucht waren die Flügel der Nacht, – dann hockte sie

60

auf dem Dachfirst und hüllte sich in ihre Flughäute, die nun so feucht waren, dass das ganze Dach troff, und ließ ihr Ohr zu dem Fenster herabschlottern und horchte – ihre Nase aber schnupperte gen Osten, ob dort der Morgen schon käme, der blanke Affe mit seinem ewig faden Lächeln. –

Da plumpste sie wie ein Stein vom Dach und huschte am Boden hin, über die Bachläufe und Ackerfurchen, Ziegenmelker und Käuzchen hinterher: der blanke Affe war da. –

Schatten flattern auf und ab, Stunden, Tage und Jahre und was in ihnen war. Da zischelt es: Was hast du gesehn? – Am Schloss, als ich an der Wand hing, dass die Spatzen schauerten und froren? – Erzähle! Erzähle! – Was soll ich Großes gesehn haben! Kennst du das Menschenweib? – Dieses hatte seine Glieder in ein seidenes Kleid gezwängt, wie die Pagen es trugen, – und seinen Buhlen hatte es vermocht, sich in ein Lederwams zu kleiden, wie die Falkeniere sich kleideten. Dann hatte sie verstaubte Weine geholt und Ambra verbrannt. Und während ihr Liebster sich auf ein Lager geworfen hatte, lag sie zu seinen Füßen und erzählte ihm Märchen, schöne Menschenmärchen –, von Djinnen und Genien und wie sie sich vor Jahrtausenden schon geliebt – o wie geliebt! o, schöne schimmernde Märchen. Ihre Augen aber glommen wie die eines nächtlichen Vogels, ihr Gesicht war wie leuchtendes Weidenholz um Mitternacht. – Märchen vom Wiedersehn und Weiterleben als lachendes Spechtpaar im Buchenwald, als Wind und Nebel – o schöne Märchen.

Doch er schüttelte das Haupt. Da entstürzten ihren Augen Tränen, sie raufte ihr Haar und zerschlug ihre Brust. Doch dann hob sie wieder Augen und Arme und sang ihm Märchen, o wilde flackernde Märchen! Und willst du es glauben, Bruder? Da nickte der Tölpel ihr zu und zog sie zu sich hoch. Sie aber zerriss ihr Kleid über den nackten Brüsten und warf den Leib über ihn und umschlang und umkrallte ihn, als wollte sie ihn zerpressen mit ihrer Lust. Und ein Taumel kam über sie, eine Wut wie – was weiß ich, ich feuchte uralte Nacht. – Aber siehst du, Bruder, mit einem Male knickte ihr Körper in ihres Liebsten Armen zusammen, und sie fiel von ihm ab wie ein geschlagener Ast – ihre Augen lohten und brannten, dann schlug ihr Haupt auf die Seite – und das schöne Weib war tot. – Und er? Erzähle, erzähle! –

Als sie in seinen Armen zusammengebrochen war und ihre Glieder sich lösten und ihr Kopf zur Seite schlug, taumelte er und stürzte von dem Lager zu Boden. Als er sich aber wieder über sie geworfen hatte und das, was er vorher gesehn, nicht glauben mochte, waren ihre Augen schon gebrochen, hässliche, tote Menschenaugen. Da hob sich seine Brust und zerriss das Lederwams über ihr, – – dann sank er neben sie, betastete blind ihren Kopf und drückte dabei ihre Augen zu. –

Und dann? Erzähle! erzähle! – Und dann? Hast du einen Menschen gesehn, in dem nichts mehr von seinen Göttern und Eitelkeiten geblieben ist, nur der hell schreiende Schmerz, der seinen armen Körper rasen heißt? Ich sah sie oft, wenn ich an ihren Fenstern kauerte, und dann kam es über mich, dass ich meine spitzen Zähne in ihr Fleisch graben wollte und ihnen beistehen in ihrem Schmerz. – Dieser arme Hund kuschte in die Ecke und kroch in sich zusammen, und seine Augen verglasten. – Und als ich auf dem Dachfirst hockte und nach dem blanken Affen ausschaute, und mein Ohr herunterschlotterte, hörte ich ihn nach einer Weile deklamieren: Nun ja – so sollte es ja kommen – besser konnte es gar nicht kommen – jetzt ist es Zeit für dich – –.

Da hörte ich jenes törichte Knacken, wie ich es so oft schon hörte, und ihn weiter deklamieren: Was zögerst du? – – Hast du Angst? – – Haha! was Angst? was Mut? Bist du nicht das Maß der Dinge, die Welt? Bist du nicht die Welt?–

Da schlug er ein gellendes Gelächter hoch, wie ich es auch schon oft gehört: Die Formel! Hahaha! Die Formel! Der Gott! Der Irrsinn! – – Bist du es nicht, die mich hierhin gebracht hat? Wollte ich mich nicht vor dir, vor deiner Tierheit und goldnen Verhurtheit retten? – –

Aber du hast mich gefangen und vergiftet und hast mich zum Tollhäusler gemacht! – Und nun du mich hast, wo du mich haben wolltest, gehst du deinen Weg, verfluchtes Weib! Du Hure! Du Tier! Schlagt sie tot, die Teufelin! –

Das alles muss er in der Ecke deklamiert haben, in die er sich gekuscht hatte; aber bei den letzten Worten muss er aufgesprungen sein, denn ich hörte Stühle stürzen und dann den Knall – und darauf ein Geheul, als hätte ich ihn bei den Füßen gefasst und zerschmetterte seinen Kopf an den Wänden: Hussa ho! Den Leichenschänder! Schlagt ihn tot, den Leichenschänder! – Dann brach er durch die Tür mit Fäusten und brüllte in den Flur: Den Leichenschänder! Schlagt ihn tot, den Leichenschänder! Hussa ho! den Leichenschänder! – Dann stürzte er über die Brücken und Straßen davon – . – So? O erzähle! Erzähle! – Dann kroch er in ein Röhricht und kuschte sich in den Schmutz, wie die angeschossenen Tiere es tun – . –

Erzähle, was wird er tun? – Da kam der blanke Affe – – was ist auch dabei? – – – Erzähle – Doch sie hatte sich schon in ihre Fledermausflügel gehüllt und plumpste tiefer, wie ein Stein vom Dach fällt.

Die Kiebitze

Am Bruchbach, in das Röhricht hatte er sich geduckt, wo die Rispen sich beugen und neigen über den unheimlich raschelnden Blätterdolchen, wo der Nebelregen herabrieselt und durch ihn die Kiebitze gaukeln: Kiuwitt! Kiu-witt! –

Wie die Wellen rinnen – wie glücklich sind die Wellen. – – Aber wie sie hasten und drängen – wie gequält sie sind. – – Aber sie fühlen es nicht – wär ich eine Welle. –

Da treiben sie eine tote Katze an, die Haare fließen in Fetzen von der bläulich schimmernden Haut und die Augen hat eine Krähe verspeist. Nun bleibt sie an den Rohrstängeln hängen und hebt sich an ihnen hoch.

Noch einmal! –

Da lud er die Pistole, hob sie und die Kugel platzte in den aufgetriebenen Balg.

Nun° Was hast du getan? – – – O du feiger Hund! –

Inzwischen wälzte sich der Balg träge auf eine andere Seite, kroch um die Rohrstängel herum, und die Wellen trugen ihn fort. – – – Kiu – witt!

Wär ich ein Dichterhund – nun nun, warum denn Hund? Er ist auch nur ein Lügner. – Kiu – witt!

Und nun? – – Ho! erwartest du denn so viel von ihm, achtest du das Leben denn so hoch, – und jaulst nun und kriechst in die Ecke, wo es sich einmal näher zeigte und dich kitzelte? Packen, unterkriegen, dich mit Füßen treten ho! mit Füßen treten – arbeiten will ich, fressen, schlafen, schwitzen, Steine hauen, um mich schlagen, Berge schmeißen – –.

Nun, nun – also arbeiten willst du? – Vergessen, betäuben – nicht wahr, du feiger Hund? Willst du stille sein!

Also du willst arbeiten? Willst? Du willst? – Du musst! Wie der Ziegel vom Dach fällt – du musst! Wollen? Haha! Notwendigkeit, Notwendigkeit, weiser Doktor! weißt du: von unendlichen Ursachen her bedingt – –. Du fluchst ihr? Du musst ihr fluchen, musst deinen Spaß am Fluch haben; du kannst nicht anders – kein Verdienst, keine Schuld – müssen! müssen! liebster Doktor! Du kommst nicht heraus.

Und dein Ich? Dein stolzes Ich? Weißt du, was dieses Ich ist? Und deine Seele? Deine fliegende Seele? – Willst du stille sein!

Kiu – witt!

Dann musst du diese notwendige Satanide lieben? – Es ist der einzige Weg – – Nun, du hast ja immer gelogen.

Und wenn diese Liebe kommt – Ein Satan hat diese Welt – Kiu – witt! – sich zum Spaß gemacht, sich zum Spaß ein Gefängnis gebaut – kein Entrinnen hieraus, kein Nichts, kein

62

Tod – du kommst nicht heraus – in ewiger Wiederkehr nicht heraus, in ewige Kerkergitter gesperrt und ewig kehrt diese Nacht dir wieder – o zerspringe nicht, armer Kopf, o liebe Knochen, haltet fest! –

Stille, still! Das wusstest du ja längst, das nimmt dir ja die Lust, dir die Schuld zuzuschieben, zu büßen, dich wollüstig-tröstend zu zerquälen, zu zermartern, zu zerfressen – –. Willst du stille sein! –

Und jetzt werden sie dich begraben, Erde auf dich schütten, auf deinen Mund, deine Augen, dein Haar – –.

Colchicum autumnale

Als die Morgensonne steiler geworden war und den Regen und die Vögel vertrieben hatte, wusch Erich sich die Stirn in dem kalten Bachwasser und ging heim, an der Mühle vorbei mit ihren zwei Pappeln und langweiligem Rauschen, an den Teichen, in denen vor vier Monaten die Kaulquappen eine bestimmte Tiefe bevorzugt und sich derart wie ein zitterndes schwarzes Band an den Ufern hingeschlängelt hatten, durch den Tiefen Weg und über die Mittelstraße und stand plötzlich in seinem Zimmer: Ein Tag? Monde und Jahre fasst ein Tag? Entfernungen wie Länder weit eine Wegstunde? Was heißt Raum, was Zeit! – Da lächelte er und sagte zu sich: Jetzt retten, was noch zu retten ist. Mein Kopf ist schwach und eng – aber meine Sehnen sind stark. Ist denn das Leben – ist denn das Leben nur mit dem Kopf zu kriegen? Das Tier schlägt dich unter sich –: ich will Tier sein und will dich unter mich schlagen. –

Darauf legte er einen Zettel auf den Tisch mit der Nachricht, er fahre in den Industriebezirk, um sich selber sein Brot zu verdienen, schlich sich durch eine Hintertür aus dem Hause und gelangte auf Umwegen zum Bahnhof. Dort fuhr er mit dem nächsten Zuge ab, um von der ersten größeren Stadt aus die Strecke zu wählen, auf der er dem heimkehrenden Grafen begegnen konnte. Und als er ihn auf dem Bahnhof eines Kreuzungspunktes in ein Abteil des nach der Heimat fahrenden Zuges einsteigen sah, ging er auf ihn zu, benachrichtigte ihn kurz über das Geschehene und schloss mit den Worten: So kam es, dass Loo sterben und ich um eine Erkenntnis reicher werden musste; ich nutze sie aus und werde Fabrikarbeiter. Das ist das Ende dieses Sommers, Herr Graf. – Dass Sie sich deswegen in den Kittel eines Fabrikarbeiters stecken wollen, ist wohl nicht notwendig. Und dass meine Tochter starb – vielleicht war es ein Glück; sie starb ja im Glück – aber was können wir weiter dabei tun, als konstatieren, dass der Mensch einmal so sein fragwürdiges Dasein verlässt und einmal so –: alt und jung, gern und ungern, das gibt vier Zusammenstellungen; wie nennt man's – Permutationen? Eine närrische Welt, zerbrechen Sie sich nicht den Kopf über sie, sie ist es nicht wert. –

Dann reichten sie sich die Hände. Erich stieg in einen Wagen vierter Klasse unter Polen und Rottenarbeiter, und der Graf in ein gepolstertes Abteil eines anderen Zuges. –

In einem Bergwerk, siebenhundert Meter unter der Erde fand Erich sein Brot; er schaufelte die Kohlen aus den Körben in die Wagen und fuhr sie dann in den niederen Gängen zwischen den gebogenen und geborstenen Holzstempeln, schweißgebadet, durch glühende Hitze und kalten pfeifenden Wind zum Schacht.

Und Loo? Ein Arzt kam und übersah den kleinen blauen Fleck auf ihrer linken Brust, redete von Herzschlag und schrieb darüber sein Attest. Dann begrub man sie; Thujabäume und Trauerweiden standen zwischen dem hohen fruchtenden Gras.

Den Gärtnerjungen, der sich in der nächsten Nacht auf ihrem Grabe entleibt hatte, begrub man dagegen nicht weit von ihr in der Kirchhofsecke.

Stiebende kalte Oktoberregen vertrieben die Klarheit und satte Stille des Herbstes. Wo vorher die melodisch rufenden Zickzackzüge der Kranichheere über die blau-dunstigen Wälder geflogen waren, kreischte jetzt durch Wind und Wolken die Wildgans und zauberte in den

Nächten den Wilden Jäger in den Sturm. An einem solchen Tag, dem letzten Oktobersonntag, der Dunst und stiebende Nebel über die kahlen Felder fegte, kam Erich noch einmal ins Land.

Er war schnell aufgerückt in dem hämmernden, rasselnden und dampfenden Betriebe. Jetzt durfte er achthundert Meter unter der Erde unten im letzten schrägen Flöz die glitzernden Steine hauen, durfte viermal des Tags die steile Leiter hundertundfünfzig Meter auf und nieder steigen, den Griff der heißen Lampe krampfhaft zwischen die dumpf schmerzenden Zähne gepresst – und hatte er dann atemlos die letzte Sprosse erreicht, so presste der schneidende Luftstrom ihn zurück und warf ihn mit der zuknallenden Tür gegen den nassen salzigen Stein. –

Nun durchstreifte er, von keinem gesehen, die Gegenden, wo ihn jeder Baum und Strauch an die Verlorene gemahnen wollte, an jedes Wort und jede Liebkosung, die da und dort gefallen. – So kam er zu dem Bach, wo sie sich zuerst getroffen hatten. Der Regen fiel und fiel, dass der Bach über die niedrigen Ufer trat und seine trüben Wasser über die Weidensträucher wälzte. Er warf sich achtlos in das nasse Gras und stützte den Kopf in die Hand. Herbstzeitlosen, die in den letzten Tagen in Menge aufgesprosst waren, umstanden ihn. Er reckte sich aus und pflückte einige, und es durchfuhr ihn, hinzueilen und sie auf ihr Grab zu legen. Aber er entschlug sich des traurigen Wunsches: Wozu? Da ist ein sandiger, regenzerwühlter Hügel, mit welken Kränzen bedeckt, und darunter – –. Als seine Glieder kalt und steif wurden, stand er auf – Die Komödie soll ihres symbolischen Schlusses nicht entraten – und ließ die Blumen langsam in den Bach fallen, der sie in seinen trüben Wassern rasch entführte. Er blickte ihnen nach, so lange sie zu sehen waren. – Du bist ja doch nur ein Komödiant –: Herbstzeitlosen – im schattenbevölkerten Hades ist eure Heimat, und im nebelumbrauten Kolchis kamt ihr durch Zauber auf die Erde, um in unser Land zu wandern, auf niedere feuchte Wiesen, wenn der Oktober seine Nebel braut und aus ihnen seine grauen Regen auf die Erde gießt. O, ihr habt Heimatsinn und wisst, wohin ihr gehört, fremde seltsame Lebenskinder, die ihr eure Liebe selbst unter die dunkle Erde vergrabt und selbst dorthin wieder zurück taucht, geheimnisvoll und fremd, wie ihr gekommen: so seid nun ihr die Blume meines Lebens. –

> Bravo! Bravissimo! Holla ho!
> Der Dirne geb' ich die Wege nicht frei,
> Wo Männer raufen, da bin ich dabei,
> Und wo sie saufen, da sauf' ich für drei!
> Halli und Hallo!

Das Bergwerk

Träge kroch der Zug durch den Oktobernachmittag und rollte und rasselte unmutig durch den Regen, der seinen weißen, quirlenden Atem zerfetzte und in weißen Brocken auf die Felder warf. In einer Ecke des niedrigen und schmutzigen, hin und her schwankenden und stoßenden Wagens hockte Erich und sah gedankenlos die regenglänzenden Äcker und verschlafenen Gehöfte vorüberziehen – faul und eintönig kamen sie an, faul und eintönig flossen sie wieder zurück in den Regen.

Alle paar Minuten hielt der Zug, und alle paar Minuten schoben sich neue regentriefende Gestalten in den überfüllten Wagen. In schwarzen Klumpen standen sie um ihn, dufteten nach Schnaps und Tabak, und ein widriger Geruch stieg von ihren durchnässten Kleidern hoch. Aber sie fühlten sich wohl, es war warm und roch nach Menschen und Fusel, und sie konnten sich reden hören; und als ein halbwüchsiger Bursche eine Harmonika hervorzog und aus ihr den neuesten Operettenquark zerrte, und sie grölen und mitsingen konnten und Zoten machen, da war Sonntagnachmittags-, ach ja Feiertagsstimmung im Wagen.

Er blickte auf sie hin und sah dann wieder hinaus auf die trüb und grau vorüberziehende Welt. Dunkler wurde es, und heftiger schlug der Regen gegen die Fenster.

Aus der Winkelgröße der Rillen, die die herabfließenden Regentropfen auf dem Fensterglas ziehen, und der Geschwindigkeit des Zuges muss sich die Fallgeschwindigkeit der Regentropfen annähernd berechnen lassen.

Und er fing an, auf einem Bogen Papier, in den er des Vormittags sein Frühstück eingeschlagen hatte, Formeln und Zahlen zu schreiben, bis er sich auf die Lippe biss, das Papier zerfetzte und wieder vor sich hin starrte. Plötzlich öffnete er das Fenster und warf Papier und Bleistift hinaus.

Dunkler wurde es, und wie eine Wolke brütete und lastete der Dunst der zusammengepferchten Menschen in dem Wagen, ein trübes Licht flackerte an der Decke und malte die bleichen und alkoholgeröteten Gesichter, die aus dem Klumpen starrten, zu brutalen und geistlosen Fratzen; sie redeten nicht mehr – was sollten sie reden? sie grölten nicht mehr – was sollten sie grölen? Sie starrten vor sich hin, und weiter ging es durch die Nacht und den Regen.

Die Arme auf die Knie gestützt und den Kopf in den Händen vergraben, saß Erich da.

Vor einem Jahr, oder war's vor zweien? da ging ich mit einem Mädel, wie hieß die noch? an der Saale entlang; den Giebichenstein, an dessen Wand der Efeu im Winde wogte wie ein Kornfeld wogt, gingen wir hinauf, und als wir uns über die Brüstung lehnten und in den Abend hinaus blickten, da sprach sie ein Gedicht – von einem Jüngling, der noch nie die Sonne gesehn hatte und starb, als er sie sah – wie hieß das dumme Ding?

Inzwischen hielt der Zug von Minute zu Minute, rollte und stieß von Weiche zu Weiche, ein Licht nach dem andern huschte vorbei, gelb und verwaschen oder grell und geisterhaft blau – die Industrie nahte. Da wachte er aus seinem Sinnen auf, blickte wie aus einem fernen Traum erwacht im Wagen herum und auf die Lichtklecke und Regenbogen, die die vorbeihuschenden Lichter auf die Scheibe warfen, dann verdüsterte sich sein Gesicht; er öffnete das Fenster und lehnte sich hinaus. Die Räder stampften und dröhnten rhythmisch unter ihm hin, Ruß und Regen schlug ihm ins Gesicht, und aus dem Dunkel fuhren ihm Schatten entgegen, glotzten ihn mit glühenden Lichtern an und bäumten sich hoch, als würfen sie sich über ihn, und rissen sich wie ein Blitz wieder zurück in die Nacht und hinter ihnen wälzten sich Schlackenberge, unter deren Kruste es noch glimmte und glühte, und Erzhalden, die grau und gelb und seltsam stumpf im Regen glänzten, wälzten sich wie ungeheure gläserne Walfische heran, vorbei und die Seilbahnen, an denen die Wagen wie närrische Kinderspiele glitten, drehten sich und kreisten und fuhren plötzlich himmelhoch in die Luft, in die die Hochöfen mit ihren feurigen Zungen drohten und leckten – ein Knäuel wassertriefender schwarzer Vollwerke und kleiner rundkuppliger Türme, die tanzen einen wilden grotesken Tanz, rote Strahlen zischen jäh aus ihnen hervor, sprühen in schimmernden Feuergarben hoch und in Feuer und Dampf hüllt sich die zischende Bande – das stampft und zischt und dröhnt, das wallt von Dampf und Qualm und Rauch und wirft mit seinen wilden Lichtern in die Nacht, die schwarz und drohend über diesem allen hängt und selbst wie erbost und zuckend über diesem dröhnenden und gellenden Hexenkessel liegt.

Das schlägt und stört die Stille der Nacht – wenn nur die Narren einsehen wollten, wozu? Einsehn? Einsehn? Hab ich noch nicht genug davon! Das hat mit Einsehn nichts zu tun; das ist Geld, das ist Wille und Macht; das ist der werdende Krieg, hier wird er geboren, der sich selber noch nicht kennt, bis er eines Tages Mann geworden und ausbricht tobend, brüllend, ein höllischer Taifun! Wie das flammt in der Nacht, wie das mit seinen breiten Lichtfäusten in den Himmel schlägt und lacht! Wirf dich hinein, tose und rolle mit, nicht rechts, nicht links – geradeaus! Ein Zahn in einem Rad dieser brodelnden Höllenuhr, die da Lichter und Donner in die Nacht wirft, ist mehr als der schillerndste Gedanke und die tiefgründigste Erkenntnis. Schlag zu! Werde Eisen und Wille und Zahn! Eisen, das ist's; gefühllos, skrupellos, nicht rechts, nicht links, ein Hieb, ein Schlag, ein Glühen! Eisen, das ist's, Geld, Gold – – – Krieg!

Bravo, alter Zaubermeister, nun lüge dir wieder vor, dass das, was du nicht ändern kannst, wozu dich bittere Not und Verzweiflung und Flucht vor dir selber treibt, das Allerschönste und Allerwahrste ist. Du bist auf dem besten Wege dazu, du bist und bleibst Hanswurst, du Narr und Wahrheitsfatzke. Was nichts ist als Arbeit und Not, nichts als hetzendes und gehetztes Geld, das schlägt mit seinen schönen breiten Lichtfäusten in die Nacht, das ist ein Zauberhexenkessel, wie's auf der Bühne und im Märchen steht – o du Schönheitsfatzke und feiger Patron!

Aber seine Augen mochten sich nicht trennen von dem Glühen und höllischen Leuchten. Dann lachte er hell auf und warf sich zurück in seine Ecke und wusste nicht, sollte er sich nachher betrinken oder sich gleich aus dem Wagen werfen. Auf einem schmutzigen kohlenstaubschwarzen Bahnhof stieg er aus und drängte sich robust durch das Geschiebe trunkener Bergleute und Polen ins Freie.

Er hatte nicht weit zu gehen; er hauste mitten drin in dem Dröhnen, dem Qualm und Schmutz. Vor Jahren hatte da ein ärmlicher Kohlgarten um einen noch ärmlicheren Kotten sein verschlafenes Dasein gefristet; aber während das Eisen und das rollende Geld ins Land kam, und seine Nachbarn ihr Stück Boden zu klingender Münze gemacht hatten, blieb der Philemon dieses melancholischen Kohlkottens fest und sah geruhig zu, wie die Schlote und rauchenden Öfen ihm näher rückten und ihn schließlich umkreisten und umqualmten. Und als er starb, ließ man die zusammenbrechende Hütte stehen, man vergaß sie, und hier schlug Erich sein Heim auf. Im unteren Stock hauste eine Polenfamilie, oder waren's ihrer zwei? Er wurde nicht klug daraus; wie er auch nicht klug daraus wurde, zu wem der Haufen dreckiger Kinder gehörte, der da ewig lärmte und sich balgte. Sie wussten's wohl selber nicht, falls es zwei Stammväter und Mütter waren, sie hatten ihre Zeit um zwei Jahrtausende zurückgedreht und lebten in ewig sich prügelnder und ewig sich im Schnapsdusel versöhnender Güter- und Weiber- und Kindergemeinschaft. Die oberen zwei Giebelkammern bildeten sein Quartier und das zweier Bauernsöhne, die ein Jude und ihre Spekulationswut von ihrem Höfchen vertrieben und der Kohle in den Rachen gejagt hatte. Sie hatten sich eines Sonntags eine Polin heraufgeholt, die ihnen Bettgenossin und Aufwärterin wurde und ihnen des Morgens die Henkeltöpfe mit Kartoffeln und Fleischbrocken füllte – was war dabei?

Es ist Sonntag heute, ach ja Feiertag, und Feiertag heißt Glück, und die Quintessenz des Glücks ist Schnaps, eine Harmonika und, wenn es sich selbst übertrumpft, ein Grammophon. Vielleicht sind sie aber gesünder als ich, dachte Erich, als er die unbeleuchtete und brüchige Leitertreppe hinaufstieg und das Dudeln einer Harmonika und patriotische Krächzen eines Grammophons an sein Ohr klang, vielleicht war ich nur krank, mein ganzes Suchen eine fixe Idee, ein Krampf meines Körpers, dem die Arbeit fehlte und der sich da in theoretischen Paroxysmen erging. Die da sind glücklich, sind Tier wie's sich gehört – wohlan! werde ich Tier.

Als er in das Zimmer trat, sah er auf dem Tisch in einem winzigen Holzbauer einen Kanarienvogel hocken und mit ängstlichen Augen in das Licht blinzeln und auf das Heer von leeren und halbleeren Bierflaschen, die rings um ihn aufgefahren waren; der Schnaps fehlte nicht, und auf der Ecke des Tisches schnarrte neben einem Strauß knallroter Papierblumen das Grammophon einen Parademarsch.

Da feiert einer seinen Namenstag; sie haben auch Gemüt, was willst du mehr?

Er legte einen Taler auf den Tisch, setzte sich zu ihnen und machte mit. O, es ging hoch her; und die beiden Dirnen sahen nicht übel aus, breithüftig und jung und zu allem bereit. Er redete irgendwas und trank und blickte dann wieder starr auf den verschüchterten Vogel. Was plustert der gelbe Spatz sich auf! Was denkt er wohl von uns! Aber sie lachten ihn aus und die Burschen füllten von neuem sein Glas. Da zog er eine zu sich heran, ihre Bluse war offen, da fuhr er mit seiner Hand hinein und legte sie um ihre kräftige Brust und sang und trank und merkte, wie er betrunken ward und doch nicht vergaß.

Als gegen Mitternacht die beiden Dirnen verschwunden und die beiden Burschen mit ihrer Polin in das Schlafzimmer getorkelt waren, machte er auf dem Sofa sein Lager zurecht, streckte sich hin und starrte ins Licht. Der Kanarienvogel hatte sich noch mehr aufgeplustert und blickte mit bangen Augen bald in das Gesicht des Menschen, der da auf dem Sofa lag, und bald in das blendende Licht.

Sie starrten beide so lange ins Licht, bis Marinka aus dem Verschlag trat, in dem sie sonst mit den Burschen schlief; sie hob wie geblendet die Hand vor die Augen und machte sich nichts daraus, dass ihr das Hemd von der Schulter sank.

Das fehlte noch. –

Und er rief sie mit heiserer Stimme zu sich. Da setzte sie sich zu ihm und er streifte ihr Hemd vollends bis zum Rock herab, dann löschte er ängstlich das Licht.

Als er am nächsten Morgen aufwachte, lag der Kanarienvogel tot in seinem Bauer. Da nahm er den Käfig und warf ihn aus dem Fenster –: Nun mögen die Bälger von unten sich an ihm traktieren. He! Marinka! –

Als er dann von ihr zur Grube ging, füllte sie dankbar seinen Henkeltopf mit den besten Stücken. So war ihr geholfen; denn sie hatte nun auch den zum Geliebten, der sich bis jetzt gegen sie gesträubt hatte, und ihm; denn er bekam von den dreien das beste Essen. Er bemerkte es wohl und hinderte es nicht.

Aber nach einiger Zeit verließ er sie und ihre beiden Genossen, da er keine Lust hatte, sich an der Auseinandersetzung über die Vaterschaft an dem Kinde, das Marinka erwartete, zu beteiligen.

Ich habe noch nicht den Mut, eventuell meinem eigenen Kinde in die Augen zu sehen, meinte er. Marinka und die andern beiden lachten ihn aus, aber er ging und mietete sich bei irgendeiner Witwe ein und lebte mit ihr.

Denn die Dirne gehört mit zum Schnaps, soll das Glück vollkommen sein. Es ist ja nicht gerade Glück, es ist so, als wenn man einen brennenden Stollen zumauert, damit die Glut nicht ins Freie dringt und Unheil stiftet. Aber hinter den Mauersteinen brennt's noch jahrelang, immerfort – wehe, wenn es die Mauern zerreißt und ins Freie schlägt! Aber ich werde es schon bändigen und eindämmen, ich werde schon Stein auf Stein über mich schütten.

Doch nach einiger Zeit verließ er wieder dieses Weib, er wechselte oft. Denn sie liebten ihn alle. – Ich bin noch immer auf der Flucht vor mir, es fällt erbärmlich schwer – und dann schloss er sich in seiner Weise irgendeiner Dirne oder einem Lumpen an. –

Inzwischen ging die Zeit dahin, und der Winter spannte schon wieder gelassen seine sternhellen Nächte über das rauchige Land, das da zwischen Ruhr und Rhein seinen Boden zerreißt und seine Menschen zu Sklaven und Maulwürfen schlägt; er kommt ungern von den Feldern und Wäldern des Ostens hierher, aber jetzt hing Nacht für Nacht sein diamantenfunkelnder Deckel über dem brodelnden und zischenden Hexen-Gold-Kessel. Böse Nächte waren das für Erich, er mochte die Sterne nicht sehen und zog die Stirne kraus oder sang laut ein Hurenlied. – Aber eines Tages hielt er es nicht mehr aus, sondern setzte sich hin und schrieb einen Brief, in dem er den Eltern seine Vermählung mit einer aus dem Arbeitshause entlassenen Dirne mitteilte.

Wahrlich schwer fiel diese Lüge, sagte er, als er den Brief besorgt hatte, aber es soll das Weihnachtsgeschenk sein, das ich mir beschere. Denn jetzt soll die letzte Brücke brechen – wir halten den Damm schon fest! – Dann lachte er vergnügt, pfiff ein Lied und ging seinen Weg.

Und wirklich, wenn er jetzt des Nachts seinen Arbeitsweg ging und über ihm die Sterne blinkten, sah er sie nicht und dachte nicht an sie, die ewigen Versucher und Verführer zu den Abwegen und Abgründen des Denkens, sondern dachte an das Leid, das er durch jenen Brief geschaffen hatte. Lieber grub und bohrte er in seiner Wunde, als dass er des Rätsels der Gravitation gedachte, an das sich für ihn sogleich der ganze Teufels-Rattenschwanz uralter Rätsel und aller Lösung lachender Fragen schloss. Ich halte den Damm schon fest!

Und er hielt ihn fest, bis auch durch diese Welt von Kohle und Eisen und Geld und wieder Geld das Kinderlied von Weihnachten betteln ging.

Um zwei Uhr mittags war er mit seiner Belegschaft zu Tage gefahren und schlenderte nun am Heiligabend durch die Straßen, von einer bösen Unruhe geplagt. Die Fabriken ruhten, nur in den Hochöfen schmolz der Koks das Eisen, und der Schnee, der am Vormittag gefallen war, blieb auf den Dächern liegen und hing an den Schloten, ohne wie sonst gleich von einer schwarzen Ruß- und Staubschicht bedeckt zu werden. Auf den Straßen ward er zu einer schwarzen glitschigen Masse, aber er gefror schnell und zerbrach dann klirrend unter dem Fuß. Der Himmel klärte sich auf, er hing gelbgrün und von braunroten Wolken durchflogen über dem fremdartigen Winterbild von verschneiten Zechen und Schloten und verhieß eine klare und kalte Nacht.

Vor einem Schaufenster stand Erich, er lachte laut, als er sah, dass es ein Juwelierladen war.

Soll ich ihr was schenken?

Das war ein sechzehnjähriges Mädel, das er für die Tage, die seine Witwe verreist war, zu sich genommen hatte.

Das fehlte noch! Schenken, um sich an der Freude der Beschenkten zu freuen! Einem andern eine Freude machen, um selbst unter dieser Freude zu leiden, das war etwas. Nein, dann würde man sich noch über sein Leiden freuen und sich darauf etwas zugute tun. Man kommt nicht heraus, verflucht.

Und er bohrte die Hände in die Taschen und schlenderte weiter, bis er ins Freie kam; und hier rastete er erst, als er vor sich mitten im Felde die Reste eines Dorfes sah, das wegen Einsturzgefahr verlassen war. Zerfallene Häuser, herausgefallene Fensterladen und eingestürzte Mauern, Schutthaufen und mit Wasser gefüllte Senkungen, und über allem Schnee und Winterhimmel. Die Sonne aber hatte gerade mit ihrem unteren Rand den Horizont erreicht und rosa Schatten über den Schnee geworfen.

Nicht weiter, Lieber! Das spukt und gespenstert hier wieder nach Schönheit und Wehmut, und du weißt, welche Teufel dahinter auf dich lauern. Hüte dich, geh heim, süßer Hanswurst.

Doch er trotzte und lehnte sich an eine Weide, die da stand, und sah der Sonne zu, wie sie unterging, wie der Himmel bleicher wurde und bläuliche Schatten über den Schnee liefen. Ein Hund, den Hunger oder Erinnerung trieb, strich in diesem Augenblick um das verlassene Dorf.

Oh, ich habe nie mit ihr zusammen den Schnee gesehn! Ich habe nie mit ihr – – willst du heim, du toller Hund!

Da machte er kehrt und lief zurück und ward ihr Bild und ihre Augen erst los, als er für einen Augenblick in eine Schenke trat; dann schlenderte er weiter und ging nach Haus. –

Ei, Konkubinchen ist ausgeflogen, das Nest des Weihnachtsprinzen ist leer. Träumen wir von ihr, träumen wir von euch beiden, von der da draußen im toten Dorf, um das der Hund streicht, und von diesem Hürchen, das fortflog wie ein Vogel, den ich mir gefangen. Träumen wir von zu Hause, vom Weihnachtsbaum und Mütterlein, träumen wir von Sonne und Sternen und blinkenden Rätseln. Vom Bergmann wollen wir träumen und von der pfründigen Professur, vom Schläger – ei ja, ich schwang den Schläger gut, doch jetzt wurde ein Schlegel daraus; vom Grafen und Porst und der Nachtigall, o von dem grauroten Schloss und von Sternen und Rätseln, o blinkende Sterne!

Da erblickte er in einem Spiegel, der ihm gegenüber hing, sein Bild und nahm ihn von der Wand und warf ihn gegen den Ofen, und es dauerte nur eine kleine Weile, da hatte er die Töpfe und Gläser, die da zu finden waren, zertrümmert und hatte seinen grimmigen Spaß dabei gehabt.

Jetzt wollen wir dem Konkubinchen Geschenke kaufen.

Und er kaufte ihr ein, soviel er tragen und zahlen konnte, doch wie er seinen Einkauf heimbrachte, war das Nest noch leer. Da machte er sich auf die Sohlen und suchte sie und fand sie in einer Spelunke am anderen Ende der Stadt, wo sie sich einen Spaß daraus machte, zwei junge Burschen gegeneinander auszuspielen und sich von ihnen betrunken machen zu lassen. Er setzte sich an einen Tisch nebenan und sah nur einmal zu ihr hinüber, gerade in dem Augenblick, wo sie ihm zum Trotz den einen ihrer Kavaliere umhalste. Dann bezahlte er sein Getränk und ging. Aber er war noch nicht weit gegangen, als sie ihn eingeholt und ihren Arm in den seinen gehängt hatte; sie sprachen kein Wort, aber im Gehen fühlte er, wie sie ihre junge Hüfte gegen die seine schmiegte. – Ich will denken, ich wäre um drei Jahre jünger, und sie trüge statt ihres Fähnchens ein blauweißes Kostüm, das ich ihr von meinem Kolleggeld gekauft habe.

Dann spielte er den Verliebten und wurde dabei selbst verliebt, und als er sie die Treppe zu seiner Stube hinauftrug, wusste sie nicht, ob sie lachen oder weinen sollte. Dann zeigte er ihr die Geschenke und war den ganzen Abend wie ein Student, der fern von der Heimat mit seinem Ladenmädchen Weihnachten feiert. Als es kalt wurde und der klingende Frost seine Eisblumen und -Palmen ans Fenster warf, entkleidete sie sich, und es war dabei eine Unruhe und Erwartung, der die Süßigkeit des Verbotenen anhing. Und auch darauf war er nicht der brutale Narkotiker, der Vergessen sucht, sondern es schien fast so, als habe er sich und ihr eine Freude machen wollen.

Aber als sie in seinem Arm schlief, da war zwischen den Wedeln der Farn- und Palmbäume aus der Sigillarienlandschaft, die da am Fensterglas wuchs, eine Lücke geblieben, und durch diese Lücke sah man den Nachthimmel und einen einzelnen Stern. Der lockte ihn von dem warmen Mädchenleib fort in die Nacht. Behutsam schlich er von ihrer Seite, kleidete sich an und ging. Den Stern hatte er verloren, aber an seiner Stelle lockten ihn unzählige. Er eilte, und der Schnee knirschte unter seinen Füßen, er wusste nicht, wohin er ging, und er fand sich plötzlich wieder inmitten der zerfallenen Häuser und Schutthaufen des verlassenen Dorfes, um das am Abend der Hund gelaufen war. – Der Schutthaufen, der dort aus dem Eis ragt, das die wassergefüllte Senkung überzogen, ist mein Thron und Altar. Einstürzende Häuser lauschen mir, aus Fenstern und Türen der verlassenen blicken Dunkel und Trostlosigkeit mich an. Schnee bedeckt sie und bedeckt das Feld, das diese Verlassenheit und ihren Thron in sich schließt. Es schweigt wie bei Toten, nur der Wind heult und klagt. Wie ein schwarzer Saum dehnt sich im Süden die Stadt und der Hütten und Zechen Gewirr und gleich nie ruhenden Wächtern leuchten die Hochöfen in die Nacht. – Besteig ich den Thron! –

Er glitschte hinüber über das Eis und setzte sich mitten auf die Höhe des Schutthaufens, der von dem Schnee wie mit einem Altartuch bedeckt war. – Die Wolkendecken zerriss und vertrieb der Wind, und schwindelnd blicke ich mitten in das Rätsel des Seins. In Milchstraßen und Sternbildern lodert's an mir vorüber und treibt mich und reißt mich durch seine funkelnden Nebel in Zeitlosigkeit und Raumlosigkeit. O, ich weiß, was ihr wollt! Ich weiß, wohin ihr mich lockt, wozu ihr mich mit eurem funkelnden Schweigen verführen wollt! –

Lang streckte er sich über das verschneite Mauergetrümmer hin, und sein Auge verlor sich in dem Silberstaub, der da Punkt an Punkt den Himmel überwachsen hatte. Eine Stunde verrann und war nichts, denn ein blauschwarzes Dunkel, in das eine Hand silberne Funken gestreut, war nichts, denn ein sternenbestickter Hohlraum, durch dessen unermessliches Dunkel eine Erde flog. Dann erhob sich der Einsame auf seinem Schutthaufen inmitten des Eises und hob kniend halb abwehrend, halb flehend die Hände hoch: Glück und jeglichen Erdengenuss nahmt ihr mir, ihr locktet mich auf Wege, die zum Wahnsinn führen und Fluch, und die ihr Opfer nicht lassen aus ihrem höllischen Zauber. Seht, nun bin ich zum Tier geworden, zum Weniger-als-Tier, das Rettung vor sich sucht in Straßenfreuden und Straßenschmutz. Nun lasst mir dies! Lasst mich Tier bleiben und lockt mich nicht fürder mit eurem blinkenden Zauber und höllischen Rätseln – lasst mich nicht wahnsinnig werden, ihr ewigen Götter! –

Der Wind ist kalt und heult wie ein hungriger Wolf in der Nacht, und wie sie blinken und blitzen wie kalt, wie kalt – und ihr seid doch durch mich! Seid nichts ohne mich! Blinkt nur – ich blinke in euch. Funkelt nur – ich funkle in euch! –

Da warf er sich vornüber in den Schnee, und da er auf der Höhe des Schutthaufens lag, hing er beiderseits herab wie ein Toter.

Aber als er wieder aufstand und hoch auf seinem Schutthaufen die Faust zum Fluch gegen die Sterne hob, hörte er ein Lachen hinter sich und da er sich umwandte, siehe, da tanzte in einer Höhe, die wohl ein Kirchturm hat, ein bläuliches Gewirr von geometrischen Figuren und mathematischen Symbolen. Das schwirrte und raste um sich, sinnverwirrend. Dann wandelte es sich mit einem Male gemächlich in einen phosphorfarbenen Kreis, in dem ein Quadrat hing. Der Wind aber hatte inzwischen sein Heulen unterbrochen, und die Nacht schwieg wie erstarrt. Da hörte er es sprechen: Wir sind durch dich? Sieh her, das hast du geschaffen, ohne dass Auge oder Hand oder irgendein Außending es dich gelehrt. Das bist ganz du, nun komm und enträtsele dich. – Du Narr! Oho! Du Dreiteufelsnarr!!!

Dann knallte es wie ein Flintenschuss und ward eine rollende Dampfwolke, wie die Krone einer jungen Linde groß, und höhnte und lachte und stürzte sich auf ihn – hoho! du Narr!

Er aber zog den Kopf in die Schultern und lief wie ein Hase dem schwarzen Streifen am Horizont zu und hatte ihn in mehr denn Windeseile erreicht. Als er in die erste Straße einbog und den ersten trunkenen Nachtschwärmer sah, zerplatzte mit einem leichten Knall die Dampfkugel, die ihn bis hierher verfolgt und bis auf einige Armeslängen erreicht hatte. Er aber raste weiter und kam nicht eher zur Ruh, als bis er sein Zimmer gefunden und sich fest an den jungen Mädchenleib geschmiegt hatte.

Sie hatte sein Fortgehen und Kommen nicht bemerkt und war noch wie im Traum, und da sie sein krampfhaftes Zittern fühlte, spielte sie tröstend mit seinem Haar und sagte: Denk nicht daran, Lieber; ich weiß, was du verloren hast. Aber denk nicht daran, wir sind allezusamt arme Hunde, ach! wie arme Hunde. Nun weine nur nicht – ach! was sind wir für arme Hunde. – Und diese läppischen Trostworte taten ihm unendlich wohl.

Die beiden nächsten Tage war er ruhig und schweigsam und ließ es zu, dass die Kleine mit einer mütterlichen Sorgfalt um ihn wirkte. Aber er duldete nicht, dass sie sich länger von ihm entfernte, und fühlte sich am wohlsten, wenn sie auf seinen Knien saß und mit seinem Haar spielte. – Aber am übernächsten Tag ging er zur Grube, es war früh am Morgen und schneite. Die Kleine, die ihn verlassen musste, begleitete ihn bis zum Schacht; hier küssten sie sich, und von da an verloren sie sich. Es war der letzte Kuss, den Erich von Frauenmund erhielt. –

Als er mit seinen acht Gefährten im Förderkorb stand und ihre verbissenen, vergrämten und verrohten Gesichter beobachtete, musste er des Bildes gedenken, das ihm vor einigen Tagen der Spiegel gezeigt hatte. – Nein, werde nicht ihr Kamerad! Die haben ein paar Hoffnungen verloren und sind verbittert durch Neid und Hass und Alltagsleid. Die sind fertig mit allem, ihr kleines Leid und ihr Neid und Hass sind wie ihr Alkohol und ihre Weiber nichts denn ein Stimulanz zu ihrem weiteren Fliegenleben. Sie leiden und neiden und hassen, um zu leben, leben, um zu leben. Ich aber lebe dem Leben zum Trotz! Leid gegen Leid! Ich will doch sehen, ob mein Wille weiter geht als Leid und Rätselgeflunker. –

Ein Klingelzeichen klang, und elastisch hob sich der Korb, als zöge er tief Atem ein, bevor er den Sprung ins Bodenlose wagte, dann schwand der Boden, in den Ohren begann es zu brausen, es war, als flögen sie schwindelnd himmelan, Staubregen überfielen sie und Lichter kamen wie ein Blitz – nun fühlten sie, wie sie zur Tiefe fielen – nun wiegte und schwebte und federte der Korb – nun stieß er leise auf, und Licht ist rings.

Im Norden ist Gestein niedergegangen, und es sind Schlagwetter in der Luft, sagte jemand. Er nickte und ging schweigend seiner Arbeitsstätte zu; durch Gänge und Stollen, eine halbe Stunde weit, bis der Stollen auf das schräg aufsteigende Flöz stieß. Eine Leiter führte hinab an die hundert und mehr Meter tief, da nahm er die Lampe zwischen die Zähne und stieg in das gähnende Dunkel. Über ihm hing der Schiefer glatt und grau, neben ihm surrten, von Drahtseilen gezogen, die Förderwagen auf und nieder; es ist glühheiß, und der Schweiß perlt. Licht kommt von unten – Glückauf! – und er ist angelangt.

Sein Atem geht schwer, die Luft ist dick und drückend warm, und seine Kleider sind zum Auswringen feucht. Da wirft er sie ab und arbeitet nackt. Doch die Hacke liegt heute schwer wie Blei in der Hand und prallt fast wirkungslos von den schwarzen glitzernden Bruchflächen ab. Da setzt er sich hin, lehnt sein Arbeitszeug zwischen die Knie und starrt vor sich hin. Die Grubenlampe hat er auf einen Gesteinsvorsprung gestellt und schraubt jetzt ihr Licht auf einen kleinen Funken herab – da setzt sich eine blaue handgroße Aureole dem gelben Lichtpunkt auf.

Es ist Schlagwetter in der Luft; das Barometer fiel, und im Norden, da hinten unter dem verlassenen Dorf, sind Gesteinsmassen niedergegangen. Dann tritt der Unsichtbare heraus aus seinem schwarzen Stein und schleicht durch die Gänge und Stollen, stülpt hier und da seine blaue Hand über ein Licht, und ein Funken fliegt in ihn, und mit dreizehntausend Kalorien schlägt er durch den Stollen und verbrennt und zertrümmert, was er findet.

CH_4, o ein tückischer Feind. So liegt und lauert der Wahnsinn auf den Gängen und Irrwegen des Lebens und zaubert seine blauen Aureolen und Wunderblumen, aber anstatt aus diesem Stollen zu flüchten, über dem der Wahnsinn hängt, freuen wir uns der Zauberblüten, bis der Funke in ihn fliegt und unser Leben zerreißt und zerschlägt.

Was soll das in der Nacht und in dem Schweigen! Sieh, wie die blaue Blume da blüht und das Dunkel mich umkrallt und das Schweigen mir zuraunt. Bei der Vermoderung von Dingen, die einst gelebt, wird der Tückische geboren; aber die Deckgebirge, die die Meere über ihn gewälzt haben, halten ihn fest, bis wir kommen und sein Gefängnis lösen. Dann zischt und bläst und brodelt er aus dem schwarzen Stein und schlägt sich in Abbaue und hängt dort oben im Dunkel, hoch im Alten Mann; und kommt dann, wie heute, wo oben der Schnee fällt, aus seinen Schlupfwinkeln hervor und brütet und lauert über uns und wartet auf den Funken und schlägt dann mit seinem rasenden Druck und seinen fegenden Flammen unter der Erde her, schleudert die Wagen beiseite und presst sie platt wie Papier, biegt und dreht die Fördergestelle zu bizarren Schlangen und Knäueln und reißt sie im blitzschnellen Rückschlag wieder zurück; und sein Bundesgenoss, der trockene Staub, bringt sein Flammen und Rasen von Sohle zu Sohle – die Grube brennt! Dann stehen sie da oben am Tage und ringen die Hände und sammeln und senden Depeschen, aber was er und der Brand noch nicht erschlagen hat, das würgt nun der Schwaden – kein Leben mehr zu Berg, denn den Sauerstoff hat er mit seinen zwei Riesenflammen verzehrt. O, es ist ein braver Feind, o das ist Lust, das ist Reiz! – Reiz? Der Reiz ist die Dunkelheit, die Grabesabgeschlossenheit und das ewige Schweigen. – Siebenhundert Meter unter der Erde, im Stein und ewigen Schweigen vergraben – warum kein Grab? Denn es ist nicht Genuss – der blinde frisst sich selber auf; es ist nicht Kunst – die feige scheut die Wirklichkeit; es ist nicht Liebe – die faule will nur Ruh und Rettung vor sich; es ist nicht Macht – die wilde wird zum Knecht des Erstrebten; und es ist alles zusammen nicht, was mich halten könnte, denn alles zusammen muss. Es ist das Einzige, der Stolz und Wille zu sich und eine Mauer von Eisen um mich und eine Mauer von Stein in mir. Das ist's. Siebenhundert Meter unter der Erde, im Stein und ewigen Schweigen vergraben – warum kein Grab?

Und weiter lauschte er dem Schweigen, fühlte die Wucht des Berges über sich und gedachte seiner Kindheit und Jugend und ihrer unentwirrbaren Narrheit und Sinnlosigkeit – Zwei Mauern, eine von Eisen und eine von Stein, das ist's!

Dumpf schlug das Echo zurück und rollte dröhnend und drohend in das Dunkel, das da oben wie ein Riesenauge auf ihn stierte. Und näher kam es und schlich auf lautlosen Tigertatzen Schritt für Schritt gegen ihn und – krallte sich mit einem Sprung auf ihn und würgte ihn. Da blickte er sich um, da kroch es fletschend zurück und stierte wieder von oben mit seinem gierigen Auge auf ihn und langte und langte und suchte das Licht zu stürzen – da fühlte er und hörte das Schleichen der Kralle und blickte hin und sah das Licht im Drahtkorb flackern und wogen – das Schlagwetter kommt!

Er nahm das Licht und umhüllte es, dann blickte er dem Dunkel fest ins Auge, ergriff seine Hacke und huschte die Leiter empor.

Er rannte und brüllte, aber als er halbwegs den Schacht erreicht hatte, hob es ihn wie eine Feder hoch und warf ihn krachend gegen den Stein, und eine rote Flamme fegte über ihn und noch eine, und ein Sturm kam und rollte ihn wie einen Wolleflausch zurück, dann ward es Nacht. – Als er erwachte, sah er sich in einem weißen Saal liegen, sein Kopf war verbunden und sein Rücken brannte wie Feuer, und viel Stöhnen und Jammern kam aus den Betten, die um ihn standen. Und nach einigen Tagen hörte er, dass jene zwei Flammen, die über ihn gefegt waren und der giftige Schwaden, der ihnen nachgekrochen war, dreihundertundvierzig Mann gefressen hatten. –

Im Frühjahr verließ Erich das Krankenhaus; er war kahlköpfig geworden, und seinen Rücken deckte eine purpurrote glatte Haut. Nach einigen Tagen fuhr er wieder zu Berg und war nun, was er wollte, ein Zahn in einem Rad der brodelnden Höllenuhr, die da Lichter und Donner in die Nacht wirft und in sich den Krieg gebiert. Seine Augen blickten hart, und sein Gang war breit und fest. Der Weiber und des Schnapses bedurfte er nicht mehr, aber die Streiks machte er mit und redete mit in den harten und verbissenen Versammlungen, und freute sich, mit schneidenden und kühlen Worten die Instinkte derer, die da an seinen Lippen hingen, kitzeln und aufpeitschen zu können, seine Macht von neuem zu fühlen und sich seiner Menschenverachtung abermals bewusst zu werden.

So lebte er lange Jahre, zur Heimat fuhr er nicht mehr; nur im Herbst kam ihm wohl ein Sehnen, weiche Herbstzeitlosen in seiner Hand zu halten und sie Blume für Blume in einen regengeschwollenen Bach fallen zu lassen – den Narren, den Komödianten zu spielen! So überwand er es und mit jedem Jahr ging es leichter. Zwei Mauern, eine von Eisen und eine von Stein!

Und die Sehnsucht – – –

Der Affenkäfig

Eines Sonntags im Sommer fuhr Erich mit den Männern, Weibern, Dirnen und Kindern seines Vereins nach Münster, um die dortigen Kirchen und den Zoologischen Garten zu besichtigen. Und als sie dichtgedrängt vor dem Affenkäfig standen und grinsend dem Treiben der Vierhänder zuschauten, brach er in ein solches Lachen aus, dass die Wärter glaubten, es tobe da ein Irrer, und sie müssten ihn bändigen; und sperrten ihn in einen leer stehenden Bärenzwinger. Dort kletterte er am Gitter hoch, streckte die Zunge aus und lachte, dass es sogar den Leuten, die sich vor ihm zu einem stieren Klumpen zusammengeballt hatten, zu arg wurde. Als sie fort waren, bat er die Wächter, ihn herauszulassen, und gab ihnen ein Trinkgeld. Dann fuhr er mit den Männern, Weibern, Dirnen und Kindern seines Vereins heim und sang mit ihnen Gassenlieder zum Takt der ratternden Räder.

Aber am nächsten Tag war er wieder der Alte.–

Aus der Mauer fiel ein Stein und das Eisen tat einen Riss, da schlug eine Flamme heraus. Aber über Nacht habe ich gemauert und genietet; was soll's!

Und das Rad drehte sich weiter und warf Dröhnen und Lichter in die Nacht, jahrelang. Die Mauern hielten fest, und das Feuer – schlief.

Der dunkelblaue Enzian zum dritten Mal

Aber eines Tages trat in seine Stube ein Bote und überreichte einen Brief von dem Gericht seiner Heimat, in dem war zu lesen, dass er von dem verstorbenen Grafen zum Erben eingesetzt war.

Da schwieg er eine geraume Zeit – Den Anachoreten in der Wüste zu spielen, ist keine Kunst, aber in Alexandrien und Rom! – Und er trat die Erbschaft an.

Ü rump – ü plump pump rülpste die Dommel am Teich, in dem die Frösche wie eine tollgewordene Spieluhr quakten, ein lauter Vogel sang fern im Bruch – da stand Erich am Fenster und blickte in die Nacht.

Aber die *Gentiana pneumenanthe* habe ich wiedergefunden, unter einer Eiche, die Jägereiche nennt man sie, – er blüht früh im Jahr, mein Enzian.

Ein Menschenalter lang – läutete er – bist du unten gewesen und kommst jetzt wieder her zu mir: was willst du hier? Deinem Narren Zucker geben?

> Dich, dein Verhältnis zu den Dingen
> und diese selbst, so wie sie sind,
> in eine Formel zwingen?

Ho! alter Freund, in einem Jahr tanzen die Lettern vor dir und sind deine müden Augen blind.

Oder will er wieder selber Baumeister sein, selber Philosoph?

Ach alter Narr, in einem halben Jahr bist du toll. –

Da stand der silberbestäubte Klöppel still. – Ich werde mir ein Fernrohr kaufen, einen Achtzöller; und dort oben auf dem Turm soll er stehen. – Dann zündete er Licht an und repetierte die Grundsätze der Astronomie.

Am nächsten Morgen erhielt der Zimmermann den Auftrag, das Kuppeldach des Turmes drehbar zu machen; das Turmzimmer wurde behaglich eingerichtet, der blanke Achtzöller aufgestellt – nun saß er die Nachtstunden durch im Turm, und in seinem Tagebuch wechselten lange Zahlenreihen ab mit großen, flüchtig hingeworfenen Buchstaben. – Doch trat er müde und mit schmerzenden Augen auf die Galerie und blickte hinab in die stille Nacht oder in den Morgen, wie er gelb und langweilig aus der Heide stieg, so blitzte wohl das Auge auf, und zornig stampfte sein Fuß die verwitternden Steinfliesen. – Das sehe ich nun alles, mein Geist durchblitzt unendliche Räume und kann sich bei schwindelndem Gehirn sekundenlang vorstellen, wie es in Wirklichkeit – in menschlicher Wirklichkeit sich darstellt. Und ich empfinde Ehrfurcht.

Wovor empfinde ich Ehrfurcht? – Vor der Ausdehnung des Raumes? Vor meiner Schöpfung, die ich nicht zu Ende bringen kann? – Vor dem schlechtweg Unbekannten, dem X? Das ich selbst gedacht, alias erlogen habe? –: Nein vor dem Raum und dem X habe ich keine Ehrfurcht. – Oder vor der Gesetzmäßigkeit der himmlischen Bewegungen? Wäre sie nicht, so zerfiele das Schauspiel in Wirrnis und Staub –: wie kann ich die Notwendigkeit bewundern? – Und diese »Gesetzmäßigkeit«, ist sie nicht ein, wahrscheinlich verlogenes, Bild, das ich mir aus fraglichen Sinneseindrücken und aus Begriffen, die ebenso fraglicher Herkunft sind, gemacht habe? – Ein Wort, durch das ich ein menschliches Nicht-Können in ein tröstend allgemeines Müssen umgelogen habe? Soll ich meine Lügen anbeten? – Und wie steht es im Besondern mit dieser Gesetzmäßigkeit? Da ist noch der Stoff, und an ihm greifen die gesetzmäßigen Kräfte an. Aber wo ein Gesetz herrscht, wird immer ein Widerstrebendes vorausgesetzt –: soll nun das Widerstrebende in der Kraft selbst stecken oder im Stoff, in seiner Trägheit? Eine Kraft im Stoff – zwei Kräfte, die sich um den Stoff streiten, um den Stoff, der wiederum sich, als dem Widerstrebenden, sein eigenes Gesetz aufzwingt, das der Träge –? Darauf läuft es hinaus. Kraft gegen Kraft, eine unentwirrbare, grundlose Einschachtelung von Kräften, und in ihrem ewigen, makroskopischsten und mikroskopischsten, Streit soll es eine Gesetzmäßigkeit, eine Norm geben, der sie alle als Widerstrebende untergeordnet sind? – Wer ist der Gesetzgeber? Nun, dafür gibt es vielerlei Worte, und hinter denen grinst der Vierhänder, der Mensch –: Ehrfurcht vor dem Menschen?

Aber der Mensch ist auch ein Stück der Welt, – und so überkommt mich vielleicht die Ehrfurcht vor ihr, die eine solche anscheinende Gesetzmäßigkeit, ein solches Abwägen zwischen Stark und Schwach, besitzt und in ihm sich dessen bewusst wird? – Vor solchem Bewusstwerden Ehrfurcht? Ehrfurcht vor dem, das unter anderm den Menschen in die Erscheinung stieß?

So bleibt, wenn ich einmal Ehrfurcht hegen will, nur die vor dem Unbekannten, jenem X; und da ich dieses geschaffen, so habe ich Ehrfurcht vor meiner Weisheit oder meiner Dummheit.

Nun, meine Weisheit besteht, außer jener famosen Schöpfung des X, darin, dass ich weiß: dass da draußen ein Ding steht, von dem ich nur ein Bild habe, – dass meine Sinne zu wenig sind und deshalb dieses Bild einseitig ist; jedes Tier, jede Pflanze, jedes Atom meines Körpers kennt wieder andere Seiten von ihm: weshalb kenne ich diese nicht? – dass – wenn mir auch tausend Sinne zur Verfügung ständen, – ich das so Übermittelte doch nur durch die drei Denkformen verarbeiten könnte: warum habe ich nicht mehr? – dass diese meine Denkformen geworden sind, gar nicht da sind zur Erkenntnis, sondern nur zur Unterscheidung des mir Nützlichen und Schädlichen, ein anderes Organ: warum sind sie nur so beschaffen? Warum muss ich dies erkennen? – und zum Schluss, dass mein Denken, meine Philosophie, meine Welt nur Worte sind, dass auch das tiefste Erkennen immer subjektiv, immer Bild bleibt, dass ich nichts bin denn ein unzufriedener, faselnder Grammatiker. – Was bleibt mir da von der Bewunderung meiner Weisheit übrig? Die Bewunderung, die Ehrfurcht vor ihrer Unzulänglichkeit, d. i. die Bewunderung meiner zulänglichen Dummheit. – Soll das meiner Sehnsucht Ziel und Ende sein? – Bedaure ich es vielleicht? Dann hätte ich dreißig Jahre zwecklos Kohlen gehauen. – Wie ein Licht nach dem andern da unten erlischt – nur die Sterne, ich und die balzenden Bauernburschen sind wach – – und sind alle drei das Gleiche – aber was? Das muss sich doch ergründen lassen! – Dummheit? – schwerlich. Weisheit? – unmöglich.

74

Güte? – wäre Blasphemie. Ruchlosigkeit? – wäre Feigheit. Aber Rücksichtslosigkeit? – augenscheinlich. Zwecklosigkeit? – höchst wahrscheinlich. Aber Sinnlosigkeit? – was wissen wir! –

Stoff? – niemals. Kraft? – gewiss. Geist? – wo steckt der Unterschied zwischen Kraft und Geist? – Aber sollte ich ihn finden, muss ich dann nicht fürchten, er wird wieder Bild, Spiegel, nur ein Wort sein?

Der dunkelblaue Enzian zum vierten Mal

Zornig brauste heute der November durch den Wald, legte – willst du wohl! – die stolzesten Kiefern auf die Decke und schmiss Fetzen auf Fetzen die hangenden und jagenden Wolken in die Nacht; fegte und pfiff um Dach und Turm, rasselte in den Schiefern, rauschte im Schilf und wühlte in den klatschenden Wassern der Teiche.

Der macht reine Bahn, dachte Erich, der pustet die weißdochtigen Schwefelflammen und die Blutlichter im Sumpf hurtig aus und lässt die Goldtaler der Buchen rollen. – Den Lichtenhagen roden sie aus –'s ist just das rechte Wetter. Da wird die Jägereiche gewesen sein und der Enzian ausgeläutet haben am Niederrhein. – Rauchende Schlote und dröhnende Hämmer und zwischen ihnen das stinkende Gewürm – mich soll's wundern, ob das nicht noch die Abendwolken und den Himmel beschmutzt; dann gehört ihnen dieser Stern, dann sind sie seine Herrn – o was für Herren! O, 's ist just das rechte Wetter. –

Da kam durch das Pfeifen und Pusten des Sturms der Traum. – Der nimmt ihn bei der Hand und führt ihn zu einer breitästigen Eiche. Die Männer, die dort stehen und ihre Äxte wetzen, sehen sich mit einem seltsamen Lächeln an, sie werfen die Kittel ab und streifen die Hemdärmel hoch und spucken in die Hände und heben die Äxte und – schlagen in den Baum. – Die braunen Holzscheite stieben, ein Zittern läuft durch seine Äste – da neigt er sich, senkt sich, da – schlägt er krachend hin. – Doch zwischen seinen Ästen hoch wächst eine blaue Blume, wird größer und höher und wird eine mächtige dunkelblaue Glocke, übermannshoch, und schwankt leise auf dem biegsamen Stiel. – Nun heben die Holzhacker wieder ihre Äxte – da beginnt sie ein tiefes und volles Läuten im Wald, der ganze Wald klingt, Luft und Erde klingt – – jetzt kracht sie rasselnd ineinander. –

Da erwachte er, Ziegel polterten von den Dächern und zerrissene Sturmwolken hasteten über den Morgenhimmel. –

Ein Gemälde von den beiden Königskindern hing in dem Zimmer, in dem Erich seine Vormittage zu verbringen pflegte.

– Ein roter Herbstabend, durch den ein Kranichheer zieht –: o wie schön ist die Sehnsucht, aber ihr Ziel ist ihrer nicht wert. Wie habe ich nicht eine Lösung, eine enthüllende Formel des Unergründlichen, das mich umlagert, ersehnt –! Und was habe ich am Ende gefangen: die Erkenntnis einer Unmöglichkeit, eines Unsinns. – Wie das Laub der Bäume über Nacht zerstoben ist, auf den Wellen schaukelt und sich verhaspelt hat dem rissigen Schilfrohrhaar, ist mein Sehnen zerstoben und zerflogen.

Wie es sich krümmt unter dem Winde, das gelbgraue Rohr, wie die Wellen glucksen und schnappen, wie die Wolken kugeln, wie verkaterte Zechbrüder torkeln sie hin –: wie schön ist diese Welt des Scheins, aber sie ist der Bewunderung und Liebe nicht wert, denn es ist ein sinnlos gewalttätiges Wirken, in das wir die Schönheit, unsere Schönheit, unser aufreizendes Gefühl nach Neuem und Anderm hineinlügen.

Lügen –. Aber wenn es eine Lüge gibt, muss es eine Wahrheit geben, ein Ding besteht nur durch seinen Gegensatz; damit alles Unsinn ist, muss alles Sinn sein. – Kann nicht gerade das Bestehen der verschieden großen Kräfte und ihr gegenseitiges Sich-Abwiegen und Zu-Überwinden-Suchen der Sinn sein? Überwinden wollen, herrschen wollen, um zu herrschen, der Zweck? Um der Lust willen am Herrschen?

Ja, wenn ich die Natur aus mir erklären will, finde ich tausend Erklärungen. Dann biegt und quält der Wind dort das Rohr, weil er es biegen und quälen will und seine Lust daran hat – wie er mein Schloss in Staub blasen würde, wenn er die Macht dazu hätte. Dann leuchtet dort der Himmel so sehnsüchtig rot, weil er so will; er würde klingen, – o mit welchem Ton! – wenn er könnte, um sein schmachtendes Herz zu hören, um an seinem sehnsüchtigen Leid sein unermessliches Jauchzen zu haben. – –

Wer sagt mir, dass solche Erklärungen, die ich aus mir schöpfe und über die Natur breite, notwendig inadäquat sind? – Sie sind mit ihren Begriffen und Urteilen geworden, folglich –. Nun, gilt der Einwand? Doch nur, wenn nur sie geworden, und die Welt, die sie zu erklären suchen, ewig sich gleich und seiend wäre. Aber diese Welt ist selber geworden, ist ein immer wechselndes Ergebnis der sich abwiegenden und ringenden Kräfte, und so mit ihr eng verknüpft sind unsere Erklärungen das geworden, was sie heute sind. Können wir da so plump diese von jener trennen, beide als etwas Grundverschiedenes auseinanderhalten? Das, was in ewigem Wechsel und Anders-Werden einmal Kraft, einmal erklärender – was erklärender –: gerade diese und sich erklärender Geist ist, als zwei fremde, feindliche, gar nicht in Beziehung zueinander zu stellende Größen setzen? – –

So habe ich ein sich immer anders darstellendes Ding, das sich sich selber anschaulich macht, sich selber erklärt, – weshalb? –: weil es so will, weil es sich erkennen, sich seiner bewusst werden will.

Alles tobende Kraft, alles sich seiner bewusst werden wollender Geist. Wie nenn ich's? – O nenn es nicht! Weißt du, die Worte haben eine trügerische Hülle von Gefühl – Worte sind Fallen. Nenn es das Namenlose, nenne es »Das«, »Es« –.

Und wir und unsere Erklärungen nichts mehr, aber auch nichts weniger als eine augenblickliche Stufe der Selbsterkenntnis des Namenlosen?

Und meine Ehrfurcht – wohl vor mir, aber als einem jungen Erklärungsversuch des Namenlosen, und nicht – –. Öffnet sich mir da nicht ein Tor, so deutungs-hoffnungsvoll, so weit, so tröstend – so abschlussverheißend? –

Am Nachmittag schwenkte der Wind nach Norden um und vertrieb vom gelbblauen Himmel die fliegenden Wolkenlappen.

Es wird klar bleiben, sagte Erich und schritt über die Brücke zum Turm, und einige Tage so währen. Wird es frieren diese Nacht? –

Am andern Morgen war die Erde fest geworden; hart und polternd rollten die Wagen, und hell klapperten die Holzschuhe der Jungen, die mit roten Gesichtern und die Fäuste in die Taschen gebohrt zur Schule trappelten und auf dem Pfützeneis das erste Glitschen versuchten. Die hölzerne Brücke knirschte und klang hohl, als Erich über sie zurückschritt.

Die Rispen des Schilfrohrs sind mit Reismehl gepudert, die Gräser weiß bereist und die letzten Blätter fallen ab, schwarz und zusammengeschrumpft.

Und als Erich nach einigen Wochen am Fenster stand, nach der Windfahne und den Wolken sah und seine Instrumente ablas und dann die Wetterkarte erhielt, fand er, dass das Tief über Schottland und Irland in der Nacht eine schmale Zunge über die Niederlande bis in das bergische Land vorgestreckt hatte. Die Temperatur stieg stetig und langsam, die Windfahne tastete unruhig hin und her und ratlos quirlten die Wolken durcheinander, hier und da fiel sachte der spärliche Reif von den Bäumen – da rückte er seinen Sessel an das Fenster und wartete auf den ersten Schnee. Nach einigen Stunden kamen die ersten Flocken an, einzeln, verloren; und jetzt tanzen und wirbeln sie herab und werden mehr und mehr und Luft und Erde wird weiß.

76

Der Abendstern

Eines Morgens, da ein schneidender Ostwind den Himmel rein gefegt hatte, machte Erich sich auf, um einen Gang in den Schnee und die Kälte zu tun. – Der Wind biss in die Haut, und der Schnee knirschte unter den Füßen und flammte auf den sonnenbeschienenen Feldern blutrot vor seinen übermüdeten Augen. Da ließ er Sonne und Wind im Rücken und wandte sich den schwarzblauen Schatten der Kiefern zu. Nun erlosch die Flamme des Schnees zu sanftem Rosenrot, und die Kiefern streiften die Hülle von ihrem blaugrünen Leibgewand ab; auf ihren Kandelabern trugen sie den Schnee in weichen Wattebäuschen, und hoch über ihnen sang der Wind sein stöberndes Lied.

Als eure Bewusstseinsform, als euer euch erklären wollendes Stammeln wandele ich unter euch – o wie ihr mir glaubt, mir zunickt, mir dankt, o wie ihr mich liebt, meine blaugrünen Brüder. – Und das, was sich Mensch nennt, – an die Stirne zeigt's und die Fäuste ballt's, wenn es mich sieht; nennt mich einen Verächter, schimpft mich einen boshaften Narren – und doch war ihre Art auch einstmals unsere Erklärungsweise, unser Stammeln, meine stillberedten Brüder; aber Jahrhunderte flossen darüber, und das, was sich heute Mensch nennt, gehört nicht mehr zu uns: so halte ich mich an euch, lasst uns zusammenstehn, o meine mich liebenden Brüder.

Da begegneten ihm Jungen, die Fichtenstämmchen auf den Schultern trugen, – ihr fröhliches Geplauder verstummte, und ihre eben noch glänzenden Augen blickten scheu und abweisend auf ihn.

Weihnachten ist es, sagte er zu seinem Herzen, ich aber feiere meine Weihnacht unter Kiefern und Schnee, und gedenke sie heute Nacht unter Sternenbrüdern zu halten. – Er bog um eine Wegecke – da setzte der Wind mit einem Sprung auf ihn und schlug seine brennenden Zähne in seine Haut; die Schatten des Waldes flüchteten zurück, und vor ihm über dem öden Schneeland flogen lange rote Strahlen und begannen purpurne Lichtwogen zu schwimmen – zu kreisen –, auf den Hügeln, die wie riesige weiße Ameisennester ihn umscharten, standen grinsende, flatternde Feuerfratzen – Schneevergrabene Baumwipfel und Holzstapel sind es; und ich bin in die abgeholzten Waldparzellen des Lichtenhagen geraten. Muss ich nicht nahe bei der Jägereiche sein? – Wie eine schrotgeladene Masse fegte der Wind, wie ein Meer rasender Lichtwogen, ein Karneval zähnefletschender Höllenmasken umbrandete der Schnee seine geblendeten Augen – – Die Eiche möcht ich wiedersehn, die den Enzian beschattete. –

Er stieg in das Schneegewirr, kletterte mühsam über die Stämme und verstieg sich in dem schneevergrabenen Astgewirr, versuchte mit seinem Stock die flimmernden, knisternden und brennenden Massen zur Seite zu fegen –: aber er fand sie nicht, er gab es auf. Nichts, nur toter Schnee, in den der Wind seine Wellen grub. – Und der stieß immer erboster auf ihn und traf ihn immer sicherer mit seinen nadelspitzen Blizzardkristallen – die Augen rollten wie glühende Kugeln in der hämmernden Stirn – Strahlengarben, Lichtkugeln und Globen tanzten in der Funkenluft, berghohe Glutwogen, auf ihnen der Teufel Alleroberster reitend, brachen über ihn ein. – Ist denn ein tollgewordenes Polarlicht vom Himmel gefallen? Bohrt sein wahnwitziger Dämon in meine Aughöhlen glühende Kreisel? O meine fernen Brüder, weshalb ist der Weg, den wir gemacht, mit Leiden bestreut wie mit Schneekristallen? Weswegen unsere Straße mit bohrenden Qualen gepflastert? Weshalb? O weshalb, meine fernen schattigen Brüder? – Und als die Lichtfastnacht sich zusammengeballt hatte zu einem tiefpurpurnen unbeweglichen warmen Meer, und der süße Schlaf kommen wollte und hinter ihm der glasäugige Tod, sagte er zu seinen Füßen: Wie? ihr habt tausend Sprossen viermal des Tages gezwungen, und verzagt vor einer Stunde Wegs? – Und zu seinen Augen: Wie? ihr habt das Licht kriechen sehen über die Strudel künftiger Welten wie eine Schnecke, und verzagt vor ihm, wenn es irrsinnt und spukt? –

Dann stülpte er den Hut vor die Augen, hub seine Füße hoch und suchte mit dem Stab den Weg, und ging nach seinem Heimatsdorfe, das er seit jener Zeit nicht mehr betreten hatte. Dort forderte er in einem Gasthaus einen Wagen und fuhr heim.

Am 24. Dezember dieses Jahres war Venus Abendstern; sie ging rechtläufig durch den Steinbock und Wassermann und tauchte nach Sonnenuntergang als erster Stern am Südwesthimmel auf. Wie ein Auge blickte sie aus dem grünrosigen Himmel auf die beschneite Erde, über der der Wind eingeschlafen war, und deren Menschen sich anschickten, ihr süßestes Fest zu feiern.

Auf der blinkenden Eisfläche, die zwischen den Schilfen und Wäldern wie ein Spiegel lag, um das freundliche Auge des Himmels wiederzustrahlen, trieb die Jugend ihr Wesen.

Aber sie sind nicht so laut wie in den vorigen Tagen, und das Pärchen, das jeden Tag sich hier findet, läuft weniger bewegt und keck. Und bald werden sie heimgehen, einer nach dem andern, und werden im Flur stehen, der schon erfüllt ist vom Duft des brennenden Baumes, und auf das Glockenzeichen warten, das sie hineinstürmen heißt in die große Freude. Und die Alten selbst sind heute milde und schön und freuen sich auf den duftenden Karpfen, den sie aus meinen Teichen sich gebettelt haben.

Und alles das wegen eines Glaubens, eines dummen, fremden, überjährten Kinderglaubens, dessen einlullenden Gefühlszauber sie sich alle, sie mögen sonst zu ihm stehen wie sie wollen, für diesen Tag gespart haben. – Wie lange mag es noch währen, bis dieser melancholische Hebräer, dieser arme Gottessohn, endlich gestorben ist? –

Da begannen sich die Teiche zu leeren, der Abendstern verschwand, und im Südosten zeigten Mars und Saturn ihr ruhiges Licht; Geläute erhob sich im Dorf, und Lieder ferner Kindheit wurden laut. Und Stern auf Stern erschien; der Orion flammte auf mit seinem flimmernden Jakobsstab, dem rötlichen Beteigeuze und dem prangenden Rigel; aber sie überstrahlend hing tief im Süden der Sirius und über ihm der leuchtende Alphard –, da zogen die Plejaden ihren stillen Kreis mit der flackernden Alkyone und dem feurigen Aldebaran. Doch über alles hin und alles in ihre gewaltige Spirale schließend rollte die Milchstraße daher, Stern an Stern, Punkt an Punkt, Nebel an Nebel – Weltenstaub. Und alles dies, die funkelnde Silberwelt und das weihnachtliche Erdenland und in ihm mit schwarzen Mauern und grotesken Türmen das alte Wasserschloss, traf sich und einte sich zu einem Großen in dem Geiste des einsamen Mannes, der da im hellen Fenster stand.

> Aus dem Osten der Urgewässer
> reckt sich des reifkalten Riesen Dorn,
> damit der Schlummer die Menschen betastet,
> die Müden auf Erden vor Mitternacht.

Die alte Eddastrophe sprach Erich vor sich hin, als er nach kurzem Schlummer wiederum an das Fenster getreten war.

Die Müden auf Erden – müde von Glück, von Alltagsglück – von Alltagsschmutz. – Sieh, der Nord! Sternenleer und dunstig wie immer – was kommst du mir ungerufen mit deinem alten Götterwort?

In meiner süßen Tölpeljugend sah ich hinter deinen Nebelbänken das Rätsel lauern und ahnte seine Lösung in tobenden Asen und raureifigen Joten, Kraft gegen Kraft, Wut gegen Wut, Wille gegen Wille – bin ich im Kreise gerollt, vierzig Jahre lang, und stehe nun wieder dort, von wo ich ausging? Die Welt – ein Gewirr maßlos ringender Kräfte, ihre Gesetzmäßigkeit und ihr Sinn nichts denn ein stetes Obsiegen des Stärkeren? Ein Kampf, der sich seiner bewusst werden will – weswegen? – ein Gedanke, der werden will – weswegen? – Kann aber etwas werden wollen, das noch nicht ist? Kann nicht nur ein Wachsen, ein Anders-Werden gewollt werden? – Also die Welt ein Gedanke, der sich seiner bewusst werden will. – Doch es schlägt Mitternacht, und Jupiter ist heute rechtläufig in der Jungfrau und tritt um Mitternacht über den Horizont. –

Vor drei Stunden trat der Erste Mond vor seinen Planeten, so werde ich nun seinen Schattenklecks von Osten heranschwimmen sehen. – Ein rotjunges Judenkind auf Heu und auf Stroh, Fischerknechte und verstaubte Bücher sagen, sein Vater sei ein Gott – aber eine Sonnenfinsternis des Jupiter, in silberner Winternacht vom Raesfelder Schlossturm aus gesehn, von einem andern rollenden Stern zu vorbestimmter Stunde beobachtet – was wird es mir sagen?

Und als gegen fünf Uhr des Morgens die kleine Schattenscheibe den Planeten verlassen hatte, und alsobald ein zweiter Mond als Lichtpunkt im Osten aufgetaucht war, vollendete Erich die Zeichnung der gelbroten Kugel, ihrer Wolkengeschiebe und ihrer sie umkreisenden Monde und schrieb unter das schwarzumrandete Bild: Allerdings ist der Gedanke, die Kraft: die denkende Kraft das Absolute. Es besteht nichts außer ihr, und ein absoluter Stoff existiert nicht. – Wie ich soeben den Planeten von seinen Monden umkreist sah, so muss ich mir das Atom ebenfalls denken als einen Mittelpunkt, um den andere Mittelpunkte kreisen. Aber diese Mittelpunkte sind nicht »stofflich«: wie die Hohlkugel lückenlos ihren immateriellen Mittelpunkt umgibt, so umgibt die denkende Kraft – um ihr einen Namen zu geben, das Ich – den Gedanken des Stoffs; konzentriert sich vollkommen auf diesen einen Gedankenpunkt, und der »Stoff« ist da. – Und dieser Gedanke des Stoffs ist vielgeteilt, und die Stufen seines Bewusstseins in der Erscheinungs-, Denk- und Bewegungsart der Materie sind mancherlei. – Und sind alle die Erscheinungsarten zu der absoluten Bewusstseinshöhe gelangt, so ist der Stoff, in welche Form der Gedanke verfallen und mit ihm nun ringen und in ihm sich wieder bewusst werden musste, bezwungen –: die Erlösung ist eingetreten; und er, der der Träger alles Ringens und alles Leidens war, verschwindet spurlos, er wird vergessen, und es ist, als wäre er nicht gewesen. – Und da der Gedanke dann im eigenen Anschaun versinkt, so löst er sich zu einem seligen Nichts, einem anderen Nirvana auf. – Und den Vorgeschmack, die selige Ahnung dieses Glückes genieße ich jetzt, indem ich mich, soweit es meine Bewusstseinshöhe zulässt, in dem stoffvergessenden Anschaun meines vielgeteilten Ichs verliere – – –

> So tiefe Ruh in mir,
> unendlich tiefe Ruh –
> und alle Welt in mir
> und woget ab und zu
> sich einend all in mir.
>
> Und ich bin ein Gebet –
> und bet' mich selber an – –
> o still! da ist's verweht. –

Geläute klang in sein Zimmer, volltönig brachte es die schweigende Nacht; Lichter flammten auf, und Schritte und Gemurmel wurden auf den Straßen laut.

Die heilige Messe beginnt, schrieb er weiter, und die Freude erhält ihre Weihe. Aber ich halte die meine hintan, denn ich will zuvor den letzten Grund meiner Ehrfurcht finden. –

Wieder ließ er die Blicke durch die Winternacht schweifen, und nach einer langen Pause setzte er sich nieder und schrieb: Aber weswegen muss der Gedanke den langen Kampf- und Leidensweg der Materie und ihrer Entwicklung zu klarerem Bewusstsein durchmachen? Weswegen kann er nicht sogleich im absoluten Sichbewusstsein dastehen, also nicht sein? Wozu ist der Leidensweg da? Weswegen fiel der reine Gedanke in den des Stoffs? – – Lag in dem Denken des Stoffs – vielleicht – eine Sünde? – eine Schuld? – Und muss er die jetzt sühnen? – So liegt vielleicht in dem bangen Ahnen dieser vielleicht doch ehernen Kausalität von Schuld und Sühne der Grund zu meiner Ehrfurcht? – Und die Schuld bestände dann, da nichts Anderes existiert als er, in der einfachen Tatsache seines Daseins, das ja schon den Gedanken des Stoffs, bevor er gedacht war, *in potentia* in sich schloss – –.

Halt! Halt! Alter Narr, wo fährst du hin! –

Der Jupiter versank mit seinen Monden, Nebel steigt auf, und der Bär hat seinen Kreislauf vollendet – ich bin wieder angelangt, wo ich in meiner Kindheit stand. – Er löschte das Licht, warf sich angekleidet auf den Diwan und rief eiligst den Schlaf.

Der Tauwind

In dem Nebel, der am Morgen gekommen war wie von nirgendwo und in seine grauen Tücher Himmel und Erde eingesargt hatte, blies ein leiser Wind; der trieb die fallenden Tropfen gegen Halm und Baum und ließ sie dort in weißen Eiskristallen anschießen. Und als der Erdschatten am Westhimmel verschwunden war und die Sonne stieg, verflog der silberschmiedende Wind und hob sich der Nebel und hing grau und hoch über des Verflogenen köstlichem Werk: in glitzernde Raureifketten war die Erde gelegt.–

Siehst du, Alter, diese helmgeputzten Jungen, die auf ihren neuen Schlitten und Eisschuhen tollen, diese Affensoldatenröckchen, diese Säbelchen und neuen Krügelchen, Bändchen und Krawattchen sind das sich seiner bewusst werden wollende Namenlose! Diese Alten, die ihre verkonsumierten Kartoffeln und Biere in Mäntel gezwängt haben, als gälte es einen Zug gegen den Pol, die mit ihren unleidlichen Zigarren deine Luft verpesten, die frech wie Geschmeiß auf Gestorbenen, auf deinen Brücken stehen, auf deinen Höfen, an deinen Mauern herumlungern, gebildet sind und weihnachtlich-winterlich gestimmt und reden von der Poesie deines Schlosses und dem Affentreiben ihrer Brut zuschmunzeln – heißa! das Liebespaar, eine neue Boa hat's und freut sich über den Neid der andern, wie es hinter die Schilfwände gleitet, hinter die Erlen und Weiden! – ist das sich seiner bewusst werden wollende Ding, der Gedanke, der sich erkennen, sich fassen will, – Das da sucht sich zu finden, das da findet, das da hat die Wahrheit – das da erkennt ehrfurchtsvoll die eherne Kausalität von Schuld und Sühne, das da geht darauf aus, sich zu erkennen, um sich zu erlösen, sich zu erlösen vom Dasein, vom Dasein, das durch sein Da-Sein schuldig geworden, vom Gedanken, der durch sein Denken in Sünde gefallen – haha! der Gedanke denkt! – Tandaradei! Das da hat die Wahrheit, das da ist die leibgewordene Wahrheit! – Ach! die Wahrheit! ach! die Lüge! ach! das Geschwätz! ach! die Eitelkeit! ach! die schwätzende lügende Eitelkeit!

Ein anderes Organ, geboren aus klappernder Furcht, genährt durch Hunger und Not, gewachsen in schwelender Rache, in Wut, Schwäche und Eitelkeit – umgeschwätzt zu einem Organ der Erkenntnis, der interesselosen Selbsterkenntnis des Dings! O Narr, o Kind! Und ist das Mittel ein Gedankending, so ist's erst recht sein Handhaber, ist das Organ Gedanke, wie sollte sein Besitzer nicht Gedanke sein: so ward die Welt ein Gedanke, der sich mit Hilfe des Gedankens denkt, um sich zu denken! Ein Herdenorgan, ein »Bewusstsein« zum Ding an sich gelogen! O du Tausendsassa! O du köstlicher Wortklauber!

Das wusstest du doch alles – und nun? – Ach ja, die Ehrfurcht, die Stimmung! Hege doch Ehrfurcht vor der glitzernden Raureifwelt da draußen – aber nicht deswegen, weil sie unerklärlich ist – sie ist weder unerklärlich noch erklärlich – auch nicht deswegen, weil sie so tief, so bedeutungsschwer ist – deine Unfähigkeit ist tief, dein Fabulieren bedeutungsschwer – auch nicht deswegen, weil sie Schein, Bild, Erscheinung eines hinterweltischen Dings ist – wie hängen die zusammen? Was heißt Schein, was Ding an sich? Worte sind's, Wünsche sind's, Lügen sind's! – hege doch Ehrfurcht vor der glitzernden Raureifwelt, vor den rollenden Sternen, den leuchtenden Abendröten, den reinen Himmeln, deinem gesunden Leib innen und außen! Aber du wolltest mehr, du wolltest Gründe haben! Hinterher hinzu gelogene

Gründe für deine kindische Ehrfurcht, deinen Stimmungsdusel. O ja, Gründe für deine Stimmungen, die suchtest du, und da – fandest du sie, wie leicht, ach! wie leicht. Nun, da sind sie! Schau sie dir an, die schmauchenden Bierbäuche und ihre Affenjungen!

Wahrheit wolltest du, willst nur Wahrheit, das ist deine dunkelblaue Sehnsucht von Jugend an? – Gewiss, du wolltest deiner Stimmung Gründe unterschieben, aber nicht Gründe von da, woher du sie nehmen solltest, aus deinen Augen, deinen Ohren, deinem Magen und Unterleib – o nein! Gründe von hinter den Welten, hinter den Sternen her! Das war dein Wahrheitssuchen. – Du hast schon lange den Glauben, die Wahrheit finden zu können, abgelegt, den Glauben an eine absolute Wahrheit beiseite gelegt? – Gewiss, aber mit Zähneknirschen und grabmüdem Entsagegesicht. Aber weißt du, wenn du einem Ding entsagst, dann liebst du und wertest du auch als Entsagender es noch – ach! wie tief, in wie verborgenstem süßestem Herzen liebt gerade der Entsagende! Die Möglichkeit, dein Zuckerlieb Wahrheit zu gewinnen, schwand dir wohl, aber ihre Wünschbarkeit, ihr Wert schwoll ins Ungemessene, ins Tolle – ins Tolle! mein Alter.

Du hast den Glauben an eine absolute, übermenschliche, dingliche Wahrheit abgelegt und siehst die Dinge nun, wie sie außerhalb der Wahrheit sind. Die Dinge sind nicht wahr: das ist jetzt deine – Wahrheit über sie. Die Dinge scheinen: das ist jetzt deine – Wahrheit über sie. Sind die Dinge nicht in Wahrheit außerhalb der Wahrheit? Streiche doch erst die Sprache aus deinem Kopf. – Und in solchen Aberwitz bläst dein Erzzauberer, der sich Stimmung nennt. Und wie der Klang auf den Schlag des Klöppels folgt: weswegen, woher überfällt mich diese Stimmung? Habe ich Grund dazu? – Gewiss; weil ich Ehrfurcht habe, leuchten meine Augen und schwillt meine Brust. Ein Wort, ein nichtssagendes vielsagendes genügt – wovor habe ich Ehrfurcht? O, davor, dass ich die Dinge sehe, wie sie sind, wie sie in Wahrheit außerhalb der Wahrheit sind, dass ich ihr Erklärer, ihr Deuter, ihr Mundstück bin. O Hansnarr! Hansdichternarr! O du rohrhalmiger windiger Phantast, o du Stimmungsinterprete, du unfreiwilliger Blähungendeuter!

Aber auf dass sie Ehrfurcht erweckt, muss Schmerz mit der Erkenntnis verbunden sein. Ehrfurcht vor einer beglückenden Erkenntnis – o solche Ehrfurcht lass dem Pöbel, den schmauchenden Bierbäuchen da. Eine Schuld muss erkannt werden, eine schmerzensvolle leidenstolle Sühne muss erkannt, gewollt, muss mit ehernen Stirnen – mit verzückten Wahnsinnsaugen, in autokannibalistischen Wollüsten bejaht werden! Etwas schlechthin Unergründliches, rätselhaft Gegebenes muss dabei sein – o dann kannst du Ehrfurcht hegen! – Nun, sie stutzte zur rechten Zeit, verschluckte den bitter-süßen Rest und legte sich schlafen. –

Und jetzt? Wo ist das Tor? Das Ziel? Der endliche Abschluss? Zeig ihn mir, armer Narr: da ist kein Nein, ist kein Ja – ein Mittelding, ein grauer Schatten, ein graues Nichts: was geht's mich an! was weiß ich! – – Doch siehe, liegt da nicht wieder ein Urteil drin? Eine latente Wahrheit? Und wie bald wird die frei sein, ihren alten Unheilsweg gehen und ein System des Was-weiß-ich! Was-geht's-mich-an! aufstellen, – und dabei wird wieder Ehrfurcht verpufft und Wollust verstöhnt – – – o gäbe es Krieg!

Käme der Krieg! In gleißenden Wolkentürmen lauert er rings –: erwachte ein Sturm, der ihn aufjagte aus seiner lauernden Ruh, dass er über uns kommt in seiner schwarzblauen Wetternacht mit seinen Schwefelwinden, seinen goldenen Blitzen –! Volk gegen Volk, Land gegen Land – ein Stern nichts denn ein tobendes Gewitterfeld, eine Menschendämmerung, ein jauchzendes Vernichten –! oh, ob dann nicht ein Höheres – da riss Erich das Fenster auf und rief in den Hof: Herunter von meinen Brücken! Herunter vom Eis! Herunter von meinem Hof! – Und als sie Gesichter machten und zu zögern begannen und zu murren und zu mucken anfingen, holte er den Krückstock und eilte hinab: Muckt das? Will das wohl herunter vom Schloss! – und stürmte auf sie los und trieb sie über die Brücke, dass sie stolperten und glitschten und fielen und sprangen, nicht viel hätte gefehlt, und sie wären geflogen, – und huschte hin – Will das wohl herunter! – über den Hof – Ich will das lehren, Gesichter machen! – durch das Scheunentor – Ich will das mucken lehren! – über die Brücke und die Gasse ins Freie.

Als er zurückkehrte und den Krückstock wie einen Schläger kreiste, fühlte er, wie warm die Luft plötzlich geworden, und sah, wie der Raureif allerorten gefallen war, und das Eis stumpf und wässerig wurde, und der Boden begann, glatt zu werden – Ho! es liegt Tauwind in der Luft – und er ging nachdenklich in sein Zimmer. – Es will Frühling werden, acht Tage Winterfrühling, Weihnacht-Neujahr-Frühling werden. Das bläst hurtig die Silbergaukelstücke zum Teufel, das macht freie Bahn, freie Luft! – Freie Bahn! Freie Luft! Und noch einmal Frühling! Sommerkraft! In rote Blumen und duftendes Gras mich wälzen, in den Himmel schauen: o du lügst, aber du bist schön in deiner meiner Lüge, und ich liebe dich! Du unschuldig gelogenes blaugoldenes Himmelsweinglas! O ihr lügt alle, ihr roten Blumen, ihr gaukelnden Vögel, ihr blauschwarzen Schatten und Teiche – aber ihr seid schön, unschuldig schön und bös, und ich liebe euch! – Freie Bahn! Freie Luft! Und noch einmal Frühling! Sommerkraft! Oh, ob ich dann die Kraft zu dieser Lüge habe? – Aber weißt du, du darfst es nicht Lüge nennen! Sagst du Lüge, so gehe lieber in die Kirche, sie läuten, sie bimmelnbaum-bammeln schon wieder –, das ist folgerichtig. Habe doch die Kraft und sage nicht Lüge! Lass es nicht darauf hinauslaufen! Schlage den alten Gott doch endlich tot! Der ist nämlich noch nicht tot in dir – die alte Hinterwelt und ihr alter Gott und ihre Werte und Wünsche wollen nicht tot gehen in mir. – Weißt du, du hast es an der unrechten Stelle angefasst: mit einer Jugendphrase war es dir genug, mit einem überlegenen Dummen-Jungen-Lächeln glaubtest du den alten Gott totgeschlagen zu haben. Du hast ihn nur geohrfeigt, mit einem Stein nach ihm geworfen, wie freche Jungen es tun, und da duckte er sich und rächte sich und verdarb dir dein Leben. – Du hast den geilen Stamm geköpft, aber seine Wurzel blieb saftig und gesund und schoss Trieb auf Trieb. Und die hegtest und pflegtest du und ranntest mit diesem bösen Ballast auf Suche in alle Welt, bummeltest in allen Ecken und grubst nach deiner lieben, ach! so lieben Hinterwelt: Wahrheit, Abschluss, Ding, Sinn, Ziel, Grund – wie diese gesuchten Schätze anders hießen –: das war der alte Gott. War je einer ein Gottsucher, so warst du's; war je einer in sein Verderben verliebt, so warst du's. Sein Priester bist du gewesen, wie er sich keinen feineren wünschen kann, sein blinder, wütender, sich selbst zerfleischender Priester und törichter Goldgräber. O du – war deine Sehnsucht – Sehnsucht nach deinem mit Dummen-Jungen-Steinen verscheuchten Gott? Deine Bummelbahn – eine Gottsucherbummelbahn? – In der du alt und weißhaarig und einsam und Verächter geworden bist und glücklich verbummelt? O habe doch die Kraft und mache der Bummelbahn ein Ende! Noch einmal Frühling! Sommerkraft! Rote Blumen und blauer Himmel – –! Und wenn nicht, so grüße deinen Feind und sei ihm dankbar für seine Feindschaft –: ein Feind, der die Macht hatte und ausnutzte, dein Leben zu verpfuschen, ist schon einer grußwürdigen Feindschaft und eines Dankes wert –, hat er mir mein Leben doch interessant gemacht, bin ich doch Bursch geblieben mein Leben lang – heißa! ein verbummelter Student!

Heulend fiel der Westwind her über das Schloss, knatternd warf er Ziegel und Schiefer auf den Hof und platschte sie auf das brechende Eis – und still lag Erich auf seinem Lager und lauschte dem Tauwindtoben. Wie raschelt und rauscht das Rohr, wie schnaubt der Wind, wie brausen die Kiefern, wie stöhnen die Wälder, wie schlägt und wütet der Regen gegen das Glas! – O blase sie fort, mache Bahn, freie Bahn, lieber Wind! Wie du stöhnst, wie du wollüstig stöhnst–! wer umschlingt dich, du Wilder?

Ja, Wind sein, Tauwind sein und über die Lande brausen! Nicht Mensch sein, nicht Seele, nicht Kriechen und Leid – ein tobendes, jauchzendes, stöhnendes Gefühl! Schnaubende Winde, rollende Erden, brausende Sterne – ist nicht die Welt ein tobender Sturm? Blase doch die Menschen fort – ach! nur Sturm sein, nur rollende Erden, nur brausende Sterne –!

In Sturmliedern schlief er ein. Fest lag das Tief über dem Nordkap, und die ganze Nacht durch brausten die Stürme an dem Keil entlang, den es in gewaltigen konzentrischen Bogen nach den Alpen zu schob – von Britannien bis zur russischen Grenze ein Regen und ein schwüler schwerer Sturm. –

Mir hat Sturm geträumt, Sturmglück geträumt diese Nacht. – Das wird ein gesegneter Tag! Wandern will ich. Ins Land der Stürme wandern. –

Dann rief er seinen Verwalter und tat ihm kund, er würde ein Jahr oder mehr auf Wanderschaft gehen. Und als der ihn verlassen hatte, suchte er in seinen Atlanten und Büchern das sturmreichste Land der Erde und den stürmereichsten Weg dorthin.

Und dann nach sturmreichen Jahren zurück in den Sommer, in rote Blumen und blaue Himmel –! – –

Die Rosse waren geschirrt und das Ränzel geschnürt, als Erich noch einmal auf den Turm stieg, um Abschied von seiner Sternwarte, seinen Teichen und Wäldern und Heiden zu nehmen.

Lebt wohl! ihr Zahlen und Zahlengespenste. Ihr ein Maß, oder gar eine Norm der Welt? O nur ein Mittel, mir sie denkbar zu machen. Denkbar? Nun ja, so quasi denkbar zu machen. Lebt wohl, ihr krummbeinigen, buckligen, dickbäuchigen Runengespenste.

Und ihr Kreise und Kugeln, ihr Ringe und Schatten und Hörner? Schon nicht mehr nur Mittel, schon Bild und Abklatsch – – fängt das schon wieder an? Lebt wohl, lebt wohl! –

Dann trat er auf die Galerie, über die sich ein dunkler Wolkenkeil gerade in den Westen bohrte, über ihm breit und wulstig und sich im Osten in fliegende Wolkenfetzen auflösend – drei Keile, die sich zu einem gewaltigen ineinander schoben, regenschwer und prallgespannt; aber am runden Horizont standen in Nord und Süd weißgleißende Wolkengebirge, sonnenbeschienen und unbewegt – und vor ihnen und in dem schmalen Streifen blauen Himmels über ihnen jagten und kreisten in ruhelosem Getriebe weiße, bläuliche Wolkenfetzen und vereinigten sich hinten im Osten zu einem übereinander kugelnden und strudelnden Wirrwarr mit den Ausläufern des dunklen dreifältigen Keils – aber den Kopf voraus und den Fuß weit hinten nach strichen gelassen und schnell Hagelschauer fern über die Höhen und Wälder. Da packte der Wind seine Reisemütze, wirbelte sie hoch und trug sie über die Dächer davon.

Hallo! Lieber Wind! –

Er lachte der Fliegenden nach, lachte, wie sie fern zur Erde fiel, über die Wiesen und Felder rollte und an den Hecken des Friedhofes liegen blieb. – Schier wagerecht bog dort der Wind die Thujabäume.

Heißa! die symbolische Reisemütze! Leb wohl, süße Loo! Wenn ich wiederkehr', wenn ich wiederkehr' – – –. Du, klingt dir kein Märchen im Ohr? Ach! ich will nicht den Reim. Rote Blumen und blaue Himmel –!

Dann wandte er sich, um hinabzusteigen; aber der Wind presste ihn hart gegen die Pfeiler.

Du möchtest mich nachblasen die siebzig Fuß hinab – nun, das kommt, wann ich will, und das hat seine Zeit. Erst stirbt der Gott da hinter den Sternen und steigt der der Erde hoch, dann – –

Dann? Dann liebt der Erdengott seine Erde – – Lieben? Was ist denn da noch zu lieben? Zu lachen höchst! Lächeln muss er, lachen muss er, muss traben wie ein stolzes dummes Tier! –

Werde ich nicht auch dann in die Welt gestoßen, ohne dass ich es wollte? Muss ich nicht auch dann mich gegen das Leben wehren? mit Lachen und Stolz mich wehren? Und dankbar sein für etwas, das ich nicht gewollt, das ich nachträglich gut gesagt, trotzdem, ja gerade weil es mich quält: weil ich mit einem Ja besser als mit einem Nein leben kann? Muss ich nicht Dankbarkeit, Freude, Interesse, Liebe lügen? Lügen, ich kann nicht anders! – Es ist ein Lügen, das Leben lieben, das Leben, von dem ich nur seine Lüge kenne; es verlachen, wenn ich nicht weiß, worüber ich lache; es erforschen, wo ich nicht weiß, was ich erforsche; mich an ihm freuen, da ich nicht weiß, worüber ich mich freue; es fortwerfen, wenn ich nicht weiß, was ich fortwerfe; es weiter wollen – wozu? Wo ist der Sinn? Wo ist der Zweck? Wo ist der Grund? – Kein Wissen, kein Sinn, kein Zweck, kein Grund, kein Ziel, kein Entfliehn – verflucht!

Er schmetterte den Fuß gegen den Pfeiler, dass er knackte und zur Tiefe fuhr, und häuptlings flog er ihm nach.

Am Abend hatte man seine Leiche aus dem Schlamm herausgeholt, mit ihm den abgebrochenen Pfeiler – den trugen sie zurück auf die Galerie. – Weswegen? Sie wussten es nicht.

P a r a l y s e

Romanfragment

[*Der große Held / Im Hochgebirge*; entstanden 1913 ff.]

Das Turkosgrab

Vier Thujabäume lispeln mürrisch, rauschen à la Byron und stehen gelangweilt tagaus tagein auf der Ruhestätte der in deutscher Gefangenschaft gestorbenen Turkos Mohamed Ben Abdelkader und Achmed Ben Hemen und kopfgroße Stücke grauen Muschelkalkes hat man zwischen sie geworfen; ringsum aber in den Flutmulden und auf den Rücken der weiten nur mit dünnem Humus bezogenen Kiesanhäufung blühen Enziane und weißstrahlige Lechfelddisteln, um am nächsten Tage von den nägelbeschlagenen Trampelstiefeln – im Marsch! Marsch! zertreten zu werden.

Nachdem die Hitze zwölf Stunden lang über den Asphaltdächern und dem also zertretenen Grase dieser weiten Kiesanhäufung gestanden hatte, der Himmel bläulich grau gewesen war und der aufgewirbelte Staub in den heißen Luftsäulen sich nicht hatte fortbewegen mögen, sondern braun und träge zwischen ihnen stehen geblieben war, ist mit einem Male die Welt ein helles Grün und ein makelloses Blau geworden, über das der Abend sein Farbengewusel aus braunen und purpurnen Tuben zu werfen beginnt. Und ich hänge zwischen diesen Farben, ich bin losgelöst von allem, ich fliege, ich bin schwerelos, ich bin nur durchglüht von farbigem Licht und nur durchrauscht von dem Gedanken an den gewaltigen Ball, der da wundersam im Raume fliegt. Ich fasse es nicht, es ist nicht zu fassen – aber es ist kein schmerzliches Entsagen verbunden mit dem ganz hellen Bewusstsein dieses nie zu lösenden Rätsels – denn je ausgemachter und sinnfälliger eine »Tatsache«, um so schwindelmachender ist ihr Rätsel –, es umkost und umschmeichelt mich vielmehr, es trägt mich, mein Leben kommt mir vor als ein unsagbar wohliges Schweben auf den ungeheuren Fittichen eben dieses Rätsels – ich schwebe, ich fliege, oh alle Welt: ich bin frei und schwerelos!

Ich bin *nicht* frei, ich bin nicht allein – allein in ihren Kobaltarmen, ihren schreckhaft flatternden Falterflügeln! Aber dass ich mit Menschen reden muss, dass ich ihre hohlen Stimmen hören, ihre kriechenden Gedanken, ihre Gedanken ohne Klang! erdulden, ihren übel riechenden Atem, ihre ganze unsägliche Erbärmlichkeit und unheilbare Blindheit über mich ergehen lassen muss –!

Ich bin mir zu gut und liebe mich zu sehr, ich halte mich viel zu gerne an goldenen Zügeln, um über euch meinen fressenden Hohn zu gießen, ich beschmutze mich nicht, ich werde nicht rasend und dionysisch rabiat, aber –: zwischen zwei Propellern, länglichen, an ihrem oberen Ende zugespitzten und bläulich durchschimmernden Faunsohrmuscheln sitzt ein kleines Gesicht, dessen niedere Stirne jäh hinter den Brauen zurückflieht, dessen Vogelaugen wasserhell und dumm wie Wasser sind, dessen Mund wie ein plumper Kerb in das braunrote Fleisch gehauen und dessen Nase wie ein grober Klotz in die ganze Nullität hineingepflanzt ist. Aufgesetzt hat sich dieses Ding, so leicht und hohl, dass ein kleiner Knabe mit ihm Schlagball spielen könnte, auf einen winzigen Rumpf; der hat seine Verwachsenheit in Fischbein und starken Stahl gezwängt und wird von zwei Zündhölzern getragen, deren Mechanismus sich in einer grotesk ängstlichen Agrandezza darbietet, die Ähnlichkeit hat mit der eines automatisch betriebenen Kinderspiels. Aber seine Stimme brüllt und seine Verdauung ist schlecht und sein Geist weiß nicht, ist er Wind oder ein wirklich-unwirkliches Vakuum; es fließen ihm wohl Bilder und Klänge zu, aber sie rufen kein Echo wach und malen kein Bild und verlieren sich spurlos in dem gähnenden Raum. Doch ein Winkel ist in dieser Höhle, der hat sich in der gähnenden Hohlheit, Taubheit seiner Jahre ausstaffiert mit Paragraph und Paragraph und hat eine Drüse wachsen lassen, die ein Odeur sekretiert von Furcht und Stolz – von Stolz? Von Furcht und Stolz. Und komprimiert und symbolisiert ist dieses, der klägliche Leib und sein ihm genügender Geist, in einer braunen Warze, die ängstlich und eindringlich unter dem linken Auge sitzt, denn – siehst du sie an, so gerät der Wurm in Wut. Aber er hat sich in blaurotes Tuch verkrochen und hat dank dessen die Narrenerlaubnis, seiner Wut zu frönen, und er frönt ihr rückgratlos und gern, aber er nennt es strafen und erziehen – strafen, o heiliger Aristoteles, das Nichts setzt sich in Positur! –, wir haben es ihn so gelehrt, wie wir ihn daran gewöhnt haben, in seiner Verwachsenheit die Krone zu sehen der Kraft, in seiner Steifheit die Höhe der Eleganz und in seiner granitummauerten Borniertheit das Privilegium souveräner Verachtung der einfarbig gekleideten Intelligenz. Er kommt daher, ein buntes dummes Tier, aber ein gefährliches Tier, das instinktmäßig die ihm gegenübertretende Überlegenheit fühlt und sie dann ankollert – ein Truthahn! Vorsicht! ein Truthahn! Und in erotischer Beziehung ist er nicht intakt, er ist ohne Frage ausgepichter Onanist, denn er vermeidet das Adjektiv »geschlechtlich«, er übergeht es beim Vorlesen und wird rot dabei, das vierzigjährige Kind mit den Propellern und Verschönerungsbarteln. Er kriecht vor seinen Vorgesetzten wie ein Pinscher, der alsobald geprügelt werden soll, aber ist er mit seiner grinsenden Kompanie allein, so sieht er ihr Grinsen nicht und kreuzt die Arme und schlingt den Mantel um sich, er stellt die Beine breit, der Zweiseitengewehregroß, der Napoleonknirps, die Unfähigkeit und Minderwertigkeit und Mannlosigkeit – sogar zum Studium war er zu dumm, so wurde er Offizier, der Schwarm der Frau, vielmehr die unerschütterliche Einbildung des Schwarms der Frau, die Stütze und der Stolz des Staats und seiner Untertanen zielbewusster Erzieher, der Edelmensch, das Rassetier, der gott- und königstreue Pfau, das wandelnde Schimpfwort und der stolzierende Paragraph, eines Hohlraums Strafgewalt und der nicht mehr nur zum Lachen reizende Bramarbas, der inkarnierte – deutsche Pöbelgeist! Dass ich nicht allein sein kann! Dass ich mit symbolisierenden Warzen, mit privilegierten Truthähnen leben muss! –

Brauner fließt das wuselige Wolkenöl aus den himmlischen Tuben und es schauert und friert den schwindenden Tag; kalt und grünlich schimmert seine wasserblaue Haut und knisternd schließen sich die Lechfelddisteln – Timbuktu! gesungen habt ihr den Namen oft, Timbuktu! Tombuktu!

Salz für Gold und Salz für Sklaven und Salz für Elfenbein und ein stolzer Strom von Süd nach Nord, von Nord nach Süd, Sudan und Sahara tauchten um dich ihre Klingen und Speere in Blut, im fernen Konstantine und Mogador machte dein Name die Augen leuchten – und doch nur ein Haufen gelben Tons, der sich um drei plumpe Turmobeliske legt, über die der Wüstenwind, der Wind aus der ewigen Wüste, den Sand in grauen Wolken treibt, in denen die Sonne zusammenschrumpft, um dann wieder aus ihnen hervorzuglühen wie das blutunterlaufene Auge eines zornigen Elefanten! Timbuktu! Dschingere-ber! Es singt der Sand und unter der blutunterlaufenen Sonne glüht dein Turm wie eine reifende Banane, bräunlich-gelb wie eine Banane aus Monrovia, wie ein ins Ungeheure gewachsener Opal. – Es schneite, als man deinen Freund begrub, und es schneite, als du nach acht Wochen kalter Einsamkeit zum letzten Mal aus deiner Baracke tratest. In grauen Geschwadern, in ewigen Ketten trieb der Sturm die kugelnden Wolken über dich und leise pfeifend und klatschend – es singt der Sand! – umtanzte, umschlug, umwirbelte dich der Schnee. Drei Schritte weit flackerte dein Auge, dann ward alles weiße Unendlichkeit. Die fraß sich in dich und biss sich in dich und verbrannte zischend dein Herz – es singt der Sand! – Und dann wird es wohl wieder geschneit haben, als man auch dich begrub und kopfgroße Stücke grauen Muschelkalks über euch häufte – – bis an die Knöchel sinken die Stiefel ein und die Stapfen, die sie nachlassen, sind grau und schimmern von der Seite gesehen ziegelrot auf dem glitzernden Tuch; einen Ring bilden sie um das schwarz-graue Viereck, das die ekelhafte contradictio in adjecto des militärischen Pfaffen mit drei leutseligen Worten beschmutzte, und laufen dann in einer melancholischen Serpentine zurück zu den Asphaltdächern, hinter denen gerade die Sonne herabgefallen ist – – Timbuktu! Tombuktu!

Gleich vier schwarzgrünen Bronzestatuen stehen die Thujabäume über dem einsamen Grab, düster à la Byron und voll ewiger Langeweile, und die grauen Muschelkalksteine unter ihnen schimmern bleich und weiß wie dicke Dinosaurierknochen. –

Nun habe ich wieder mein Werk getan und meinen Himmel voll Sterne genagelt. Aber ich mag die Sterne nicht mehr, denn ich will die Erde lieben und nur in Farben leben! Doch die Erde verfliegt und die Farben bleiben keine Farben mehr – was tue ich mit zitternden und ihr Zittern in Wellen forttragenden Atomen, die wieder nur Bilder und Klänge sind – verfluchter Kreis! Oder mache ich wieder den Desperadosprung: »Die Welt bin ich und mein fliegender Gedanke und außer mir ist nichts«? – Ich möchte nicht mehr einsam sein und Spinnefäden aus mir um mich spinnen, einsam grausam boshaft, wütend kannibalisch wie die Spinne in ihrem Netz; es sei denn, dass ich, wie die gekäfigten Spinnen der Sage nach einem Jahr Hungerns, zum Diamanten würde; aber mir widersteht der Asket und ich bin zu wenig kalt und klar für solche glänzenden Kohlen und kalten Schmuckschaustücke. Ich möchte sein wie ihr: ein unbewusster Trieb, der sich bewusst und wirklich glaubt und sich geborgen fühlt in allen Pöbelgöttern – geborgen, gefesselt, denn drüben liegt der Wahnsinn und lauert der süße – Sprung in den Himmel! Aber – dass ich mit Menschen leben muss und dass es eben – Menschen von heute sind! Ein Stück meines Problems, ihr ironischen Sterne.

Ihr verkriecht euch, ihr lasst einen silbernen Schleier unter euch fallen und eine Brücke baut ihr unter euch, eine Hängebrücke von weißen Wolken, geradewegs über den Zenit eine Wogenwolkenbrücke, eine geschwungene Silberwolkenleiter? Ich will auf ihr wandern, ich wandere auf ihr, das Gewehr geschultert, mit weitem hallenden Schritt und in den Gliedern den schütternden Frost.

So wandere ich nun, und wenn ich zähle, so zähle ich: es fehlt nicht viel an dreißig Jahren – was bin ich nur? Ein Wolkensteiger mit dem ewig haftenden Blick in die Tiefe trotz der Erkenntnis der nie zu überbrückenden Entfernung bis zu dieser Tiefe. Ich sehe Farben und seltsame Klänge dringen zu mir und ich weiß doch, dass ich nie zu den Dingen, zu den spöttischen Malern und Sirenen-Müttern, gelange, von denen jene zu mir kommen. Warum kann ich nicht zu ihnen stürzen, warum kann ich nicht auf meiner Wolkenleiter wandern, ohne zu ihnen hinabsehen zu müssen voll kindlich-weiser, voll kindlich-törichter Sehnsucht? Und warum wandere ich allein? Es gibt so viele Wolkenleitern, hohe und niedere und solche, auf denen das Blut zu kristallenen Nadeln gefriert; aber sie sind einander fremd und laufen alle nach verschiedenen Winden, so kreuzen sich wohl und wenn ihre Wanderer sich begegnen, so sehen sie sich wohl groß und mit einem traurigen Lächeln an und sie grüßen sich, aber sie verstehen einander nicht und gehen ihre Straßen weiter, allein und nie verstanden. Und sollten sie sich und ihre Schatten, denn auch ihre Schatten wandern auf ihnen ewig und ernst, auch die Hand reichen und auf dem schmalen Punkte stehen bleiben und ihre Glieder schmerzlich süß umeinander schlingen – sie kennen sich nicht und erkennen sich nicht, sie bleiben zwei Welten mit undurchdringlichen Grenzmauern und reichen sich die Hände wieder und gehen ihre Straßen fort, allein und nie verstanden – – Hallo! die Leiter bricht und der Morgen braust!

Eine Mulde hat sich der Lech in den Kies geschnitten, der grimmige schäumende Narr und umsonst, aber die zähere Zeit zwängte ihn ein und hat Gras und Enziane über sie geworfen: hier liegen wir, frierend, ewig wartend und flach auf dem Leib wie hingemäht – wenn die Raketen fauchend in ihrem grünlichen Lichtschein über uns eilen und mit auffallend verkürztem letzten Schenkel ihrer parabolischen Bahn zischend zwischen uns niederfahren oder die Scheinwerfer mit unheimlichen Phosphorfingern über uns tasten und die fernen Baumgruppen aufflammen lassen in einem kalten giftigen Schweinfurter Grün, so pressen wir unsere Köpfe noch tiefer in das Gras, dessen schwerer Tau nun fast zu Reif geworden ist. – Die Sprossen der zerbrochenen Leiter – denn die Morgenkälte knickte sie wie Glas – sind herabgefallen und liegen leuchtend wie aufgehäufter Silberschutt am Horizont. Aber die Nacht formt sich einen Fächer daraus und hebt ihn und hält ihn abwehrend gegen die gelben und braunen Bänke, die langsam aus dem Osten klettern. Dunkler wird sie und drohend leuchtender und wölbt sich noch einmal über mir in ihrer verführerischen Majestät: bleibe ich in dir, halte ich mich an dich und flüchte mit dir blindlings in rauschende maestosos sostenutos? Den letzten Schleier ziehst du fort von den uralten Nägeln, die ich in dich geschlagen, den letzten Wolkenschimmer streifst du fort von deinem Samt und deinen schwarzen Sammetfransen und tiefer hängst du deine leuchtende Mondampel – aber stärker und sonnenbrauner wird der junge Tag, den Silberfächer reißt er aus deiner steifgefrorenen Hand und wischt dich fort wie einen heiligen Spuk. Die Elfenbeinrippen seiner zärtlichen Waffe färbt er rosenrot, Hörner und Zungen und drohende Papageienschnäbel schießen aus ihr hervor und stechen in die kopflos flüchtende Nacht, bis in einer stolzen Kugel rötlichen Goldes der Tag über die Nebel achen rollt, die sich schwer und träg über die Lechauen gelagert haben und aus denen die Baumwipfel hervorlugen wie Klippen alten Basalts.

Das Heiligenbild

Ich hatte es meiner geraden Figur und dem Teufel, der mich unter euch hat geboren werden lassen zu verdanken, dass ich zu einer achtwöchentlichen Übung eingezogen war, und ich war glücklich, wie man in deutscher Vergewaltigung glücklich sein kann, wenn ich zwischen Steinen und Wolken und Bäumen, deren Zusammenleben mir als Flachländer neuartig und verlockend war, eben diese Vergewaltigung vergaß.

Denn ich bin kein Patriot und kein Staatsbürger privilegierter Richtung, und bin Wanderer und Klausner und nenne mich euch gegenüber einen Kosmoaristokraten und stehe bewusst und selbstgewollt außerhalb jeder Massenvereinigung. Die Bürgervorteile und kleinen Faulheiten die ich in dieser bestbevormundeten und schabloniertesten aller Pöbelherden genieße, sind mir aufgezwungen und verhasst und sollten sogar in euren Augen kein Äquivalent sein dürfen für die Eingriffe einer brutalen Polizei, die in jedem »Untertanen«, auf den sie ihre feige Faust legt, sogleich den zukünftigen oder verkappten »Verbrecher« sieht, und eines Militarismus, der im Solde eines sinnlosen und plebejischen Mammonismus und eines von ihm angesteckten Junkertums sein Söldnertum bombastisch und feige in eine gottgewollte Notwendigkeit umlügt und seine Paragraphenmacht zur Vergewaltigung friedfertiger Tölpel missbraucht, und dessen mit Nimbus umgebenes Subalternoffizierkorps in seinen »Untergebenen« das bequeme, weil wehrlose, Objekt unflätiger Wutausbrüche sieht. Ich möchte mein Leben wie ich es heute sehe und es heute für lebenswürdig ansehe, lieber unter Wegelagerern leben als unter diesem Gesindel seelischer Kretins, deren Feigheit und gewollte Blindheit und faule Kriecherei vor atavistischen Hohlheiten zum Himmel stinkt. Vergleiche ich mich, meine nie wiederkehrende Einzigartigkeit, meinen Mut zu mir selbst, meine Verachtung euch gegenüber und meinen unzerstörbar darin begründeten Wert mit euch, die ihr vor religiösem Macht- und Geschäftstrug – einen Betrug, den jedes Kind durchschaut –, vor monarchischen Popanzen und gesellschaftlichen Verranntheiten, deren ungeheure Lüge kein Gegenstück in der Geschichte findet, demütig und eurer Lüge hell bewusst den Hut zieht, so würgt mich der Ekel, der Ekel, mit euch die gleiche Luft zu atmen, derart – – aber ich speie diese Wut nicht aus und ich lache dieses Lachen nicht, ich fliehe auch nicht vor euch und drücke mich schmollend in eine Grönlandecke, ich sehe fort und blicke traurig in meine Welt – – – Aber mein Leben rennt mir fort, auf donnernden Rädern rast es mit mir fort und ich habe nicht viel Zeit mehr bis zum Grab. Oh mein goldenes Leben, meine durstigen Augen! Oh mein heller Blitz in der ewigen Nacht! –

Mein anständiger Antipode, falls Dummheit sanktioniert, ist aber der Korpsstudent, der heute schweißtriefend neben mir marschiert. Er ist so dumm; ihm ist alles und gar er selbst so klar und fest, so unzweifelhafte Wirklichkeit; er hat sich so selbstverständlich in sie eingefügt, wie man in einem Bau einen Ziegel zwischen andere fügt. Er sieht in unseren Institutionen die natürlichsten Notwendigkeiten, er sieht Segnungen in ihnen, ja er kennt Wahrheiten, religiöse politische philosophische, absolute Wahrheiten, bezahlte gelehrte gepredigte – gedruckte Wahrheiten! – Als ob nicht jede Wahrheit, die wir so Wahrheit nennen, in dem Augenblick, in dem sie in der Form der von allen gebrauchten Sprache den Mund ihres Verkünders verlässt, zur Verzerrung, Zwei-, Drei-, Tausenddeutigkeit und Unwahrheit wird! Als ob sie nicht ein subjektiv gedeutet sein wollender, unverbindlicher Ausdruck eines augenblicklichen körperlich-seelischen Zustandes und Allgemeingefühles ist! Und erst gedruckte, Zeitungs-Wahrheiten! Die Zeitung ist die Kloake einer Zeit, das Sinnbild aber unserer Zeit ist die – Zeitung. – Und auf alles, was ich einwende, meint er ehrlich überzeugt und stereotyp: »Dös sein so Sprüch.« Ist es zu glauben, dass man so dumm, so bayrisch dumm sein kann, dass man eine solche Mauer im Kopf tragen kann, dass man nicht mit allen Fasern fühlt, dass man lebt! Ist es möglich, dass ihm die gar nicht auszudenken ungeheure taumelnde Fragwürdigkeit des Lebens, sein ganz einzigartig Wunderbares nicht zu Bewusstsein kommt! Aber er wird ein braver Bürger werden und sein Diplomexamen machen, reisen und Kinder zu Staatsbürgern erziehen und, wer weiß! er wird reich werden – der Arme, der zu ewiger Armut Verdammte!

Ich widerspreche ihm nicht mehr, ich höre nicht hin auf ihn – oh! jetzt beginnt er zu fluchen, rastlos, ingrimmig: Sakrament! Sakrament! Da ducke ich mich und – suche mich von mir zu verlieren dadurch, dass ich mich dem ledernen Teufel auf meinem Rücken zuwende und ihn, der eben ein quälender Teufel ist, immer persönlicher, immer lebendiger, immer gedanklicher, immer unwirklicher gestalte – dadurch, dass ich ihn in meine Muskeln, in mein Blut, in meine Nerven aufnehme, ihn als ein Nichts, als die immateriellen Beziehungen körperlicher Dinge zueinander, als einen nur in meinem Gehirn flatternden Gedanken konzentriere. (Und hier freue ich mich wieder, den Punkt zu haben, um den sich alles dreht: denn dieser Gedanke ist das im Kontakt Stehen irgendwelcher vielleicht irgendwie chemisch veränderter Hirnzellen, und diese Hirnzellen und ihr gegenseitiger Kontakt, vielmehr das Gedachtwerden dieser Hirnzellen und ihres Kontakts, ist das im Kontakt Stehen irgendwelcher vielleicht irgendwie chemisch veränderter Hirnzellen – – –) Aber ich gebe diesem nur durch mich und nur in mir existierenden Nichts die absonderlichsten Namen, immerzu immerfort, bis ich seinen ureigenen, seinen ewig prädestinierten gefunden habe, den, den die Leute gebrauchen. Da springt er aus mir und wandert neben mir zottig und braun, und ich bin von ihm befreit. Er redet mit mir, stoßweise, ein wenig atemlos und mit einer näselnden Phonographenstimme: Dass du deinen alten Trick auch auf mich anwendest! Du objektivierst jedes Unbehagen und jede Wohligkeit, denn jede Wohligkeit wird zum Unbehagen, und lässt uns neben dir trotten wie einen interessanten Spuk. Haschisch, mein Lieber! Fürchtest du nicht – denn du bist dir selber zur Last, auch mit deinen Entzückungen, lügen wir uns nichts vor! –, dich eines Tages ganz in einen Spuk verwandelt zu sehen, der neben dir, der du nur aus glanzlosen Augen und hochbeinigen Stelzen bestehst, einhergeht und mit dir sein langweiliges Palaver hält? Denn ich langweile dich – – wir gehen ins Manöver, vierzehn Tage lang –

hörst du? – Vierzehn Tage lang, bergauf bergab, in stillen Fichtenwäldern über großästiges feuchtes Moos, über schäumende Bäche, über vergrämte Moore müde entlang an schwarzen giftigen Teichen, und den Blick auf die Berge, bei Tage bei Nacht, unter Sonne, unter Mond den Blick auf die Berge, und zu Füßen feuchtes Moos – aber am Biwakfeuer liegst du abseits in Reih und Glied und frierst und frierst und schnarchst dazu und ich, ich weiß nichts Besseres zu tun, als in die zuckende Flamme zu blicken und in ihr, kitschig genug, das Abbild meines Lebens zu sehen: eine zuckende Flamme und rings, oben, unten, kalte Nacht. –

Nach meinem Empfinden ein Bürgervergnügen – ich bevorzuge Schneepaläste, deren Wände die Nordstürme und deren Decken Polarlichter sind. Denn es wird mir die Welt zu organisch. Wohin ich sehe, grinst mir Leben entgegen, grünes, rotes, allerorten lungerndes Leben. Und das tut, als sei es die Quintessenz und das Extrakt der Welt, das stellt sich an, als ob es allein das Privileg des – Lebens hätte, das gibt sich, als sei es da, die Welt zu – fressen und zu – erlösen; wovon? von dem Fluch des Lebens! Das hängt einem ja zum Halse heraus! Ich denke, ihr werdet euch eures Lebens nicht mehr bewusst, ich muss annehmen, ihr *habt* es nicht, ihr wiegt es nicht auf der Hand, wo ihr vor lauter Leben nicht mehr den Kontrast und den Stein seht; ich postuliere, dass es für euch schon eine Erlösung sein muss, Brücken zu sehen, Maschinen, geschmeidiges wuchtendes hohnlachendes Eisen (statt dessen aber kriecht ihr vor eurem Eisen und euren Maschinen und macht, wie immer, eure Schöpfung zum Gott, der euch erdrückt und zermalmt). Ich, ich bevorzuge Schneepaläste und mag mich nicht belästigen lassen von dem Kannibalismus des Organischen. Es soll rein und frei um mich sein und immer kühl. Das Leben aber ist eine warme Brühe, es ist eine der groteskesten Verirrungen der Welt, eines ihrer kindischsten und unreinsten Fratzenspiele, das Leben ist das Plebejertum der Welt! – Und nur in der Vereinzelung ist es erträglich, vom Standpunkt der Ironie; denn ich empfinde einen angenehmen Kontrasteffekt in dem verlorenen Klumpen rotgefrorenen, voll magisterweiser Deutungen und zwergischer Weltverachtung vollgepfropften Lebens, das sich wiederfindet auf unendlichen Öden, deren Decken Polarlichter sind. Wir sehen die Welt so falsch, wir verpesten mit unserer Geilheit und Fruchtbarkeit und rücksichtslosen Gefräßigkeit und Pariaruhlosigkeit und unserem Dreikäsestolz ihren eisigen Hohn und ihre steinerne Ruhe und ihre vernichtende Gleichgültigkeit. Wir begehen die Ungeheuerlichkeit und machen die gesamte Welt restlos zu einer Erscheinung in uns, zu einem organischen, der Verdauung analogen Prozess. Aber im Schneekristall und in einer Zwillingsstreifung des Plagioklas steckt ihre ganze Vornehmheit, ihr ganzes ironisches Was-geht's-mich an! gegenüber der Form und ihr souveränes Festhalten an der einmal für immer erwählten; in der Amöbe, dem schleimgrauen Ich-weiß-nicht-was? ihr Plebejertum, ihre unreine hungrige, durch nichts als eben diesen Hunger motivierte Angst – das Leben ist die leibgewordene Angst –, ihr albernes verbohrtes zwecklos gewordenes Kleben an der Form und ihr peinlicher Wechsel, ihre haltlose Nachgiebigkeit gegenüber der Form. Dieses Leben, um zu fressen, dieser sich selbst verdauende Darm, diese ewige Diarrhöe! Dieses heimliche Stehlen der Wurzelfaser am Stein, diese Pygmändiebssaugnäpfe des autokannibalistischen Größenwahnwurms! Aber das Organische ist ein schnell verschwindender verschwindend kleiner Einzelfall, eine kleine Verirrung, ein dunkler Punkt, der Stein ist die Welt und erst im Stein liegt ihr Abgrund und ihre furchtbare Tiefe. Oh, wenn ihr einen Begriff hättet von der Vornehmheit, der sarkastischen Aristokratie des Gesteins!

Er hatte sich außer Atem geredet und merkte es und ward mürrisch darob und schwieg, und stapfte neben mir mit seinem ledernen verkniffenen Gesicht, seiner breitbeinigen staubbedeckten Landstraßenfigur. – Ja, ich habe Heimweh nach Schnee, nach Tod und Nordlichtfransen. – Als ob es Farben und Formen, unabhängige Dinge in Raum und Zeit gäbe! Als ob dieses nicht alles nur ein Bild im Organismus wäre, der als solcher wieder nur Bild und Gedanke und Traum ist. Das Organische, wenn ich dir denn nachgeben will, ist der geheimnisvolle Schacht, in dem der Gedanke niedersteigt zu dem ebenso geheimnisvollen Stoff – aber nein! was kennen wir denn anderes von der Welt als eben nur ihre gedankliche Seite! Wenn es überhaupt andere Seiten an ihr gibt.

Hoho! Zum Purzelbaumschlagen! Zum Einsperren! Da haben wir ihn, den Einschachtelungsclown, den Zirkelnarren! Der Idealist! Da trottet er hin im Gleichschritt, im muffigen Massenschritt – der Transzendentalist! Als ob erst das Suchen hinter dem »Schein« der Dinge rechte Tiefe wäre! Als ob es nicht die Tiefe eines Schattens wäre, die man hinter der Tiefe der ganzen vollen lichten Welt noch sucht! Ich will es ja einräumen, (dass die »Dinge« vielleicht nicht *nur so* sind, wie sie uns erscheinen; aber ganz gewiss sind sie *auch* so, und nur dieses Auch-so geht uns an, das andere ist Spuk und ein Locken zum Irrsinn; was wir in Urteilen, deren Richtigkeit sich bewährt hat, erkennen, das sind die uns zugänglichen Seiten eines wirklichen Seins und Geschehens. Aber du – – soll ich es dir verraten? Es ist der Neid des Organischen, die Rache am Stein, am Schnee, am Tod und an den Polarlichtfransen! Die Sklavenrache! Der Sklavenneid! Das Parasitenressentiment!

Du redest mir zu laut, du redest wie die heutigen Rezensenten, du redest mir zu viel in Worten um der eigenen tönenden Worte willen. Du größenwahnsinniger Schwätzer, du Igel, du Hohltopf-Hohlkopf und Positivist und billiger Wortejongleur! Du – Mensch von heute! Du – Tornister!! Lass uns nachdenklich sein. Das gleiche Atom, das in der Schneeflocke niederfällt oder im Dolomit des Marmolata schläft, kreist in der Buche, die dort zwischen den Fichten schon gelb werden will, und in mir, dessen Auge ungewollt auf ihr haften bleibt; derselbe Zauber, der die Nordlichter an den Himmel wirft, begleitet jeden Gedanken in mir und jeden Schmerz – –

Still! Ihr könnt keine Gegensätze sehen; ihr versteift euch immer auf Übergänge und Anklänge und Ähnlichkeiten und behauptet sogar, Gleichartigkeiten sehen zu können – faule Kompromisten.

Dann schwieg er und kniff den Mund zusammen wie eine Ledernaht. – Ich weiß ja, dass ihr Narren es fertiggebracht habt, euch als den Sinn der Erde – als den der Welt, wagt ihr nicht mehr – hinzustellen; ich weiß ja, dass der femininische Idiotismus: Die Größe aller wahren Kunst und Religion liegt darin, uns unser Menschenschicksal als Teil des Weltgeschicks erkennen und empfinden zu lassen, bei euch tausend Jünger und Ohren, lange andächtige Ohren gewonnen hat – als ob ihr euren weichen Krimskrams identifizieren dürftet mit dem ehernen Gang der Gestirne! Ich weiß ja, ach! was weiß ich nicht – –

Und hier begann er zu stolpern und unwohl zu werden und lief an den Wegrand, wo er sich erbrach. – Dann marschierte er wieder neben mir und kniff den Mund zusammen ingrimmig wie eine Ledernaht. – – Du, weißt du, das sind – Schutzwälle, bebend gegen das Furchtbare vorgehaltene Schilde. Wenn das an einem Morgen die Schilde fortrisse und wir ihm gegenüberständen – es ist etwas Ungeheures über uns, unter uns! Wenn nur die Welt aus dem bestände, was wir in Worten nennen – komm, dass ich es leise sage: sie hätte nicht das Recht zu sein.

Das mag ich eher hören und gelten lassen – etwas Furchtbares in uns, unter uns, aber nichts Heiliges, Mystisches, Metaphysisch-Muckerisches hinter den Dingen! Aber was nützt solches Wissen, dero Bücherbinsenweisheit und Abseitergegrübel? Denn ihr könnt es nicht stündlich in euch tragen, es würde euch eilends den Boden unter den Füßen rauben, dass ihr kopfüber in die Schwerelosigkeit und den Wahnsinn purzeltet. Es genügt, und ich bin es zufrieden, wenn ihr einmal im Jahre fühlt, dass ihr über einer Gähnung wandelt, unbewusst, blind, wie die Kinder – oh ihr Kinder! Und wenn euch nur einmal im Leben der Gedanke durchhaut, dass die Brücke, auf der ihr steht und Jahrmarkt spielt, dünn ist wie Glas – – –

Du – da du doch nach Art alter Positivisten und Journalisten mit mir einen Seitensprung ins Transzendente tust – und es ist noch etwas anderes Furchtbares –: ich fühle das dünne Glas ewig unter mir und mir wird es hohl und schwerelos – ich werde eines Tages wahnsinnig sein.

Da kniff er wiederum den Mund zusammen und zog ihn schief und nach einer Weile kicherte er: Dann wird ein anderer neben dir trotten, im Gleichschritt, im Massenschritt und auch im Bette vielleicht liegt er neben dir und grinst dich an und die Welt des Wahnsinnigen ist so wirklich wie deine von heute und so wahr wie deine von gestern: du schaffst sie ja so gut wie jene, nicht wahr, mein Freund? Aber warum denn gleich wahnsinnig werden? Sieh, da haben sie ein Haus gebaut, einen weißen Turm daneben gestellt und auf den ein schwarzes Schieferzwiebeldach gesetzt; rings um das Haus begraben sie ihre Toten und um Haus und Turm und bunte Gräber haben sie eine Mauer gezogen so, dass im Sommer, wenn es stark geregnet hat und das Barometer noch mehr fällt, das braune Leichenwasser aus den Fugen quillt. Und wer hier wirkt und Seelen tötet und Stunde um Stunde intellektuelle Purzelbäume schlägt in diesem zweimal, dreimal Leichen-Gotteshaus – da steht er und ist schwarz und rot, schwammig und fett, seine Köchin neben ihm und die ehrerbietigen Honoratioren – die, deren Seelen er schon totgeschlagen. Sie sehen auf uns herab, erhaben, ein wenig mitleidig, auf unseren Staub und Schweiß – sieh, wie ihre Weiber die Nüstern blähen! Und die Alten blicken unsere Spaten an und schauen nachdenklich zu, wie ihr allzusamt dahertrottet krumm und gebeugt, gleicherweis ein Fragezeichen, als ließen euch die Staubhieroglyphen auf den Stiefeln eures Vordermanns keine Ruh, aber alle sehr bei der Sache, beinahe ein wenig bang und begeistert, als wollten sie gleich Hurra! schreien, wenn sie in die schwarzen Mündungslöcher unserer Gewehre äugen. Und wenn der feiste Töter und Taschenspieler da oben eine Bemerkung macht – denn ein Pfaff ist für alles kompetent –, sind ihre Gesichter gespannt und sie lächeln verständnisvoll und ehrerbietig stupid – wenn der nicht wahnsinnig werden sollte! Wenn dieser zweifache, dreifache Verwesungspriester nicht Grund hat, wahnsinnig zu werden! – Aber sein Gewissen ist schwarz wie sein Kleid und tot wie seine Herde, seine Fühlhörner sind kürzer als wir ahnen, aber sie reichen dazu aus, um ihn wissen zu lassen, dass er in stündlicher Lüge lebt, in stündlichem Selbstbetrug; sein Ernst ist eben gegenüber dem unseren wie eine Seifenblase, die an einer Mauer zerschellt. Unser lustiger Ernst und unsere schmerzliche Lustigkeit, unser – ungeheurer Ernst, der – bringt dich um! Weiter weiter, wir gehen ins Manöver, mein Freund.

Auf staubigen Straßen, über Stoppelfelder, über vergrämte Moore entlang an schwarzen giftigen Teichen – hoppla! stolperst du, mein Kamerad?

*   *

*

Wir liegen im Quartier und ich und der arme Korpsstudent sind einquartiert bei einem Krämer, dessen Haus am Markt ist, bunt bemalt und voller Blumen so, dass die kopfhängerischen Fuchsien und knalligen Geranien die niedrigen Fenster noch niedriger scheinen lassen. Er empfängt uns draußen vor der Tür, den Bleistift hinterm Ohr und freut sich unserer Freude über das saubere Quartier. – Es ist Zapfenstreich geblasen und der Tornister liegt auf dem Flur und schnarcht leise, rhythmisch, es liegt ihm noch der Marsch im Blut; aber mein Bett ist weich und ich versinke in ihm, als falle ich in warme Brunnen oder richtiger in vierzehn Mädchenarme, und breitgestreckt, die Arme lässig hinter dem Kopf verschränkt, auf weichen Mädchenleibern durchdenke ich den verflossenen Tag.

In der Nacht, windig und kalt, in welcher der Wind die Wolken aufschlitzte und mit den hervorbrechenden Regenschauern wie mit Birkenbesen über die Stoppeln fegte, hatte ich Posten gestanden, auf einer Höhe, neben einer überflüssigen Fichte. Es war still in mir, niemand sprach mit mir, ich empfand weder Regen noch Kälte und ward mir wie nur im Traum bewusst, dass zuweilen der blanke Mond eilends wieder hinter die Wolken flüchtete. Bei einem Gestorbenen, der mit aufgerissenen Augen in den Himmel starrt und auf dessen Retina der Nachthimmel sich gelb und grau und blau wie im Leben malt, muss es nicht ganz anders sein. Nur dass ich eben mir meines Sehens alle Stunden drei Male und dann wie im Traum bewusst ward; in der Zwischenzeit war ich gestorben, empfindungslos, ein Gras, ein Baum wie die anderen Menschen. Oder auch: meine Haut hatte sich gedehnt, riesenweit, und war durchsichtig geworden und auf ihr malten sich wie auf öldurchtränktem Papier der Mond und die Wolken, meine dösende Silhouette und die überflüssige Fichte; auf einer ungeheuren Kugel und aufgeblasenen Schweinsblase, mit der man dir Faschings um die langen Ohren schlägt, waren sie impressionistisch mit Strichen und dicken Klecksen aufgemalt; und alle Stunden drei Male tippte ein Finger an diesen im Raume aufgehängten Pergamentenball, dass er zuckte und leise vibrierte: dann eben ward ich mir meines Sehens bewusst. – Als aber der Morgen zwischen Tag und Nacht seinen orangefarbenen Gedankenstrich am Osthimmel zog und die Kälte mit einem Male wie durch einen Riss ungehindert vom Himmel fiel, *sah* ich wieder die Welt und erkannte mein Ich wieder, mein nie zu fassendes, ruhlos gespensterndes, ich erkannte beide, die immer eins und ewig zwei sind, wieder im Anschaun meiner Welt und konnte wieder zu mir reden. Denn über Nacht hatte es in den Bergen geschneit und der von allen Winden reingefegte Himmel überzog sich bräunlich rot und hing wie die von einem unglaubwürdigen Irgendwo spöttisch hergeflatterte Seligkeit über dem Schnee und der grummetgrünen Ebene, ihren weißen Türmen und schwarzen Fichtengruppen und ihren zwanzig nebelkochenden Schluchten, leuchtend über den Vorbergen, die Kopf an Kopf wie wüste schwarze Berberlöwen das selige Gebirge schirmten. Das sickerte und drang und wuchs, wuchs immer eindringlicher und stürmte mit immer süßerer Leidenschaft in mich, das zog mich immer höher, immer näher mitten hinein in seine braune Morgentrunkenheit, bis ich plötzlich meiner harten Einsamkeit wieder gewahr wurde und zu taumeln begann und mich gegen das Furchtbare wehren musste und nach den Namen der Bergspitzen fragte und traurig wurde bis zum Tod. Denn ich stehe noch auf der Brücke und noch manche Gott- und Muckernachklänge brummen verführerisch in mir fort: ich tauche noch zu gerne mystisch unter in das All und verliere noch immer zu gerne mein Ich. Aber kein noch so intensives Welt- und Allgefühl sollte in mir den Wert des Bewusstseins meiner umschlossenen Einzigartigkeit und meines Alleinseins mehr aufwiegen dürfen. Noch taumele ich oft zwischen der Wortwelt der Menschen und einer abstrusen atavistischen unio mystica. Es soll klar um mich sein und rein: Ich und die Wirklichkeit, die ich raubend in mich ziehe und forme und genieße. – Aber nun – konnte ich wieder zu mir reden. Mit einem Male fangen die Schluchten an überzukochen, sprudelnd wie siedende Milch und gelöschte Kalke, die Berberlöwen beginnen zu fauchen und ihre Nüstern zu blähen, und über dem Karwendel kriecht eine lange Wolke wie eine Riesenwegschnecke; da wirft der Tag die Sonne wuchtig wie einen Ball ins Land, ein Zittern geht durch die Luft und die Wolkenkephalophore färbt sich rot wie mit dem Saft der Purpurschnecken von Es Sur und kriecht träge, unendlich träge über die Berge und bedeckt sie mit bläulichem Schleim. Und nun währt es nicht lange und der Rauch der Schluchten und der Atem der fauchenden Berberlöwen flattert grau und zerrissen über die Ebene, bleibt hier an einem Kirchturm hängen und verfängt sich dort in einer Fichtenhöhe, und als die Sonne den ruhlosen nutzlosen endlich ausgetrunken hat, stehen die Berge da fern und fremd wie blaue Schatten – es ist heißer Tag und wir sind schon lange wieder auf staubigen Straßen, die sich wie weiße Schlangen in bösen Krümmungen von Hügel zu Hügel winden.

Als wir einige Stunden marschiert waren, missmutig und in verbissenem Schweigen, begann mich das Bild eines schwangeren Bauernmädchens, das mich am Morgen zwischen ihren patzigen Stockmalven und Dahlien angelacht hatte, zu belästigen. Meine Gedanken hafteten wie Kletten brünstig an der prallen Rundung ihres Leibes und betasteten derb und hungrig ihre schweren Brüste und die ganze groteske Gestalt; und nun wandelte sie neben mir, schwerfällig und hinhaltend, als warte sie auf die Stunde, mich in den Graben zu ziehen. Ich konnte nicht mit ihr reden und meinen Spott mit ihr treiben, obwohl sie schon aus mir gesprungen war und neben mir ging, ich sah fort von ihr und ward wütend auf mich und begann aus blöder Verzweiflung mit dem Korpsstudenten zu plaudern, aber nach zwei Minuten hatten unsere Gespräche und seine Gedanken ihre Brettermauer erreicht, sie liefen noch ihren Weg zurück und fielen dann um faul und tot. Da wandelte sie wieder neben mir und trug ihren Leib, und das Gras im Graben ist hoch und heiß und die Luft steht still und brennend über den Stoppeln und baut schwüle Grotten und lüsterne Lauben – bis der Tornister von mir springt, stolpert und im Stolpern die Hure in den Graben wirft, wo sie nichts mehr ist als eben eine Hure und ein ungewaschenes Weib. Dann stapfte er weiter neben mir.

Sieh! von der habe ich dich nun befreit; ein Teufel schlägt den anderen tot. Aber – – he! bist du vielleicht verliebt? Weißt du, wie die Schwätzer, die veilchenblauen Träumer und samtenen Gefühlsjongleure? Das ist mir eine gar köstliche Sache! Man heißt es das reine Glück den Hauch der Seligkeit, das tiefe Untertauchen in den Rausch der Dinge und das Ahnen einer Unsterblichkeit, und es ist doch das pure Plebejertum und die Schamlosigkeit katexochen [vorzugsweise, schlechthin, im eigentlichen Sinne; Anm. d. Hg.]. Und merke, weniger die Liebe, aber das Dulden, geliebt zu werden. Nicht die Liebe, die springt aus dem Fleisch, das ich soeben in den Graben warf; eine angenehme tierische Sache, die sich feige umlügt in die stupide Adoration eines Ideals, seines Ideals, im Grunde seiner Selbst; man kann sie als zwiefache Belästigung definieren. Ich habe im Grunde nichts wider sie, nur lüge man sich nichts vor und wolle nur das pralle Fleisch. Aber das Dulden, geliebt zu werden! He! wirst du vielleicht geliebt? Ich meine, nimmst du die Liebe eines anderen entgegen, ohne dass dich ihre Komik zum Lachen und ihre Anmaßung zur Empörung bringt? Denn in Käuze deiner Art verliebt sich mancherlei – eine tiefe Melancholie, eine blanke Ironie und ein weich-kluges Gesicht, ein dichtes Haar, in dem man zausen kann und ein robuster Leib! Aber kannst du es vor dir verteidigen, geliebt zu werden? Bist du – klein genug, geliebt zu sein? Willst du wirklich in den Staub gezogen werden? Mit blutigen fleischigen Tatzen heraus aus deiner stolzen Einsamkeit?

Denn – Wasser auf deine Muckermühle – die Liebe ist der größte in den Staub Zieher, weil sie der größte Verwirklicher ist. Deine Gestalt, dein Haar, dein helles Auge, deine Stimme – oh deine Stimme! – das *ist* und ist in ihren Augen unbestreitbare, unbezweifelbare Wirklichkeit. Aber du willst nicht wirklich sein, du willst nicht nur aus Knochen und Nerven und feiner Haut und einer lieben, ach! wie guten Seele bestehen, du magst nicht nur eine angenehme Umhüllung deines Geschlechtsapparates sein; denn du willst deine zu siebentausend Deutungen lockende Undefinierbarkeit heilig halten, heilig wie deine Einsamkeit! Einsam und rein! Und tapfer deine Fragwürdigkeit hochgehalten! Nicht in den Staub und die Wahrheit, in das schwüle Fleisch, in den üblen Geruch der Masse, nicht wirklich und plump wesenhaft, Frage und Fragwürdigkeit – meinethalb kokette – musst du sein und leuchtender Abgrund – es muss dich empören, geliebt zu werden! – – Es erübrigt sich, daran zu erinnern, dass die Frau nicht uns liebt, sondern ihr irgendwie verlogenes, überliefertes, irgendwie aufgezwungenes Ideal des sie vollendenden anderen Geschlechts, dieses Ideal, in das sie das Wenige, das sie von uns weiß, d. i. das Nichts, das sie von uns weiß, notdürftig hineinpresst und lügt. Und wenn du ferner in Erwägung ziehst, dass die Frau, wie unnötig zu beweisen, in intellektueller Beziehung inferioris generis ist, sie ist ausgesottenster Philister und Spießbürgerin trotz ihres exaltierten Getues, trotz ihrer feinen Wildheit, trotz ihrer Unbezähmbarkeit,

94

– ihre Liebe berührt dich nicht und du steigst von dir herab, um dich deinem Zerrbild anzunähern, um in eine Pfütze zu platzen; es muss dich empören, geliebt zu werden! – –

Als ich gewahr wurde, dass der Geschwätzige schwieg, sah ich, dass er neben mir auf einem Hügel lagerte, auf einer Hügelweide, deren Klee- und Thymianbewuchs würziger duftete als vor einem Jahr auf den Heiderücken Holsteins. Und je länger wir hier lagen, desto weiter rückte ich von der schnarchenden Masse fort, bis ich allein und abseits mich auf die braunen Zottelglieder meines Weggefährten bettete. In wirrem Durcheinander sind die Hügel und fichtendunklen Täler rings zur Ruhe gekommen, ein grüner Garten ungeheurer Maulwurfshaufen, zwischen denen die Sonne an blauen Seilen wie ein riesiges Kohlenbecken hängt – Licht in der ewigen Nacht. Aber ich bin dieses Lichtes, dieses Harz- und Klee- und schweren Thymianduftes müde und sehne mich in eine andere Welt. Die Welt hat tausend Seiten und siebenhundert Möglichkeiten anderer Perspektiven, ich möchte eine andere leben als die, in der ich Fremdling und einsamer Wanderer und ein irrender Abenteurer des Stolzes genug gewesen bin – wie bin ich müde! –

Still! und knurre nicht! Habe ich gesagt, dass ich den Dingen in Herz und Nieren sitzend eins mit ihnen mich fühlen möchte? Ich wollte nichts als nur für eine arme Stunde andere Augen und andere Sinne und einen anderen Raum und eine andere Zeit. –

Aber nach einer Weile lief mein Weggenosse wieder neben mir und verspottete mich meiner Feigheit wegen, die in meiner Verlassenheit zwischen der brennenden Sonne und den heißen Hügeln über mich gekommen war.

Er hat wohl recht – mich herzugeben für ein verbautes und wurmstichig erbärmliches Holzgestell, das ein Weib mit den Bändchen und Fähnchen ihres Ideals verbrämen wird, um es brünstig als ihren Popanz anzubeten! Und das nennt man nun – so ist eben alles vermiesquemt und verdreht. Soll man sich aber dessen stündlich bewusst sein und mit Pose seinen Fuß auf die Rücken von hundert erschlagenen Lügen stellen?

Siehst du! Aber man könnte auch auf diesen schillernden Lügen, wie auf seinen Trieben, *reiten* und auf ihnen mitten hinein ins Epikuraikum voltigieren. Aber dazu bist du zu dick und zu dumm, wer weiß? dazu bist du zu deutsch – das hilft dir nichts. Einsam, hart und stolz: du kannst nicht umhin und musst den Stein protegieren; schreibe ein Sonett auf ihn, es lohnt sich schon, und darnach dadurch gondelst du langsam über ihn ins Nichts. –

Wie der Dampf aus den Nüstern eines Drachen quillt der Staub an der Spitze unseres Zuges hoch und bleibt hinter uns in einer gelben Wolke unbeweglich auf der Straße stehen, nachdem er dicke Krusten auf unsere Lippen gelegt und mit zähen körnigen Pflastern unsere Augen und Nasen verklebt hat –

ei warum? ei darum!
ei bloß wegen dem Tschingterassa bumbterassa – –

Und dann waren wir ins Quartier gekommen. –

Nun wird sich draußen der Himmel über mir wölben, kalt und stolz, und ich habe nichts, womit ich mich gegen ihn wehren könnte, als das, das ich in mir trage und dessen Namen ich nicht kenne und von dem ich nichts anderes weiß, als dass es etwas unvergleichlich Tieferes und Stolzeres ist als alle Sonnen und Nachthimmel.

Einen Brunnen höre ich rauschen, wehmütig und in seiner glucksenden Wehmut sich genug, und die Straßen sind winkelig und eng, ihre Häuser weiß und bunt bemalt und von ihren Galerien und Erkern hängen blaue und rote Blumen zwischen dickem dunklen Grün. Wie winkelig diese Straßen sind und wie der Mondschein in ihnen Zickzack geht und von toten Tagen träumt!

Spuk und Traum. Wenn der Furchtbare unter uns wollte, dass dieses alles, Gassen und Blumen und Himmel und Monde, verschwände, so würde er es fortwischen, wie wir unsere melancholischen Gedanken verscheuchen. Aber er will es noch nicht, er spielt noch ein wenig mit seinen Bildern und Winkelstraßen, lustig traurig – ein weißer Bajazzo.

Wie unnötig das ist, wie unnötig deine Lustigkeit, deine Traurigkeit und du selber, wie über die Maßen unnötig! Es liegt keine Nötigung vor, zu sein; denn sonst wärst du nicht der *eine* stolze Bajazzo. – Wie doch das Ding an Sich und die Eindeutigkeit und Einheit der Welt in einen Narrenwitz ausläuft! Ein Ding kann nur immer dadurch bestehen, dass es durch ein anderes bedingt wird; denn »es hat seinen Grund in sich« heißt so viel wie: der Schnee ist weiß, weil er weiß ist. Du musst immer erst zwei sich bedingende, sich gegenseitig schaffende Weten setzen. Es sei denn, dass eine transzendente Kausalität anthropomorpher Unsinn ist, es sei denn, die Welt wäre zum Vergnügen da und zum Spaß, zur Freude wäre sie da und zum lachenden Wohlgefallen und zur Lust an sich. – Und dass du nicht schläfst! Dass du dein starres Auge immer weit aufgerissen hältst! Trägst du ein Leid und magst die Träume nicht und willst dich im ironischen Spiel, zu dem wir dir gerade gut genug sind, vergessen, dich – erlösen, armer Bajazzo? – Aber stückweise, als nähme eine Riesenhand gelassen Häuser und Straßen fort, verschwand der Mond und Spuk, und es war, als senkte mich wer an starker Tauen tief in den Brunnen des Nichts. – – –

Nach einigen Stunden, nach einigen Sekunden, denn das Nichts und der Schlaf auf Mädchengliedern ist ohne Zeit, fand ich mich wieder auf einer steinigen Öde, auf der gruben abenteuerliche Wesen ein Grab. Sie knieten und gruben mit kurzen Spaten, und wenn sie sich erhoben, um den Schweiß von ihrer Stirn zu wischen, so waren ihre Gesichter alt und grau und voller Falten, voller Falten, die die Enttäuschung tagaus tagein und die endliche Hoffnungslosigkeit in sie geschnitten hatte. Und ihr Leib bestand aus nichts denn aus einem grünlich schillernden Magen mit verdoppelten oder verdreifachten Gliedmaßen und dem ins Groteske angeschwollenen Zeugungsapparat. Als sie aber das Grab so tief gegraben hatten, dass ein Kind sich in ihm hätte verbergen können, legten sie ihre Spaten beiseite und hinkten und humpelten schwerfällig fort und kehrten mit einem offenen Sarg zurück, in dem die Leiche eines riesigen Wurmes lag. Megascolides australis! murmelten sie und senkten ihn hinab und baten mich, die Grabrede zu sprechen. Und ich hielt damals jene Rede über den Regenwurm.

»Nein, ich meine nicht jenen speckweißen Darm, jenen mit tausend Mäulern, mit seiner ganzen Haut fressenden blinden tauben Schlauch, der in den eitergelben Hautgeschwüren des Rindes oder eines Rehbocks schmarotzt, um sich von dort aus schillernd wie angelaufener Stahl und leuchtend wie der unwirkliche Spuk des zerteilten Lichts zu Tänzen und Nektarränker und Liebesspielen in die Luft zu werfen, – das ist mir viel zu dumm – – das ist mir viel zu dumm, meine arme Seele!

Jedoch der Regenwurm, der erdefressende Wurm –! Oder dieser australische Riesenwurm? fettig und speckig und meterlang? Ja? Ja, meine arme Seele, mein flügellahmer flügelgebrochener Flug?

Dann lass dir sagen: du bist durchaus nicht die speckweiße Made, die ihre Hülle abstreift und ihr Eiterlager verlässt und sich als schimmernde Imago, als blauer seliger Sommerspuk in den Äther schwingt und Nektar trinkt und Lieder singt und Liebe pflegt, – du gleichst vielmehr dem Wurm, dem erdefressenden, und wenn dein Leib verfault, so frisst man deinen Leib und wirft dich wieder zurück in die Erde als Kot, du mühselig Erdefressender und ewig Gefressener.

Alle deine brennenden Abendröten und brausenden Sonnenaufgänge sind ein Erdefressen und ein schmerzliches Dich-hindurch-Wühlen durch widerstrebenden Staub; alle deine Fliegerstunden in den purpurnen Strudeln des Glücks und deine Nachtstunden zwischen den Sargbrettern deiner Einsamkeit sind ein Erdefressen und ein sehnsüchtiges Dich-empordrängen-Wollen an eine Oberfläche, die dir versagt ist, denn die Sonne würde dich verbrennen, und ein Untertauchen-Wollen in eine schweigende Tiefe, die dir versperrt ist, denn die diamantene Härte und heulende Einsamkeit des Steins würde deinen Leib zerdrücken; alle deine heroischen Überwindungen und knirschenden Entsagungen sind ein Erdefressen und eine an widerspenstigen Erdklumpen sich offenbarende Dyspepsis; und alle deine Paroxismen einer tiefgründigen Erkenntnis, alle deine Gott- und Unsterblichkeitshalluzinationen und alle deine kindischen Konvulsionen vor den Toren des ewigen Rätsels sind ein Erdefressen und ein widerwillig überdrüssiges Betasten und Wiederkäuen des ewig Gefressenen und Ausgeschiedenen und wieder Gefressenen; Erde bist du, Erde frisst du, Erde wirst du bleiben ewiglich; und der Kot der gefressenen Erde, den du an die Oberfläche trägst und den deine Brüder im Wurme weiter fressen, das sind deine Bücher, deine klugen Bücher – – –

Hoppla, stelle dich auf den Kopf und – tanze, meine liebe Seele! –«

Hoppla, stelle dich auf den Kopf und tanze, meine liebe Seele! murmelten sie und schaufelten die Erde in das Grab und machten dann zusamt einen Sprung, dass sie alle auf den Kopf zu stehen kamen. Und so begannen sie mit ihrem Kopf die aufgeschüttete Erde festzustampfen. Dabei wurden ihre Sprünge höher und höher und es sah am Ende wohl aus, als tanze über dem Grabhügel ein Schwarm abenteuerlicher Riesenmücken – wie man an Sommerabenden, wenn nach einem Regen die Sonne noch einmal scheinen will, die Mückenschwärme an den Wegrändern tanzen sieht.

Dann fiel ich zurück ins Nichts. –

Als ich des Morgens aufwachte, sah ich, dass ich unter einem Heiligenbild geschlafen hatte, einer Mutter Gottes und unter ihrem brennenden Herzen.

Da schüttelte ich eilends Traum und Spuk von mir und trank mit vollen Lungen die Morgenluft, die herb und klar unter dem golddunstigen Himmel lag.

Berberitzen

Der Tag war hell und heiß gewesen, jetzt lag ich in einem Bach nackt und kühl und ließ seine Wellen über mich springen. Forellen lebten in ihm und neben ihm standen die Erlenstämme vornehmgrau und rotbeerige Berberitzengebüsche; vom hohen Ufer aber breitete eine Eschenreihe hoch und weitausgreifend ihre Zweige über uns. Die Sonne hängt noch hoch und tastet zwischen den Blätterlücken hindurch mit zitternden Händen über mich und die springenden Wellen und die eisenbraunen Kiesel – eisenbraun: es werden Sphagnummoose oben zwischen den Bergen wachsen – die hundert Berberitzentrauben aber streichelt sie, dass sie durchscheinend werden wie rotes Glas oder längliche Tropfen ganz hellen Blutes – diese säuerlich kühlenden Blutstropfen! diese feine Vogelspeise!

Ich bin allein und die Leute sind fort, auch der Tornister liegt oben und macht ein verdrießliches Gesicht, ich bin allein zwischen Blättern und Früchten und Kieselsteinen und kalten Wellen, die da hinten aus einem Moos zwischen den Bergen kommen. Oben auf der Höhe aber mitten in der Sonne sind die Feldküchen angelangt und rauchen und lassen von einem verspäteten Vormittagswind ihren schweren Speisegeruch in mein zärtliches Tal tragen, für einen Augenblick nur, dann stirbt der Wind – Bierfässer werden angefahren und mit hohlen Hammerschlägen angezapft, auf einem anderen Biwakhügel aber spielen sie Märsche und Operettengefühle – dass sie nicht in dir allein sein können und dich kostend genießen! dass sie immer schnell – als hätten sie Angst, als hätten sie Furcht vor deiner smaragdenen Zärtlichkeit – eine Mauer um sich bauen! eine Mauer von Wurst und Bier und Tschingteramusik!

Als die Sonne hinter die hohen Eschen hinabgeglitten war, begann über den Bach hin zwischen den grauen Erlenstämmen und gelbrindigen Berberitzen der schlanke Stock eines Weidenröschens zu leuchten, still, rot, eine kluge Flamme. Es ist ganz still – eine Forelle schießt über mich und schnellt sich von meiner Brust so ungestüm hoch, dass die Luft und die Erlen, wir alle jäh erschrecken. –

Und als der Schrecken verstummt und in sich wieder versunken war und es abermals begann, zwischen uns still und heimlich zu werden und sich aus großen, zärtlichen Augen anzusehen, flüchtete ich und habe mich angekleidet und bin den Hang hinaufgeklettert, bin vorsichtig und fremd zwischen den schlafenden Leuten hindurchgegangen und habe mich abseits unter einer Fichte hingelegt, deren Nadeln und strähnige Flechten winters und sommers nach den Bergen sehn. – Ihr seid anders als das Meer und ich vermag euch nicht zu lieben. Ich mag euch wohl nicht lieben, weil ich nicht wie ihr werden kann, hart, fern und kühl ihr meine leibgewordenen Sehnsüchte! Wie ihr euch hinter den sonnennachmittagsmüden Berberlöwen aufbaut, ihr blauen Steinleiber und weißen Schneegreisenköpfe – aber das Meer ist immer jung und wogt ruhelos, ewig verlangend, ewig geschlagen, voll von Schaumstandarten und brausendem Zorn – und wenn die Sonne auf dir liegt und die Winde sich brausend verlaufen haben, voll glatter tückischer Träume, das schäumend schöne Weib, ohne Seele und voll seliger Sehnsüchte – ihr seid anders als das Meer und ich hasse euch, weil ich noch nicht ganz bin wie ihr. Nun aber spielt die rote Sonne auf eurem Schnee, es wird Abend auch für euch und ihr fangt an, eures harten Stolzes müde zu werden – wie ihr träumt und Wünsche werdet! verlangende, in alle Fernen weisende, wieder junge immer junge Wünsche! Nun liebe ich euch. Aber der Abend geht und lässt euch stehen wie blaue Schatten und gläserne Unwirklichkeiten. Jetzt hüllt ihr euch frierend in eure Wolkenwatte und die Nacht, der Mond und der Spuk ist wieder Herr geworden.

Nun liegt der Tornister in Reih und Glied und friert und friert und schauert unter dem Tau, den die müde Luft vor lauter Müdigkeit und Überdruss weinen zu müssen glaubt, während die vier Feuer immer wieder dicke rote Kleckse auf die Flechten und Fichten und Zelte werfen. Der Mond aber flieht vor dem Qualm und Rauch, den sie hastig in grauen Kugeln und weißen wulstigen Miniaturkumuluswolken aufzuwerfen nicht müde werden, und spielt mit sauertöpfischer Melancholie in den Nebellagern, die sich unten auf der Ebene aufgestapelt haben, zieht lange Bänder und Spiralen aus ihnen, baut himmelhohe hagere Klageweiber und kopfwackelnde Greise aus ihnen, hält sie eine Weile hoch und grinst dazu und lässt sie gedankenlos fallen, um bald das nutzlose Spiel wieder zu beginnen.

Ach du holder Spuk und grinsende über dich selber witzelnde Sinnlosigkeit, ach! du unnötiger wahnsinniger weißer Gedankenjongleur und Planetenspinner! Wenn du mich einmal deine ganze säuerliche Süße und Vogelfeinheit hast kosten lassen, so musst du mich ja schnell wieder zurückziehen in Qualm und Spuk und Nebelfeuchtigkeit. Nun möchte ich mich auch in Wolkenwatte hüllen und eine Zeit lang ferne sein können – den Tag über Stolz und am Abend ein wenig Müdigkeit – – ich will mich auch in mich senken und nur auf meinem Mantel soll der Mond und die Flamme und die feuchte Kälte spielen. – und als ich sah, dass Gott wahrhaftig tot sei und der Stoff und das Ding an sich das Ureine und die definitiven Wahrheiten, und wie alle die Verwesungsdünste und Schatten des toten Gottes heißen mögen eben nur Schatten und Verwesungsdünste seien, und dass das Einzige, was wir können, nur das ist: uns des ewig Relativen und Sprachbedingten unserer Erkenntnis bewusst zu bleiben und diese Erkenntnis von allem, so kurz und weit es geht, zu reinigen, was wir als fälschende, anthropomorphisierende, Zutat früherer Zeitalter erkannt haben, fiel ich heraus aus eurer Welt und wies traurig zynisch auf eure Mäntelchen und Mätzchen, auf unsere lustig windbeutelnden Weisheiten hin. Da fingen die Weiber an, mir nachzulaufen – weiß Gott, warum? – und die Frauen begannen mich zu »lieben«, und ich ließ es eine faule lange Weile mir wohl unter ihnen sein; ich belog mich wohl und nannte sie einen schönen schweren Rausch, in dem ich die Fragwürdigkeit meiner Welt – denn eure Welt ist fest! –, die ich nicht glaubte ertragen zu können, vergäße. Nebenbei liebte ich sie als das unverhüllteste Tier gegenüber unserer erbärmlichen Manns-Kultur-Verkleidung und krüppelhaften Feigheit. Denn ich habe nie das Leben an sich verneint, dazu verlange ich zu wenig von ihm, dazu kenne ich zu wenig eine Hinterwelt und ein künftiges Leben, dazu bin ich zu wenig Pfaff und schmollendes Kind, dazu wissen wir zu wenig von ihm, dazu – bin ich zu gesund. Aber am Ende wurde mir dieser Rausch, wie es die Art der Räusche ist, zuwider und ich glaubte, einen feineren und tieferen in der Kunst gefunden zu haben. Und ich berauschte mich an ihr und ich verrannte mich mit ihr und verlor mich wollüstig in dem Selbstgenuss und Wahn, totem Stein und toten Worten Leben und, wie ich glaubte, tiefen Sinn und über die Erfahrung hinausreichende Bedeutung geben zu können, bis ich erkannte, dass meine Stanzen und Berberlöwen an sich wertlose, durchaus nicht in das »Wesen der Dinge«, dessen erstrebenswerte Findbarkeit trotz seiner Entlarvung als Spuk immer noch in mir fortspukte, hineindringende, durchaus nicht die Sinnenerfahrung und deren logische Verarbeitung überfliegende Übermenschlichkeiten, sondern ganz individuelle Erzeugnisse einer ebenso individuellen seelischen Erkrankung seien. Ich sah ein, dass ich die Fähigkeit, die mich bestürmenden Eindrücke mir restlos zu assimilieren, verloren, vielleicht auch nie besessen hatte, so dass sie als Fremdkörper in mir liegen blieben, bis ich die mir wesensfremden und mich quälenden »künstlerisch« ausgeschieden hatte – Sekretionen einer dyspeptischen Seele, Notwendigkeiten und Selbstoperationen eines erkrankten Organismus. Der Sturz schmerzte und hier zum ersten Male schämte ich mich, und ich zerschlug meine Berberlöwenköpfe und grinsenden Sphinxe und zerriss meine Stanzen und Prometheusverse – – –

»Was blieb mir noch zurück? Ein Herz müde und frech; ein unsteter Wille; Flatter-Flügel; ein zerbrochenes Rückgrat – – oh ewiges – Umsonst!«

Aber ich bin nun für alle Zeit jedes Wahnes und jedes Rausches müde, ich will endlich frei und rein und ganz gewollt einsam sein und dem Furchtbaren, denn das Leben ist etwas über alle Maßen Furchtbares, furchtlos in die Augen sehen und es immer mehr umhämmern zu einem willfährigen Objekt meiner Lust – nicht eines »uninteressierten« Erkennens, nicht einer größenwahnsinnigen Kunst.

Aber deswegen muss ich zurück in die Stadt, in ihre tausend Verführungen zum Rausch, ihre alles übertosen wollenden brausenden Massenwiegenlieder, ihre tausend stürmenden Liebeslockungen; denn die Einsamkeit zwischen Mondspuk und Schnee ist ein wohlfeiler Stolz und ein leichtes Genießen, sie kann sich ihrer selber noch nicht ganz sicher sein – wir wollen uns beide erst auf die Probe stellen, ich und meine tapfere Einsamkeit, und mitten hinein in die Versuchung springen, unseren Weg unbekümmert gehen, geradewegs ins Furchtbare hinein, zwischen Not und Seligkeit und Wahnsinn mitten durch.

Mein kleines Lieb – ich warnte dich und deine Freunde warnten dich, aber du wolltest mich trotzdem lieben, du liebtest mich wohl gerade meiner Warnung wegen. Deine kleine Seele ward voll von mir, ich rauschte in deinem Blut und wie klug du warst, als du batest, nur in dir das Tier zu sehen, das – so – hungrig! sei. Aber du sollst von nun an genug geküsst haben, du sollst von nun an genug in meinem Arm wie ein verbranntes Blatt schauernd zusammengebrochen sein – genug! mein Kobold. Der Wagen braust, ein Knirschen, ein kleiner weher Schrei – jetzt braust er in brennende Sonnen und eisige Unsterblichkeiten. –

Still! still! – die Nacht ist kühl und das Feuer erlosch und der Tornister in Reih und Glied friert und friert. Die Sterne mögen nicht scheinen und der Mond fiel schon lange irgendwo hinten zwischen die Berge – aus den Tälern aber ist der Nebel hochgekrochen und liegt schwer auf uns mit seinem feuchten Leib – es ist kalt, grimmig kalt. Und nach acht Stunden – denn soeben krähte schon irgendwo ein Hahn – wird die Sonne durch den blauen Himmel wie durch ein Brennglas auf uns glühen. Still! still – die Nacht ist still – – –

Intermezzo

Ich gleite über einer Tiefe, die so klar und zärtlich grün ist, dass das Verlangen, in sie hinabzustürzen, zu einer schmerzlichen Qual wird, und deren Oberfläche so blassblau opalisiert wie leidende Kampanulazeen [Glockenblütler; Anm. d. Hg.] und so rotviolett wie kleine sehnsüchtige Enziane und so grünlich gelb wie der Himmel über den Winterabendröten zu der Stunde, wenn der traurige Abendstern zu scheinen beginnt; die Höhen aber auf den Ufern dieses Sees, in dem ein König ertrank, eines Königs wert, leuchten unter der müden Herbstsonne in gelbem und rotem Laub und strecken sich in schwarzem Fichtensamt und braunen Eichenblättern, sie haben sich Leopardenfelle übergezogen, zwischen denen der See wie eine Perlmutterschale ruht.

Der Wind der Höhe bläst um mich unruhig und stolz und über mir kleben die Legföhren an den weißgrauen Klippen des Wendelsteins wie Samt und dunkles Moos, aber in weißer blendender Unwirklichkeit, ein erstarrtes seliges Meer von Eis – oh ich sehe den Menschen, der der gottlose Gott der Erde geworden ist, dort unten aus der Ebene, aus deren Rauch und bunten Städtemosaiken auch ich heraufstieg, auf brausenden Flügeln Steine und köstliches Bauwerk auf euch tragen, um auf euch seine Horste aufzuschlagen, von denen er des Morgens aufsteigt und zu denen er des Abends zurückkehrt beuteschwer an Lämmerfleisch und Wein und blonden Frauen. Aber der müde Rausch der Schönheit und der stolze der Macht sind nur Vorberge und kleine Versuchungen und niedere Ruhestiegen zu der rauschlosen Reinheit, zu der mein Wagen weiter donnert.

Die Stadt und der Wahnsinn

Lebewohl! mein zottiger Weggenosse! Vierzehn Tage hocktest du auf meinem Rücken und sprangst, wenn wir unser beider Last und Langeweile müde waren, fröhlich herunter, um neben mir deine Sprüchlein zu machen wie ein näselnder Phonograph. Durch stille Schluchten und über feuchtes Moos, über Moore entlang an giftigen Teichen, auf weißen Staubstraßenschlangen und unter glühenden Sonnenkohlenbecken, unter klatschenden Regenwolkeneimern und unter schweigsamen Mondspukspiegeln marschiertest du tapfer neben mir – das Manöver ist aus und die Kette der Vergewaltigung tat einen Riss und du wirst wieder, nachdem der Geist dich trug, auf fleischernen Rücken hocken, bleiern und faul und ewig gelangweilt und zu deiner ledernen Realität verdammt. Lebewohl, du zottiger Phonograph, du schwätzendes Nichts und unwirkliche Beziehung zwischen malträtierten Muskeln und einem Rinderlederranzen! Lebewohl – – –

Auf den Schotterflächen, den Kiesen, die die Schmelzwasser der Gletscher liegen ließen, hat sich der steinerne Krake hingelegt und lässt seine Augen hungrig in den Himmel glühen und seinen zornigen Atem brausen, seine rauchenden Nüstern schwärzen die Nacht, seine Arme aber hat er breit über Land gelegt und sie mit blitzenden Lichtern und ewig gefräßigen Mäulern gespickt, seine eisernen Fühlhörner laufen über die Gebirge und kriechen unter die Meere, er frisst das Land und sein Unrat verpestet die Flüsse, aber sein Magen ist nie gefüllt und seine Lungen sind krank und eng und vergilben im frühen Sommer schon, Asphalt und Stein ist sein Fleisch und seine Knochen gehämmertes Eisen, träge und glühend in der Sonne und schwarz und schmutzig und voll grimmiger Melancholie im Regen, ewig fressend, ewig hungrig, er kaut sich ewig wieder, er lebt im ewigen Inzest, er gebärt stündlich und empfängt in jeder Stunde neu und seine Seele ist die des Tiers, eines hungrigen brünstigen Wolfes, eines abertausendköpfigen, eines abertausend verlangenden, sich wütend widerstrebenden, sich brutal zerfleischenden wolfstollen Wolfs, ein brausender brodelnder Kessel voll von brüllenden, sich ruhelos zerreißenden und auseinanderfahrenden, sich ruhelos wieder vereinigenden in ungeheuren Blasen aufplatzenden und überschäumenden Begierden – Wollust und Brot! Er schreit es am Morgen und Abend und mittags und mitternachts und schreit es allerorts in jedem Eisennerv und jeder Asphaltzelle, und wenn er sich im Ekel vor ihrer Gier und Allgegenwart am Morgen erbricht und vor ihrem Fluch Betäubung und Rettung sucht in blutigen Wahnbildern und roten Träumen – ach! diese drohenden Wahnbilder und gaukelnden Träume sind keine sorglos fürsorglichen Götter und hehre Unbekümmerte, sie sind von ihm selber aufgebaut, um ihn selber weiter zu hetzen nach Brot und Brunst! – so tut er es nur, um am Mittag wieder von neuem rasend aufzubrüllen, und wenn er sich des Abends schlafen legt, so tut er es nur, um Kraft zu sammeln zu neuen Hunger- und Begattungsschreien – ah! diese zusammengepresst gierige, sich vor sich selber ekelnde, von sich selber ruhelos besinnungslos durch die Tage gepeitschte Masse! Mit dem Stein, den sie in ihre Adern stampft, mit dem Eisenstück, durch das sie ihre Knochen stützt, dient sie letzten Grundes ihren zwei Teufeln, die ihre Seele umbrausen und ihr langsam den Wahnsinn einblasen, sie zu stillen, sie zu befriedigen und hinzuhalten, sie verkleiden und zu verschönern, es ist kein Ding in ihr, kein Stein, kein Ziegel, kein Wagen, kein Pferd, kein Altar und klingendes Instrument, kein Hund, keine Blume und plärrender Papagei, kein Teppich, kein Sessel und Stuhl, kein Wort wird gesprochen, kein Fluch gebrüllt, kein Messer geschwungen und kein Gift gemischt, keine Wahrheit zerstampft und keine Lüge strahlend ausposaunt, keine Litanei wird gelesen und keine Zote gespien, kein Mikroskop präzisiert und keine Säge gefeilt, kein Dom gebaut und kein Museum gegründet, kein Glas geschliffen und kein Skalpell geführt, kein Bild gemalt, kein Hammer geschwungen, keine Nadel geführt, keine Uhr schlägt die Stunde, keine Peitsche knallt, keine Trambahn lärmt, kein Schlagball fliegt, keine Geige klingt, keine Flöte klagt, kein Flugzeug durchbraust die Luft und stürzt zerkracht aufs Land, kein Dampfer durchfurcht den Ozean und fährt brennend in Grund, der nicht letzten Grundes dem Hunger diente, der Liebe frönte, und keine Feder wird geführt und keine Tinte vergossen – trolle dich, purzele dich, stelle dich auf den Kopf, denn die Komödie der Komödien beginnt! Auf den Schotterflächen, den Kiesen, die die Schmelzwasser der Gletscher liegen ließen, hat sich der steinerne Krake hingelegt und lässt seinen zornigen Atem brausen, seine Arme aber hat er breit über Land gelegt und seine Fühlhörner laufen über die Gebirge und kriechen unter die Meere – schlaftrunken kommt der Wind dahergetaumelt, aber entsetzt fährt er hoch und flieht und flüchtet und beginnt selber singend zu brausen, der Himmelshund, und trägt den Schrei des Riesen drohend in das Land.

Seine Arme aber hat er breit über Land gelegt und sie mit blitzenden Lichtern und ewig gefräßigen Mäulern gespickt, fauchend verschluckt er mich, polternd rasselnd dröhnend reißt er mich in sich mit Gestampf und speit mich unter Qualm und Licht und Lärm in seinen Eisenmagen wieder aus – – und auf dem Bahnhof empfing mich meine Geliebte – wild, fiebernd, ein schönes Tier. Und heute, nach sieben Tagen, da draußen der rote Nebel glüht und brüllt, sitze ich still auf meinem Zimmer, mitten im Herz des Kraken schreibe ich an diesem Buch; groß und steil, neunundfünfzig Bogen schrieb ich voll, ich werde anfangen müssen, kleiner zu schreiben, ganz klein – wie die Schlote und Kirchtürme vom Berge aus gesehen; und der Tabakrauch, den ich in zitternden Ringschleiern über sie blase, sind Wolken, die aus den Schluchten der Berge kommen, und meine Stirn der Berg im Vorland, um den sie sich scharen; so stehe ich auf mir und schaue ins Land, auf den Monolog eines langsam – mente captus!

Mein enges Zimmer ist voll von Rauch und voll brütender Melancholie, auf Schränken und Bänken und wurmstichigen Regalen verschlafen meine Bücher die Zeit, meine klugen Bücher die ewig strömende Zeit –

noch kommt mit der Unsterblichkeit gepaart
die Zukunft ewig strömend zu mir her
und schafft auf ihrem unbewegten Meer
in mir den Wellenschaum der Gegenwart:

sie prallt in unergründlich schneller Fahrt
aufgischtend an an meiner Seele Wehr
und bricht durch mich in einem Sturze, der
schon als Vergangenheit sich offenbart.

Bis eines Tages sich der Schaum zerstreut
und meiner Seele Balkenwerk zerfällt –
und Strom ist nicht mehr Strom, still steht die Zeit:

fort strömt die Zeit und trägt die tote Welt
auf ungeteilter Flut zur Ewigkeit,
wo sie mit ihrer Last als Wort zerschellt.

Das strömende Nichts! Ich könnte ihm und meinen klug verschlafenen Büchern eine Nase drehen und als Don Juan endigen, wie's sich gehört. Es ist nicht weit, sie schläft mit mir Wand an Wand; nachdem sie den Tag über einem abgenutzten Gelehrten Romane hat vorlesen müssen, Pariser, Münchener Kitsch, hat sie ihr Haar geöffnet und reckt und dehnt ihre nackten Glieder und öffnet die Schenkel und schleudert mit einem Male wie besessen die Kissen herab und – wie kühl die Luft ist! Aber sie ist nicht immer so; es ist dunstig heute und still und der Krake hat seinen Tag, an dem es nebelt und der Ekel vom Himmel fällt; dann hat sie ihre Stunde, in der sie die Haare in Zöpfen flicht, im weißen Nachtkleid unter hohen Plumeaus liegt und Tee mit spitzen Lippen trinkt und dazu Niels Lyhne liest. Sie hört, wie durch den dicken Nebel hinten im Wald die Blätter fallen, und wenn sie das denkt, durch den die letzten Blätter taumeln, schmiegt sie sich in die Kissen und sieht aus klugen Augen nach der Tür, die sich doch gleich öffnen muss.

Wie derart ein zur Kunst und Liebeskunst destillierter Massentrieb ein Leben, das sich sonst längst fortgeworfen hätte, schwebend tragen kann! Und nun muss er ganz ausbrennen in ihr und sich nicht um den Leib kümmern, auch wenn er schon morsch und hässlich geworden ist: sie zwingt ihn durch und *will* ihn lieben und geliebt. Und erlischt ihre Liebe endlich, so bricht ihr Leib und Leben wie ein des Gerüstes beraubter Bau kopfüber zusammen. Was liebt sie nur? Sie las ein Buch von mir, das fraß sich in sie und wie ein roter Strom überschwemmte und zerbrach ihre Liebe zu sich und ihr Mut zu sich die zeternde Moral und so kam sie zu mir geflogen und liebt den mürrischen Skribifax einer Erkenntnis- und Liebesgeschichte, einen Dichter, wie der Pöbel sagt, in Wahrheit einen, der sich gegen den Dichter und metaphysischen Sonder-Größenwahn mit allen Sophismen und hohnvollen Enthüllungen sträubt und mit allem Ekel, dessen der Einsame gegenüber dem Geruch der affeneitlen und lohnarbeitenden Masse fähig ist, und der nun bald – mente captus!

Aber die Tür öffnet sich nicht mehr und mit dem Don Juan soll es nun aus sein; denn ich habe in mir seine Vorstufe und seine Bedingung, den Faust mit seiner Dann-musst-du-dich-berauschen!-Tendenz totschlagen müssen – es schickt sich nicht mehr, es gehört sich nicht mehr, nach den imaginären Brüsten der Natur und, da man sie nicht zu finden weiß, nach den derberen der Wirklichkeit zu angeln; wir wollen doch keinen Abschluss sehen und eine Lösung, eine Lösung ist uns viel zu dumm und mit ihr müsste der Faust zum Pfaffen werden. Oh da liegt sie draußen, die Welt und bunte Schale, wie wir sie nennen und lügen, um einmal vor ewiger Langeweile zu hujahnen, und zum andern vor Hunger und brünstiger Not zu brüllen, aber Tag um Tag, einmal an jedem Tage zündet sie ihre verfluchte Schönheit an und wird dünn und durchsichtig und unwirklich wie Glas, dass man ihre Abgründe und die Quellen ihrer Abgründe rauschen zu hören glaubt – ich will nicht mehr in sie hinaus, sie macht mich taumeln und ganz verrückt!

Aber wenn du auch über den Dächern flatterst und aus grasgrünen Augen auf die goldne Stunde lauerst, in der du dich mit dem Furchtbaren vereinigst, das in mir wie ein Kolben bis an die Hirnschale hochstoßen und sie durchbrechen und aus mir als ein Riesenschirm wachsen möchte, unter dessen Schatten die Welt mit einem Ruck ihr Inneres nach außen stülpt und kreischend die Logik und Vernunft der Oberflächen mit Schellenstöcken aus dem Lande jagt, um an ihre Stelle die Willkür und das Grauen zu setzen, ich presse dich immer wieder zurück und blase deine feuchten Flügel ewig wieder fort!

Das einzige Symptom ist aber meine Gedächtnisschwäche, zumal die Dinge von gestern haben sich nicht eingraben mögen und wollen sich nicht wieder einfangen lassen – ich bin wohl überanstrengt und durch zu viele Gefühle getaumelt und beobachte mein Taumeln zu viel; es wird eine fixe Idee sein, ein Leserückbleibsel, eine zu krass geratene Vorstellung, die sich mit ihren Widerhaken an meiner Gedächtnisschwäche verfangen hat, wer weiß? nur eine abstruse Eitelkeit – ich werde sie mir vom Leibe schreiben und im Frühjahr will ich ins Gebirge fahren.

Und sollte das Schauerliche doch kommen, so will ich es als eine Laune des Glücks bezeichnen, die Welt auch von der Seite hemmungsloser, alltagsvernunftbefreiter Willkür erleben zu dürfen – oh! ich habe Mut und mag auf dieses Meer endloser Haschisch- und Opiumräusche schon meine weißen Segel hissen, auch wenn es endlos ist, auch wenn seine Winde und Ströme einem ungeheuren Strudel angehören, dessen brüllender Trichter mich schließlich verschluckt. Klingende Morgenröten, brennende Sonnenuntergänge, stahlblaue Mittagshimmelsglocken mit allem blutroten Spuk müssen über diesem Meere wandeln – ich habe von der strahlenden Euphorie, dem jubelnden Optimismus der Paralytiker gehört.

Aber die endliche Gewissheit muss mich doch durchschlagen, dass ich in einem Blick alle Wollüste und Schrecken des Wahnsinns durchjagen und mich gegen ihn bäumen werde, dass ich über ihn springe, hussa! über ihn setze und mit einem Satz wieder Mensch unter Menschen bin.

Wohl weiß ich, dass der Leib des Paralytikers verfällt und verfault, wohl kenne ich das »langsame aber stetige« Schwinden des Intellekts«, aber ich lasse nicht von meinem Geist, ich halte ihn fest, ich reite auf ihm und zwinge ihn und seinen Knecht durch!

Trotzdem, trotz alledem, ich will mich auf die Stunde rüsten und mich wohl wappnen; ich will hart an mich halten und meine blauen Flügel schon stutzen; ich will nur von Tatsachen schreiben und solchen Tatsachen, wie ihr sie seht, klein, wahr, eng, ohne Mund und ohne Augen und ohne winkende Finger in die Unendlichkeit und in das Nichts, ich will ihr süßes Klettentum und ihre tapfere Unwahrheit und ihr spöttisches: Ja, was willst du nur? nicht sehen, ach! ich möchte schreiben können wie ihr, trocken und ewig ledern und ohne Klang und ohne Jagd und ohne Zittern und ohne Sprung! aber in dem bedachtsamen Zeitmaße eures Schneckenganges und in der klanglosen Langeweile eurer engbrüstigen Perioden. Und wenn ich mich selbst betrachte und von dem schreibe, was ich in mir vorgehen sehe, oder zu sehen glaube, so soll es sein, als ob einer eurer medizinischen Automaten schriebe; ich lebe von Früchten, ich trinke Wasser und verschmähe Wein und Weib, ich hoffe nichts, um nicht die zerrüttenden Stürze der Enttäuschung zu tun, ich halte in allem an mich kühl und kalt, wir wollen schon durchlaufen durch diesen Nebel und im Frühjahr, im Frühling auf unser Haupt Schnee und Sonne streuen. –

Ich wohne in Schwabing an einer asphaltierten Straße im vierten Stock, ich habe den Blick über die Stadt und sehe alleinsamabendlich, wie sich aus braunem Dunst die Doppelturmbrüste der Frauenkirche in den grünen Himmel blähen, und ahne hinter ihm das Brennen und Gleißen des Gebirgs, und der Mann, dessen Frau mir dieses Zimmer vermietet hat, nennt sich Journalist. Und ein Journalist –. Und dass es ihnen insgesamt nur darauf ankommt, zu schreiben und Worte zu vomieren nach einem allgemeinen Wir-halten-fest-und-feig-zusammen! Innungsrülpskomment, ersehen wir daraus, dass sie sich wie die Gassenköter gegen einen raren Windhund unisono gegen den verschwören, der schreibt, weil er etwas hat, über das er in eigener Sprache schreiben kann. Zumeist sind sie verfluchte Juden, aufgeblähte Nullitäten allzusamt und nennen sich gerne das geistige Deutschland und die Vertreter der führenden Presse; ein rechter Mann muss sie verachten und darf nur über sie reden, als wenn sie Buben wären und er den Bakel [Schulmeisterstock; Anm. d. Hg.] führte.

Nachzutragen habe ich, dass sie eine kleine Blender-Glanzzeit haben, aber schnell ist ihr einer Gedanke, vielmehr die eigenartige Färbung und einseitige Betonung, die der gestohlene und kastrierte in ihnen annahm, zu Tode gehetzt und – und ein solcher Kläffer, der sich selbst zu Tode kläffte, war der Mann, der faul und mürrischen Gesichts seinen Spitzbauch durch die Zimmer trug. Schon verbohrt genug in den blanken Blödsinn des Wahren, Guten und reinen Schönen war er in den Schoß einer alma mater, als in die eigentliche Brutstätte solchen Dunstes, gekrochen, hatte sich da und dort strebend bemüht umgetrieben und auch sein kurzes Senkblei in die bekannten Abgründe rollen lassen und wirklich schmerzlich staunend gefühlt, dass hier Abgründe vorhanden waren. Aber über dem Staunen am Rand dieser heulenden Grundlosigkeiten hatte er die Zeit versäumt, in der ein Kopf seines Gelichters entschlossen die Augen zumachen und die Ohren mit hartem Werg verstopfen muss; so konnte er sich nicht mehr sammeln und er war zu ehrlich und auch zu indifferent, sich zu einem äußerlichen Oberlehrerabschluss aufzureißen. Dann las er Nietzsche und der verdarb ihn ganz. Denn er hatte nicht so viel Einsicht, um seine nach dieser Lektüre heftig aufschießende Schreibeseligkeit als ein Schaffen nur aus Oppositionsdrang eines, wenn auch nicht ganz unselbständigen, so doch ganz inferioren Geistes zu erkennen. Er sah nicht ein, dass sein Schreiben nur ein Akt der Selbstverteidigung gegenüber einer erdrückend blendenden Gewalt war, sondern hielt es für ein Zeugnis eigener eigenartiger und ausreichender Begabung, die – wie man so schwätzt – in sich neue Werte fühlt und aus sich neue Werte schafft. Ihn reizte, wie die meisten und allermeisten, die Form und bunte Geistreichigkeit, während er taub und blind blieb gegenüber der Leidenschaft und dem erlösenden Ziel, während er ohne Bedürfnis war nach einem erlösenden Ziel; er blieb Literat und gehört somit zu dem Gesindel, das ich nach dem Malergesindel am radikalsten verachte. So schrieb er einige Essays über allerhand, gute Freunde – sintemalen er ein angenehmer Freund am Biertisch war – lancierte sie und so erwarb er sich als geist- und hoffnungsreicher Schriftsteller die Liebe einer klugen Frau, die reich war.

Aber diese Essays über allerhand blieben eben einige, denn bald hatte er seinen einen Gedanken, den des übertriebenen und hemmenden Historizismus, der der Grund und der fortschrittlich affektvolle Ausklang seiner blendenden Kritiken war, zu Tode geschrieben. Es war sein Pech, dass er klug genug war, dieses armselige zu Tode Treiben als solches zu erkennen, und er warf nach einem Jahr seine kritische Feuilletonfeder in die Ecke und lebte von dem Gelde seiner Frau.

Und als das Geld auf Reisen und so weiter ausgehen wollte, kaufte seine Frau ein Haus, in dem sie möblierte Zimmer vermietete, an Studenten und Literatenvolk vermietete sie und erzog ihre Kinder. Und er sah zu; und kam sich so überflüssig vor bei dem Vermieten, der Erziehung, den Haushaltungssorgen und dem täglichen Rechnen – und die Zeitung, das Essen, das Leben, der Tag, das hängt einem ja zum Halse heraus! Und ein Dienstmädchen, das er aus Verzweiflung attackierte und in Faulheit beschlief, kam glücklich in Wochen. Da begann er seine Frau zu hassen und stöhnte: wie glücklich wär ich, wenn ich allein lebte und könnte die Straßen fegen! – Geh! – Aber da zerdrückte er eine Träne und sprach von seiner Vaterliebe. Aber am ersten Juli werde ich gehen. – Und am ersten Juli verschwand er für einen Tag und kam am nächsten wieder. Hier, kauf dir eine neue Krawatte; wie siehst du aus! So ließ sie ihn stehen und weiter muffen und betrog ihn gesund und mit gutem Gewissen und erzog ihre Kinder. Und dann kam eines Tages jenes Mädchen zu ihr geflogen, meine Geliebte, die am Tage einem abgenutzten Gelehrten Romane vorliest, Pariser, Berliner Kitsch, und des Nachts ihre nackten Glieder dehnt und reckt und mit einem Male wie besessen die Kissen von sich wirft –. Aber sie ist nicht immer so; wenn der Nebel draußen liegt und es still ist – es ist furchtbar still, so still wie nur einer stille sein kann, der vor dem Fenster steht und lauert! In dieser Stille aber hängt der Nebel wie eine glühende Kugel und brüllt – aus vollem Halse, tausendstimmig: mente captus! mente captus! hei is verrückt! –

Nachdem ich für eine Weile hinunter in die Stille flatternd mit Arm und Bein gestürzt war, habe ich über den Tod gedacht und überlegt, ob ich mich nicht bald töten müsste. Denn in drei Tagen hebt mein neunundzwanzigstes Jahr an – dreißig Jahre! – – darum muss man an den Selbstmord denken, ob es nicht bald Zeit wird. Denn ich will ganz Herr über mich sein und meinen Faden abschneiden, wann ich will und nicht, wann es jenem Lehmkloß beliebt, der mich aufwarf wie das Wasser aus seiner morastigen Tiefe Blasen wirft. Aber ich war mehr bei meinen Freunden, bei den Menschen, die mich kennen, – wie sie sich wohl geben und was sie wohl sagen würden, wenn ich nicht mehr da wäre. Die Eitelkeit fliegt über den Tod, sie ist unsterblich und sieht aus wie ich, denn ich bin der eitelste Mensch, einer der am bewusstesten schreibt und am affektiertesten seine Sätze baut, einer der immer sich selber zuhört und nicht müde werden mag, nach dem Klang seiner Worte die Ohren zu spitzen, einer der mit jeder Silbe kokettiert, weil er nichts anderes hat, mit dem er liebäugeln könnte, und der furchtsamste, denn die Stille, die Stille – wie ein Tiger, der gleich aufspringen will, schaut sie der heulenden Nebelkugel zu – wenn er doch zuspringen wollte, wenn er doch mitheulen wollte, wenn er doch sich um sich selber kugelnd in den Schwanz bisse: hei is verrückt! – – –

Eins, zwei, drei – – nun schlägt es zwölf! Und mein Zimmer sinkt, sinkt durch die Stockwerke, die Schottermassen – auf den Schotterflächen, den Kiesen, die die Schmelzwasser der Gletscher liegen ließen, hat sich der steinerne Krake hingelegt und lässt seinen zornigen Atem brausen – und sinkt durch die Schottermassen und fällt wuchtend hinab in das Gestein der Erde. Durch einen Schacht, durch den zehn Stürme auf und nieder brausen, wuchtet es hinab, bis es den Mittelpunkt erreicht hat und still steht; und um mich, hoch über mir tief unter mir, dreht sich die Welt – ruhelos. Ich sehe sie nie wieder, ich muss auf ewig hier begraben bleiben, denn wie käme der Mittelpunkt zur Peripherie? Es müsste denn die Kugel zerbrechen und das Gold des Chaos niederfluten.

Geradewegs aus dem Herz des Kraken fiel ich ja herab in diese Tiefe. Woher kam ich noch? Von den Moosen und Bachtälern und den weißen Staubstraßenschlangen, von den Sonnenkohlenbecken an blauen Seilen über mir fiel ich mitten durch das Herz des Kraken hinab in diese Tiefe. Wahrlich, ein ungeheurer Schacht, durch den ich fiel! Aber ich kann noch das schlagende Herz sehn, um das sich der Nebel legt wie eine dünne glühende Haut – die brüllende Stadt! Aber ich schiebe einen Deckel davor, wie man in ein Ofenrohr einen Deckel schiebt, und so bin ich allein.

Der Stein liegt tief im Schlaf, oben, unten, und auch die Stille schreit nicht mehr. Der Tabakrauch aber spielt zaghaft kapriziös über den feuchten schwarzen Strichen, die irgendein Etwas mich malen heißt, bedachtsam und steif; es ist gewiss der Stein, der seine Träume endlos spinnt und mich sie ewig krummen Rückens malen heißt; von allen Seiten, oben, unten, durch alle Poren, Augen, Ohren dringen sie in mich und führen meine müde willenlose Hand – ich bin überhaupt Stein, ich bin das Gehirn des Steins, und was die Leute oben Welt und Leben nennen, das sind nur meine Träume, meine Träume, deren Leib der Stein der Erde ist – ich bin gewiss der Sinn und sicherlich das Herz der Welt. Wie simpel doch die Lösung ist, die einst unmöglich schien –: der Traum des Steins, und der Stein des Traums; das Signum der Welt ist die umgefallene 8 und die Unendlichkeit. Nun muss ich wach bleiben, damit der Stein schlafen und träumen kann, denn das Gehirn schläft nie, es malt ewig die 8 und schläft nicht. Bleibe wach, mein Herz, bis der Stein erwacht und sich zu regen beginnt und seine Träume zu Wirklichkeiten werden und er nicht mehr nur die 8 träumt. Lange schlief er schon und es ist ein heiliges Jahr – wer weiß, er erwacht! Dann wird er seine Glieder recken und die Welt wird sich öffnen, wie man eine Feige öffnet – oh bleibe wach, mein Herz!

Wie sie morgen dein Zimmer suchen werden, deine Wirtin und ihr Journalist! Aber ein heller Raum wird sein und ein lustiges Nichts, wo dein zärtlich Klausnerstüblein war und du am Schreibtische deine langen Tage hocktest, Tabakwolken über Schlot und Kirchturm blasend, müde, kapriziöse Wolken – wie liebe ich euch! Ach, vom Flur aus werden sie gleich mitten ins Leere treten und schwindelnd auf die Straße schauen, wo die Jungen Kreisel schlagen und wo die Alten mit Fingern nach oben zeigen. Wie sollten sie auch denken können, dass ich hier mitten in der Erde säße und meinen Beruf hier hätte!

Der Druck – er dröhnt mir im Ohr! Aber wie könnte er dazu kommen, mich eines Tages zu zerdrücken, wie man eine Mücke zerquetscht oder ein Rosenblatt zerreibt, wie sollte er wohl! Wo er nur Traum ist und auch die tausendtausend Tonnen Steins nur Traum sind und wo der Tag kommen wird, an dem die Welt sich auftut wie man eine Feige öffnet!

Darf ich denn daran denken, dass ich eingekerkert und hier mitten in der Erde gefangen bin und dass so viele Erden wie Menschen sind und in jeder dieser Steinzellen sitzt ein einzel-einsamer Mensch und spinnt am wurmstichigen Rocken seine flächsernen Tage. Aber brüllte ich auch auf wie ein Stier, es hörte mich keiner, es hört uns keiner.

Glaubt nur nicht, dass ich toll bin, wähnt ja nicht, dass ich lebendig begraben bin, oh! Traumaufzeichner ist mein Titel und die Träume des Steins hören zu können, ist mein Beruf; ich träume sie und ich träume mich selber zunichte. Ich habe nichts anderes, womit ich mich zunichte richten könnte, wo ich mich doch einmal zunichte richten muss! –

Nur ist es oben Herbst geworden und über die weißen Staubstraßenschlangen bläst ein harter Wind; über das Haar eines Eichenbusches kommt er klirrend gesprungen und fällt klagend und blätterraschelnd über den Hügel hinab, auf dessen Stoppeln und frostgebrochenem Gras ich stehe. Die Sonne aber ist hinter graue Teppichwolken gegangen und zwei Herbstzeitlosen lassen in kleiner Senke die Köpfe hängen, während die dritte lang am Boden liegt eine arme Leiche. Wie ist die Welt wüst, sie rauft sich klagend ihr Haar, aber es wird nimmer anders; an den Drähten pfeift der Sturm und in öden Wald taumelt die Nacht und hängt sich schlotternd um die schwarzen Zweige. Wie oft ging ich schwer und bang durch diesen Wald, aber es gibt keine andere Welt, oh! es gibt keine andere Welt und diese wird wohl kaum sich auftun wie man eine goldene Feige öffnet. Sieh, auf dem anderen Hügel liegt der Wald, wenn ich von diesem in das Tal steige und dann gen Westen wieder hügelan gehe. Dieser arme Wald, wie er friert und zitternd seine kalten Zweige aneinander reibt! Nun steigt der Nebel hoch, nun schleicht er tückisch heimlich durch ihn eine tödliche Patrouillenschar und frisst sein letztes Laub. Daran denkt sie, an den Nebel, durch den die letzten Blätter taumeln, und schmiegt sich in die Kissen und macht kluge Augen – aber er kommt nie wieder, mitten in der Erde sitzt er und spinnt seine farblosen Tage. – – Vor drei, vier Jahren fing es an, mit Gold und purpurnen Schönheiten und ihrem immanenten Zynismus, durch den sie nur noch trauriger und schöner werden, mit Gold und Schönheit und traurigem Zynismus, mit denen alles Verfluchte sich einschmeichelt, fing es an: Lange Wochen hatte oben an der Küste die Hitze gelegen, die Luft war rein gewesen und das Barometer stand hoch und die Winde, die auf der See hinein in die Luftaufwirbelung wehten, kamen vorwiegend aus Osten und waren frisch und bewegt; Tag für Tag war die Sonne als rote Feuerkugel in das Meer gesunken und von keiner glummenden Nebelbank hinabgetragen und keiner kitschigen Waberlohe zu Grabe gebracht, rein und einsam fiel sie zu Tode und machte die Menschen seltsam sehnsüchtig und fiebernd erregt.

Aber wenn sie sich schon anschickte, senkrecht durch den ehern hellen Himmel zu fallen, tauchte unter dem Horizont ein glatter Streifen auf, glänzend silbergrau; manche Tage war er erschienen, dieser glatte Silberstreifen, auf den man immer wieder mit Fingern zeigte und von dem die Fischer erzählen mussten, er sei zu sehen, wenn nach langen Ostwinden die Hitze auf dem Meere liege. Der Horizont selber aber oberhalb dieses Streifens war durch ihn hinausgetragen und aufgehöht und war wie eine dünne dunkle Wellenlinie.

Auf diesem Streifen waren allabendlich die vorüberfahrenden Schiffe mit ihren Spiegelbildern zu sehen, mit ihren Spiegelbildern, die dunkelgrau wie gesättigte Lichtbilder kopfüber über ihnen schwebten; sie hingen aber nicht hoch in der Luft wie sonst die Spiegelbilder am Meer und in der Wüste und die Bildungen der Fata Morgana, sondern waren unterhalb der dünnen dunklen und leise wogenden Horizontlinie. Dann verschmolzen und kreuzten und verhaspelten sich zuweilen die Masten und Rahen der Schiffe mit denen ihres Gegenbildes, oder die Rauchsäulen der Dampfer vereinigten sich zu einem wunderlichen Gebilde, ja es erschienen in dem glatten Streifen überraschend und aufregend wie aus dem Nichts zuerst nur derart rätselhafte Rauchfiguren, graue Wimpel und melancholische Kinderfähnchen, und erst später tauchten erlösend die zugehörigen Schiffe auf. Und nochmals, alle diese Fahrzeuge schienen auf dem unteren Rande des glatten Silberstreifens hinzugleiten, während ihre Spiegelbilder von der dünnen dunklen Horizontlinie über ihnen herabbaumelten und kopfüber weiter schwammen. Und solche Spiegelungen sind, wie der dicke Bademeister immer wieder sagen musste, häufig, wenn nach anhaltenden Ostwinden die Hitze auf dem Meere liegt.

An dem Tage aber, der mit weit durch die Jahre reichenden Beilen mich hierhin mitten in die Erde geschlagen hat, war der Himmel wieder unbewölkt, fünf weiße Wolkenfäden und eine dumme Gänsefeder taumeln verloren über ihn, sonst ist er unbewölkt und so strahlend einsam, dass man weinen möchte, und wird nun, so rein ist seine Atmosphäre, über dem blauen Meer rosenrot. Und die Sonne in ihm ist feurig ernst und drohend groß, und je tiefer sie fällt und je ovaler sie wird, desto eindringlicher wird die dunkle *Wellenlinie des Horizonts,* und wie sie die leise wogende endlich berührt hat, ist sie eine safrangelbe Ellipse geworden. Nun sinkt sie schnell, jetzt nur noch ein schmales langgestrecktes Segment, dann verschwindet auch dieses und hinterlässt nichts denn eine *lange leuchtend goldne Linie* – das sind die noch erleuchteten Wogen des fernen Meeres.

Noch ist der Silberstreifen glatt und vornehm silbergrau, wie er war, da die vorüberfahrenden Schiffe mit ihren luftigen Konterfeien Rahen und Rauchwolken verhedderten, oder da die Sonne noch wie ein zusammengepresster Ball leuchtend süßer Safranfransen über ihm hing; auch das Meer vor ihm wogt unbekümmert fort, tiefblau und traurig.

Da steigt an seinem unteren Rand eine zweite Sonne hoch, es ist, als ginge die müde wieder auf: ein rötlich gelbes ängstliches Segment, ein strahlender Halbkreis, eine goldene – aufbrechende Scheibe, aus der mit einem Male züngelnde Flammen gegen die *leuchtend goldne Linie* des Horizontes schlagen. In immer strahlenderem Glanze greifen und lecken sie hoch, ein melancholischer Teufel heizt wütend ihren Kessel, dass sie sich schnell mit der *goldnen Linie* zu einem feuerroten – Pilz vereinigen, einem Steinpilz mit zusehends sich verdickendem Stiel. In den pustet der abstruse Sonnenpilzheizer bitter schmerzlichen Gesichts, bis es eine Terrine wird, eine feurigrote Punschterrine, eine safrangelbe Teebüchse mit *goldenem* Deckel, an den er – plötzlich missbilligend schief gezogenen Munds zwei Lotschnüre hängt. Nun presst er seine safrangelbe Büchse mit beiden Händen, bis sie ein wundergoldnes Viereck wird, eine rechteckige Sonne aus purem Golde in einem silbergrauen Streifen zwischen matt rötlich gelbem Himmel und tiefblauem Meer.

Nachdem der Sonnenmodler dieses Viereck sechzig schwere Sekunden hat leuchten lassen, knüpft er seine Schnüre zusammen und windet sie geschäftig um seinen Riesengoldwürfel; ächzend zieht er sie zusammen, schweigend buchten die Schmalseiten sich ein und formen zitternd und dann in gelassener Herrlichkeit aus dem Würfel einen Becher, einen Sonnenbecher, dessen *gold* dunkler Haut-Sauternes in der Horizont*linie* wallend überschäumt –

Aber der Becher zerbricht und zerfließt wie ein schöner Rausch; der Stiel zwischen Fuß und Schale wird dünn und schmal, ein dünner Stiel, der rasch zerreißt, sodass nun bald nur ein Riesen*gold*tropfen von der wallend glänzenden *Linie* des Horizontes gegen ein immer schmaler werdendes Segment aus purem Golde hängt, das sich von dem unteren Rande des silbergrauen Streifens ihm entgegen hebt.

Immer vollkommener wird der Strom des Silberstreifens, Segment und Tropfen spült er fort, auch die wogend *goldne Linie* des Horizonts ist mit einem Male verschwunden – – lachend springt der Teufel ins Meer.

Im Osten ist eine rosige Gegendämmerung verbrannt, der Silberstreifen zerfließt und das Meer wird schiefergrau und wüst. –

Gott, kommen Sie! Die Sonne kann auch mal ausschaun wie eine Suppenterrine oder eine Berliner Weiße mit Schuss. Darüber exaltieren Sie sich! Nicht wahr, es ist ein optisches Phänomen, Strahlenbrechung, verschiedene Erwärmung und verschiedener Wassergehalt der Luft, et cetera – soll ich Ihnen sagen, was es ist? Kitsch ist es, Kitsch, Kitsch, Kitsch! Aber nachher, wenn es dunkel wird und schiefergrau und wüst, wüst, oh! wie wüst – ach! kommen Sie, Sie fade Punschterrine.

An diesem Abend gefiel sie mir und am nächsten infizierte sie mich mit Syphilis.

Das war am 23. Juli gewesen; am 24., in der Nacht, in der sie mich zwischen ihre sehnigen Schenkel nahm, gewitterte es und dann fiel über Strand und See ein ungewöhnlich dicker Nebel; in diesem Nebel rannte am 26. Juli mittags zwischen zwölf und eins, drei Meilen vom Strand die »Stettin« und die »Reval« zusammen, dort wo die Tage vorher auf jenem spiegelnden Silberstreifen die melancholischen Kinderfähnchen geflattert hatten. Unter den Ertrunkenen der Stettin war Marion, von der ich, gleichzeitig mit der Nachricht ihres Todes, diesen Brief erhielt: Mein Freund, ich nannte Sie eine fade Punschterrine und nenne Sie heute mein brennendes Herz. Sie kennen die Gartenblume, der man diesen Namen gibt; ein abscheuliches Karmoisinrot, dazu lässt sie diese ihre karmoisinroten Blütenköpfe melancholisch hängen und riecht ein wenig nach toten Fröschen oder Ähnlichem – denken Sie nicht an sie. Doch bitte, denken Sie an sie. Denn diese melancholischen Blumenköpfe, oh liebster Freund, diese melancholischen Köpfe – ich habe Ihnen die Syphilis gegeben. Kennst du sie, Geliebter? Ich hab mir sagen lassen, es ist so ein kleines Viech, so ein kleines Korkenzieherviech. Sei nicht böse, Liebster, – so ein kleines Viech! Sehen Sie, die Sonne ist auch zuweilen nur eine Punschterrine.

Wissen Sie noch – ach Liebster! Liebster! Aber mein Freund, nun schenken Sie mir – – nicht wahr, so sagen sie? – eine arme Stunde lang Gehör, eine Viertelstunde für diesen süßlichsten aller Briefe.

Ich hatte die schönsten Ponys und die gewitzigsten Bonnen und als man mich von Genf nach Hause brachte, war ich die entzückendste Puppe geworden und wusste alles, und begann dann bald mit meinem eigenen Leib auf diesem Gebiete zu experimentieren. Es hatte mit Liebe nichts gemein, es war mir nur um das süße Prickeln zu tun, wenn ich die ergötzlich echauffierten Gesichter meiner Kavaliere sah, die sie in dem fraglichen Augenblick schnitten. Was für Gesichter! Was für viehische schwitzende stöhnende viehisch dumme Gesichter! Was für Kartoffeln! Was für groteske Tomaten! Und nun so über diese Lust der Lüste, über diesen Abgrund aller Abgründe Herr zu sein und immer mehr zu wissen und immer wieder das schon Gewusste bestätigt zu sehen: es ist eine schmutzige Geschichte; der Instinkt hat sie überwältigt und die Sinnlichkeit wirft die heißen Tölpel über mich – was für eine Kolportagengeschichte! Nicht wahr, die Kolportagengeschichte, richtig gelesen, ist doch der Clou und die Quintessenz aller Literatur? Es ist so wunderbar traurig, mein Freund, eine Messalina zu sein nur um des Lachens willen und des unglaublich süßen »Triumphes auf Trümmern.« Du wirst verstehen, Geliebter, es war eine entzückend süße Geschichte. Denn nichts kitzelt so sehr unsere Eitelkeit, als welche die Wurzel aller Wurzeln unserer weiblichen Wohlgefühle ist, als eine zerbrochene Illusion und das süße Gefühl, Illusionen zerbrechen zu können; während der plumpe blinde Genuss – der blinde Genuss ist uns viel zu plump und riecht uns zu viel nach Bauernmädchen und Volk.

Darum durfte ich meine Liebhaber nicht »lieben«, ich hütete mich wohl und wechselte die Narren Tag um Tag, denn hätte ich sie geliebt, blauäugig gänseweiß und mit einem kleinen Geruch nach Butterbrot, so wäre ich von meiner süßen Höhe hinab in die blinde Brunst, oh Gott! in den Schrei nach dem Kinde getaumelt; ich liebe eben nur mich und meine helläugige Verachtung. Und gerade, sieh Liebster, wie gut mein süßer Heiliger es mit mir meint, als diese Lust ihre zarte Hand verlieren und alt und schwerblütig werden wollte, wurde ich in einer roten Nacht – du weißt. Und nun träufelte die Grausamkeit ihren jungen Saft in meine alternde Lust. Mit unergründlich süßen Augen gab ich ewig lächelnd Lust und Tod, ich war wie das Leben selbst, das in alle Lust den Keim des Todes legt, der uns immer wie eine Strafe anmutet, wie die Bedingung, auf die hin wir das Glück genießen – oh! Liebster! hätte dieser unheilige Heilige ein halbes Jahrhundert später gelebt, von mir hätte er sein Gift bekommen, auf mich hätte er sein entzückendes »Über die Weiber« schreiben müssen! Wie ich ihn unter mir gehabt hätte, wie er meinen Leib hätte küssen müssen, da und dort und überall – dieser grimmige Flucher und schwerblütige, dickblütige Askesenadorant!

Da verschwand das süße Prickeln gemach, zu dem mich die armen Echauffierten reizten, und an seine Stelle trat der nervenpeitschende Genuss einer wilden Verachtung und eines zehrenden Mitleids, eine berauschende Rache am Leben selbst – ein unerhörter, immer durstiger machender, zuckersüßer Trank. – Mein Freund, ich war das Leben selbst, ich glaubte, das Leben selbst zu sein, vielleicht das, das Leben schafft, das hinter ihm steckt und mitleidig verächtlich mit seinem schlechtgeratenen Spielzeug spielt. Und dann kamst du – – Wirst du mich verstehen? Du hattest viel geliebt und wir waren beide sehr erfahren. Aber während du dein hohnvolles Wissen über das Leben von außen her – wie man so sagt – oh Liebster, von oben her sammeltest, steckte ich mitten in ihm und sog erst mit seinen Lüsten und Giften die Erkenntnis seines grandiosen Nichts. Und so kam es, du Einziger, dass du dich noch über die bunten Bilder der Welt wie über ein gutgeratenes Kunstwerk freuen, ja vielleicht, dass du diese ganze Welt als ein angenehm zu knackendes Rätsel für deinen – o wei! o wei! – starkkiefrigen Intellekt ansehen und dich an der Kraft deiner Kinnbacken ergötzen konntest und an den siebenhundert Schalen, die den süßen Kern beschützen und von denen die eine immer anders und überraschender duftet und raschelt und knistert und gestickt und gefärbt ist als die vorige, während ich nicht mehr aus mir und aus dem Leben herauskonnte; ich vermochte nicht mehr – objektiv zu werden, wie Sie, mein weiser Freund und teurer Weiser. So war das erste, was ich Ihnen gegenüber empfand, Neid und Hass, ich war ein Ressentimenttierchen par excellence gegenüber Ihrer aristokratischen Ironie und ironischen Objektivität und, wie es so geht, verliebte ich mich in Ihre Vollkommenheit, während ich sie Ihnen gleichzeitig neidete und Sie hasste, weil ich Sie beneidete, und Sie tausendmal hasste, weil ich Sie liebte. Darum *musste* ich dich herab in meine Leiden und Gifte ziehen, du Weisheitsbold und fade Punschterrine.

Und nun – sieh, Liebster! ich saß einmal in einer kleinen Weinbudike, spät zwischen zwölf und eins, mit irgendeinem milchbärtigen Kavalier. Es war um die Adventszeit und draußen lag der Mond auf dem Schnee, in einer Ecke aber klimperten zwei Jünglinge auf einer Gitarre alle ihre Weihnachtslieder – mein Liebster! wenn man mitten im Leben sitzt wie ich und nicht mit ihm, wenn auch traurig genug, spielt wie du, muss man blind sein und darf nicht sehen, dass seine Gifte Gifte sind; so habe ich das Süßeste verpasst und schließe mit der Banalität: zu spät.

Marion

Nun ertrank sie, jämmerlich in einem ungewöhnlich dicken Nebel, aber ihr Gift blieb in mir leben, ich kurierte jahrelang an mir, ihr Gift blieb in mir leben – es wird mich fressen und dann den angenagten, angefaulten Klumpen Fleisches durchtränken mit dem entsetzlichsten Wahn.

Aber das ist nicht wahr, dass der Erdball aus einer unelastischen Stein- und Eisenkruste und einer kompakten Kugel Magmas besteht, es ist nicht wahr, dass sich im Erdball alle nur denkbaren – alle nur denkbaren? – Aggregatzustände der Materie vorfinden, es ist nicht wahr, dass eine Zentralsphäre einatomiger Gase, dass ein massiver Stahlkern – warum nicht Goldkern? – existiert; er ist ein massenmächtiger Stein, in dessen innerster winzigster Zelle ich sitze und Träume spinne. Granit! Über mir, unter mir, allerorts Granit! Der schwitzt an den Fenstern, der Decke, den Wänden, dem Fußboden das Steinwasser in dicken Tropfen aus und macht die Luft schwül, schwüle Luft, schwül, drückend schwül – der Schacht ist zu! Wie eine Faust sich schließt, schloss sich der Stein und fauchend entflog die Luft – – – – langsam tückisch kriechend von den Bergen schwillt sie zu trockenem klingendem Sturm und bricht wie ein Räuber pfeilgerade als Mistral in das Meer.

Nun wird sich der Stein weiter ineinander schließen, wie eine Faust grimmig sich schließt, er wird mich zerdrücken wie man ein Rosenblatt zerreibt; und meine arme Seele – gleich dem Duft, der jenem roten Saft entsteigt, wird sie hoch und schwerelos durch die Poren des Steines dringen und ein Ich-weiß-nicht-was? flattern in ein Ich-weiß-nicht-wohin?, eine Magellansche Wolke, ein schimmernder Sternennebel en miniature – ein flimmernder Quark, ein okkulter Mist.

Aber ist ein unabhängiger Körper im Mittelpunkte hohl und hängen die Randteile seiner Höhlung gleich weit von seinem unrealen Mittelpunkt – ein Ring und eine Hohlkugel darf aus sich nicht ineinander stürzen. Darum keine Angst, du Narr, dein Zimmer wird schon bleiben, Tisch und Tintenfass und graue Wand, und sein pfeiferauchender Klausner wird weiter seine Wolken blasen, klausnerisch kapriziös, seine feinen Wolken, von denen die Leute oben sagen, die Polnadeln zuckten geheimnisvoll nervös, wenn die Nordlichter ihre orientbunten Teppiche flattern lassen, die Wolken, von denen die Leute sagen, die Chamsine brausten heiß und staubgefüllt über den Nil und der Mistral fiele wie ein Räuber singend über das träge Meer. Aber auch als Oleanderblüten und steile Mädchenbrüste werden sie ihnen vorkommen, auch abgründige Weisheiten, brunnentiefe Verse und steinschalige Rätselnüsse werden sie ihnen scheinen – den glücklichen Toren und ewig Blinden!

Hart so wollte ich, sollte der Stein sein und souverän? Einsam und rein? Es ist eine kleine warme Traurigkeit in ihm, eine mikrokosmische feuchte Wehmut und ein weicher Traum, seine Seele ist ein nicht ganz reiner Sehnsuchtstropfen. Eine warme Traurigkeit? Ein glummendes Feuer, ein schlafender Funke, der auf die Stunde hofft, da er Fackel wird und Flamme – ich bin ein schwelender Funke im Stein und werde einmal Flamme, Flamme sein!

Doch noch glummt er klein und schwelend bang und versteckt sich in melancholische Ringe und graue Wolken, in meilendicken steinigen Schalen wälzt er sich durch die Welt, in Planetenhüllen rollt er um die Sonne Jahr um Jahr und er weint seiner eingekerkerten Verborgenheit und der langen Zeit bis dahin, wann er Flamme wird und heller Wahn: ich bin gewiss krank und warte nur darauf, ganz krank zu sein.

Glaubt nicht, dass ich ängstlich bin, wähnt ja nicht, dass ich ein Zittern mit harten Zähnen zerbeiße, ich halte meinen Geist schon fest, ich zwinge ihn schon durch, auch wenn ich im Nebel versunken bin, auch wenn ich im Stein vergraben bin, auch wenn ich aus dem Herz des Kraken herabfiel in diese Tiefe, denn – im Frühjahr, im Frühling werde ich auf mein Haupt Schnee und Sonne streuen. –

Es ist der siebente Tag nach dem heiligen des vorigen Monds, an dem die Erde sich auftat und mich verschluckte. Nun werden sie sich oben, die Tiere und glückhaften Narren, an das gähnende Nichts, in das sie vom Flur aus treten und durch das sie leise schwindelnd auf die Straße hinabsehen, haben gewöhnen müssen, wer weiß! sie haben einen Verschlag gebaut und haben für den größten Teil des Tages alles vergessen. Nur die armen Male, wenn die Sorge müde wird und eine kleine Weile schlafen will, werden sie bang und betroffen vor den Brettern stehen bleiben, meine Wirtin und mein Mädchen, das zu ihr geflogen – nun schläft sie Wand an Wand mit dem Nichts; ob sie wohl ihre nackten Glieder noch dehnt und reckt und mit einem wilden Male wie besessen die Kissen von sich wirft? Mir ist, als träten zuweilen ihre Schatten in mein Zimmer und sähen mich scheu und traurig an – geht! geht! Ich schreibe an diesem Buch und muss weiterschreiben, hohe Berge weißer Bogen voll, ich werde anfangen müssen, kleiner zu schreiben, ganz klein – – – Der Journalist! Da! Da! mufft immer fort, murrt ewig hin – horch! horch! durch den Stein, dicht nebenan durch den feuchten harten Stein, trippelt, trappelt, stapft er auf und ab, der an seiner unzulänglichen Unfähigkeit, an seinem armen Halb und Halb Gescheiterte.

Was stapft er hier und wandelt im Kreise um? Taktmäßig, Ticketack Ticketack wie der Pendelschlag der Uhr? Jetzt unter mir, jetzt über mir – der Hund! Ob er ein Astloch sucht? Er will kolportieren, der Reporterhund! Aber ich werde ihm eine Falle legen, ich werde ihm eine Alltäglichkeit schreiben, eine Banalität, die er kapiert – die du bei deiner Kurzdarmigkeit eilends reportieren wirst!

Es ist der siebente Tag und ich habe folgendes an mir konstatiert. Oh! springe auf dich und reite auf dir! Oh Liebster, halte an dich! Es ist, als seien an meiner Schädeldecke elf Bindfäden befestigt – halte sie fest, lüfte nicht für eine Sekunde die Hand! Denn wenn du loslässt –! Noch nicht, es ist noch nicht an der Zeit, der Funke ist noch nicht zur Flamme geworden, der Stein der Erde ward noch nicht brüchig genug und morsch, ich halte die zuckenden zitternden lüstern zerrenden Fäden noch fest – noch nicht!

Ich habe folgendes an mir konstatiert. Die Zeit, in der mein Geist, verbohrt genug, noch Sturm lief gegen das Seiende und sich im heroischen Pathos an ihm töricht zerschmetternd gefiel, die Zeit, in der noch Schwung in mir war und ich mir noch nicht allstündlich die Sporen in die Flanken treiben musste, jene Zeit, da ich in den Schatten Gottes tobte und in das Ding der Dinge dringen wollte mit Stanzen und zürnenden Apollos, jene Zeit, da ich mit harten Flügelschlägen ebendiese Schatten vertrieb und mit grimmigem Hohn dann ebendiese Flügel zerhieb, kehrte nach jener Infektion noch einmal wieder und raste sich in einem lodernden Liebesparoxysmus aus, dann fiel sie ab von mir und ließ mich zurück für immer nackt und bloß. Aber in meiner Blöße bewahrte ich das Bewusstsein und den Stolz, einmal fliegend Sturm geritten zu haben, und hütete klar meine wuchtig mir eingetriebene Weisheit von der grandiosen Lächerlichkeit aller unserer Wahrheiten, es war hart in meine Mneme [Erinnerung, Gedächtnis; Anm. d. Hg.] gemeißelt:

> Des Daseins Proteusmaske scheint und klingt
> und mag dem Kind als Wirklichkeit genügen,
> es wird zu Lust und Tränen, blind sich fügen
> je wie der Popanz ihm entgegen springt.

> Du möchtest ihn enthüllen – ach! es dringt
> kein Blick durch diese schillernd bunten Lügen
> zu dem, der mit geheimnisvollen Pflügen
> das Chaos in die Kosmosmaske zwingt.

> Nenn ihn das Furchtbare und deine Welt
> sein Maskenkleid und bleibe dir bewusst,
> dass jede Maske käuflich ist für Geld –

> und diesen Glauben, hörst du Glauben, musst
> als Sprungbrett du betrachten, das dich schnellt
> zu aller Deutung grenzenloser Lust.

Aber das Sprungbrett schnellte nicht mehr und über diese »Weisheit« und ihren kleinen Stolz kam ich nicht hinaus und – wurde müd und taub und blind. Wohl kannte ich meinen in eine neue Zeit sehnsüchtig winkenden Raritätenwert und betonte ihn um so mehr, je mehr ich fühlte, dass er mein Einziges und Letztes war, aber mein Impetus verfaulte und ich wurde traurig steril. Da begann ich zu trinken und abermalen die Weiber zu lieben um ihrer Brüste und nackten Bäuche willen und modelte mir eine feine Rauschtheorie: das Ungeheure ist nur zu ertragen im Rausch und alle unsere Handlungen sind narcotica. Aber als diese narcotica auch anfingen, mir zuwider zu werden und ich erkannte, dass die Flucht zu ihnen auch nur eben eine Flucht und Feigheit war, blieb mir nichts als der resignierende Satz: einsam und rein! und das traurige Symbolum des Steins, hart und taub und kalt wie er und ganz steril. Auf meinem Schreibtisch, plump und stumm und wund von Gletscherschliffen, aus der Heide brachte ich ihn heim, ein alter Heidenstein und dummer Reim:

> So bist du mir das Symbolum der Welt
> in deiner eisigen Unnahbarkeit
> und deiner schweigenden Gleichgültigkeit;
> gefährlich nahe schon dem Nichts gesellt

> hast du dich auf den höchsten Stolz gestellt
> und hebst dich herrisch aus dem Strom der Zeit
> und über des Geschehns Formlosigkeit
> bleibst du der einzige, der Form behält.

> Oh kalten Gleichmuts lautberedter Hohn,
> des Unbegreifbarn greifbare Erscheinung
> hast du gepresst in einen Klumpen Ton

> und nur ein Ding, ein Nichts in unserer Meinung
> verharrst du stumm auf deinem kühlen Thron
> als dieser Welt sarkastischste Verneinung.

Und meine Sprache ward glatt und kokett und anstatt Handwerkszeug und Meißel zu sein, ward sie autokratisch und tat nichts als nur mit Worten spielen, mit Worten spielen nur des Spielens und müden Spielens und des koketten Klingens wegen. Ich bin gewiss so weit, wie ich wollte, hart und taub und kalt und ganz steril, schimmernd in toten Farben, klingend in toten Klängen. Und ich pflege eine müde böse Lust der Selbstbeobachtung, eine Lust, die mich immer schneller meiner Auflösung zutreibt und die doch keine neue Welt aus sich springen lässt. Denn das agens ist nur die Eitelkeit, grausam gegen mich sein und die letzten Funken meines nun bald völlig erlöschenden Intellekts melancholisch spielend genießen zu können – ein ganz normaler Verlauf: voilà »das langsame aber unaufhaltsame Schwinden des Intellekts.« Sehen Sie, ich bin gewiss ein Mensch, an dem die Natur das Experiment einer langsamen Zerstörung der Psyche durch Reduktion der Nervengewebe anstellt; ein faulender Leichnam, eine stinkende Leiche – aber ich reiße sie durch, du Hund!

Horch! horch! er trappelt unruhiger und schneller, wie einer, der zu Stuhle muss! Husch! husch! Der Darm ist kurz und die Reue ist lang – Lampenputzer ist mein Vater – husch! husch! – am Berliner Stadttheater – tapp! tapp! – Ein kurzdarmiger Reporter – nun ist er oben, es ist mäuschenstill – klack klack klack! – er exkrementiert.

Es ist totenstill und abertausend kleine Korkenzieher, immerfort, sie bohren in mir immerfort, in meinem Blut, in meinem Saft, in meinem Hirn, ah! dieser rotgescheckte Blumenkohl! Wie schwer er ist, wie Stein; meine Glieder – schwer wie Stein, mir schwindelt. Meine Füße schmerzen und die schweigsamen Bohrer, immerfort, sie bohren in mir immerfort, sie schicken ihr Gift stoßweis in mein Blut, sie machen meine Knorpel brüchig und meine Knochen morsch. Sie fressen an meinem Mark. Und mein Hirn, mein einst so wackeres Boot und zähes Wüstenreittier, schrumpft zusammen und wiegt leicht wie ein dummes Daunenkissen, ein kleines wulstiges Tändeldiwanschlummerkissen, das hat eine hortensienrot gefleckte Decke, deren Zeichnung sieht aus wie die eines feinen Achats. Und meine Wirbelsäule wird weich und wuchert wie krankes Kirschenholz, das Gummi schwitzt. Mein Blut fließt träg, meine Adern verdicken sich, verschließen sich und in meinem hortensienroten Hirnblumenkohl wachsen tückische Granulationsgeschwüre, die degenerieren fettig und verkäsen und werden schwielig fibrös und erlangen eine harte Konsistenz: verkalkte Gummiknoten wie Taubeneier groß liegen in meinem armen Hirn, gallertige Flächenmassen, grau, graurot, von schleimiger Weichheit, gleich Bleikugeln und fließendem Hydrargium [Quecksilber] drücken sie sich in den einst so köstlichen Teig und lassen meinen Kopf in einem dumpfen Schmerz schwimmen; sie machen meine Augen starr und mein Gesicht gedunsen und bleich und lassen ruhelos über seine verwaschenen Züge ein Wetterleuchten huschen, das sieht aus wie bei einem, der römische Elegien liest. Ich taumle, meine Hände zittern und stoßen sinnlos auffahrend in die Luft, meine Stimme bebt, meine Zunge lallt und der Schlaf kam schon lange nicht mehr zu mir. Ich rieche Petroleum und tote Vögel, es saust mir im Ohr und mein Zimmer dreht sich wie eine magische Laterne um mich, immer um mich – mein Zimmer? ich liege in einem Stall unter brünstigen Kühen – fi! wie das auf mich grün und gelb aus ihnen strullt in einem zwirnsfadendünnen Katarakt! Man hat mir meine linke Seite gestohlen und meine rechte ward Stein, meine Gedärme fraß man auf, ich bin innen hohl wie eine Trommel und meine Lunge ist in den Abort gefallen, man hat mich mit einer Packnadel gestochen, da entwich die Luft mit Gestank und ich bin zu einer grünen Tomate geworden, einer grünen Haselnuss, in der sitzt ein Wurm – oh! alle Himmel! ich bin eine faulende Leiche in einer Gruft von Stein, eine Steinnuss, innen faul und stinkend, die man nach der Sonne wirft – – –

Es ist totenstill – springe auf dich, wir reißen dich durch! Es ist ja nur dein Zimmer, das in die Erde fiel, kein Spuk dringt durch den unendlichen Stein und es ist auch keine Gruft, die Fäulnis birgt, es ist – – die Wände weiten sich, die Decke steigt, der Boden fällt, sie flüchten allzusamt wie ein Blitz zurück, bis sie mit einem Krach gegen die Oberfläche der Erde schlagen. Und das – Zimmer fliegt und kreist um die Sonne und fährt in weiten Spiralen brausend durch die Welt –. Ich fühle es nicht, ich empfinde nur gedanklich die Wucht des Flugs, sonst hänge ich mitten inne in dem ungeheuren Steinhöhlenwürfel, zappelnd wie eine Fliege in den Spinnefäden der Gravitation – der Gravitation? Es braucht nur einen Ruck, um solch Gedankendings zu zerreißen!

Die Welt – ein Produkt von Stoff und Raum und Zeit; du kannst auch für das eine das andere setzen oder für alle das Wörtchen Energie: denn die Stoffe sind in diesen Tagen zur Energie geworden; einstmals nannten wir sie die Ursachen unserer Empfindungen, und die letzte Ursache ihrer Änderungen untereinander und ihrer veränderten Beziehungen zu unseren Sinnesorganen, aus welchen Beziehungen die Empfindungen wachsen, nannten wir die Kraft. Und da wir es nicht zu Ende sophisten können, wie die Kraft – was ist die Kraft? wirklich die Funktion bewegter energetischer Raumzentren? – am Stoffe angreift, – vielmehr: wie die Kraft die Funktion des Stoffes ist, denn die Ursächlichkeit haben wir eskamotiert – so ziehen wir das, was wir intensiver in unseren Muskeln fühlen, die Kraft, der schon objektiveren Tastempfindung vor und setzen das angenomme Objekt dieser Empfindung, ebenden Stoff, enem subjektiv sehr »bekannten« und eindringlichen Gefühl gleich und konstatieren statuierend: Materie und Kraft sind nicht zwei Dinge, sondern die Materie – die wir bereits glücklich als Empfindungskomplex definiert hatten – besteht selbst aus Kraftzentren, deren konstante Widerstände sich uns als Stoff darstellen – es ist alles Energie. Und ähnlich ist es um Zeit und Raum bestellt: die Zeit ist die Bedingung, bzw. die Folgeerscheinung der Energie – geschieht nichts, so steht die Zeit still, und steht die Zeit still, so kann nichts geschehn – und da letzten Grundes nur Gleiches Gleiches bedingen und Gleiches nur aus Gleichem fließen kann, – – – und andererseits ist die Zeit die vierte Determinante des Raumes und da die drei anderen Determinanten des Raumes nur vollziehbar sind mit Hilfe der Zeit, d. h. da ein Neben-, ein Hinter- und ein Übereinander nur vorstellbar ist mittels der Zeit, ich muss die Länge, Breite und Höhe erst *abschreiten,* wenn ich einen Maßstab für sie, einen Begriff, eine Vorstellung von ihnen haben will, – – – es ist alles Energie. Und die Energie ist die Fähigkeit, Arbeit zu leisten, und »Arbeit« ist und bleibt die auf einen Zweck gerichtete Tätigkeit; es ist also das einzig Wirkliche der Welt eine Fähigkeit? Eine Möglichkeit? Ein etwas von unserem Willen, von unserer Notdurft Abhängiges? Die Welt ein um Lohn arbeitender Proletarier? Nur ein Substantiv auf -keit, ein Wort.

Wir haben uns wieder selbst in die Dinge introjiziert; und die Dinge sind hinwiederum eine Introjektion unseres Ichs – eines Allgemeingefühls – in die Inhalte unserer Wahrnehmungen. Und das Ich –? Ein Gefühl? Im »Gefühl« steckt bereits Subjekt und Prädikat: Ich fühle Mich. Und dieses Ich? Nun, vorläufig ein Wort, ein Substantiv; und wenn ein Substantiv die Subjektsfunktion übernimmt, so ist es damit ein Kraftzentrum geworden, und zwar ein objektiv vorhandenes, als dessen Wirkungen die wahrgenommenen Vorgänge aufgefasst werden.

Und die Korrelate der Kraft, die Kapazitäten für Energie, d. i. die Masse, diese Massen der Körper ziehen einander an; und da die Körper Molekularbewegungen von Energiezentren sind und die Energie letzten Endes eine zweckzielende Tätigkeit, ein Substantiv auf -keit ist – – – Mit Worten lässt sich trefflich streiten!

Doch die Körper sind auch Komplexe von Empfindungen, von Licht- und Tastempfindungen, sie sind Kettenringe von Adjektiven und zwar bilden diese das einzig Positive der Welt! Wir haben sie aber zu einer Nebensache gemacht und ihre angenommenen Ursachen in und außer uns zur einzigen Wirklichkeit, zum Ding, zum Substantiv, und von dem weißt du eben nichts weiter, als dass es ein Dingwort ist und letzten Grundes du selber dieses Dingwort bist. Und du –?

Doch seien wir naiv und unschuldig wie die Straßenkehrer und regierenden Fürsten und lassen die Körper stofflich raumerfüllend sein, undurchdringlich, kraftbegabt und ponderabel: dann ziehen ihre Massen einander an. Und da wir an eine unmittelbare Fernwirkung nicht mehr glauben mochten, an keine Distanzenergie und an keine appetentia, an keine propessio der Dinge zu ihrem proprium bonum, so legten wir den Äther zwischen sie. Er war zwar nur der Sohn der Finsternis und der Nacht und blieb auch als die obere strahlende Schicht der Luft immer noch etwas Göttliches, aber mit der Weile füllten wir mit ihm geheimnisvoll stofflich-unstofflich, ätherisch das Universum aus: es muss etwas da sein, folglich ist etwas da und also existiert der Äther. Warum auch nicht? – Aber er hat sein Dasein nur seinem schönen Namen und unserer Not zu danken. Und mit diesem Imponderablen, Körperlosen und doch Körperlichen – denn so muss er sein, folglich ist er so – pflasterten wir den Raum und schlugen eine Brücke von Stern zu Stern und legten ihn als Kitt und Mörtel zwischen die Atome. Und zwar so wirksam haben wir die Brücke geschlagen und so dick den Mörtel gelegt, dass heute nicht mehr die »Atome« warm und hell und elastisch sind, sondern dieses übernimmt alles der geduldsame Äther; in den letzten Tagen ist es gar die einzig dauernde Substanz geworden, die zwar Masse hat, ob auch Schwere, das ist unbestimmt. Und diesen Äther – d. i. den Sohn der Finsternis und der Nacht oder die allem zugrunde liegende Substanz – zerlegen wir in Atome, wie wir es schon mit den ponderablen Körpern getan und, bei dieser Zerfällung des mit Qualitäten erfüllten Raumes in kleinste Teile, eine Verwechslung begangen hatten zwischen den gedachten kleinsten Teilen des Raumes und den letzten undenkbaren Teilen des Stoffes; – diese Ätheratome rasen regellos und mit derselben unnennbar hohen Geschwindigkeit durcheinander und treiben die Körper, die gegenseitig eine Art Schirmwirkung ausüben – die Körper, deren letzte Bestandteile notabene von Ätheratomen umkreiste Atome sind, die hinwiederum dichtere Ätheratome darstellen – aufeinander und schaffen derart die Gravitation –: die Ätherstoßtheorie.

Der Äther ist aber auch ein Kontinuum, in dem die ponderablen Körper schwimmen und Pulsationen ausführen, deren Wirkungen sich als longitudinale Ätherwellen fortpflanzen und dadurch die Gravitation erzeugen –: Pulsationstheorie.

Oder – Druckdifferenzen im Äther veranlassen Strömungen und durch diese die Gravitation; und wenn die Druckdifferenzen sich ausgeglichen haben, die Blähungen verflogen sind und die Ätherwinde nicht mehr wehen, stehen dann die Sterne still?

Dann gibt es noch eine Handvoll elektromagnetischer – Wortzusammenkupplungen und physikalisch-mythologischer Weisheiten. Elektromagnetische! Das Sinnenfremdeste ist in diesen Tagen körperlich geworden, ein Ionenphlogiston! Die Elektronen sind nichts als die Knoten und Wirbel des Äthers, die Atome sind nichts als die Komplexe der einander anziehenden Elektronen, und die Körper sind nichts als die Komplexe der Atome – – – eine süße Kette, eine feine Schachtelwelt – oh heiliger Sohn des Erebos und der Nyx!

Aber warum soll die Welt nicht ein allumfassendes Bewusstsein, ein Gedanke sein, der sich denkt und dessen Logik die Naturgesetze sind. Denkt? Ich denke, d. h. ich spreche innerlich, heißt nichts, als ich habe in dem Teil der Hirnrinde, der die Sprechwerkzeuge innerviert, eine Erinnerung an die Bewegung dieser Sprechwerkzeuge, oder an die Laute, mit sich ich unwillkürlich eine Empfindung begleitete und sie als inneres oder äußeres Klangbild zum zweiten Male in mir schuf; kurz, Ich – das ist ein Etwas, das Erinnerungen hat –, habe Erinnerungen. Cogito – das sagt nur: etwas hat das Bewusstsein seiner Dauer. Seiner Dauer? Seines Seins? – Auf das »Sein« kommt es hinaus? Auf das Sein, als das einzig Wirkliche? Aber um dieses einzig Wirkliche zu finden, muss ich von allem Wirklichen abstrahieren; denn das Sein bleibt übrig, wenn ich von der Wirklichkeitswelt, nämlich von dem sich gegenseitig bedingenden und tragenden Netz der Eigenschaften, Stück für Stück alles nehme, was begriffen werden kann.

Begriffen werden kann? Begreifen? Das heißt nicht einmal: ich erkenne die Identität zweier oder mehrerer Vorstellungen, sondern nur: ich führe eine neue Empfindung, eine neue

Vorstellung auf alte, gewohnte, nicht mehr mir fremde, nicht mehr mich schreckende zurück. Und alles in allem: Worte, welche die Empfindungen noch einmal setzen wollen, flimmernde Worte. – Die Welt, das ist einmal deine Sprache, und ein andermal dein Sinnenkreis; aber in der Sprache setzest du die eine Seite der Welt dreimal, einmal grundlegend indem du sie mit deinen Sinnen empfindest, dann Ja zu deinen Empfindungen nickst und sie in Worten nachzubilden suchst und schließlich in deine Nachbildung dich selber hineinprojizierst, mit deinem Ichgefühl, dem Subjekt, und deinem Muskelgefühl, dem Prädikat; und die Welt, deren andere Seite du mit deinen Sinnen erleben und genießen kannst, die erlebst du erst rein, wenn du wie die Kuh oder der weltentrückte Buddha wortlos sprachlos gedankenlos, reaktionslos, – mystisch schaust; als welches mystische Schauen dann nicht viel von einem erhabenen Dösen zu unterscheiden ist. Aber die Reaktion und die Sprache ist deine Welt! Und die Sprache – – – Das Netz zerreißt, die Fäden der Gravitation schnellen zurück und rollen in bangen Spiralen sich blitzschnell auf und ich hänge im Freien, ich breite meine Flügel, ich schöpfe Luft und atme tief, ich steige brausend hoch und kreise wie ein Geier in meiner Höhle.

Und es ist, als wäre in ihr die Sonne untergegangen, wie sie droben jenseits der dünnen Schale untergeht und kurz nach ihrem Untergang ein kaltes Meergrün über den Himmel breitet. So meergrün und so sehnsüchtig zart wie die Sprache kleiner Märchen füllt die Farbe meine Höhle, wie die Sprache kleiner Märchen meine Riesenhöhle. Auf leichten weichen Flügelschlägen schwimme ich, ein einsamer Punkt, durch das ungeheure Märchen, durch die endlose sehnsüchtige Süßigkeit. Jetzt bin ich nur noch ein Wort, ein kleines zartes Wort, das mit einer verzuckerten Traurigkeit unsterblich durch die Jahrtausende fliegt, durch die Sprache der Menschen, durch ihre märchenschöne Welt, durch alle ihre Geheimnisse und Rätsel, die doch gar keine Rätsel und Geheimnisse, die feine süße Klänge und spielende, ein ganz klein wenig verlogene Capriccios sind, singe und fliege ich; und ich bin nur einer dieser Klänge, nur ihr lautester, nur der, zu dem sie alle immer auf und nieder klettern – – Ich! so heißt dieser Klang, Ich! das in sich das Du? schließt, und welches Du! zu sich selber sagt und in dem Du immer sich selber sieht – du märchengrüne Welt! Du meine goldene Verachtung und über alle Himmel fliegender Stolz!

Ein Tropfen Blut fiel in meine Welt – der zerfließt und zerstiebt und wirft die Ahnung von einem noch ungeborenen Pfirsichrot in meine grüne Höhle, in meine ungeheure Weite. Woher kam der Tropfen? Fiel er leise langsam aus meinem Herzen, dessen Riss noch nicht ganz vernarbt ist, jener kleine wehe Riss, der sich auftat, da ich erkannte, dass alles nur ein grünes Höhlensprachenmärchen ist? Aus meinem Herzen, das immer noch eine zarte dünne Sehnsucht weiter tragen möchte nach dem harten Stein, dem kalten Schnee und wer weiß? nach der weißen Haut einer runden Brust, einen törichten Kinderwunsch nach der wirklichen Wirklichkeit?

Ein Tropfen Blut fiel in meine Welt! Rot, rot – der wogt und wächst und schwillt, dick, rot, feuerrot, meine Höhle ist ein ungeheurer Wirbel von Purpur und Rot, der reißt mich fort in seiner Strudelflucht von Feuer und Blut. Wie ein Kork auf einem Strudel schneller und schneller kreist – ich fliege nicht, ich rudere nicht in dem brausenden Blut, ich breite meine Geierflügel und lasse mich wütend treiben. Aber jetzt rege ich meine Flügel, jetzt peitsche ich das brennende Blut, jetzt – muss ich schneller sein als der wütende Strudel, ein Strudel im Strudel, eine Flucht in der Flucht, denn – hinter mir hat der Strudel einen Schaum geworfen, der hat sich zu tausend gierigen Teufeln geballt – flieg! flieg!

> Wir sind die Welt: Not, Brot und Brunst!
> In deiner Hüllen Zauberkunst:
> in deiner Sinne Farbenglut,
> in deiner Sprachen Märchengut

herrscht herrisch der Instinkte Wut!
Versteck dich nicht – wir kennen dich:
aus jedem Finger spricht Verrat,
aus deiner erdenfernsten Tat
schreit laut dein notgepeitschtes Ich!
Heb dich nicht hoch – wir fliegen mit:
aus deines Fluges höchstem Glück
fällst du uns rettungslos zurück:
in Kot nach deinem Himmelsritt!

– – – – aber der Regen spülte seine silberglänzende Aschenkruste fort und ließ ihn dastehen in einem stumpfen Glanz, den Wald, durch den das Feuer fuhr; in heulenden Flammen fuhr es durch ihn und nun fällt der Regen sickernd über ihn und es ist wie ein Grab, ist, wie wenn eine Sintflut von Pech über ihn gefallen wäre und hätte nur seine höchsten Wipfel grünen lassen, aber auch deren Blätter sind welk und werden über Nacht zu Boden fallen. Ich bin ein ausgebrannter Wald, eine Sintflut brach über meinen Geist, eine Sintflut radikalster Öde und tiefsten Vergessens, und ließ nur noch die höchsten Gipfel stehen, aber auch über die wird über Nacht die Woge schlagen – – –. Kein Laut, nichts Weißes, nichts Buntes, kein Vogel singt und kein Wind weht, nur in dünnen Bächen sucht sich der Regen in den schwarzen Rindenrillen einen Weg; denn es regnet nicht eigentlich, es liegt nur ein großes nasses Tuch über dem Wald und aus dem sickert die Feuchtigkeit an den Stämmen herab – – ich will ihnen die Zunge ausst(r)ecken! – – –

Es ist totenstill; zwischen den schwarzen Stämmen her sind meine Wände gekommen und haben mich schweigend eingeschlossen, stumm sitze ich wieder mitten im Grund der Erde.

Es ist totenstill – – es knistert! Es knackt – es bricht irgendwo und leuchtet – es wird Nacht und die Lampe erlischt – es poltert donnernd und irgendwo stürzen Bergemassen ein – es schlägt eine Flamme lohend hoch und verbrennt die Welt – – – – – welch weißer Glanz?

Ein Namenloser

Roman

[*Mein Sommer 1912*; Samuel Fischer, Berlin 1919]

Der Namenlose

Tote sind es, deren Gestalten diese Blätter heraufbeschwören, denn auch die blonde Claire ist seit mehreren Jahren tot ...

Dem »verbummelten Studenten«, der den Namen meines Mannes bekannt gemacht hat, folgt heute der »Namenlose«. Es ist der zweite und letzte abgeschlossene Roman, den er uns hinterlassen hat, denn der dritte, »Paralyse«, ist Bruchstück geblieben.

Der »Namenlose« steht erkenntnistheoretisch zwischen dem in der Philosophie scheiternden »Studenten« und dem »freien Menschen« der »Paralyse«. Von ihm sagt Sack selbst, als er gelegentlich die Entwicklungslinie seiner großen Arbeiten skizziert:

Der Namenlose. – Der Götterglaube ist völlig überwunden; um aber im Relativismus und Positivismus bestehen zu können, Stütze und Verbindung mit dem Innersten der Natur durch geschlechtliche Liebe.

Dieser schonungslos ehrliche Bericht einer sinnlichen Leidenschaft wäre, viel eher noch als Loos und Erichs Verbindung im »Studenten«, eine »dumme Liebesgeschichte«, die allenfalls durch einen krankhaften Paroxysmus der erotischen Gefühle sich auszeichnete, wenn nicht das Denken die an sich kleinen Begebenheiten mit unerbittlicher Schärfe durchsetzte und zersetzte. Es sind, wie immer bei Sack, die Ereignisse im Gehirn, die den eigentlichen Gang der Handlung bilden, aus dem an sich leicht trivialen Stoff tragische Kraftvergeudung und Untergang gestaltend.

Sack schrieb den »Namenlosen« in Schermbeck, seinem Heimatort. Unmittelbar nach Beendigung des Dienstjahrs in Rostock, dessen photographisch getreue Wiedergabe der Roman ist, wurde mit den Vorarbeiten begonnen. Von diesen abgesehen, erfolgte die erste gültige Kladdenniederschrift in dem erstaunlich kurzen Zeitraum vom 5. Dezember 1912 bis zum 17. Januar 1913. Sacks damalige ungeheure innere und äußere Verlassenheit zeigt die Bemerkung, mit der er mir dann das Manuskript, das zunächst den Titel »Mein Sommer 1912« getragen hatte, übersandte: dass er auf der Welt niemanden wisse, dem er es lieber schicke als mir. Wir hatten zu jener Zeit erst wenige Briefe gewechselt und uns noch nicht gesehen.

Nach der Rücksendung erfolgte sofort die letzte Überarbeitung und Reinschrift, die durchwegs formale Änderungen brachte. Bedeutungsvoll war die Einschaltung der umfangreichen Diskussion der Kameraden auf dem Schießplatz. Sie ist eine temperamentvolle Auseinandersetzung mit den in Hans W. Fischers »Dreißigjährigem« aufgestellten Theorien. Das Buch war ihm inzwischen durch mich geschickt worden.

Im Frühjahr 1913 war der »Namenlose« druckfertig, in der heute vorliegenden Fassung. Niemand wollte ihn drucken. Es musste 1919 werden, ohne Sack, bis er den Weg in die Öffentlichkeit fand. Nun stellt er sich neben seinen älteren Bruder, den vielgenannten verbummelten Studenten, um mit ihm für den großen Toten zu zeugen, bis auch die übrigen Werke erscheinen und das ernste Bild vollenden werden.

Paula Sack, München, 8. Februar 1919

Ein Namenloser

Etwas Grauenhaftes ist ausgebreitet, klanglos lichtlos – eine finstere Häufung erboster Atome. Hier zu kompakten, ruhelos in sich rasenden Klumpen verfilzt, dort voneinander sich reißend, flüchtig, eins des anderen Feind. Wahllos stößt und bebt und kreist und zittert und wirbel das Durcheins in schauriger Sinnlosigkeit. Wohl schlagen die voneinander sich reißenden, flüchtigen, die eins des anderen Feind sind, zuweilen in fieberndem Rhythmus hin und wider und als rasende Welle pflanzt sich ihr zitterndes Fieber fort und bringt die kompakteren ruhelos in sich rasenden zu größerem Rasen. Wohl flüchten rollende Punkte, die jene anderen rastlos umkreisen, wie eine gehetzte Schar von hier nach dort, von dort nach hier und bringen den Tanz des Chaos zu größerem Chaos. Wohl stößt und prallt und kreist und rollt und zittert und strömt das in sich unentwirrbar schier, jedes der Kreisenden, der Gehetzten, der Wirbelnden, der Gestoßenen und Stoßenden nach seinem Gesetz und seiner Art. Wohl weiß ich die Formel dafür, wohl kenne ich ihre Geschwindigkeit, ihren Weg und ihr Gewicht und weiß, wie ihr Wirbel und Zusammenhang war und sein wird – aber es ist Finsternis und Schweigen, finsterster, schweigendster Wahnsinn. Und einst nimmt auch dieses, die Mannigfaltigkeit der Schwingungsgeschwindigkeit der einzelnen, ein Ende und es ist nichts denn ein rätselhaft grauenhafter Klumpen voll Gleichartigkeit, von ruhelos gleichartig zitternder Globen, klanglos, lichtlos, zeitlos, der lebende Tod. Denn die Formel weist t = unendlich und die Intensitätsunterschiede sind hin. Die Entropie hat ihr Maximum, zu dem sie strebte, erreicht.

Das ist deine Welt. –

Aber sie genügt mir nicht; denn, abgesehen von der Unbegreifbarkeit der Atome und der Entstehung des Bewusstseins aus der Bewegung dieser Atome, stellt die Mechanik und Atomistik, mittels derer ihr eure Welt eindeutig beschreibt, nur eine Seite des Unergründlichen dar. Ihr benutzt formaloptische und Tastempfindungen – haben die ein Vorrecht vor den Empfindungen des Gehörs, des Geruchs und der materialoptischen Sehens? Sie allein ebenso berechtigt, die Grundlage eines Weltbildes abzugeben. Ihr redet vom topochemischen Sinn: wie viel mehrere solcher Sinne mag es geben und damit wie viel mehrere Seiten der Welt? – Und sollte ich alle, sollte ich ihre Unzahl kennen, so bliebe damit meine Welt immer nur eine Sinnenwelt, eine Vorstellung und ein Bild, ein Bild, das meine abstrahierenden und ordnenden – an und für sich aus bestimmten Verhältnissen heraus gewordenen – Denkformen aus dem Material der Sinnesempfindungen geschaffen haben. Und über dieses Bild, über dieses Produkt meiner Organisation und des ebenso unergründlichen Außer-Mir, komme ich nicht hinaus. Und wer überhaupt berechtigt mich, kausale Beziehungen zwischen diesem Bild und meinen Sinnen und jener Außenwelt aufzustellen, wer beweist mir die Gültigkeit einer transzendenten Kausalität?

Aber ich bleibe bei meinem Phänomenalismus stehen, trotzdem ich weiß, dass er als korrelativen Begriff den der Substanz fordert, des Dinges an sich. Aber dieses Ding an sich ist ein logisches Unding: wenn alles im letzten Grunde x ist, so kann dieses x nur bestehen durch seinen Gegensatz zu einem y – aber dieses y soll wieder gleich x sein. Und versteige ich mich zu jenem extremen Idealismus und nenne das allem Zugrundeliegende Geist, Wille oder umfassendes Bewusstsein, so begehe ich den gleichen logischen Fehler. Wie komme ich da heraus? –

Aber auch lachend und brausend wälzt sich die Welle mit grünlichem Gischt zu mir, als schimmernder Kegel schleudert sich der Sonne Licht strahlend vom spiegelnden Meer in den Raum zurück, und Klänge, wiegende Klänge, zuckt nicht und tanzt nicht mein Fuß? umfluten umflatern mich, ein Duft überfällt mich, ein betörender betäubender, es knirscht der Sand und ein Leib presst sich an mich, zwei harte Brüste und ein blondes Gelock, da wende ich mich – – –

Blitzte das? Brennt die Welt?

Ich will von meiner Liebe schreiben, von meinem Sommer neunzehnhundertundzwölf.

Aber sei stark mein Herz und bleibe kühl mein Kopf, dann taucht sie zu sichtbar wieder auf vor euch mit ihrem Haargezottel von Gold und ihren Augen von Amethyst, dann flutet mein Blut, dann breiten sich meine Arme und meine Augen brennen und bitten – –

Claire hieß sie, war zwanzig Jahr, blauäugig und blond und ihr Gesichtchen geschnitten zart wie das einer Gemme; ich aber trug damals den Rock der Füsiliere. Und der und mein braunes Gesicht hatte es ihr angetan und meine Keckheit, mit der ich sie am ersten Abend dem anderen nahm. Aber weswegen flackerte ihr Auge auf und brannte sogleich in meinem fest, so fest, dass mein bleicherer Freund mich bat: Sieh sie doch nicht ewig an, du hast doch die andere!

Die andere war ihre Schwester, die eine Freundin für diesen Abend hatte mitbringen müssen.

In der Nacht, die diesem in roter Trunkenheit endenden Abend folgte, stahl sie sich den ersten Kuss. Einige Tage später, es war um Ostern, fuhr ich in die Heimat.

Hier verdrängten meine Brüche und Heiden ihr Bild. Nur, dass ich meinen Bäumen, meinen mürrischen Wacholdern und vergrämten Moorbirken fremder in die Augen sah. War es so, weil ihr mächtiger Bruder, das Meer, mich wieder angesprochen und angebraust hatte, oder zürnten sie mir, weil ich wieder im Begriff stand, mit meiner Liebe zu den Menschen zu gehen? Ich trug so oft mein nacktes Herz ratlos zwischen beiden hin und her und es war viel Zürnens, viel zärtlicher Eifersucht und viel Versöhnens zwischen uns.

Als ich zurückgekehrt war und zu unserem ersten Stelldichein ging, hatte ich das Gefühl, als schöbe hinter mir eine Riesenfaust. Nicht wie nachher, wo ein Seil zwischen uns gespannt schien, an dem wir uns näher, immer näher zueinander zogen, nein zwei Fäuste wie Felsen stießen uns aufeinander zu und aus den niedrigen Abendwolken lugte das Gesicht des Riesen. Doch als ich sie kommen sah mit ihrem wiegenden, losen und schlenkernden Gang – siehe! da zitterte schon das Seil und beflügelten Schrittes, liefen wir nicht? eilten wir an ihm aufeinander zu. Bis ich, ich nehme gerade die grüßende Hand von der Mütze und strecke sie ihr entgegen, zurückgeschlagen werde. Wie eine feuchtwarme Luft prallt etwas gegen mich und presst die Lunge – aber sie sieht mich fragend an, da reiche ich ihr die Hand:

Wie schön, dass du kommst. Wie gut von dir.

Stieß mich ihr fahl vom Lampenlicht beleuchtetes Gesicht zurück? Oder war es ihre unfreie Art der Begrüßung? Denn Claire kommt in einem kleinen Winkel auf einen zu und schlenkert mit den Armen und bewegt merkwürdig den hübschen Kopf und sieht, wenn sie die Hand reicht, an einem vorbei. Aber ich will ironisch sein und von meinem warnenden Guten Geist reden – ist doch die ganze Wissenschaft Ironie! Der Gute warnende Geist ist ebenso Forderung und Schöpfung des Gefühls als es Moleküle und Dynamiden sind. Was reden wir von ihnen, als ob wir an sie glaubten, und glauben doch nicht an sie?

Wir sagten ein paar dumme Worte; jedes erste Wort bei der Begrüßung ist dumm: wir wollen Zeit haben, uns in uns zu verkriechen und den Mitmenschen hervorzukehren. Dann nahm ich ihren Arm und ging mit ihr in ein Café. Hier setzten wir uns in eine verschwiegene Ecke, und Claire erzählte. Und erzählte mir, dass ich der zwölfte oder dreizehnte ihrer Liebhaber sei. Und nach diesem Geständnis legte, sie ihre Hand auf mein Knie und lehnte den Kopf an meine Schulter und schmeichelte: Weswegen soll ich dir nicht die Wahrheit sagen?

Hielt sie mich für unerfahren und war schon so klug, um zu wissen, dass Mädchen solcher Art auf Neulinge den berückendsten Eindruck machen? Oder kokettierte sie mit der frivolen

Weise, mit der sie ihre »Verdorbenheit« eingestand? Oder hatte sie mich lieb und wollte gleich am Anfang reine Bahn zwischen uns schaffen? War es ein Gemisch von diesen Drein?

Aber sie bezauberte mich und sah, wie sie mich bezauberte, und schnitt nun auf und ich ließ es an ähnlichen Beichten und Märchen nicht fehlen und hatte noch größeren Erfolg, denn ich erzählte raffinierter. So zeigten wir uns unsere schlechtesten Seiten, gaben uns interessanter als wir waren und verliebten uns immer mehr dabei.

Es war früh und noch nicht Mitternacht, als ich die entscheidende Frage tat; und mich gleich über meine Plumpheit ärgerte. Es klang so roh in unsere Verliebtheit hinein und sie antwortete nicht darauf, sie ging ja von selber mit.

Ich liebe diese schweigsamen Heimwege mit ihrem kleinen Bangen und zagenden Erwarten. Es liegt ein so prickelndes Gefühl von etwas Verbotenem, von Sünde darin – und wen von uns reizt, isoliert und erhebt nicht das bloße Wort Sünde schon? Hätten wir mehrere solcher angenehmen Atavismen!

Aber als ich frühmorgens, da die Sonne noch schlief, zur Kaserne ging, war mir die kleine Blondine gerade nicht zuwider, ich wusste schon, dass ich nicht so leicht von ihr lassen konnte aber es war mir, als sei ich etwas enttäuscht. Hatte ich sie noch interessanter erwartet? Doch nach den ersten Turn- und Exerzierstunden sah ich das Ereignis mit anderen Augen an; mein Körper war froh und leicht, ich war ihr dankbar und dachte mit verliebtem Lächeln an sie. Und dieses verliebte Lächeln sah man in der Folgezeit öfter um meine Lippen. –

>>Esst, trinkt und liebt, denn alles andere
ist keinen Stüber wert,<<

sagt Sardanapal und der Übersetzer schreibt: Tut, was euer Magen euch befiehlt – ihr könnt nicht anders; folgt dem, zu dem die Gattung euch treibt – ihr könnt nicht anders; und dann trinkt, auf dass ihr beides vergesst. Und alles andere, was keinen Stüber wert ist, das ist auch nur ein vergeistigter Betäubungstrank. Esst, liebt und trinkt! Das ist eine Welt!

Doch sollte man sie zuweilen nicht fast lieben gerade wegen dieses Betäubungstrankes?

Der Frühling kam und nach beendetem Dienst wandelte ich mit ihr in sein Kommen hinaus. Unter verliebtem Geplauder und verlieberen Dummheiten nahmen wir das Knospen und Drängen, das ahnungsvolle Klopfen und süße Pulsieren des ungeborenen Sommers in uns auf. Je blauer der Himmel und je duftiger der Hauch einer erwachenden Birke, umso verliebter sahen wir uns in die Augen, und je verliebter wir uns in die Augen sahen, umso blauer war der Himmel und umso duftiger der Hauch jener Birke. Wir waren der verkörperte Lenz, wir dachten der Nacht, die vergangen, und sehnten uns nach der kommenden, aber unser Geplauder blieb harmlos wie das zweier verliebter Bachstelzen.

Aber sobald die Lampen brannten und wir unter Menschen waren, war es aus mit unserem Bachstelzenidyll. Dann war sie das kleine Dirnchen, frivol und pervers, und hinter ihren lüsternen Augen saß der – Hass. Das war wie eine schwüle Gewitterluft, wir hatten uns maßlos gern und wussten uns durch Gleichgültigkeit und Eifersucht nicht genug zu quälen; das war ein wollüstiges Schweben zwischen Bissen und Tränen. Wir jammerten über das Leid, das wir uns antaten, aber dieses Leid tat uns so wohl. Und unsere Nächte wurden wild. Da verschwand das verliebte Lächeln, das man in den ersten Dienststunden auf meinen Lippen zu sehen gewohnt war, meine Augen glühten müde und ich dachte den ganzen Tag mit unruhiger Sehnsucht an sie. –

An einem Abend aber, da draußen ein warmer Regen fiel und der Wind von Süden kam, lag sie müde und gebrochen in ihrem Stuhl, ihre Stimme war weich und tief und es dünkte mir, als leuchte auch ihr Haar weniger keck. Sie sah mich mit ihren blauesten Augen an, stützte langsam den Kopf in die Hand und fragte mich: Sage, Liebling, was hast du eigentlich an mir? Weswegen hast du mich so lieb?

122

Ich habe dich nicht lieb.

Nein, lass das heute. Weswegen hast du mich so lieb?

Nun, ich habe dich eben lieb.

Weswegen?

Weswegen hat man wohl ein Mädchen lieb?

Du hast doch schon mehrere lieb gehabt. Weswegen gerade mich so sehr?

Ich habe dich nicht lieber als andere.

Doch! Doch! Du hast mich über alles in der Welt lieb.

Ich habe dich lieb, weil du unglücklich bist,

Liebling!

weil du, versteh mich recht, gerade nicht unglücklich, aber doch anders als die anderen Mädchen bist. Ich denke dann, wenn wir uns länger kennen, kann ich dir sagen, was mich quält, und es tut wohl, einem sein Herz ausschütten zu dürfen, von dem man weiß, dass er auch nicht immer auf Rosen lag. Vielleicht ist es das, vielleicht auch nicht. Das weiß man ja nie genau.

Doch, das weiß man.

Das weiß man nicht. Wenn ich dich nun lieb habe, weil du oft so widerspenstig bist und dann wieder alles tust, was ich will? Aber vielleicht liebe ich dich nur, weil ich dich einem anderen weggenommen habe.

Aber sie schüttelte den Kopf und lächelte in sich hinein. –

Wir wollen nun gehen. Und nimm es mir nicht übel, wenn ich dich nicht ganz heim begleite. Ich muss morgen früh zum Dienst.

Du! Ich geh mit dir!

Da lachte ich und küsste sie und wir – stolperten heim. – –

Es dämmert und die Kompanie steht auf dem Kasernenhof und der Feldwebel vor ihr und flucht mit meinem Korporal; ich aber bin auf der vierten Korporalschaftsstube, bleich und mit einem verliebten Lächeln um den Mund, noch umhüllt von dem Duft ihres Körpers und versunken in die Liebkosungen der Nacht. Mein Putzer schnallt und gürtet an mir, wir gehen hinunter und die Kompanie rückt ab.

Wo magst du sein? Schläfst du noch? Nachmittags soll ich dich beim Rückmarsch sehen – wo denn noch?

Aber die Gedanken verwirren sich, werden wirr, verfliegen und Bilder beginnen zu gaukeln. Zerwühlte Kissen und weiße Hüften –. Doch auch die Bilder verwirren sich, werden wirr, verfliegen. Aus den flüchtenden klingt ein Schrei so hell, er echot, hallt matt und matter, schwillt leise aus ferner ferner Ferne an und klingt und stirbt. Und jetzt umflutet ihn das Gefühl, bildlos wortlos – o du süße tief gesättigte Ruh! Ein Duft umflattert ihn noch, ein nicht bestimmbarer, süßer, zuwidrer –. Die langen Reihen der Helmspitzen pendeln taktmäßig hin und her, auf und nieder wogen die Tornister und gelbbraunen Zelte – Helmspitzen, Zelte – o du goldbraune purpurne Nacht!

Da hält die Kompanie, er prallt auf den Tornister seines Vordermannes, sein Helm kollert zur Erde und er erwacht.

Die Marschpause ist hin, der Marsch geht fort – ja wo geht er denn hin? Wie ein blauschwarzes seidenes Riesentuch liegt zu meiner Rechten die See und trägt braune und silberne Segel, und die Möwenschwärme sind wie weiße auf und nieder tanzende Staubpunkte auf ihm.

Da liegst du unsterblich und selbstgewiss in dir wie ein Gott und bist doch wie ein ruhloses Raubtier über die Erde gebraust. Kein Ort, und wäre es der Mount Everest selbst, auf dessen Schnee die Ewigkeit zu wohnen scheint, wo du nicht einmal in deiner blauen Herrlichkeit träumtest und glaubtest zur Ruhe gekommen zu sein. Aber eine Stunde einer größeren Weltenuhr schlug und wie ein nicht zu sättigender Feind rolltest du fort und warfst dich gierig über ein anderes Land. Wie nah fühl ich mich dir! Ich wanderte und wanderte und ruhte hier und dort und träumte für Sekunden einen blauen Ewigkeitstraum, dann riss es mich weiter ruhelos wie der Hunger das Tier. Aber das waren klingende berauschende Worte, in denen ich meine kurze Rast und Ruhe fand, das waren stolze und in die Ewigkeit langende Formeln – und nun vergaß ich mich und in einem Dirnchen verlor ich mich. Ein offener Busen und ein lüsternes Lächeln, das ist nun für mich die Rast und das seidenweiche Faulbett, auf dem ich die Welt vergesse. Ich weiß und lernte es immer gewisser mit der Zeit, dass kein dauernder Rastort für mich gebaut ist, aber ich will mich nicht schlafen legen in einem Proletariertrieb, in einer Herdenlust – ich trenne mich von ihr! –

In Schützenlinien lagen wir und beschossen Kopfscheiben, die sich undeutlich vom Boden abhoben, hinter ihnen gleißte weißer Dünensand und wogte das Meer. Tief sog ich die salzige Meeresluft ein und schoss niemals so gut wie damals in Elsenhorst.

Sandwolken und Spritzer fuhren zwischen den Zielen auf, die Luft ward zerschlagen von dem harten peitschenartigen Geknatter, durch das singend die Geschosse schwirrten, in den Pausen aber wogte und brauste die See. Und Claires Bild sank und sank, ich dachte nicht mehr an Trennung, ich war schon meilenweit von ihr fern.

Eine Barke tauchte am Horizont auf, über die Dünen hinweg hielt ich auf sie hin. Der Knall verschwand zwischen den übrigen, aber hoch über die anderen erhob sich das Geschoss – wo flog es hin?

Wie die Barke an ihrer Stelle stehenblieb still wie ein fernes Gespenst und ich nicht weiß, ob meine Kugel sie erreicht oder wohin sie sich verirrt hat, so steht auch fern wie ein Gespenst das Ziel, auf das mein Sehnen fliegt: sei frei!

Ob mein Pfeil es erreicht, oder vorbei ins Leere schwirrt und kraftlos in die Wasser fällt, – was geht's mich an! Die Richtung war da und meine Sehnsucht flog. –

»Morgen marschieren wir
zu dem Bauer in das Nachtquartier.
Wenn ich werde scheiden,
muss mein Mädel weinen
und wird traurig sein.«

Laut und metallisch klingt es und taktmäßig hallen die Schritte. Die Spaten und Seitengewehre klappen, in den Feldflaschen gluckst es ab und zu, taktmäßig ab und zu und die Helmspitzen schwanken nach links, nach rechts, die Tornister wogen auf, wogen ab –

wenn ich werde scheiden,
muss mein Mädel weinen
und wird traurig sein.

Das ist das Schöne auf diesen Märschen, dass man keinen Gedanken halten kann. Immer wieder muss man ihn einfangen, immer wieder entschlüpft er und schließlich ist er fort. Der Tornister zieht und zerrt, der Schweiß tropft, in gleichmäßigen Abständen Tropfen um Tropfen von der Stirn über den Nasenrücken herab. Dort hängt er und schaukelt und gleißt bald wie ein wasserheller Hyalith, bald wie ein gelblicher Karneol. Dann schiebt sich die Unterlippe vor, die Brauen ziehen sich zusammen, die Stirne kraust sich, ein energischer Hauch und er zerstiebt und zersprüht. Und das wiederholt sich fort und fort, die Füße brennen und die Zunge klebt – aber der Gedanke ist fort.

– wenn ich werde scheiden,

muss mein Mädel weinen
und wird traurig sein.

Das geht immer fort, das klingt mir nicht nur im Ohr, das senkt sich durch alle Poren ins Fleisch und durchdringt rhythmisch den ganzen Leib. Und wenn brütende Stille über den schwankenden Helmen und arbeitenden Lungen liegt, nur der schlurfende hallende Schritt, das Knarren und Klappen der Montur uns stumpf begleitet, wenn erst zaghaft einer, dann einfallend laut und metallisch der ganze müde Trupp ein anderes Lied anstimmt, mich durchdringt und durchpulst nur:

– wenn ich werde scheiden,
muss mein Mädel weinen
und wird traurig sein.

Das zaubert in mir zusammen mit Durst und Müdigkeit, dem vorwärts drängenden Gefühl, in das jeder Entschluss körperlich ausklingt, und den Nachwehen der Nacht eine schwermütigsehnsüchtige, mich mit ihrer Schwermut und Sehnsucht süß berauschende Stimmung hervor.

Vor uns an einer Wegebiegung blinkt es in der Sonne, stechend prallen ihre Strahlen von den gelb geputzten Hörnern – ein kurzes Halten und ein kurzes Verschnaufen, und weiter geht es, die Musik spielt und die Beine fliegen.

Da steht sie mitten auf dem Weg und weit vor der Stadt; die Zeit wurde ihrem unruhigen Herzchen lang, da kam sie uns entgegen – nun winkt sie und lacht und glüht mich an! Da ist alles verflogen, zerstoben und das Ziel in alle Winde zersprüht. – –

»Ich weiß nicht, was ich könnte sein, doch fühl ich, ich bin nicht, was ich sollte sein.«

Dieses Wort, auch von Sardanapal, hing mir, als ich nach dem Bade mich mit der Wollust der großen Müdigkeit in meinen Kissen streckte, an und ließ den Schlaf nicht zu mir kommen. Da nahm ich ein Buch, für das gerade in diesen Tagen die Zeitungen das große Tamtam schlugen, und versuchte zu lesen. Und während ich die Buchstaben mechanisch zu Wörtern und Sätzen zusammenstellte und diese sinnlos und fremd in die Unendlichkeit an mir vorüber trotten ließ, ward ich mir in tiefster Seelenruhe bewusst, dass mein Entschluss von Elsenhorst zusammengestürzt und der Pfeil meiner Sehnsucht wieder in den Wassern versunken war. Würde ich ihn noch einmal aufnehmen und ins Blaue senden? Aber mich bekümmerte das wenig, ich ließ es geschehen sein und war durchdrungen von der Unschuld des Fatums.

Auf der läuferbelegten Treppe glaube ich Schritte zu hören, leise, Diebsschritte, auf Spitzzehn – und ich wundere mich gerade über mich, dass ich ihr Kommen so wenig verwunderlich finde, da klinkt sie rasch die Türe meines Wohnzimmers auf, stutzt und sieht sich in dem leeren Zimmer um und wirft sich dann lachend über mich.

Aber Claire!

Du, ich konnte doch nicht anders! Und du am hellen Tag im Bett?

Als ob du das nicht gewusst hättest.

Sie sieht mich mit einem bösen Blick an, dann streift sie mein Nachthemd zurück und betrachtet ernsthaft die rosafarbenen Ellipsen, die ihre Zähnchen in meine linke Schulter gebissen haben. Und diese, meine Augen und meinen Mund bedeckt sie mit stürmischen Küssen und ich kann es nicht hindern, dass sie sich entkleidet und zu mir schlüpft. Ich will noch schelten und zürnen, aber sie presst ihren warmen Körper in meine Arme und erstickt mein Zürnen und Schelten in ihrem roten Blut. Die Sonne sah weg und ging hinter die nächsten Dächer, und als sie mit ihren gelben und meergrünen Pinselstrichen über den Himmel fuhr und braune und goldrote Kleckse auf ihn warf, verließ mich Claire. Ich aber kam mir in dem

Augenblick armseliger vor als der Straßenpflasterer da unten, über dessen ruhlos ödes Geklinke wir uns eben noch geärgert hatten.

Dann kleidete ich mich in mein bestes Extrazeug und verließ, eine Zigarette zwischen den Lippen und ein sorgloses Lächeln um den Mund, meine Wohnung. Ich hatte beschlossen, mich am Abend in Likören zu betrinken; die geben den schwersten Rausch und schlagen einen wie mit weichen Beilen zu Boden.

Ich bin so oft berauscht gewesen, wie der Schaum am Champagnerkelch war ich trunken; und war nüchtern wie der Fisch im kältesten Bergbach; ich habe gehasst mit der Ausschließlichkeit und Wucht des sinnlosen Triebes und habe in wissenden Stunden diesen Hass glühend genossen; ich habe geliebt mit der brutalsten Gier und ein anderes Mal mit dem delikatesten Bewusstsein und Selbstgenuss; ich bin großmütig gewesen wie ein Tor und neidisch wie ein hungriger Hund, ich habe in einigen kurzen Minuten rauchlos in einem purpurnen Strudel des Glücks geschwommen und habe, öfter als ich es wissen mag, in wortloser Verzweiflung vor den Toren des Todes gestanden, und habe mich dann aus all dem Fremden, das mich zerdrücken und zerquetschen wollte, emporgerissen, wie von den braunen Riesenschwingen eines Adlerpaares getragen in einen Himmel der blauesten Poesie, in ein Elysium der süßesten Narkotika; ich habe in allem Wissen umhergetastet und bin an manchen Stellen bis auf den Grund getaucht – ach! die Meere waren seicht – und was ich aus alledem mitgebracht habe, ist das, dass ich gelernt habe, dass wir in einem Meer von ewigen Rätseln und Unergründlichkeiten schwimmen. Wir sind nichts denn ein Blitz in der Nacht, der einen kleinen Umkreis in ein fahles trügerisches Licht taucht. Was er da fahl und verschwommen und übergrell mit seinem Lichte beleuchtet, mit seinem Lichte schafft, das ist unsere Welt. Wir haben nichts, wir sind nichts als diese blitzartig auftauchenden Bilder. Und in ihnen ist keine Schuld und keine Güte, kein Schön und Hässlich, sie kamen so wie sie kommen mussten. Und dass wir die Fähigkeit haben, wir Schaum vom Schaume der Wellen, diese Bilder in der Erinnerung wieder zu schaffen und an ihnen weiter zu leiden, dass wir nicht vergessen können und dabei von einem wilden Hunger nach dem Wissen eines zureichenden Grundes für alles dieses gepeitscht werden, das ist unser Privileg und grundlosestes Leid.

Es ist einsam um mich und ich muss weiter von meiner Liebe erzählen, Bilder an Bilder reihen – mögen die Menschen sie nennen, wie es ihnen beliebt, sie sehen sie durch ihre Brille und lügen ihre eigene Schönheit oder ihren eigenen Schmutz hinzu – o meine Bilder! ihr seid jedes für euch eine Welt, ihr taucht auf wie ein Blitz und leuchtet eine Sekunde lang, um dann wieder in die Nacht zurückzusinken, aus der ihr gekommen seid und wiederkehren werdet. –

Während ich mich nun von weichen Rauschbeilen tiefer und tiefer ins Bodenlose hämmern ließ, ging Claire mit ihrer Freundin in ein Tanzlokal; dort fragte man sie, wo ich wäre. – Der ist wie alle, der gebraucht dich nur zu seinem Vergnügen. Seinem Herzen bist du nichts; bilde dir nur nichts ein.

Da starrte sie die Fragerin mit großen Augen an und ging fort, bleich wie der Kalk an der Wand.

Diese kleine Geschichte erzählte mir am nächsten Morgen, an einem Sonntag, einer meiner Kameraden, mit denen zusammen ich auf die Ausgabe der Parole wartete. Da stürmte ich fort und ließ Parole Parole sein, denn Dinge, die mir ans Herz gehen, muss ich mit mir zwischen Bäumen und Wolken abmachen.

In noch jungen Jahren wurde sie von ihrer neidischen Schwester verführt und skrupellos wurde dann die Frucht, die sich so leicht hatte pflücken lassen, fortgeworfen. Aber da sie arm war und keine tröstenden Phrasen und Gefühlchen gelernt hatte, tröstete sie sich weiter durch den Genuss. Und dass sie, als sie vorsichtiger wurde und ein »festes Verhältnis« begann, dem typischen Lumpen in die Hände fiel, ist auch die Regel. Und dass jener, als sie Mutter werden sollte, zu seinen Geschlechtsgenossen ging und sie bat, für ihn den gewissen Meineid zu leisten – wer von uns täte es nicht?

Dann trat sie in unsere Gemeinschaft zurück und ging nicht den Weg, den an ihrer Stelle Tausende gehen, sondern schlug sich durch, und hatte nichts als Elend und Arbeit und ihre Rachbegier und ihren Hass. Und fiel sie endlich doch wieder, weil ihr Blut sie trieb und der Hunger, wenigstens für Stunden dieses Elend zu vergessen, so möchte ich sie eine Heilige gegen die nennen, die durch richtig spekulierende Romane oder einen neugierigen Kitzel aus Langeweile dazu getrieben werden. Aber der, dem sie sich gab, war ein patent gekleideter Idiot. Sie will mehr, sie sucht es bei dem, bei dem, sie weiß selber nicht recht, was sie sucht. Sie verliert ihre Stellung und schließt die Augen vor sich – Nun erst recht! – und die Straßen und Tanzlokale haben sie wieder. Aber in ihren Augen ist noch ein Suchen, zuweilen glaubt sie es gefunden zu haben, dann flackern sie wohl auf – aber es war wieder nichts. Und das Suchen und der Glanz erlischt und ihre Augen werden hart und starr. So haben wir sie mit dem besten Gewissen und unter den allervergnügtesten Scherzen zu einem seelenlosen Ding gemacht, zu einem Geschlechtstier, dem wir nicht einmal die Fähigkeit seelisch zu leiden zutrauen. Es liegt etwas in diesen aufgerissenen und hoffnungslos ins Leere starrenden Augen, das nicht ganz durch eure mechanisch-physiologische Deutung der fischaugenähnlichen Starrheit des Dirnenblicks erklärt wird.

Leise sang der Wind, der von der See her kam, in den Zweigen über mir und ich wanderte weiter bis ich inmitten dunkler Fichten und breitkroniger Kiefern stand, in deren Nadeln die wehende Frühlingsluft seltsam träumerisch rauschte.

Profanum volgus –! Sie liebt mich, weil ich sie liebe ihrer armen Seele wegen. Täuschst du dich nicht? O du fragwürdiger Seelenschenker! Sie liebt mich, weil sie glaubt, ich liebe sie ihrer armen Seele wegen. O du Gläubige an den Seelenverschenker!

Und ihre Liebe ist Dankbarkeit und die kann sie nicht anders zeigen als durch Lust. Und ihr Leben hat sie mir sogleich enthüllt, deswegen weil sie helläugig sind und zu oft verbrannt diese an seelischer Unterernährung Leidenden, sie wollen sicher gehen: sieh, so bin ich – willst du mich trotzdem, glaubst du trotzdem an meine Seele?

O du Seelenschenker! Und war ich's nicht, so will ich's werden und mich der Liebe derer freuen, die darnach hungert, dass auch ihrer Seele ihr Recht geschieht.

Die Bäume über mir wurden unruhig und knackten mit den Zweigen und der leise Wind, der nun stärker von der See her kam, schickte mich nach Haus.

Ich aber glaubte, eine Erklärung gefunden zu haben für das Aufflackern ihrer Augen, da sie mich zum ersten Male sah, für die Tränen, die sie über meine Briefe und dummen Verse vergossen hatte, für ihre eigenen Briefe, in denen sie von einem Glück stammelte, das sie durch mich erlangt und doch nie mehr erwartet hätte, und für ihre ewigen nächtlichen Fragen: weswegen habe ich dich nur so lieb? Ich fragte mich, ob sie jetzt diese Frage sich begrifflich beantworten könnte.

Es war inzwischen Mittag geworden und mein Putzer brachte mir die Diensteinteilung für den nächsten Tag und die Mitteilung, dass die Abfahrt nach dem Truppenübungsplatz für den kommenden Mittwoch festgesetzt sei. Wir hatten uns des Abends treffen wollen, aber jetzt schickte ich einen Boten zu ihr und bat sie, sogleich zu kommen.

Dann wartete ich und versenkte mich in mein Seelenschenkertum. Aber liebe ich sie überhaupt? Und wenn – liebe ich sie wie ein Dichter sein Gedicht? ist Mitleid und Liebe synonym für mich? oder ziehen sich unser beider kranke und müde Seelen an? Ich überlegte und fand es nicht. Doch eines von diesen sollte es sein. – Ah! dieser Rausch wird schon enden wie alle endeten. Aber da einer von uns ihn ernst nimmt, wird der Komödie Schluss tragisch sein. Denn alles, was wir ernst nehmen, endet tragisch. Auch der glücklichste Erfolg ist die Ursache neuer Anstrengungen und neuer Konflikte und damit weniger wert als der abschließende Misserfolg. Denn nun hetzt er uns von Stufe zu Stufe, von Klippe zu Klippe und wir verlieren darüber das Glück der Ruhe, das Veilchenglück der *anima vegetativa*. Wir sind blind über blumige Wiesen gerannt, sind höher und höher gestiegen und glaubten, in diesem Höhersteigen läge unser Glück, bis rings um uns der Abgrund gähnt: hier ist das Dunkel und Nichts und die Blumen und Wiesen sind weit, o du Narr, *qu'as-tu fait de ta jeunesse?*

Denn die Tragik liegt nicht in der Vernichtung einer wertvollen Kraft durch das Schicksal. Dann wäre die Zertrümmerung der Erde durch einen anderen Stern, da sie doch so viel wertvolle Kraft birgt, tragisch. Tragisch wäre es, wenn ihre Menschheit nach einem jenseits der Erde liegenden blauen Ziel strebte und, wenn sie es erreicht, seine Nichtigkeit und die Unmöglichkeit der Rückkehr einsähe. So war der Weg eines großen Teiles der Menschheit zwei Jahrtausende hindurch nach den Idealen des Christentums tragisch; jetzt haben wir die Katastrophe, jetzt sehen wir die wesenlose Nichtigkeit unserer Ziele und stehen nun da in schauerlicher Ratlosigkeit und können mit allen Mühen und Künsten und Schlichen nicht zurück zu dem festen beglückenden Grund der damals so schmählich verlassenen Erde. – Tragik liegt in der Vergeudung einer wertvollen Kraft.

Krokus und chinesische Primeln blühen unten im Vorgarten, die Schneebeeren und Flieder und greifbar nahe die Ulmen vor meinem Fenster beginnen zu knospen, eine einsame Wolke schwimmt durch den Himmel; sie ist nicht und ist doch, sie fällt und schwindet stetig und hat doch Form und Gestalt. Und ich werfe meine Worte über das Rätseltiefe, Worte, die so schnell verfliegen und doch dauernder sind als das, was sie umhüllen, und doch wieder nichts. Und der Rätsel allergrößtes, der Ort wo sogar die Kausalität einen Sprung zu machen scheint, ist das was sich Liebe nennt – o du Seelenschenker! – und des Lebens Allerschönstes ist der Schlaf.

Von schlaflosen Nächten und Frühlingsluft bin ich müde geworden und das sammetweiche Gefühl geliebt zu sein, schläfert mich ein. – Eine Spanne Zeitlosigkeit, während der die Welt stille stand und doch nicht stille stand – – da tappen wieder leise leise Schritte auf der läuferbelegten Treppe: meines Putzers dröhnende Kommissstiefel höre ich nie, aber ihre winzigen Lackstiefelchen wecken mich aus dem tiefsten Schlaf. – Sie öffnet ohne anzuklopfen die Tür, schließt sie bedächtig indem sie mir den Rücken zukehrt, wendet sich müde wieder um und bleibt nun in halb trotziger, halb verlegener Haltung stehen. Ich liege auf dem Sofa und beobachte ihr Gesicht, auf dem sich Scham und Schmerz mit einer kindlichen Hilflosigkeit streiten.

Das ist eine leidige Unart, die ich nicht ablegen mag, denn sie ist aus Entsetzen und prickelnder Lust gewebt, und ich fürchte, dieses ist der einzige gesunde Zug an mir: Es war an einem Augusttage, an dem die Hitze wie ein tückisches weißes Raubtier auf den Straßen lag, als ich am Fenster stand und zusah, wie man aus dem Nachbarhaus eine Leiche trug. Die Mutter, denn die Leiche war die ihres Sohnes, stand am Fenster und sah dem Sarge nach und presste das Gesicht gegen die Scheiben und verrenkte die Augen, um das letzte Ende des Sarges, der um eine Straßenecke bog, noch zu verfolgen. Ihr Gesicht war vom Weinen, der engen Trauerkleidung und der glühenden Raubtierhitze rot wie eine Tomate, wenn sie anfängt weich zu werden, und ich beobachtete nicht nur, ich studierte, so gespannt als ob das tiefste Mysterium sich vor mir enthüllen sollte, dieses Gesicht, wie sich in diese heiße, blutdurchpulste und aufgedunsene Fleischmasse der herzzerreißende Schmerz eingrub. Als der Sarg verschwunden war, brach sie zusammen und schlug mit der Stirn auf das Fensterbrett. Und ich sehe das Gesicht vor mir, dass ich es noch heute zeichnen könnte, so grub es sich mir ein.

Wir wollen uns trennen; es ist besser. Hier bringe ich deine Briefe und die Bücher, die du mir schenktest. Meine hast du wohl schon zerrissen, aber wenn nicht, dann gib sie mir wieder. Du brauchst dich wenigstens nicht lustig über mich machen!

Nun quellen endlich die Tränen vor, und die Bücher, die sie steif in den Händen gehalten hat, purzeln auf die Erde –. Da stehe ich auf und lege den Arm um sie und sehe sie lächelnd an: Glaubst du wirklich, ich habe dich nicht lieb?

Da nimmt sie meinen Kopf in beide Hände und blickt mich an, dicke Tränen in den Augen; dann legt sie scheu ihre Lippen auf meinen Mund.

Nun Claire, jetzt darfst du drei Tage nicht von mir gehen, – Ich gehe nie von dir. – denn am Mittwoch fahre ich auf drei Wochen zum Lockstedter Lager. – Du kommst ja wieder.

Beim Essen überraschten wir uns, die wir sonst nur von uns und unserer Liebe sprachen, wie wir mit einer gewissen Sachlichkeit über fernliegende Dinge plauderten. Dann nahm ich ihren Arm und wir gingen zum Strand.

Der Himmel ist blau, so blau und heiter, als wäre er frisch für uns gefegt. Und der leise Wind, der von der See her kommt, tut es nur, um unser weißes Segel zu blähen und uns fort zu wiegen ins Blaue, Goldne, in träumende Unendlichkeit. Leise legt sich unser Boot und trägt uns so weich und stet, als wüsste es, wie es um unsere Herzen bestellt ist. Die Wellen kommen heran, blauäugig und sanft, streicheln mit weicher Hand unser Boot, murmeln, glucksen und plaudern etwas – das klingt wie: sie haben sich lieb, sie haben sich lieb – glucksen und lächeln und gehn. Die Möwen, wenn sie in unsere Nähe kommen, vergessen ihr misstönendes Lachen, die Menschen, wenn sie an uns vorüberfahren, sprechen leiser und sehen uns mit stillen Augen nach, während die fernen Ufer mit braunen Schilfsäumen und grünen Saaten und schwarzblauen Wäldern in gewaltigen Kreisbogen gelassen an uns vorübergleiten; über allem aber hängt der Himmel unergründlich blau und die Ferne glänzt.

Wir sprechen kein Wort, wir sehen uns an und lächeln und können nicht reden. Sie sitzt mir gegenüber und lässt die Wellen durch ihre Hand gleiten; ihr Haupt ist leicht geneigt und sinnend und lächelnd sieht sie den enteilenden nach. Meine Blicke aber haften traurig und fragend auf diesem leichtherzigen Menschen, der – ins Leben gestoßen, er weiß nicht weshalb? wozu? – plötzlich sich bewusst geworden ist, dass er eine Seele besitzt, der allen Schmutz, alle Oberflächlichkeit und alles Elend, womit sie bis heute verdeckt war, vergessen hat und staunt und staunt: ich bin ein Mensch und bin geliebt!

Aber wie lange werde ich deine Seele behalten? Wann ziehst du sie wieder in dich zurück und begräbst sie mit Alltagsschmutz und Leid?

Wird nicht in der Giftluft deiner Freundinnen der Neid an deinem Glück nagen? Denn sie wollen dich wieder zu sich ziehen und wissen dein Glück dir so zu zerfressen und zu zerspötteln, dass du selbst nicht mehr daran glaubst und aus Leid und Scham und Trotz dich lachend wieder fortwirfst. Ich nehm's ihnen nicht übel, deinen Freundinnen, es ist ihr Selbstbehauptungstrieb. Aber wirst du stark genug sein? Ich fürchte, ich fürchte – – Du siehst mich so traurig an?

Ich dachte an die Zeit, in der du längst wieder einem anderen gehörst, in der du längst diese Fahrt vergessen hast, wo du dich kaum meines Namens mehr erinnerst.

Sie sieht mich groß an und eine Träne rollt über ihre Wange.

Ich sah dich, wie du ratlos dastandest, irgendwo in der Welt. Die, die nach mir in dein Herz sich stahlen, haben dir lachend den Rücken gekehrt. Nun breitest du in Reue und Sehnsucht die Arme aus – aber ich bin fern, ich bin vielleicht schon lange tot.

O quäl mich nicht so.

Und wenn du nun so einsam dastandest mit deiner Sehnsucht und Reue, würde ich wohl kommen, wenn ich dein Rufen hörte?

Da verwandelt sich blitzschnell ihr Gesicht und sie sieht mich mit unschuldigem Lächeln an: Du würdest sicher kommen.

Aber wenn ich inzwischen mit anderen Mädchen –?

Das tust du doch nicht,

Wer weiß!

Dazu hast du mich viel zu lieb.

Ja und du?

Das ist ganz was anders.

Ich würde wohl nicht kommen.

Aber als sie mich ungläubig lächelnd ansieht, da reiße ich – Bei Gott! Ich komme nicht! – das Steuer herum, dass das herumschlagende Segel im Winde knattert und sie zu Boden schlägt. –

Dann lächeln wir uns an: wir sahen wohl Gespenster – und fahren weiter in die Sonne hinaus, und weiter gießt der Himmel sein Gold über uns, nur die Wellen glucksen und schlagen schon lauter an unserem Boot und kühner bauscht sich unser Segel: die See nähert sich.

Da, als sie gerade kreuzend dem Ausgang zustrebe, legt sie ihre Hand auf die meine: Nein, ich würde zu dir kommen. Aber was du da sagst, kann je nie geschehen.

Ich glaubte ihr, ich glaubte ihr nicht; dem goldenen Sonnentag zuliebe glaubte ich ihr.

Jetzt hatten wir die Förde hinter uns und vor uns wogte das Meer. Bei seinem Anblick, seinem salzigen Atem, seinem ruhelos rollenden Rauschen verflog die träumerische Stimmung. Es ist zu groß, es duldet kein Träumen, das Meer regt auf. Da, als ich gerade eine mächtige Woge nahm und sie dröhnend unter unserem Kiel zerbrach, trieb mich irgendein Seegespenst – Würdest du für immer bei mir bleiben, Claire? rief ich durch das Brausen und Lärmen. Sie wendete sich nicht, sie sah geradeaus in die quirlenden und sich bäumenden Wogen.

Ich würde dich unglücklich machen.

Aber du liebst mich doch!

Ich würde dich trotzdem unglücklich machen.

Dann starrte sie weiter geradeaus auf die ringenden und grollenden Ungeheuer. Während ich Woge auf Woge nahm, starrte sie geradeaus, krallte vor Lust die Nägel in die Planken und sah mit aufgerissenen Augen zu, wie die grünen Bestien im wilden Übermut sich rollten und wälzten und bäumten und mit ihrem dröhnenden Lachen und wütendem Gebrüll die Luft zerrissen. Ich sah ihr zu und setzte von Woge zu Woge und freute mich an ihrer Lust. Mögen wir euch auch nie durchschauen, mögt ihr noch immer verborgenere Schlupfwinkel in euch haben, mögt ihr wie das Leben sein, ewig rätselhaft und ewig verlockend: ich liebe euch wie ich die Wogen liebe, die unberechenbaren schönen Bestien. Aber seid nicht zu stolz auf eure Abgründe und Schlupfwinkel und gefährlichen Lockungen, denn dass ihr so unberechenbar seid und so kompliziert und doch in allem so unschuldig-selbstverständlich wie das Leben selbst, das seid ihr nur unseretwegen und durch uns.

Kompakter kamen die Wogen angebraust, dröhnender bäumten sie sich hoch, wilder nahmen sie uns auf ihre grünlichen Rücken. – Wir wenden! – Wie ein Flintenschuss knallte das Segel und gleich einem Vogel flogen wir zurück.

Es war Abend geworden, kalt blies der Wind und blutrot verbrannte die Sonne. Da hüllte ich Claire in meinen Mantel und zog sie neben mich. Durch die grünen aufgeregten Wasser flogen wir, unser prall sich bauschendes Segel begoss die Sonne mit leuchtendem Rot und dein Goldhaar wehte und flatterte. Aber menschenleer war der Strand, ein verfaulter, sandverwelkter Strandkorb war unser einziger Bewunderer. – Wir hatten die Mole erreicht und ich vertäute das Boot, um es am nächsten Tag abholen zu lassen. Als wir zum Bahnhof gingen, brauste und dröhnte die See, über der der Sturm erwacht war, uns ihr Abschiedslied zu. –

130

Werden wir sie je gemeinsam wiedersehen? Je wieder auf ihrem grünlichen Rücken ins Unendliche fahren?

Uns fröstelte, eine namenlose Trauer überfiel mich – wir stiegen in den Zug und fuhren heim. In meinem Arm lag Claire, still und mit träumenden Augen – was träumte sie wohl? –, und ich musste es zufrieden sein, dass dieser Tag, dieser träumerische zweiflerische rätselschwangere lösungsreiche und hellseherische goldene Frühlingstag zu Ende ging.

Wir aßen gemeinsam zur Nacht. Aber die Musik, die uns aufspielte, wollte wenig zu der passen, die uns noch rauschend und brausend im Ohr lag, und die Menschen und verschnörkelten Wände kamen uns klein und elend vor, wo unser Auge noch von blauer und grüner Unendlichkeit träumte. Wir waren abgespannt, wir sehnten uns nach Einsamkeit und Ruhe und gingen heim.

Hier schmiegte sich Claire fest in meinen Arm, sie versuchte zu plaudern, versuchte noch zärtlich zu werden, aber müde fiel sie zurück und schlief mit einem glücklichen Lächeln ein. Ich spiele noch gedankenverloren, gedankenlos mit ihrer entblößten Brust, dann decke ich sie behutsam zu und betrachte lange ihren Kopf, der fest und schwer an meiner Schulter ruht. Ihr Atem geht gleichmäßig und sanft, das selige Lächeln bleibt und schwindet nicht, kein hässlicher Traum geht über ihre kleine Seele.

Aber vor den Fenstern draußen rumorte und sang der Frühlingswind und lockte mich heraus.

Ich würde eine Stunde mit dir durch Felder und Wälder laufen und Phantast sein, aber dann mich in eine Frage verrennen und am Ende in deinem Singen und Brausen nichts als Rätsel und Sinnlosigkeit sehen. Ich bleibe hier und höre dir zu.

Dann löschte ich das Licht und lauschte seinem Brausen und Toben, bis sie in meinem Arm erwachte und mein Lauschen störte. –

Die folgenden Tage zählen zu den vollkommenen in meinem Leben. Drei Wochen Unbekümmertheit, drei Wochen ein Leben in Heide und Wald, drei lange Wochen goldne Gedankenlosigkeit und drei Wochen das Bewusstsein, geliebt zu sein. Und das alles durchpulst von dem stürmisch hervorbrechenden Mai, das alles ausgebreitet über ein reizvolles Stück Erde – musste mir nicht so das Leben ertragbar sein?

Es ist ein elendes Nest, wohin mich in diesen Nebel- und Regentagen das Leben verschlagen hat. Schiffbrüchig liege ich hier, das wüste Meer spie mich aus, in Nebelländer jenseits der Hyperboreer spie es mich aus, und ich weiß mich vor dem Nebel und Regen nicht anders zu retten, als dadurch dass ich der Luftbilder und Inseln gedenke, die da im freien gefährlichen Meer blühen. Kein Leben ist um mich, und die Menschen, die hier hausen und leben von Tran und Kohl, das ist eine böse Mischung von Westfalen- und Holländerblut, ein misstrauisches, hämisches, zanksüchtiges, dickschädliges, zäh an der Erde klebendes unfrohes Geschlecht. – Ich sehe sie nicht, ich meide und fliehe sie, ich lebe unter ihnen unfassbar wie ein Gespenst, ich bin nichts als eine Vereinigung der von ihnen erzeugten bestimmten Folge von Verdickung und Verdünnung der Luft und der von mir nicht absorbierten Lichtstrahlen – ich bin nichts als mein Name.

Und was bin ich mir selber anders als ein vorübergehender Zusammenschluss der Kreuzungspunkte zahlloser Wellensysteme unter einem einzigen Brennpunkt, den eine transzendente Linse schafft, dem »Ich«? Auch nicht viel mehr als ein Gespenst – das ist noch weniger als der Spuk, den die Leute sehen!

Auf wie lange Wochen bin ich hier begraben, ohne Licht, ohne Sonne, ohne Meer und ohne Liebe. Wie soll das enden? Wie lange soll der Spuk im Nebelland umgehen? –

Am letzten Abend vor dem Aufbruch saß ich zusammen mit Claire und meinen Kameraden in einem Restaurant. Eine Zigeunerkapelle spielte da, und wir saßen zu sieben um einen

Tisch; Tabakswolken umhüllten uns, die man bald als melancholischen Zirrusstreif, bald als cholerischen Kumulus oder phlegmatischen Stratus hätte deuten können. –

Ja, was wir nicht alles haben möchten!

Ein Meerweib möcht ich haben.

Ein Meerweib?

Ein Meerweib will er haben?

Du? Ein Meerweib willst du haben?

Ja, ein Meerweib möcht ich haben. Grün ist ihr Haar und flutet wie der Tang, blau sind ihre Augen wie die See, rank und schlank sind ihre Glieder und voller Kraft, und ihr Sehnen geht dahin, einen Felsen zu finden, an dem sie zerbricht und zerschellt. Sie denkt nicht, sie grübelt nicht, sie redet nicht, sie schreibt keine Bücher und macht keine Konversation – sie sucht den Felsen, an dem sie zerschellt.

Wie sie ihn mit ihren Armen umschlingt, ihr Haar ihn überflutet und ihr schillernder Leib sich an ihn krallt, sich über ihn wirft und wie sie stöhnt und lacht! Zerschellt fällt sie an ihm herab und umschäumt und umkost, umschmeichelt und umleckt seinen störrigen Fuß – sie umschmeichelt und umlockt ihn Tag und Nacht, bis er zerfällt und in ihre weichen weichen Arme sinkt. Ja, so ein Meerweib möcht ich haben, so ein Felsen möcht ich sein.

Du, von einem Meerweib kann ich eine Geschichte erzählen. Es war in Sassnitz, da lief mir einer nach, der lief mir nach! sage ich dir. Aber ich mag sie nicht, die einem nachlaufen. Er wollte es nicht anders, und da bestellte ich ihn auf nachts um zwölf zu den Wissower Kleinken. Und – hast du Töne? – der ging hin. Und dann musst du wissen, es wurde schon Herbst und regnete und stürmte und das Wasser lief bis auf die Promenade herauf. Ich habe schön gelacht, wie der da in der Nacht gewartet hat und keine Claire kam. Aber am nächsten Morgen haben sie ihn am Strand gefunden, abgestürzt und beide Beine gebrochen und halb im Wasser hat er gelegen. Was klettert der auch bei den Wissower Klinken herab! – Oder meinst du, dass er da mit Absicht heruntergesprungen ist –? Und als ich ihn im Krankenhaus besuchen musste, da hat er in einem fort von seinem Meerweib geredet. Keiner wusste, was er damit wollte, aber schließlich kam es raus. Siehst du, da im Wasser hatte zwischen den Steinen ein toter Seehund gelegen – der war schon aufgegangen – da hat es in der Nacht denn wohl so ausgesehen, als wäre das der Leib von einem Meerweib gewesen. Verrückt. Und – hast du Töne? – wie er nun wieder humpeln kann, kommt er hier angehumpelt und will sich wieder mit mir verabreden! Der – na, ich hätte fast was gesagt.

Aber wo er doch Ihretwegen fast ertrunken wäre –

Der? der hat ja rotes Haar!

Aber heraus bestellt haben Sie ihn trotzdem?

Natürlich! der wartet jetzt in Warnemünde vor dem Strandhotel. Lass ihn warten! da braucht er wenigstens nicht abzustürzen und noch einmal die Beine zu brechen. Nicht wahr, mein Liebling?

Ja, so ein Meerweib muss ich haben. Das ist es gerade, was das Weib entschuldigt, dass sein ganzes Sinnen auf einen Punkt zielt. Das ist das Schöne an ihm und erklärt und verschönt alle seine Schlangen- und Teufelsmoral. Und nun pfuschen wir der Natur ins Handwerk und lassen es Ärztin werden und schicken es ins Parlament und – verheiraten es nicht einmal rechtzeitig, wenn es anfängt Bücher zu schreiben!

Und weswegen wir heute so wenig Erfreuliches unter uns finden? Man zeige mir den, der ganz leibgewordener Wille zu einem Ziel ist! Das ist alles geistiger Mischmasch und Kitsch, sodass als die Erträglichen nur die bleiben, die körperliche Fertigkeiten üben und lehren. Der Soldat, der Matrose, der Flieger und Polfahrer, das geht noch an, das andere ist verkümmert und zersplittert, ist trüber Mischmasch und Aufguss und Kitsch.

Und weswegen werten Sie den Erzieher des Geistes geringer als den des Körpers? Sie trennen ja wie die Unteroffiziere Seele und Leib und stellen vielleicht noch ein Kausal- und Rangverhältnis zwischen ihnen her.

Gewiss, und zwar das von Herr und Knecht. – Der Körpererzieher arbeitet nicht mit bewussten oder unbewussten Lügen, er weiß klar und eindeutig, was er will, und ich kann ihm glauben in dem, was er mir verspricht, und er erklärt mir offen die Gründe seiner Methode. Aber wenn Sie mir versprechen wollten, mir eine künstlerische Weltanschauung beizubringen, ich würde schon vorsichtig sein! Weiß ich doch nicht, ob Sie selbst an die Ihre glauben, ob sie innerlich durchgearbeitet und lückenlos ist, ob sie die restlose Krönung aller Ihrer Gedankenkomplexe oder nur ein Ihnen wesensfremder Eindringling ist, den Sie vergeblich sich zu assimilieren suchen, ob sie mir, die Sie mich nur Ihre eigene, ganz gleichgültig, ob sie Ihnen fremd oder wesenszugehörig ist, lehren können, nicht schädlich ist, ich weiß nicht, ob Sie mit Ihrem Unterricht nicht Hintergedanken verbinden – und die Gründe Ihrer Methode? Du lieber Himmel! Gewiss, es ist vielen ernst mit ihrem Unterrichten, wenigstens sagen sie es und das Klappern gehört zum Handwerk, aber wie viele unter ihnen mögen nur eine Ahnung haben von der Bedingtheit, den Grenzen und Abgründen ihres Lehrgebietes? Und ganz allgemein, was kann er mir denn geben? Doch nur, dass er mich erkennen lehrt, dass ein Abschluss oder irgendein definitives Können in geistigen Dingen unmöglich ist. Er lehrt mich Grenzen und innerhalb dieser meine Unfähigkeit – das ist allerdings, und gerade heute, wo uns die Lösung der Welträtsel für eine Mark bunt geheftet auf den Tisch gelegt wird, sehr viel wert, aber – was nützt mir das? Verspricht mir aber Mister *Suchaone,* einen guten Boxer, Herr Soundso, einen guten Flieger aus mir zu machen, dann kann ich unbekümmert mich ihnen anvertrauen. Und wenn ich hier keinen Abschluss erreiche, dann weiß ich, es lag an mir und nicht am Unterricht und Stoff. Ich pfeife auf das, was sich Geist nennt! Das ist Lug, Mittel, Dunst – ich freue mich auf unser Lockstedter Lagerleben.

Dann sind Sie auf dem besten Wege, geistig indifferent zu werden und am Ende zu verrohen.

Lieber verroht, als vergeistigt.

Und die Kunst?

Ist einmal nichts als eine Anreizung, eine Verlockung und Verführung zu körperlichem Genuss, ein andermal eine Tröstung über entgangene oder unerreichbare körperliche Freuden; letzten Grundes nur eine Medizin.

Wollen Sie vielleicht darauf eine Weltanschauung bauen?

Eine Weltanschauung? – Meine Weltanschauung ist mein guter Marsch, mein gutes Fechten und waghalsiges Segeln und diese holde Dame hier.

Das ist eine schimmernde Verbohrtheit, mit Ihrer Erlaubnis ein glänzender Mist.

Und damit denken Sie mich wohl geschlagen zu haben? Eine Verbohrtheit – die könnte diese »Weltanschauung« doch höchstens in Ihrem Gedankenreich sein; was wissen Sie denn, ob sie nicht die notwendige Schlussfolge des meinen ist? Wie kann man eine Weltanschauung überhaupt objektiv beurteilen? haben Sie einen Maßstab, eine allgemein gültige Norm für sie? Ist nicht jede für ihren Besitzer zweckvoll, vollkommen und wahr? Meine Verbohrtheit hat soviel Existenzberechtigung und ist so fern vom Absoluten wie Ihre Wahrheit; gleichzeitig ist sie aber auch ebenso ein Ausfluss und eine Erscheinung des Unzugänglichen und ebenso wirklich, ebenso wahr und wertvoll und ebenso fliegennichtig und sinnlos wie jene. Nur für die Unteroffiziere kommt es auf die Dauerhaftigkeit an, und da ist allerdings die Wahrheit, das heißt die verbreitetste geistige Reaktion gegen das Leben, älter und dauerhafter. – Aber Liebling! – Ach! Ich ärgere mich, wenn ich überall und stets und allerorts unseren Kopf gelobt sehe auf Kosten unseres Unterleibes, den jungen Trieb auf Kosten des uralten

Stammes, die Gefahr auf Kosten der Sicherheit, das schillernde Schweifen und ratlose Vaga-
bundieren auf Kosten der Ruhe, die geniale Krankheit auf Kosten der philiströsen Gesundheit. Nein, der Geist ist nie Zweck, ist immer Mittel und Organ, und so soll es sein. Zweck ist
stets unser Leib; wird aber jener zum Zweck, so ist die Disharmonie und Krankheit da. »Ein
Dieb ist der Gedanke am Leben«; genießen sollen wir die Schönheit des Lebens, aber nicht
über sie denken, und erst recht nicht über sie denken, um dann über dieses Denken wieder zu
denken. O du Welle, die nur lebt, um am Felsen zu zerschellen!

Ich hatte Sie immer für einen extremen Idealisten, in Ihren verrückten Stunden, die wir ja
alle haben, für einen Solipsisten gehalten, und nun – –

Praktische Philosophie, mein Lieber. Merken Sie denn nicht, dass ich mich für drei Wochen Lagerleben trainiere? Und merken Sie denn nicht, dass ich – süßer Zucker gesagt habe?
Denn wann wäre eine Philosophie nicht »praktisch« gewesen? Sie ist im letzten Grunde doch
nichts als eine Trösterin und Berauscherin, mag sie die Erde zu einem Jammertal und das Leben zu einer verneinenswürdigen Objektivation eines blinden Willens machen oder die Welt,
so wie sie ist, zur bestmöglichen aller möglichen Welten erklären. Sie rangiert nicht viel höher als Venus und Bacchus und seine spirituösen Untergötter. – Aber wollen Sie wissen, mit
welchen geistigen Taschenspielerkunststücken und grotesken Sophismen ich mir meinen philosophischen Haustrank braute?

Stellen Sie sich eine Fläche vor, auf der zweidimensionale Wesen leben, lebende Schatten.
Und diese Fläche denken Sie sich im dreidimensionalen Raum bewegt. Dann erscheinen die
Punkte dieses Raumes den Zweidimensionalen in der Form der Zeit. Der Analogieschluss ist,
dass das, was uns Dreidimensionalen zeitlich, einem Vierdimensionalen räumlich und gleichzeitig erscheint. Dem Einwurf, dass das, was für den Vierdimensionalen etwa noch eine zeitliche Folge ist, einem Fünfdimensionalen räumlich angeordnet dünkt, und so einschachtelnd
fort bis in eine Unendlichkeit, begegne ich mit dem Satz, dass etwas Unendliches nicht sein
kann, da alles Sein auf der Begrenzung beruht. Einmal müsste eine solche Einschachtelungs-
reihe ein Ende haben. Und für den Geist auf dieser Stufe, für den »zeitlosen Intellekt«, ist die
Welt ein festes zeitloses Gebilde ohne Werden und Vergehen. Für eine gewisse Höhenstufe
des Intellekts, die wir analogisch erreichen können, sind alle Formen der Welt, die sämtli-
chen Stadien dieses Rauchringes, wie die kleinen Gedanken, die die Claire gerade denkt,
zeitlos, das heißt ewig, unsterblich. Es ist das starre Sein, die homogene ruhende Kugel des
Parmenides.

Wir glauben an die Lehre der Ewigen Wiederkehr, an diesen Januskopf, wie man ihn
schauerlicher nicht ersinnen konnte. Glauben wir vielleicht gerade deswegen an ihn? Können
wir dem Unzugänglichen nicht genug Schauerliches andichten? – Eine gleiche Konstellation
der Kräfte, der Ring der Ringe kehrt ewig wieder. Nehmen wir aus diesem Ring vom Standpunkt jenes höheren Intellekts die Zeit und damit die Wiederkehr, so liegt in einem x-dimen-
sionalen Raum die Welt, die nichts ist als formgewordene, sich in der Form uns ewig gleiche
Kraft, und alles, was in ihr ist und war und sein wird, in ewiger Ruhe da. Das ist die intellektuelle Unsterblichkeit, wie es auf dem Etikett meines philosophischen Haustranks zu lesen –
stand. – Ja, mein Lieb, wir sind ewig da. Immer wieder werden wir uns zum ersten Male fragend und aufflackernd in die Augen sehn, immer wieder werden wir an einem goldenen Sonnentage ins Unendliche segeln, immer wieder werde ich dich mit unsäglicher Liebe zu mir
ziehen und immer wieder wirst du – – –

Ja, die Liebe – begann der Doktor.

Die Liebe, kam ihm ein anderer zuvor, als ob er das am besten wüsste, die Liebe ist nichts
als gekränkte Eitelkeit. Sie erwacht immer erst, wenn man den geliebten Gegenstand verloren
hat oder er uns verloren zu gehen droht.

134

Wenn man den geliebten Gegenstand –?

Nun ja, auf den man ein ausschließliches Recht zu haben glaubt. Dass gerade ein solcher Kümmerling mir, einem Kerl wie mir, das Mädchen weggenommen hat, das wurmt und nagt und beißt. Und vorher, da war sein ganzes heißes Liebesglück nichts als befriedigte Eitelkeit, die aber als solche nur bestehen konnte durch ihr drohendes Gegenteil. Die ganze Sehnsucht, die ganze Liebe – pah! nichts als gekränkte Eitelkeit!

Sie haben wohl traurige Erfahrungen gemacht. Aber Fräulein Claire, was halten Sie von dem, was man Liebe nennt?

Da sah sie mich mit nassen Augen an und lehnte ihren Kopf an meine Schulter. –

Mit einem Sprung setzte die Musik zwischen uns, wirbelte mit ihrer prickelnden Quaste über unsere nachdenklichen Gesichter und zerrte sie wieder in ihre alten Runzeln und Falten zurück.

Jetzt lass das Wasser in deinen Augen trocken werden, es ist der letzte Tag in der Garnison; liebe mich, lach, quäle, beiße und locke mich, sei wie die Welle.

Der Abend zerflatterte uns unter den Händen. Wir ließen uns treiben – ach! wann habe ich mich wohl treiben lassen! – und ich genoss ihren Abschiedsschmerz wie einen linden Opiumrausch, der den Fragegeist zur Ruhe bringt und das unterirdische gärende Drängen des Willens lähmt und die Welt uns malt wie ein schönes schweigendes Bild. Dann kam die Nacht mit ihrem übervollen Schoß von Zärtlichkeiten und Tränen. –

Auf morgens um halb sechs war der Abmarsch festgesetzt, um halb fünf verließ mich Claire. Sie spreitete noch sorgsam mütterlich die Kissen über mich, glättete sie und deckte mich liebend zu.

Und nun komm so wieder, wie du von mir gehst. Du weißt, was du mir bist.

Noch ein Zunicken und tapferes Lächeln und auf drei lange Wochen sehe ich dich nicht wieder.

Ich nehme die Uhr in die Hand und koste noch die letzte Minute der süßen Erschlaffung in Körper und Sinnen aus. Seltsames Leben! Ein wirbelndes Meer von Rätsel und Gefahr und gepeitscht von dem Sturm Notwendigkeit, und doch finden wir Planken und Inseln, auf denen wir den kurzen Traum des Glückes träumen können, und träumen müssen, wenn wir uns nicht aus Überdruss und Ratlosigkeit in die unheimlich lockende Finsternis fallen lassen wollen.

Nach einigen Stunden stampfte und dröhnte unser Zug in den Mai hinaus und schwenkte seine Dampffahne weit über die Hügel und Wälder. Nach Holstein! nach Holstein! ratterten die Räder.

Als es Mittag war, zog er seine weiße Fahne ein und rollte träg und stoppte und keuchte wie ein müder Gaul. Dann stiegen wir an einem elenden Haltepunkt aus und sahen uns an: Es geht auf eins, und des Abends erst sollen wir in Lockstedt sein. Man zu! Das Lagerleben beginnt!

Und es begann bei glühender Sonne und mit Waten in tiefem schwarzen Sand. Und als wir nach mühseligem Marsch und hechtlangen Sprüngen über die endlose Heide die Baracken erreichten, sahen wir aus schwarz wie die Teufel.

In Lockstedt angekommen, ich sehe aus wie der leibhaftige Mohr, schrieb ich an diesem Abend an Claire.

Wir schliefen mit den Leuten zusammen in den Baracken und für die erste Nacht war mir mein Lager zwischen den zwei größten Schmutzfinken der Kompanie angewiesen. Über mir aber wälzte sich ein »einjähriger Lehrer« in seinen pädagogischen Träumen und unter seinem zwei Zentner schweren Gewicht knackten und bogen sich die Bretter. Als aber, da die Lageruhr zehne schlug, ein Unteroffizier das traurige Lämpchen ausblies, erhob sich erst zaghaft und leise, dann anschwellend zum dröhnendsten Fortissimo eine unerhörte Musik. Das schnarchte und sägte und stöhnte, das prustete und fauchte und keuchte, das zog pfeifend wie ein lungenkranker Gaul die Luft ein und stieß sie wie ein zerplatzendes Ventil wieder aus, das röchelte wie ein Sterbender, das lallte im Schlaf, das grunzte in seinem unflätigen Traum, das weherte krankhaft und schreckhaft auf, das hustete und schnaubte und orgelte – und ein Dunst kroch aus der Finsternis, stieg aus den aufgerissenen Mündern hoch, den Betten, von den im Schlaf entblößten Leibern, das stahl sich aus den Spinden von dem Lederzeug und ranzigen Speck, das sickerte von den zum Trocknen an langen Leinen aufgehängten Strümpfen, das puffte wie ein Peletonfeuer und schwoll schließlich als dämonische Wolke aus den durchschweißten Fußlappen hoch, das wälzte sich und rollte in teuflischen Knäueln vor den verschlossenen Fenstern und warf sich, da es keinen Ausweg fand, auf mich –: da grunzte und schnalzte der Schmutzlümmel zu meiner Rechten, als fräße er Speck, ein nackter Fuß schob sich zu mir herüber, schimmerte bleich und verschwommen und krallte vor Lust die Zehen, und ein Geruch löste sich von diesen feuchten Zehen – an einer Linde, deren schwellende Knospen ich in dem bleichen Sternenlicht in einem stumpfen Glanz schimmern sah, lehnte ich wie ein weißes Gespenst und spie die Reste meines Abendessens in die Nacht. Dann stürzte ich in die Höhle zurück und raffte meine Kleider zusammen und kleidete mich im Freien an.

Hier schlich ich zwischen den Baracken umher und umkreiste das schlafende Lager, immer auf der Hut und mich vor den Patrouillen duckend, bis ich mich fröstelnd in einen Strauch verkroch. Ich zog die Knie hoch und schlang die Arme um sie, rollte mich zur kleinstmöglichen Kugel zusammen und suchte über den Doppelbegriff der körperlichen Reinheit ins Klare zu kommen. Es gelang mir nicht, und da es kälter wurde und ein Wind von der fernen See kam und gemächlich gen Osten lief, rollte ich mich noch fester zusammen und legte den Kopf auf die Knie und gedachte des weißen Mädchenleibes, der sich gestern in meinen Arm geschmiegt hatte und trotz meiner und seiner moralischen Verkommenheit selig gewesen war.

Als der gelbe Morgen aus den Heidehügeln gelaufen kam, hing da eine ziegelrote Wolke im Osten, so groß, dass eine Haselnuss, die in Armlänge vor dem Auge hängt, sie hätte bedecken können. Von der fiel ein Reif auf mich und da er auf meinen müden Lidern lag, verdunstete er in ihrer Wärme und ward ein Traumbild, als schwömme ein Schwan, überhaucht von einem leisen Flamingorot, hoch über die Städte und Wälder. Aber zwischen seinen aufgebauschten Flügeln saßen zwei Menschen und tauchten ihre Hände in einen Korb mit Rosen, der zwischen ihnen stand. Dann lächelten sie und ließen die Rosenblätter auf die Erde flattern. – Wer waren diese zwei Menschen? Wer war der Schwan, dessen schneeig weißes Gefieder das zarte Flamingorot trug? Aber die Wolke löste sich auf – der Morgen trank sie wohl? und es schwand mein Traum.

Doch ich fürchte, ich weiß zu gut, was mich zum Weibe zieht. Das ist nicht das Rätsel und nicht die Lust, das ist ganz etwas anderes, das ist vielleicht gerade das Gegenteil von beiden. Ich fürchte, ich weiß es zu gut, aber ich will es nicht wissen und vertusche und verzuckere mir meine bittere Weisheit. – Aber schmeckt dieser Zucker nicht süß, ist die brandende gischtende Welle nicht schön?

Im Lager begann es sich zu rühren und da die Patrouillen eingezogen wurden, verließ ich mein Strauchlager und wärmte und schmeidigte meine steifen und kalten Glieder, dann ging ich in mein Hotel, wo ich mich umkleidete und meinen Körper in kaltem Wasser wusch, und tat dann meinen Dienst wie sonst.

Hügeliges Land war's, das wir in diesen Tagen die Kreuz und Quer durchstreiften. Heide mit vermoorten Mulden und breiten Höhenrücken, auf denen die Kiefern- und Birkenbüsche lagerten wie eine Herde riesiger Dinosaurier und Diplodoken, die sich hier zur Mittagsruhe niedergelegt hat; niedriges Eichengestrüpp, kraus und ineins verfilzt wie das Wollhaar einer Vollblutnegerin; alter, eben sich begrünender Buchenwald, in dessen Schatten man sich freute aus der zitternden Sonnenglut, die draußen über der Heide und ihren Diplodokenherden lag, zu flüchten; und Weiden, hochgelegene und magere, wenn sie von den Heiderücken ausliefen, und überwuchert mit Thymian und duftenden Kleearten; schwarzerdige Sumpfwiesen, wenn sie sich aus den Eichen- und Erlen- und Rotdorngestrüppen herausschälten, düsterrote Sumpfblutaugen glotzten hier und das Schaumkraut warf dort sein lilafarbenes Wogengekräusel. Überreste eines zerschossenen Dorfes lagen in ihnen und ein Bach floss durch seine Trümmer; aus einem ungangbaren Erlen- und Salweidensumpf kam er gelaufen und erzählte sich hier, indem er gemächlich über die Scherben und Ziegelstücke rollte, Geschichten mit einem alten Birnbaum, satirische Geschichten über die Menschen, die hier einst taten, als wären sie die Essenz und der Angelpunkt der Welt; und wenn sie gut gelaunt waren, so machten sie ihre giftigen Glossen über die Beobachtungsstände, die in der Ferne kauerten wie Riesenpilze oder schwarze Erdgeschwüre, über die kahlen Stangen, wie sie tagaus, tagein ihre korbgeflochtenen Bälle ins Blaue reckten, über die steinernen Beobachtungstürme, die aussahen als hätte man eine rote Riesentanne in der Höhe ihrer ersten Zweige geköpft, und über die weißen Sandflecke, die die krepierenden Geschosse in die braune Haut der Höhenrücken gerissen hatten – und wollten sie an uns ihre Zunge üben, so dachten sie der ineinander verfilzten Eichengestrüppe, die ich oben mit dem Wollhaar einer Vollblutnegerin verglichen habe. Über dem allen aber hing während der ganzen Zeit unseres Aufenthalts ein wolkenloser Himmel, aus dessen Zenit die Sonne ihre brennenden und bräunenden Strahlen auf uns nieder goss.

O dieses Schmoren in der Sonne, dieses Blinzeln ins Licht, wenn wir als Patrouille weitab von der Kompanie hinter einer Kiefer oder im hohen Heidekraut in Deckung gingen! Diese Lerchen, tausende eifersüchtiger trillernder Punkte in der Höh, dieser Duft von Thymian, der über der ganzen Heide lagerte und in unsere Sinne einen warmen Taumel von Sorglosigkeit und Heiterkeit warf, o dieses absolute Unbekümmertsein und Aufgehen in nichts als in wohliger Sommerwärme!

Dann erhoben wir uns wohl und äugten umher und beobachteten durch das Glas die ferne einen Höhenrand anstürmenden und ankriechenden Linien – merkwürdig war es, dass ich dann auch das Feuer und Hurrarufen deutlicher wahrzunehmen glaubte; aber bald fielen wir wieder zurück und brannten und schmorten und streckten uns und blinzelten ins Licht.

Der Tornister unter dem Kopf ist weicher als ein Daunenkissen und die struppige Heide elastischer als ein Federbett – dann legt man den Helm auf den Leib und faltet die Hände über der Brust, das Gewehr schläft im Arm und man sieht in den Himmel und schmort.

Aber einmal an jedem Tage beginnen die Hügelheidewellen zu wogen und zu schaukeln, ich schwimme und schwimme auf ihnen hinaus und kreuze und schmeichle um ein winziges gelbes Haus, das da ferne an der Ostsee irgendwo an einem Hafen liegt.

Und wurde Halt! geblasen, klang es aus allen Gebüschen und Mulden, von allen Höhen und sich endlos ins Braungrün verlierenden Flächen, so schulterten wir gemächlich unser Gewehr und gingen dem Lager zu, dessen Wahrzeichen, der Wasserturm, hoch über die Heide blickte. Und da glückte es uns denn wohl, erst bei schon begonnenem oder gar beendigtem Parademarsch, der täglich die Übungen abschloss, anzulangen; immer aber kehrten wir schweiß- und staubbedeckt zurück und freuten uns der täglich wachsenden Bräune unserer Haut.

In unserem Hotel hausten wir zu vieren auf einem Zimmer, dessen Ausrüstung aus vier Betten, zwei Kleiderständern, zwei Waschtischen und einem Fenstertisch bestand, auf dem sich alles zusammenfand, was nicht hängen und nicht recht auf dem Fußboden stehen konnte. Als Badewannen dienten die Waschschalen, in die wir uns hineinstellten und aus Kannen und Karaffen das köstliche kalte Wasser über uns gossen; die Bettkissen benutzten wir als Wurfgeschosse und Hiebwaffen, die Gläser als Geschütze, aus denen uns heimtückische Güsse auf den entblößten Rücken fuhren, und auf unseren Betten lagen wir nach dem Essen nackt wie die jungen Götter und freuten uns unserer Nacktheit und göttlichen Müdigkeit; der Fußboden aber war ein Tummelplatz für Stiefel und Brotbeutel, für reine und schmutzige Wäsche und stellte nach den Kissen- und Wasserschlachten einen Ort des Grauens für ein Schock derber Zimmermädchen dar. Unser Getöse empörte zwar das Haus, aber kam uns einer mit offiziellem Blick und energischem Mund, so umflogen ihn Wasserstrahlen und Kissen und so blieben wir denn unbehelligt.

Und vor einem Jahr vergrub ich mich in die dämmernden Irrpfade Buddhas oder wandelte auf den gefährlichen Höhen Zarathustras und sah mir mit einer nicht geringen wollüstigen Verzweiflung zu, wie leicht sich unsere Werte und Begriffe in nichts auflösten, wie die stolzesten Formeln, die sichersten Welten und ehernsten Gesetze nichts wurden als Schall und Rauch und blaue Gespenster, als deren verschämter Vater sich der Wunsch und die Notdurft entpuppte. Und jetzt – sollte man es für möglich halten?

Des Nachmittags aber saßen wir draußen und sahen zu, wie der Mai die Lindenknospen aufbrach und die wilden Kastanien immer verlangender ihre knallgrünen Hände in die Sonne streckten, und unterhielten uns mit einem gläsernen zwei Liter fassenden Stiefel, dessen goldbrauner Inhalt zugleich als der konzentrierende Mittelpunkt unseres sorglosen Geschwätzes diente. Aber um die Stunde, wo alles stiller ward und die Sonne hinten in die Heide lief, ging ich hinauf und beantwortete deine Briefe.

O deine Briefe! In ewigen Variationen rührend unbeholfen, rührend treffend die eine Melodie: Du bist mein Glück und darum habe ich dich lieb, so lieb wie du nie wieder geliebt werden wirst.

Alltägliche Briefe, alltägliche Lügen, alltägliches Geschwätz. Ich war der Fels, den die Welle umbrandet, und die Welle wurde geformt und getrieben von dem Sturm, der einen sehr prosaischen Namen führt. Sinnlos und wild heult er daher und wirft Welle auf Welle hoch – das hat mit »Liebe« nichts zu tun, bei der Welle nicht und erst recht nicht beim Fels – er sucht sie ja nicht.

Aber was gab dir trotzdem diese Gewalt über mich? Zuweilen glaube ich, das schillernd Unberechenbare und Verdorbene in dir, die Gefahr zöge mich an. Liebt der Fels die Welle und seine Gefahr? – weswegen nur? Liebe ich mein Verderben? – was treibt mich dazu?

Oder – ich bin so müde; sollte das, was mich zu dir zog, auch nur Müdigkeit und Bequemlichkeit sein? Und ich bilde mir – weswegen denn? – deine schillernde Kompliziertheit und Gefährlichkeit nur ein?

Der Nebel liegt draußen, wochenlang liegt er schon da und begräbt mich hier. Es ist, als ob die Welt stille steht – wo ist sie noch? Leise tropft es vom Dach, es ist, als ob die Welt weint – warum weint sie noch? über den Sommer, der nie, nie wiederkehrt? – Es tröpfelt nicht mehr, die Welt trocknet ihre Tränen. Ein Hauch tut sich auf – hofft die Welt? hoffst du, mein Herz? Aber ich wollte von meinem Lagerleben schreiben, von meinen vollkommenen Tagen, und blättere in vergilbenden Briefen. Ich fürchte, ich werde in ihnen blättern, bis du – oder wird es dein knöcherner Bruder sein? – sie mir selber aus der Hand nimmst.

Aber weswegen blättre ich in ihnen? weswegen bohre ich in meiner Wunde? –

Ist die Welt Kraft, dann konstatiere ich in mir eine sinnlose Vergeudung von Kraft. – Wie denn: sinnlos? Vergeudung? Ist die Welt auch Kraft, so hat sie deswegen noch kein Ziel und keinen zu messenden Zweck. Denn legst du, das bedenke doch, an dein Mückendasein überhaupt ein Werturteil, so gilt dieses zugleich dem Universum, das dich hochhob wie der Ozean ein Schaumgekräusel. Und traust du dich, diesen Ozean, von dem du nichts kennst als seine Mechanik, zu bewerten? Der Teil will über das Ganze ein Urteil fällen? Wenn es umgekehrt wäre, das Ganze über den Teil! Und auch dann müsste es erst mit dir einen bestimmten Zweck verfolgen, nach dessen Nützlichkeit für sich selbst es dich bewerten könnte; und glaubst du denn – – Oder wolltest du damit sagen, dass die Kräfte, die sich in dir ein kurzes Stelldichein geben, stärker sind als dein sie betrachtendes und bewertendes Ich?, sodass du sie dir nicht einfügen und genießen kannst und sie darum als Vergeudung betrachtest? Soll das heißen: die, welche du liebst, ist deiner nicht wert? soll das heißen: du bist ein Narr mit deiner Liebe? soll das heißen: wirf dich wieder hoch und siehe ein, dass du einen Missgriff tatest, da du deinen Wacholdern untreu wurdest und mit deiner Liebe zu den Menschen gingst? – Ich glaube, das heißt alles nichts anderes, als dass ich kleiner war als mein Glück – und deshalb verließ es mich.

Es ist der zwölfte Dezember und von frohen Tagen wollte ich schreiben und glaube, wieder einmal konstatieren zu dürfen, dass das Normale das Umsonst und das Leiden und nicht der Erfolg und die Abwesenheit des Leidens ist; oder dunkler gesagt: dass das Normale das Kleiner-Sein des Ichs als es selber ist. Das ist das Leiden und der Zwiespalt unserer Zeit, der aus einer verrückten Laune gerade in mir sein Hauptquartier aufgeschlagen hat. Aber ich will ihn schon kennen lernen, ich will ihm Auge in Auge sehn, er soll schon Hals geben, dieser Hund! –

Mit der aufsteigenden Sonne sind wir heute abmarschiert. Nebel lag noch in den Mulden und hing grau, da hinten ganz fern, wo der Sumpf liegen muss, aus dem der Bach kommt, in den damals die Leute Scherben geworfen haben und der sich jetzt mit dem alten Birnbaum satirische Geschichten erzählt. Kalt war's und die Wiesen waren weiß. Hin und her sind wir marschiert, stundenlang. Durch die Eichenbüsche haben wir uns gearbeitet, Mann hinter Mann, und die blattlosen Gerten haben uns das Gesicht zerpeitscht. Durch die Kiefernbestände haben wir uns schweigend vorwärts geschlängelt, und kam eine Lichtung, dann ist es Gewehr rechts! im Laufschritt hinübergegangen, wobei die Tornister mit einem glucksenden Ton auf unserem Rücken getanzt haben, dazu der Schweiß floss. Kanonenschläge durchschlugen die Luft, von irgendwoher; da sind wir irgendwohin zurückgelaufen und haben uns, ich weiß nicht wo, geduckt, tief in einen Sumpf. Auf Ellbogen und Knien haben wir da gelegen, denn es lebten dort Sphagnummoose, die sich in der feuchten Nacht bis zum Platzen vollgesogen hatten, die Trunkenbolde. Weiter ist es dann gegangen, immer in den feuchten Tiefen, wo der Schweiß nicht verdunsten konnte und unser Körper uns vorgekommen ist wie ein überhitzter Kessel, dessen Ventile geschlossen sind. Immer ging es am Fuß der weiten thymianduftenden Höhen entlang, und immer durchschlugen die dumpfen Schläge die Luft. Seltsam aufregend ist es gewesen und das Reden hat nicht aufkommen wollen in der würgenden Luft. Wieder liegen wir in einem Sumpf, ein ganzes Regiment liegt in dem Sumpf. Großäugige Dotterblumen haben dort geblüht, saftstrotzend saßen sie da und fraßen mit ihren dunkelgrünen Herzblättern die Luft, sie öffneten ihre Glieder und prahlten und lockten mit ihren saftigen, goldgelben Genitalien. – *Caltha beata* sollte man dich nennen, sagte ich zu der schönsten von ihnen und küsste sie, da sie gerade zu meinen Häupten stand – als schon irgendwo Schützenlinien knatterten. Dann hieß es mit einem Male, wir sollten Kompaniekolonnen formieren, und da hat es denn ein böses Gehaste gegeben zwischen den Rotdornen und Weiden, manches Schimpfwort ist da gefallen. Dann haben wir wieder eine Weile gelegen, die Brust keuchte und der Schweiß troff. Neun Uhr ist es gewesen, wie wir da gelegen haben. Aber wie das Geknatter immer heftiger geworden ist, als es schon angefangen hat, wie ein Uhrwerk zu rasseln und zu rollen, da haben wir uns in langen Linien aufgelöst und sind gemächlich Gewehr unterm Arm die Höhe vor uns angegangen – da hat es mit einem Male Marsch! Marsch! geheißen und keuchend sind wir oben angelangt und haben uns zu gleicher Zeit lang hingeworfen.

Zwei braungrüne Wellenberge und Heide allerorts. Und auf dem anderen Berg liegt der Feind. Doch das Tal zwischen uns und ihm, die große Mulde, deren Boden nicht einzusehen ist, ist maßlos breit; sehen doch die Kiefern in ihr wie Wacholdersträuchlein aus, und sind doch die roten Flaggen, die oben in dem blauen Waldrand sich eingenistet haben, nur durch das Glas zu erkennen. Da liegt der Feind! Und fünf Kilometer sind es bis zu ihm, die wir mit unseren schnellen Sprüngen zwingen sollen. Glühend hängt die Sonne über uns und zitternd tanzt die Luft über der Heide. Vor uns, weit vor uns knattert es zuweilen, ab und zu huschen Linien auf und verschwinden gleich wieder, als hätte sie die Heide verschlungen. Die Geschütze, die soeben noch dröhnten als wollte ein Knall den anderen einfangen, schweigen; auch das Geknatter da vorne stirbt, nur die Grillen zirpen, und die Lerchen trillern, und das eigene Herz schlägt laut.

Das Herz – rast! Das war ein Sprung, bei dem hat es nicht viel an einem Kilometer gefehlt! Die Pulse jagen, der Atem pfeift, ich hebe das Gewehr und versuche zu zielen; der Helm schiebt sich hoch und ein Strom braungelben Schweißes gießt von der Stirn; da entfällt es mir mit einem Knall und vor mir stiebt Sand und Heidekraut auf.

Die Lerchen trillern und die Luft rollt, wie ein unendlicher monotoner Donner rollt sie; aber die Lerchen haben sich an ihn gewöhnt – wie sie trillern! Als ob sie ihn gar – überstimmen wollen! Als ob er ihre tolle Eifersucht – noch aufstachelte! – wer weiß! Dort rechter Hand über dem Knick liegt ein hellgrauer Rauch und wie ein angekurbelter Motor rattert das herüber. Da brüllt wer: Auf das Maschinengewehr rechts schwenkt Marsch! Marsch!

Da ist der hellgraue Rauch verschwunden und wir schwenken zurück und die roten Flaggen wachsen schon, sie wachsen! –

Die Sonne – glüht! O das – verfluchte Getriller! Nun sind wir heran! Da liegen sie! Einen Graben haben sie sich ausgeworfen und – mit Heidekraut maskiert – ha!

Mein Herz – springt! mein Atem – röchelt! Wie die Sonne – glüht! Fünf Kilometer im Sprung, das mache uns einer nach! O das verfluchte Getriller! – –

Allerorten hängen weiße Wolken in der Luft, kleine runde Wolken, und ein Singen und Pfeifen ist über mir. Da wirft einer die Arme hoch und legt sich auf die Seite – so lieg doch vernünftig! Verflucht! was stäubt die Erde vor mir auf? Allerorten stäubt sie auf. Ach so – 's ist Ernst.

Marsch! Marsch! – träume ich das eigentlich?

Wollen Sie nicht mit?

Ich bin doch verwundet; da bleiben ja viele liegen. Wie das Getöse wächst! Wie die weißen Wolken antanzen! Das glaub ich! Wie sie stolpern und purzeln und fallen, wie die Trunkenbolde purzeln sie! – Da pflanzen sie die Seitengewehre auf – da muss ich dabei sein! Hurra, jetzt stechen sie aufeinander los! Wie sie brüllen! Wie die Tiere. Wie die Knäuel sich wälzen! Herrgott, wie die brüllen!

Da richten sich gähnend die Diplodoken und Dinosaurier hoch und wenden und pendeln turmhoch mit ihren Schlangenhälsen und recken ihre Vogelköpfe starr himmelan und beginnen ein Geheule als ließe eine ganze Torpedoflottille ihre Sirenen heulen.

Jetzt haben sie ihn gewürgt, jetzt rasen sie hinterher, wie die Teufel hinterher, den Berg hinab, in den Wald. –

Scheint die Sonne nicht mehr? Das ist, als habe der Mond sich vor sie gestellt; das ist, als habe einer ein braunes Tuch über sie gehängt. Aber was wandern da für seltsame Lichter in der Heide? Was huschen für große Vögel über den Wald?

Schau! was will der einsame Kopf? Was will der Kopf? Da hat ihn nun einer auf der roten Heide verloren. Was! ist das das Schlachtfeld? Ein einziger Kopf?

Was will denn die hier? Was will das Weib hier auf dem Schlachtfeld?

He! Leichenfleddern?

Was schreit denn das Weib? Schrei doch nicht so! Blondes Haar hat sie auch.

Was brauchst du blondes Haar? Blondes Haar trägt nur eine, und die ward 'ne Hure.

Schrei doch nicht so! Rufst du mich, tolle Vettel? –

Ja, jetzt kommst du zu spät. Auf dem Schlachtfeld wolltest du mich suchen? Sieh, meinen Kopf haben sie zerschossen, meinen armen Kopf. Erst ward er verrückt, und nun zerschießen sie mir ihn; es hat nicht mehr nötig getan – die Narren.

Was? du willst mich wieder beißen? Ist das hier wohl der Ort? Ja, lache nur, das schlägt nicht mehr.

Oh! nun ist er im Zorn von mir gegangen! – Da nimmt sie das Seitengewehr und stößt es sich bis zum Heft in die Brust. Die Erde sinkt, die rote Heide unter uns fällt, unsere Namen fallen ab, und wir sind nicht mehr wir; Tage, Jahre, alles fällt von uns.

Bist du es? bist du es nicht?

Auf einer Wiese gehen wir, du bist so rank, so jung. Du wendest dich zu mir: Weißt du denn nicht, dass heute mein Geburtstag ist? Ich bin sechzehn Jahr, denk mal, wie alt! Aber was hast du für eine kuriose Mütze auf?

Das ist meine dunkelgrüne Mütze, die ich damals auf der Sekunda trug.

Komm, gib mir deine Hand; hier sieht uns keiner.

O, was du für kleine Händchen hast!

Wir gehen weiter, ich liege wieder auf der Heide, vor mir leuchtet in der Sonne ein rötlicher Stein; und ich sehe uns beide weit und weiter gehen, senkrecht über mir ins Unendliche. Schaumkraut blüht auf der Wiese, wir werden kleiner, immer kleiner, wir werden ein Punkt – da schlägt das Schaumkraut wie eine lila Woge hinter uns zusammen. Wo sind wir geblieben?

Eine Lerche singt über mir, wird kleiner, immer kleiner, wie ein Punkt hängt sie im Äther und singt und singt – aber wo? wo ist sie geblieben?

Endlos breitet sich die Heide und der Mittag glüht. Im steilen Gleitflug ist die Lerche aus der Höhe gefallen und die Grillen geigen nicht mehr. Das Schweigen geht um und fasst sich an die Stirne: schweige ich? rede ich?

Da bringt ein Hauch von ferne, von ferne – etwas Dumpfes, Taktmäßiges, Wiederkehrendes. – Da spielen sie den Parademarsch, sage ich zu mir und blinzele ins Licht. Ich springe hoch und sehe mich allein in der Heide, über der die Luft in zitternden Säulen steht. Als ein schwarzer Punkt blickt der Wasserturm über den Wald – die ferne ferne Musik hat aufgehört – der Parademarsch ist aus.

Das war der elfte Mai, an dem ich an einem heißen Nachmittag allein aus der Heide zurückkehrte und unterwegs meines Traumbildes gedachte, das in mir aufgestiegen war, während ich wie tot in der glühenden Sonne lag. – Aber als ich des Traumbildes vergaß, da musste ich mit einem Male der *Caltha* gedenken. Nicht wahr, man ist auch neidisch auf seine Jugend, in der man eine Fähigkeit besaß, die man später verlor und die nur noch die Blumen haben, die so – dumm und unkompliziert geblieben sind?

Und doch will ich die Unergründlichkeit und Kompliziertheit lieben? – da sitzt ein Haken, und der Haken ist der, dass ich selbst der Komplizierte bin. –

Es ist Mitternacht, und der Hauch, mit dem sich die Nacht vorhin die Augen getrocknet hat, ist zum Sturm geworden. Sturm im Nebelland! Ich kann nicht denken, nicht schlafen – mich treibt es hinaus in die Nacht, ruhlos in die ruhelose Nacht.

Wo magst du sein? Dass dieses Blut nicht ruhen kann! –
Ich bin zurückgekehrt. Doch wie ich vorhin unter den jagenden Wolken und zwischen den Wänden, die die Dunkelheit gegen mich schob, wie ein Gefangener lief – hier bin ich sicher, hier bin ich allein, hierhin zwischen Licht und Bücherschränke wagt sie sich nicht, die da draußen wie ein Spuk neben mir stand, ging mit mir, sprach mit mir, koste mit mir, und der Sturm, der über mir heulte und in den Zweigen knackte und die Wolken rollte und sie zu prasselndem Regen zerschlug, peitschte mein Blut – ich bin zurückgekehrt, ich weiß nichts Besseres, als zu schreiben, Worte hinter Worte zu setzen, die Feder eilt nicht so schnell wie die Worte sie jagen – Herrgott! ich schreibe ja nur, um von mir loszukommen! –

Um von mir loszukommen? Alles Objektive beruhigt und leitet ab: ich will mich in objektive Tintenstriche verwandeln – aber auch in diesem Tintenstrichengewirr nach psychologischen Richtlinien suchen! Deswegen schreibe ich, nicht nur um mich zu beruhigen, sondern um einen Weg zu finden, einen Weg aus dem Nebelland zur Sonne, einen Weg zum Ziel. Und dieses Ziel –? – –

Eine Nachtübung war angesagt. Wir versahen uns mit wärmenden Getränken und marschierten bei untergehender Sonne ab.– Es ist finster geworden, der Himmel ist bezogen und es weht ein mürrischer Wind. Ich bin mit meiner Patrouille weit voraus, meine beiden Leute habe ich links und rechts von mir postiert und mich selbst hinter einen Knick, der wie eine kreisförmige Wehr in die Nacht ragt, verborgen. Lege ich den Kopf auf die Erde, so höre ich Geräusch und Klirren. Sie buddeln da hinter uns einen Schützengraben aus. Vor mir blitzen ab und zu schwankende Lichtpünktchen, die Taschenlampen feindlicher Offizierspatrouillen, die die Sturmstellung festlegen. Sie haben sich getäuscht, ihre Stellung ist zu weit. Hin und wieder knallt es dort unten im Sumpf, hin und wieder dringt ein fernes Hurrarufen aus ihm herauf – sie schlagen sich um die Übergänge über den Bach – noch vereinzelte Schüsse fallen, und es ist, als ob ihr Knall in der stillen Nacht vor sich selber erschräke – dann rasselt nur noch der Wind im Heidekraut. Ich raffe mir dürres Gras zusammen und knie darauf, dann stütze ich die Arme auf den Knick und blicke in die Nacht.

Es ist rau und kalt, irgendein Licht liegt noch in der Luft und färbt die Wolken, die streifig und schwammig den Himmel bedecken, in fahles Leichengrau. Die Birken, die sich auf den Knick gepflanzt haben, sind noch nicht belaubt wie ihre Brüder in der Heide. Denn in den Sumpf, der da unten liegt, fällt allnächtlich eine dicke kalte Luft und wenn dieser Kältesee kurz nach Mitternacht beginnt überzuschäumen, so kriechen seine weißen Wellen zäh und kalt an den Höhenrändern hoch – da mögen sie noch nicht grünen. Kalt durchschauert's mich, Trostlosigkeit und Verlassenheit liegt in der Welt und gleich einem hoffnungslosen Wanderer, der ein endloses Weg vor sich hat und weiß, dass er unterwegs zusammenbrechen wird, stöhnt und taumelt der Wind.

Da fällt mir ein Brief Hyperions ein, den er schließt: »Ja, vergiss nur, dass es Menschen gibt, darbendes, angefochtenes, tausendfach geärgertes Herz! und kehre wieder dahin, wo du ausgingst, in die Arme der Natur, der wandellosen, stillen und schönen.«

Falsch! Falsch! Nicht die Natur ist wandellos, still und schön, sondern nur dein Ideal – vielleicht ein krankhaftes – von dir selbst! Und da du es nicht verwirklichen kannst, gibst du der »Natur« diese Epitheta. O, die lässt sich viele Namen geben. Aber nur die Enttäuschten und Schwachen, die Ausgestoßenen und Erfolglosen und Leidenden, insgesamt die, welche über ihre Kompliziertheit nicht Herr werden, »flüchten in die Natur« und hängen ihr jenes Lügenmäntelchen um, jenes unerreichbare Ideal und beten es an. Aber in ihrer Ratlosigkeit und Flucht vor sich selbst beten sie sich selber an und lieben ihren Feind in sich, den sie nicht bewältigen konnten; sie jagen nach einem Phantom, das sie für unerreichbar halten, und sind es im Grunde doch selbst – die Schlange, die sich in den Schwanz beißt und wahnsinnig zu

142

kreisen anfängt. – Denn die Natur selbst ist grausam und unerbittlich, sie ist weder unwandelbar noch schön, sie ist gar nicht für uns erreichbar, uns ewig fremd, höchstens – als Bild! – ein Haufe sinnlos rollender Atome. Wir sind's, wir, die ihr Glanz und bunte Masken geben.

Und was ist's mit uns, die wir in jenem Flüchten eine Krankheit und ratlose Narrheit erkannt haben, die wir wissen, dass wir nicht aus uns herauskönnen, mit uns, deren jede Sekunde, jeder Gedanke und jede Bewegung nichts ist, denn der aufblitzende Brennpunkt zahlloser Kausalreihen, und besonders mit uns, die wir uns dieses allen stündlich bewusst sind und nicht mehr zurückkönnen zu dem unbewussten harmonischen Triebleben des Tiers und glückhaften Philisters?

Zwei Wege haben wir, uns aus der schwarzen Trostlosigkeit jener Erkenntnis zu retten: entweder wir streben danach, die eherne Unerbittlichkeit zu lieben, und können uns nicht Genüge tun, ihr überall, ihren feinsten und allerfeinsten Fäden nachzuspüren, oder wir sehen von ihr fort und ergeben uns dem Rausch. – Nicht jenem dionysischen Rausch, der sich austobt in hyperbolischer Bejahung, in ewiger Vernichtung und ewigem Wiederschaffen des Gewordenen – er ist triebhaft und unbewusst –, sondern dem bewussten Wegsehen und inbrünstigen Untertauchen in Mitleid, Musik und Liebe.

Aber das ist ein Symptom von Müdigkeit, Überkompliziertheit und Totgeweihtsein – ist Abendröte.

O diese mürrische trostlose Nacht! O dieser taumelnde Wind!

Und diese Straßen sind diametral entgegengesetzt, sie sind antipodisch von Urbeginn – oder sollte mein hämischer Verdacht sein, dass auch jene erste mit der Zeit umbiegt und in die andere ausfließt?

Es ist grimmiger Neid und ein schielender gelbäugiger Verdacht – ich will meine Straße gehen und meinen Rausch trinken, bis zur Hefe will ich meinen Becher leeren und die goldensten Abendröten bauen.

Die Nacht ist mürrisch und der Wind nörgelt und fragt: hast du die Kraft dazu? Wenn dir nun einer den Becher nimmt und du nun dastehst –? Wenn eine schwarze Böe aufsteigt und dir die Abendröten verjagt und vergräbt?

Was will das Gespenst in der Nacht! O, wo bist du, dass du mir mit deinem goldenen Leichtsinn nicht helfen kannst es fortzuscheuchen? O du verfluchte Nacht! Du Grübeltier! Du Unholdsschoß!

Schatten kriechen im Heidekraut, ducken sich, nähern sich, eine ganze Linie von ihnen schleicht und gespenstert heran. Feuer! Feuer! Da sind sie wie weggeblasen. Alarm! Alarm!

Doch da gespenstert's und schleicht's unabsehbar heran, die ganze Nacht schickt ihre Schatten vor – da rollt und rast das Feuer die weite Linie entlang und die Maschinengewehre spucken unaufhörlich ihre feurigen Zungen in die Nacht. – Im Osten beginnt es zu dämmern, ein gelbes Rot huscht über den Himmel – sieh! trillernd steigt die erste Lerche hoch!

Nebenan in der roten Backsteinkirche schlägt die Turmuhr drei. Die Wolken sind zerrissen, das Dorf schläft und vier Sterne blicken aus der schwarzen Nacht zu mir und um acht oder neun erst geht die Sonne auf. Aber ein trübgelber Klecks in den Nebeln, das ist in Kolchis die Sonne. Je länger ich hier aus meiner Höhle, ich Höhlengrübeltier, auf die toten Dächer und zerfetzten Wolken sehe und in den faulen Schlaf, der da draußen schnarcht, – das will eine Welt sein? ein Spuk ist's, ein Nebel- und Wolkenspuk, wenn viel, ein unnötiger Traum.

Oh die Jenseits-der-Hyperboreer, die kommen nicht zum Bewusstsein, dass sie leben und wie sie leben und zu der aberwitzigen Frage, warum sie leben und zu der bittern Erkenntnis, so fliegenunnötig zu leben. Sie kommen nicht dazu, zu nachtschlafender Zeit sich in Tintenstrichen objektivieren zu müssen – die Schläfer und steifbeinigen Nebel-Murmeltiere!

Da holt jeder Kristian sich seine Katrine – liebt er sie denn? er denkt nicht daran, er ist gar kein »er«, er ist eine Welle, die der Sturm treibt und welche muss, ohne dass sie weiß, dass sie muss – so nimmt er sich eine Katrine, die ihren Leib im Leben dreimal wäscht, und zeugt Junge mit ihr und räsoniert nicht darüber und schreibt nicht des Nachts um halb vier: Ich bin kompliziert und suche deswegen das Nichtkomplizierte. So ist's. Deswegen liebe ich den eindeutigen Trieb in ihr, und die Gefahr an ihr ist mir lieb, weil ich im Prädikat das Subjekt wittere. Gefahr, weil ich weiß, dass ich auf diesem Ruhekissen verfaule und immer weicherer Ruhekissen bedarf, und weil ich weiß, divinatorisch weiß, dass ich dieses Ruhekissen verlieren werde, dass sie mir nicht treu bleiben wird, nicht treu bleiben kann, deswegen ist sie ja Trieb und – deswegen liebe ich sie. Eine krause Sache, glotzt mich nur so an, ihr vier Sterne, aber so ist's.

Und wenn ich glaubte, ich liebte die Kompliziertheit, die Wellenartigkeit an ihr, so ist es, dass ich an den Äußerungen dieses Triebes, dem Schaum und den Brechlichtern der Welle, meine ästhetische Freude hatte und mich durch sie hinweg täuschen ließ über den zu Grunde liegenden nackten wüsten Trieb, dem ins Auge zu sehen ich zu schwach bin – ich mag es nicht, will es nicht, ich darf es nicht, ich müsste ihm eigentlich fluchen. Ich weiß, dass ich in ihr eine gewisse Ruhe finde, ich will es aber nicht wissen. Eine seltsame Sache, ihr vier Sterne, aber so ist's.

Ob es mir auch derart mit den Dingen der Welt geht, an deren bunten Erscheinungen in der Form ich mich zuweilen erfreue, ja ihnen die Unsterblichkeit geben kann, wenn ich ihres rätselhaften Untergrundes, den ich mir bildlich anthropomorphisch am liebsten auch als einen Trieb vorstelle, nicht gedenke? Ihr verschwindet nicht hinter den Wolken, ihr vier Sterne?

Dann darf ich auch diese interesselose, »malerische« Anschauung gerade als mein rigoroses Wegsehen und meinen Rausch bezeichnen und ich mache mir durch ihn die Welt ebenso erträglich wie die Zärtlichkeiten und spielerischen Launen und Überraschungen mir jenen anderen Trieb verschönern und verhüllen und erträglich werden lassen.

Wie ich jene Anschauung den Rauschtrank der Erkenntnis, so könnte ich die Liebe das sich berauschen und von sich weg sehen Wollen des Geschlechtstriebes nennen. Ihr leuchtet noch immer, meine vier Sterne?

Und – nun schwindet mir nicht! – haben die beiden miteinander etwas zu tun? Könnte eines die – Bedingung des anderen sein? – Wo seid ihr, schluckte euch die Nacht, meine vier lockenden Sterne?

Nun, so will ich nicht darüber denken, ich will nichts darüber wissen, – obwohl ich doch schon alles weiß.

Und meine Kompliziertheit – was will ich mit dem Wort? Es steckt in ihm der Versuch einer Selbstentschuldigung. Es wird nichts anderes sein als der Ärger, in dem Hinundhergerissenwerden zwischen dem Wunsch nach einer positiven Erkenntnis und dem Wissen ihrer Unmöglichkeit keine endgültige Stellungnahme treffen zu können: entweder finde dich mit jener Unmöglichkeit ab und lebe dem Nihilismus in dir zum Trotz, oder gehe fort mit einem Fluch auf den Lippen, oder berausche dich, aber mit gutem Gewissen!

Und diese Unfähigkeit, entschlossen, wenn auch mit geschlossenen Augen, Stellung zu nehmen, schiebe ich einer krankhaften, vielleicht ererbten, in der Zeit, in der Luft liegenden, »Kompliziertheit« zu. Meine Kompliziertheit, das ist nichts als Schwäche und – atavistischer – Ärger über diese Schwäche und das Überwinden-Wollen dieses Ärgers dadurch, dass ich mich vor mir selbst entschuldige, indem ich die Ursache meiner Schwäche in einer Vererbung oder im Zeitgeist suche.

Aber ist das alles insgesamt nicht schon eine Krankheit, ist jede Selbstkritik nicht das Anzeichen des Niedergangs? –

Es ist noch immer nachtschlafende Zeit und im roten Backsteinkirchturm nebenan hat die Uhr noch nicht fünf geschlagen. Ich will in die Heide gehen und dort wie ein Spuk über die Hügel geistern. Dann will ich mich mitten auf einen der braunen Walfischrücken setzen, die da zwischen den Wäldern gestrandet sind, die mittlere Eiszeit warf sie wohl dort hin, und will den Hut auf die Knie legen und dem Wind ins Ohr flüstern: klopf an ein Fenster, hinter dem der vierschrötigste Hohlkopf haust, und dann rufe ihr zu, wenn sie erschrocken aus seinen Armen fährt: er lebt noch! In Nebel und Regen vergraben lebt er und verwandelt sich, da er nichts Besseres weiß, in Tintenstriche, lauter schwarze Tintenstriche. Hörst du?

Ob sie auch still in seinem Arm ruht, ihr Atem leicht und kein hässlicher Traum über ihre kleine – Teufelsseele geht?

Ach! geh zu deinen Wacholdern und Moorbirken, geh in die Heide! – –

Ich bin zurückgekehrt, gleich muss die Sonne kommen. Draußen in der Heide wollte ich sie über die Nebelbalken mit ihren langen Strahlenfüßen steigen sehen, aber es ward grimmig kalt, da ich auf meinem Hügel saß und auf sie wartete und ein Schluchzen und Grollen in mir war, da ich des blonden Vierschröters gedachte, der nun in ihren Armen schnarcht, und da ich gedachte, weswegen ich sie verlieren musste. Um zu erkennen, was sie mir war, deswegen verlor ich sie. Ich verlor sie, um zu wissen, wo mein Glück und wo meine Gefahr liegt – und sollte ich's glauben! meine Gefahr liegt im bunten goldnen Tag, der so tausend Fragen stellt, liegt im brausenden Leben, das so farbige Rätsel singt. Und mein Glück, mein gefährliches Glück, ihr Sterne, – das habe ich verscherzt, weil ich es verscherzen musste: die Schwäche treibt mich zu dem, was sich Glück für mich nennt, und die Schwäche ist's, durch die ich es wieder verlor.

Das flüsterte die Heide und raunte der Wind. Von Hügel zu Hügel bin ich gesprungen – die Rehe wurden scheu vor dem Heidespuk – bis ich keuchte, bis ich der Stimme hinter mit entflohen war und ihrem Hohnlachen: so zieh den Schluss und fluche und geh, so gehe fort und zieh die Konsequenz. –

O die Sonne! Wie ein strahlender Brand flog sie damals aus dem Meer, jetzt flüchten die Nebel wie die Heidegeister Ossians vor der glanzlosen Scheibe des Dämons, der gelassen Rätsel auf Rätselrunen auf unsere Erde zeichnet, bis wir in den Fäden und wirren Zickzackstrichen, in die wir uns hineingedeutet und hineingelesen und denen wir zweideutige Worte und sich widersprechende, sich in nichts auflösende und ineinander übergehende Gedanken gegeben haben, nicht mehr vor- noch rückwärts wissen und ratlos die Hände zusammenschlagen: was ist das? wozu führt das? könnten wir wenigstens wieder aus diesem Labyrinth heraus!

Darum untertauchen – untertauchen um jeden Preis!

O der Feigheit, o des faulen Schlafs und der Sabbatruh!

Der unnötigen Exaltation! Da lege ich Werturteile an mich, die ein Banause für einen Banausen schuf! Als ob die Arbeit um der Arbeit willen nicht auch ein Untertauchen und ein Rausch wäre! Da tue ich einen kleinen Blick in mich und zürne mir und – schäme mich!

Ich will nun endlich müde sein und in einer braunen Wolke von Sabbaten und *Narcoticis* unmerklich unter die Schwelle meines Bewusstseins sinken.

Wie viel Unruhe und Schlaflosigkeit, wie viel Worte um eine untreue Kokotte!

Auch meinem Körper ist elender zu Mute, als vor einem Jahr, wenn er nach der verregnetsten Nachtübung hungrig und durchnässt und mit wunden Füßen heimstolperte. –

Es ist Nachmittag, wir liegen auf unseren Betten und rauchen und ich lese einen Brief, in dem Claire mir von ihrer Treue erzählt; bis jemand meint, wir müssten beginnen Abschied vom Lager zu feiern. Wir sind es zufrieden und kleiden uns an. – Die Luft ist so weich. Die Lindenknospen hat der Mai schon lange zu flachen Herztellern auseinandergefaltet und die wilden Kastanien zünden schon seit einigen Tagen ihre Kerzen an. In den schattigen Buchenwäldern, in welche im Osten die Heide übergeht, wächst Waldmeister – und nach einer Weile weicht der goldbraune Stiefel einem dickbauchigen Gefäß, aus dem der komprimierte Mai uns entgegen duftet.

Und während draußen in der Heide die Lerchen trillern und ihr Gesang wie ein ganz leises verlorenes Klingen uns umschwebt, beginne ich von Claire zu erzählen und schütte wie in einer knabenhaften Begeisterung mein Herz aus. Weswegen? Um mein Fliegenglück verstärkt zu genießen, indem ich versuchte, einen kleinen Neid zu erregen, und mich an meiner übertreibenden Schilderung nochmals freute?

Ein verdächtiges Zeichen! Der Renommist glaubt nicht an sein Glück, hat es noch nicht, deswegen phantasiert er von ihm. Ist nicht das meiste, was wir Glück nennen, nicht viel mehr als nur der ehrliche und gläubige Wunsch und die Bereitschaft zum Glück? Denn des echten Glückes sind wir so wenig gewohnt, dass ich wenigstens, vorausgesetzt dass ich es überhaupt könnte mich hüten würde, von ihm zu erzählen; ich fürchte, schon die Mienen derer, die mir zuhörten, würden es beschmutzen, und dann flöge es mir davon.

Das Leiden dagegen ist das Gewohnte und man spricht nicht vom Alltäglichen, und das Mitleid, das wir erregen könnten, widert uns an. Denn reden wir doch von ihm, so tun wir es in einer spöttischen und zynischen Weise: wir wollen die Mitleidsfanatiker schon fernhalten und wollen immer stärker gelten als wir sind. –

Was sagen Sie denn zu unserer Lyrik, die nichts als ein illustrierter Katalog unserer kleinen und kleinsten Leiden?

Der Dichter will weniger Mitleid erregen, als sich von seinem Leiden befreien. Schon durch einfache Mitteilung unseres »Kummers« gelingt uns das, mehr noch innerhalb der festen Regeln eines Gedichts, wo wir unser Leiden als ästhetisches oder moralisches Phänomen betrachten und uns als den Typus des Leidenden erkennen; und alles Erkennen ist im Grunde bejahend und erregt Lust. Und ich glaube, alle Dichtkunst derart als Heilungsprozess auffassen zu dürfen. Denn subjektiv ist sie durch und durch, vom läppischsten Liebesgedicht bis zum objektivsten Roman.

Aber nun seht euch diese Helden an, diese Ichromane, die keine sein wollen, diese verschämten Selbstschilderungen mit Schönheitspflästerchen! Dieses verzwickte Steuern zwischen Wohlanständigkeit und pastoraler Pikanterie, dieses verzweifelte Lavieren zwischen Staatsbürgertreue und Fortschrittsdusel, dieses virtuosenhafte Vorgaukeln tiefster Probleme und meisterliche Verhüllen einer grandiosen Nichtssagenheit! Diese Skribler sind feige, sie haben nicht den Mut zu ihren Fehlern und Lastern und Oberflächlichkeiten und zeichnen uns Buch für Buch ihre drei kümmerlichen Tugendideale und als Paprika vielleicht noch ein Lasterchen dazu.

Schämen sie sich ihrer Schmutzigkeit und Nichtigkeit, ihrer Faulheit und unglaublichen intellektuellen Gewissenlosigkeit? Als ob sie schuld an ihnen wären! Sie sollen sie zeichnen so nackt und wahr sie können, denn dadurch überwinden sie sie vielleicht und wir – lernen durch sie. Das sollte das einzige Motiv sein, wenn sie schreiben um zu schreiben, wenn sie mit ihrer Feder hausieren gehen. – Und das Schauspiel? – Das soll nichts sein als eine psychologische Studie. – Und wo bleibt die Poesie?

Wo der Pfeffer wächst! Sie hat ihre Aufgabe als Rauschbeere und Wegweiserin zum Rausch erfüllt. Ich weiß jetzt, welch betäubender Genuss in dem In-sich-Aufnehmen fremdartiger Schönheiten liegt, aber ich weiß auch, dass dieses fortwährende In-sich-Aufnehmen eine Krankheit ist. Will man aber von diesem Gift nicht lassen, so tue man es auf eigene Gefahr und empfehle und verbreite dieses *Narcoticum* nicht weiter als die höchste Manifestation des menschlichen Geistes. Wir wissen nun, wie wir zu diesem süßen Rausch gelangen können, und damit wollen wir es genug sein lassen. Aber – wer noch von diesem Rauschzustand zu reden weiß, der ist noch nicht ganz berauscht. Will ich mich einmal in der »Natur« berauschen, dann will ich das schweigende Hochmoor sehen, und keiner soll mir von der Schönheit dieser Trunkenheit reden, ich am allerwenigsten, denn dann fliegt mir mein – Glück davon.

Ich begreife nicht, wie ein »Dichter« von der Pracht eines flammenden Sommertages, von der Schönheit seiner Geliebten und der Tiefe seines Glückes reden kann. Wer etwas glühend beschreibt, der hat es noch nicht, der ist noch nicht ganz trunken von ihm. Ich würde den Nebel, das gramgraue Elend und die Wintertage, die uns wie ein Katakombengewölbe einschließen, und nur dieses »besingen«, um – es zu überwinden. Mein ganzes Dichten dürfte nichts sein als ein Objektivieren und Zu-überwältigen-Suchen trüber Stimmungen – aber, will und muss ich mich einmal berauschen, dann bin ich im Sommer selber Sommer, dann gehe ich in der Schönheit meiner Geliebten und der Tiefe meines Glückes restlos auf, dann genieße ich ein rauschendes Meer und einen glühenden Sommertag bis in die feinsten Fasern, da bleibt gar kein Raum, sie durch Worte, die jeder Oberlehrer in den Mund nimmt, zu profanieren.

Wenn ihr wüsstet, wie ich mich betrinken kann!

Was sind mir dagegen eure Reime und Rhythmen und eure klimpernden Wortpoesien! –

Und wo sie sonst noch als Heilerin und Trösterin gespenstern mag, da empfehle ich an ihrer Statt die psychologische Selbstanalyse. Die lässt uns klar über uns werden, sie zeigt uns, wohin wir gehen, und lässt uns diesen Weg, wenn wir nicht einen anderen einschlagen wollen, schneller und konsequenter gehen. Und alles andere, was der Tag und die Straße Poesie nennt, alle Dichterei um der bloßen Form willen und der Zurschaustellung des eigenen Könnens, das ist Handwerkerware, das benebelt nur und schlägt die Langeweile tot, das berauscht ja nicht, denn es ist nicht aus dem Rausch geboren.

Dann ist auch die Liebe, wie Sie sie pflegen, ein Rausch. *Vaccinium uliginosum,* nicht wahr? Wächst in Mooren und auch an den finnischen Seen und die Finnen brauen sich einen Rauschtrank draus. Aber weswegen suchen Sie sich zu diesem Kult eine – Heerstraße, warum kein Hochmoor und Meer?

Sie dürfen sie gerne eine Heerstraße nennen. Jedenfalls suche ich auch hier wie im Moor und Meer das Eindeutige und Unverhüllte, unverschnörkelt, unverkümmert, unverkünstelt durch Bildung und nicht krank und unsittlich gemacht durch eine haarsträubende Moral.

Die Verdrehungen und Krankhaftigkeiten, die jene Moral verschuldet, blasen wir schon fort, und gerade dieses Fortblasen und Entkleiden ist vielleicht der prickelndste Reiz. Was heißt denn verdorben und rein? Das ist nichts als Folge des Temperaments und der Umgebung – da genügt eine rote Nacht, um aus dem besterzogenen Geheimratstöchterchen das süßeste Dirnchen zu machen. Und verdamme ich sie deswegen, so müsste ich mit ihr alles verdammen, finde ich sie deswegen meiner nicht würdig, so dürfte ich nichts meiner würdig finden.

Und die Bildung? Ich habe noch keine Frau getroffen, vor deren Bildung ich nicht fortgelaufen wäre. Ich habe noch keine Frau gefunden, die metaphysische Probleme verstanden hätte, geschweige denn, dass sie ihr das Herz verbrannt hätten. Die Frau ist der typische fadeste Positivist und weiß es nicht und glaubt es nicht, sie ist in geistigen Dingen das Faseltier *par excellence,* sie verhimmelt Spinoza, schwärmt für Carlyle, liest mit prickelnder Wollust Nietzsche, schreibt über alle drei ein Essay und betitelt es Goethes Christentum und bricht darin eine Lanze für das einjährig-freiwillige Dienstjahr der Frau.

Das sind wieder Ihre bekannten Lagerhyperbeln. – Hyperbeln? Nur in Hyperbeln steckt Wahrheit. Dass wir übrigens mehr lügen als es nötig ist, und feiger sind als es erträglich ist, und nachsichtiger als es klug ist, werden Sie mir zugeben. – Das gebe ich zu. Aber wissen

Sie, Ihre Verteidigung der Heerstraße sieht verteufelt nach Augenzudrücken und verzweifelter Selbsttäuschung aus.

Mit anderen Worten: ich bin ein Waschlappen! Aber das macht nichts, mein Lieber, das macht nichts. Übrigens gibt es auch eine Konsequenz der Waschlappigkeit, die abgesehen von ihrem Wert für mich ein souveräneres Hinwegsetzen über die Affenmeinung der Masse verlangt als die der heroischen Dickköpfigkeit!

Nun möchte ich aber die Wurzel Ihrer Paradoxien kennenlernen. Sagen Sie mir, hat das Leben für Sie überhaupt einen Wert?

Als ob das Leben etwas über sich aussagen oder gar sich selbst bewerten könnte! Dann müsste es doch seine eigene Wertung auch wieder bewerten. Den Wert unseres Lebens könnte nur der bestimmen, dessen Teile oder Tätigkeiten wir wären, der also den Zweck unseres Lebens kennte.

Und da wir ebendiesen außer ihm liegenden Zweck des Lebens nicht wissen, müssen wir es aus seinen eigenen Äußerungen, d. h. aus seinen Tätigkeiten bewerten. – Der Wert eines einzelnen Lebens kann nicht nach seinen Tätigkeiten bestimmt werden; wir können nur die einzelnen Tätigkeiten eines Lebens in sich nach ihren Zwecken bewerten. Mit der Rangordnung der Zwecke kann ich dann eine Rangordnung der Tätigkeiten festsetzen – nicht der Existenzen, nicht eines Lebens überhaupt. Das Leben selbst kann sich nicht bewerten, ebenso wenig wie ich den Wert eines anderen Lebens bestimmen kann. Ich kann höchstens von mir ausgehend durch Analogie die Tätigkeiten eines anderen Lebens nach ihren Zwecken einschätzen: wie wichtig ist dieser Zweck für das Leben des andern und wie weit erreicht die darauf gerichtete Tätigkeit ihr Ziel? Mehr kann ich nicht fragen.

Aber die Tätigkeiten eines einzelnen Lebens insgesamt müssen doch einen Wert haben, nach welchem ich es einschätze.

Einen Wert – für wen? Für das Leben selbst, oder für die anderen?

Nicht für das Leben selbst und nicht für die anderen, sondern in sich.

Damit kommen wir nicht weiter. Jedes Ding hat seinen Wert in sich, kein Ding hat in sich einen Wert. Zum Begriff Wert gehört die In-Beziehung-Setzung eines Dinges zu einem anderen. Wir müssen einen Maßstab haben.

Nehmen Sie den der Zahllosen: den Nutzen des Einzelnen für die Gesamtheit.

Es gibt nun aber keine organische Gesamtheit der Lebewesen, für die das Einzelne mit Bewusstsein und Absicht tätig wäre; jedes ist eine abgeschlossene Welt für sich und nur tätig für sich; die Gesamtheit ist sekundär, nicht viel mehr als ihre Zahl. Allerdings können die Äußerungen des einzelnen Lebens mittelbar für andere mehr oder weniger nützlich sein.

Danach wäre es denn »nützlicher, einen Morgen Land mit Weizen zu bebauen, als eine Ilias zu dichten, denn ohne Poesie kann man leben, ohne Brot nicht«.

»Folglich ist ein Hufner mehr wert als Homer«, wollen Sie schließen. – Wir haben nichts anderes, von wo aus wir den Wert einer Tätigkeit bestimmen können, als ihren Zweck. Und da nun auch die Schwierigkeit, nach der vielleicht einer eine Handlung messen wollte, ein subjektiver und damit unbrauchbarer Maßstab ist, – betrachten wir Ihren Dichter. Für ihn ist die Tätigkeit, die auf die Beruhigung seines aufgewühlten Gemütslebens hingeht, – und diese Beruhigung erreicht er durch die Darstellung seines Leidens – wertvoller als die auf die Befriedigung leiblicher Notdürfte gerichtete. Ist sein Geist vom Übermaß eines Leides zerstört, so nützt ihm auch die reichste Kornkammer und der gefüllteste Geldbeutel nichts. Goethe wäre zugrunde gegangen, hätte er nicht den Werther schreiben können. Und diese Tätigkeit war nützlich, weil sie ein sehr begründetes Bedürfnis befriedigte. Die Nützlichkeitswertung macht keineswegs die Menschen gleich. Jedes Leben wirkt für sich, und dort wo die stärksten Reaktionen vor sich gehen zur Wiederherstellung eines gestörten Gleichgewichts, fällt

148

sorglos eine Menge Segen – und Unheil – ab für andere. Diese Wertung schafft keine Demokratie, aber auch keine Aristokratie, sie schafft überhaupt keine *Krateia.* Denn wenn jedes Leben sich auf seine Weise gegen die Außenwelt wehrt, und gerade sich so und nicht anders wehren muss, und nun eines so geworden ist, dass seine Abwehrhandlungen auch anderen zugute kommen können, so ist dessen Träger für mich noch kein *Aristos,* er ist komplizierter und feiner organisiert, er ist empfindlicher und – kränker als das Mittelmaß, weiter nichts. Aber er ist dadurch nicht weiser und klüger und willensstärker, oder gar wertvoller – er ist krank, und die anderen sind gesünder. Das ist die letzte Scheidung.

Ich sehe, wo Sie hinaus steuern, aber ich folge Ihrer Bahn nicht, die am Ende in eine Negation sämtlicher Werte zugunsten der »gesunden«, triebhaft hinvegetierenden Masse ausläuft. Ich setze eine objektive Wertung und prinzipielle Scheidung fest und zwar die nach dem »Ausdruckswert der Leistung des Einzelnen!« »Und Ausdruckswert ist nur vorhanden, wenn der Mann das, was in ihm steckt, aus sich heraus gestalten kann. Wer das nicht vermag, gehört – winzige Abstufungen zugegeben – zum Pöbel.«

Eine Leistung – für wen? frage ich. Sie wollen mich nicht glauben machen, dass irgendeine Leistung, eine Staatsgründung, eine Parkeinrichtung, eine Statue, ja das simpelste Liebesgedicht, um ihrer selbst willen geschaffen werde? Um seiner selbst willen werden, ist willkürliches Werden; alle Leistungen geschehen, weil sie notwendig so geschehen müssen. Aber ihre Notwendigkeit liegt nicht in ihnen selbst, sie geschehen nicht notwendig um ihrer selbst willen – hier fehlt mir der zureichende Grund! Sondern das Leben bringt sie notwendig hervor, um sich zu erhalten. Damit fällt die mystische Sonderstellung, die Sie ihnen geben. – Wissen Sie das: auf den Kasuarinen Madagaskars bäumt sich ein seltsames Wesen vor Ihnen auf. Armlang, kakifarben, mit mattgelben Binden und palmgrünen Pusteln geziert – so sieht es aus, wenn es schläft. Gelber die Binden und breiter, die Kakifarbe vertieft in ein dunkles Olivgrün und durchzogen mit hellen Netzen und gesprenkelt mit schwarzen Punkten – so sieht es aus, wenn es wacht. Und das dunkle Olivgrün verstärkt zum Schwarz, die palmgrünen Pusteln umgewandelt in leuchtendes Weiß und die Binden glühend im satten Dottergelb – so sieht es aus im Zorn. Aber eine ovale weiße phantastische Riesenscheibe mit senkrecht zum Kopf gestellten Hinterhauptslappen – wie die aufgerichteten Ohren eines zornigen Elefanten! – bebend und zitternd am ganzen Leibe, den Rachen weit aufgesperrt und fauchend und zischend – und nun hebt sich diese groteske Masse Lebens auf den Hinterbeinen hoch und streckt Ihnen, den Leib wie von Fieber geschüttelt, die Vorderbeine wie flehende Hände entgegen – das ist das *Chamaeleon melleri,* wenn die Liebe es toll macht, und es geht zugrunde, wenn es nicht zur Begattung gelangt. Denn das Sperma stellt dem Organismus fremdes Element, und es stellt doch konzentriert bis ins Feinste die Eigenart seines Wirtes dar. Jede seiner Zellen drückt in die winzigen Chromosomen ihre Einzigartigkeit ab, und doch ist es dem Ganzen fremd und drängt mit heißer Notwendigkeit aus ihm heraus. Und wie die Begattung nicht erfolgt ihrer selbst wegen, nicht um der neuen Generation willen, nicht um die Persönlichkeit des Liebenden im Kind außer sich darzustellen, sondern nur um fremde quälende Elemente auszustoßen – so ist es mit dem Kunstwerk. Das ist die Notwendigkeit der Zeugung gereinigt von jeder mystischen Verdeckung und das ist die Notwendigkeit auch des künstlerischen Schaffens gereinigt von jeder mystischen Sonderstellung. – Als ob das Leben seine Rechtfertigung finde nur in der – objektiven – Hervorbringung einer Leistung! in dem unvollkommenen Abklatsch von sich selbst! Die Rechtfertigung des Lebens, wenn wir dieses hochmütigste Wort, das je geprägt worden ist, überhaupt in den Mund nehmen wollen, besteht in seiner harmonischen Befriedigung, und weiter nichts. Und die sehe ich darin, dass jedes Ereignis, jedes Glück und jedes Leid und jedes von außen herantretende Problem, restlos und harmonisch im Organismus sich einfügt, sich auflöst, ohne sich in ihm zu schwärenden Herden anzusammeln. Wie bei den produktiven Naturen, in denen sich eine Empfindungs- oder Gedankensumme ansammelt, bis sie zur unerträglichen Qual geworden als wesensfremde Masse ausgeschieden wird in der objektiven Darstellung. Der starke Mensch wird mit allem fertig, er verdaut alles, die schwächere, angekränkelte Natur ist dyspeptisch, sie wird mit nichts fertig und – produziert. Das ist die Leistung. Sie ist durchaus nicht der Extrakt des Lebens, sie sammelt durchaus nicht alles, was in einem Menschen eigene Kraft war, durchaus nicht alles, was ihn persönlich und einzig machte – sie scheidet heterogene Elemente aus und scheidet sie umso gründlicher aus, je klarer und eindringlicher sie darstellte, wie der Betreffende ein Leid oder Problem anfasste. Das ist das Eigenartige und Persönliche eines Werkes, dass es völlig und erschöpfend die Durchtränkung, die ein Ereignis gedanklicher oder gemütlicher Art in seinem Schöpfer annahm, behält. Es gibt kein allgemeines Problem, jedes Problem nimmt in verschiedenen Geistern verschiedene Gestalt an, und ich scheide es, wenn es mir wesensfremd ist und in mir nicht aufgehen will, um so restloser aus mir aus, je reicher ich alle seine Beziehungen zu den anderen in mir vorhandenen Gedankenkomplexen darstellte, je tiefer ich seinen letzten Wurzeln folgte, die es versuchte in mein Seelenleben zu schlagen, je – persönlicher ich es gestalte, je mehr – Ausdruckswert ich ihm gebe. – Und die »Nichtskönner« sind entweder Leute mit gutem Magen, Leute die mit allem fertig werden, ohne dass es sich zu eiternden Massen anhäuft, oder Dickhäuter, Oberflächliche, denen jedes Leid und Problem nur die Haut der Seele zu ritzen vermag. Würde sich in diesen beiden ein solcher Fremdkörper bilden können, so würde sich das Leben schon gegen diesen wehren und – zum produktiven Künstler oder Philosophen oder Heroen werden.

Kunst ist eben nicht um ihrer selbst willen da, ihr Zweck besteht nicht darin, »die letzte Tiefe und die ganze Fülle des Mannes kondensiert und sinnfällig – für wen? – darzustellen«, sondern sie ist ein pathologischer Prozess, Krankheit und Medizin zugleich. Und wenn wir noch einmal unterscheiden wollen, so könnte man mich fragen: bist du pachyderm? das wünsche ich dir von Herzen! oder zählt man dich zu der Unzahl der Dyspeptiker? nun, es ist eben eine Unzahl! oder aber darf man dich eupeptisch nennen? man mag es tun, aber weißt du, ich traue dir und deinen Lobrednern in diesem Fall nicht recht – du siehst mich ungläubig an? nun, bist du denn von gestern oder übermorgen? lebst du nicht heute?

Das mag ja nach etwas klingen, und soweit ich Sie kenne, stellen Sie Ihre Sätze auch nur des Klangens wegen auf. – Und berausche mich an meinem eigenen Klang? – Das würde wenigstens nicht im Widerspruch stehen mit Ihrem Liebesrausch und Ihren anderen braunen Getränken; ich wüsste auch für diesen schon ein apartes Wort – – vorhin übrigens bezeichneten Sie die Poesie als Rauschbeere und Wegweiserin zum Rausch und wünschten sie dahin, wo der Pfeffer wächst. Und jetzt wird sie zur notwendigen Medizin!

Und ich glaube, mit Recht. Zum Teufel aber wünsche ich sie, weil wir in der Selbstanalyse eine schnellere Heilerin haben als in der anscheinend objektiven Darstellung des Leidens, wozu ich auch das Überwältigtwerden von Problemen, Ideen und heroischen Trieben rechne. Nur ist das Begleitgefühl dieser Prozedur anderer Art als das der objektiven Darstellung; ist dieses warm und berauschend, so ist jenes kalt und deprimierend; allerdings mag ihm auch ein kleiner Rausch der Erkenntnis beigemischt sein; denn ohne diesen süßen Nebel scheint es einmal bei uns nicht gehen zu können – ich möchte überhaupt wissen, wie viele Stunden wir im Leben völlig nüchtern sind.

Dann sollte aber auch die Kunst eine Rauschbeere sein, deren betäubenden Saft der Kranke, also Ihre produktive Natur, immer wieder zu sich nimmt. Er sollte doch froh sein, den Fremdkörper ausgeschieden zu haben: weswegen schafft er sich mit Absicht einen neuen an?

Ich möchte hier unterscheiden zwischen akuten und chronischen – Künstlern. Zu den akuten zähle ich Goethe; er erkrankte oft, fand sich aber immer wieder zu seinem kräftigen

Gleichgewichtszustand zurück; zu den chronischen, die große Überzahl, das sind die typischen Dichter, die ganze romantische Bande von Calderon an über Shakespeare bis zu unseren heutigen Literaten, die fast durchweg krank sind. Aber das ist das Groteske dieser Sache, wäre ich Dichter, ich müsste mich ebenfalls zu jenen zählen; denn ich bin meiner selber satt und berausche mich gern. Und hier ist der Punkt: jener Heilungs- und Ausscheidungsprozess ist mit einem ängstlich-süßen Rauschzustand verbunden, den alle die, deren seelisches Gleichgewicht durch jenen ersten Krankheitsfall, oder schon von Geburt an zerstört ist, sich immer wieder zu verschaffen suchen. Sie wollen nicht mehr zur Besinnung und zu sich selber kommen, sie sind ihrer Zerrissenheit müde und nehmen nun fortwährend Fremdkörper, eben jene Probleme und Gefühle, in sich auf, durchtränken sie schmerzlich-wollüstig mit ihrem Blut und scheiden sie mit dem gleichen ängstlich-süßen Rauschgenuss wieder aus, nur um diesen zu genießen und wieder Raum für neue zu schaffen. Sie sind eben ihrer selbst müde, sie wollen nicht zu ihrer zerrissenen Nacktheit zurück, sie wollen nicht nüchtern sein und betrinken sich. Führen Sie von diesem Wort aus den Vergleich durch, so haben Sie auch meine Würdigung der ganzen Sippschaft, deren Mitglieder sich in ihrem Delirium für Hammernaturen und Schöpfer neuer Werte ausgeben, während sie im Grunde arme Narkotiker sind. Ich negiere in den Grund Ihre Wertung der Ausdrucksleistung, denn sie ist eine metaphysische Wertung! Ebenso wie jene unbekannten Kräfte und Gründe transzendente Gespenster sind! Metaphysische Ausdrucksgesetze! Transzendente Ausdrucksnotwendigkeiten! Ihre Wertung ist ein Postulat, und in ihm sehe ich – den Schatten des toten Gottes! Des Gottes, den ich mühsam in mir erwürgt habe, und dessen andere Schatten und Verwesungsdünste als Ding an sich, als Substanz und als die definitiven Wahrheiten mir noch immer den Horizont verdüstern. Ich will mir keinen neuen Gegner schaffen in dem transzendenten Wert der künstlerischen Leistung! Das ist der tiefe allerpersönlichste Grund, weswegen ich Ihre Deutung, die keine Deutung sondern eine kategorische Setzung ist, und Ihre Wertung, die keine Wertung sondern ein Postulat ist, ablehne. Ich will es Ihnen verraten, Sie schmuggeln mir in die Notwendigkeit der Leistung eine höhere Kausalität ein, und haben wir deren zwei, so haben wir eben keine! Wenn das gelten sollte, dass hier andere – notwendigere, höhere, tiefere, göttlichere – Gesetze walten, so wäre damit eine gottlose Wissenschaft unmöglich. Ich weiß wohl, leider weiß ich es zu wohl, wie kläglich es mit dieser Wissenschaft, insbesondere mit ihrem Hauptorgan dem Kausalitätsgesetz bestellt ist, aber sie hat doch das eine große Verdienst, dass sie die Erscheinungen insgesamt ordnet und eindeutig ohne Zuhilfenahme metaphysischen Spuks beschreibt. Stellen wir aber die Persönlichkeit außer dieser Reihe und geben ihr andere Gesetze und ihrer Leistung einen anderen Wert als den natürlichen aus dem kausalen Zweck bestimmbaren, so tappen wir wieder im dicksten metaphysischen Nebel. Bleibt mir mit euren Vergöttlichungen vom Leibe! Putzt mir eure Eintagswerke, die ihr schaffen müsst aus der gleichen Notwendigkeit, die die Drüse die Sekretion vollziehen heißt, nicht zu selbstherrlich funkelnden Sternen auf, die hoch und unberührt über dem trüben Strom des Kausalitätsgesetzes schimmern! – Übrigens möchte ich wissen, wie Sie die Frau werten wollen! Sie fahren hier einfach fest; denn die Wertung der Frau nach der erziehenden und in ihren Söhnen ihre Eigenart ausprägenden Mutter können Sie nicht durchführen, und so bleibt Ihnen nichts übrig als die Absurdität, das einzig wirklich fertige und erfreuliche, das Meisterstück der Schöpfung zum Pöbel zu rechnen, denn eine Frau, die ihre letzte Tiefe und ihre ganze Fülle außer sich in Begriffen darstellen wollte, wäre nichts als der Gegenstand eines unauslöschlichen Gelächters.

Es ist möglich, dass Ihrer Eigenart diese Auffassung angemessen ist, sollte sie aber auch allgemeine Berechtigung haben, so werden Sie mir doch den Wert einer ausgeprägten Kultur gegenüber der unfertigen Formlosigkeit und bloßen Zivilisation zugeben. Und wer sind die

Schöpfer der Kultur? Die sich in ihren Werken ausdrückenden Männer der Tat, Kunst und Philosophie. Darin muss ihr Wert liegen gegenüber den Massen, die ihre Prägung annehmen. Wenn der Begriff der Kultur in der Durchdringung und Beseelung des Wissens und der Erzeugnisse der Zivilisation mit einer bestimmten Weltanschauung, Sitte und Kunst – oder anders gesagt, in einer gewissen festen Gleichförmigkeit aller Lebensäußerungen und Erzeugnisse einer Zeitepoche und in einem sie alle durchdringenden eigenartigen Zug liegt, der mit einer Art souveräner Selbstherrlichkeit auftritt, so ist es allerdings gerade dieses Zuges wegen, dieses gewissermaßen Persönlichen einer ganzen Epoche, verlockend, eine bestimme Kultur als das Werk einer bestimmten, oder mehrerer gleichgesinnten Persönlichkeiten aufzufassen. Wäre dem so, dann stünde der überragende Wert dieser Männer und ihrer Leistungen fest, ganz gleichgültig, welcher selbstische Zweck diese Leistungen geboren hat. Aber dem ist eben nicht so. Jene »großen Männer« sind nicht die Schöpfer, sondern die glänzenden Vorläufer einer neuen Kultur. Sie nehmen die da und dort aus der verwesenden alten aufsprießenden jungen und darum frischesten und gehaltreichsten Keime der neu sich bildenden Epoche in sich auf und scheiden das ihnen so Wesensfremde in glänzender Darstellung aus; während jene Erstlinge außer ihnen langsam und verborgen in und mit der großen Masse weiterwachsen und sie mit der Zeit durchdrungen haben, ehe sie es selbst gemerkt hat; bis jetzt sind alle größeren Kulturen unbewusst aus der Masse, aus dem Stamm der Nation hervor gewachsen und das bewusste und beschleunigte Aufbauen einer neuen Kultur ist darum immer ein sehr missliches Unternehmen. – Glauben Sie wirklich, dass Jesus das Christentum geschaffen hat, dass das Christentum das Extrakt seines Lebens darstellte? Allerorten tauchten damals jene Ideen auf, und die Zeit schuf jene nach ihrem ersten – Opfer genannte Weltanschauung und Lebenspraxis. Denn jene Ideen drangen in seine zu kleine Seele, die wurde nicht mit ihnen fertig und so richteten jene sie zugrunde. Die Schöpfer der Kultur sind das Wissen und Empfinden – zuweilen einer kleinen abgesonderten Kaste – zumeist aber der großen Masse; aus ihnen, aus der erdgeborenen Masse, dem Erzeugnis von Temperatur und Barometerstand und der geologischen Eigenart ihres Landes, kristallisiert sich die Kultur heraus. Als ob der epileptische Phantast von den trockenen Hochebenen Arabiens der Schöpfer der sizilianischen Kultur unter dem großen Hohenstaufen gewesen wäre! Als ob in dieser Kultur nur ein Hauch von seiner finsteren Eigenart steckte! – Und stehen die Richtlinien einer neuen Kultur einmal fest und geht sie dann in ihnen ihren Lauf, glauben Sie, dass jene produktiven Naturen ihn vielleicht fördern und beschleunigen oder ihn gar in abzweigende Wege leiten könnten? Dass sie dann doch die Marksteine und Förderer und Beschleuniger ihres Siegeslaufes wäre? Sie stehen abseits und nehmen von ihm auf, soweit sie ihn sehen und so viel sie von ihm fassen können und traben dann schreiend wie die Gassenjungen neben ihm her: Seht! Seht! Sie kommt, sie kommt, unsere neue Kultur! In einsamen Nächten haben wir sie mit Hämmern geschmiedet, und unser Blut, unser blutiges Blut war es, das wir gehämmert haben! Seht! Seht! sie kommt! Aber

>»Kennt er die Zeit, so kenn ich seine Laune.
Was soll der Krieg mit solchen Schellennarren!«

Und das will sagen: was der da vom ehernen Gang der Zeit mit seinem Sperlingskopf zu fassen vermag, das muss er wieder von sich geben unter seinem Narrenschellengeklimper. Das ist der Ausdruckswert, das ist die Leistung, das ist der produktive Mann, das ist der Poet – eine Narrenschelle! Und das hat Shakespeare gesagt, und der weiß, was er sagt, besonders wenn Brutus spricht. – Aber Sie sollen mich nicht ganz zu Ihrem Pöbel zählen, ich bin auch zuweilen so eitel und angenehm einseitig, eine prinzipielle Schranke aufzurichten. Soll ich sie Ihnen verraten? – Zum Pöbel gehört für mich der, der sich nicht selbst Gegenstand werden kann, der nicht zu trennen weiß zwischen seinen Wünschen und Begierden und der Idee von sich; der sich nicht jeden Tag einmal bewusst wird des ungeheuren Rätsels, in dem er wie der Nebeltropfen im Raum hängt. Alles Unbewusste und Triebhafte ist pöbelhaft – nun wächst schon der Pöbel wie Sand am Meer und eine große Zahl Ihrer Produktiven rollt mit in den trägen Dünen. Und jetzt halte ich nur noch die des Ehrentitels der Freien und Vornehmen würdig, die das Herz voll Staunens und Fragens, doch sorglos und heiter über das große Rätsel dahin wandern, wie über jungem elastischem Eis, unter dem das Grauen, das Dunkel und der Tod lauert. Aber auch sie taumeln zuweilen zu den Milliarden Sandkörnern am Strand, dann wenn ihr Herz übervoll des Wunderns und Leidens und Fragens geworden ist und sie – produktiv werden; denn allem Schaffen hängt Triebhaftes und Unbewusstes an und ein pöbelhaftes Verallgemeinern und Hinwegsehen über Vieles. Aber dann eilen sie wieder zurück und gleiten sorglos über der elastischen, leise klingenden Decke, leicht und frisch wie der junge Morgen, der aus dem purpurnen Osten steigt. – Aber das ist ja alles dummes Zeug. Wisst ihr, was Claire mir gestern geschrieben hat?

Sagen Sie, ist das Ihre Überzeugung?

Meine Überzeugung? Wenn ich eine Überzeugung hätte, dann würde ich einmal sie hier nicht auf der Straße vortragen und zum andern – würde ich Ihnen nichts von dem kleinen Herzen einer Claire erzählen können.

Dann weiß ich aber, weswegen Sie meine Wertung bekämpft haben; soll ich Ihnen den Grund sagen? Er war wohl persönlicher als jener allerpersönlichste! Oder sollten Sie auch den schon wissen?

Lassen wir das, mein Lieber; ich kenne ihn sehr gut. Aber jetzt hört einmal zu. – –

Es lief gerade die Sonne hinten in die Heide, aber ich schrieb heute keinen Brief, sondern las aus ihrem Brief und erzählte weiter von ihr und ihrem kleinen Herzen. Von irgendwo her kam schon Fliederduft, der machte uns mehr trunken, als es sieben Bowlen vermocht hätten. Drei lange Wochen waren wir hier, der Mai lag uns im Blut und der Flieder duftete – was werden wir an dem Abend noch für närrisches Zeug geredet haben! –

Wenn der wilde Denker einen Baum seine Blätter bewegen lässt, so hat er ihm eine Seele eingelegt, oder er hat eine Introjektion vollzogen. Eine spätere Zeit hat dieser Seele, die zuvor nichts war als ein feinerer Baum, die Gestalt der trauernden Dryas gegeben: sollte ich der Heide, die wir drei Wochen lang bei glühender Sonne und in dunklen Nächten durchstreift haben, eine Seele introjizieren müssen und der dann eine Gestalt geben, so soll es die der Lerche sein. Eine kleine sorglos und verliebt in den Himmel hinauftirilierende, dann atemlos schweigende und des Nachts sich müde und verträumt auf die Erde duckende Lerche.

Was sang das Lied, das sie in das ewige Blau tirilierte? Welcher atemlose Gedanke durchzitterte ihr Schweigen? Welcher heimliche Traum geisterte durch die Nacht? – Ein kleines Wort, sechs Buchstaben nur – ich glücklicher Narr!

Wieder stampfte und dröhnte unser Zug und ließ seine weiße Fahne über die Hügel und Wälder rollen – aber zu ihr! zu ihr! ratterten die Räder. Zu dreißig saßen wir in einem Güterwagen, frisch fegte die Luft durch die offenen Türen, voll schien die Sonne herein, und er stampfte und stieß und dröhnte und schaukelte und rollte, er ächzte und stöhnte in seinen Fugen, aber – fahr zu! fahr zu! sie wartet! sie steht ja schon lange da! Herrgott, ist das eine süße Geschichte!

Des Nachmittags langten wir endlich an und zogen gebückt unter der Last des Tornisters und steif von der langen Fahrt im hallenden Gleichschritt durch die Straßen; aber ich ging an ihr vorbei und sah sie nicht. In Aufregung und hastigem Suchen sah ich über sie hin, die mich mit der Hand hätte berühren können. Ein Sonnabend war es, ein solcher wie er sich für den Pfingstsonnabend gehört, unter schattigen Bäumen marschierten wir, sahen Blumen und lachende Mädchengesichter und der Urlaub winkte – aber weswegen wartete sie nicht auf mich? weswegen hält sie nicht ihr Wort? – Die Schenken und Quartierwirte haben in unserer Straße geflaggt, Wirte und Kellner und Dienstmädchen stehen vor den Türen, unter den dichtbelaubten Ulmen geht es sich wie unter einer Laube und wie zwei Mauern umsäumt uns der liebe Pöbel; missfarbig und grau hat er ausgesehen als wir fortzogen, jetzt leuchtet und lacht er mit seinen hellen Hütchen und Fähnchen und die Musik tobt und schreit – aber weswegen war Claire nicht da? Nachdenklich suchte ich meine Wohnung auf.

Wo früher am Nachmittag die pralle Sonne gelegen hatte, empfängt mich jetzt ein grünes Dämmern, seltsam traut und anheimelnd sind meine Zimmer und mein Wirtstöchterlein hat Fliedersträuße aufgestellt. – Aber weswegen wartete sie nicht auf mich? weswegen hält sie nicht ihr Wort?

Auf dem Tisch liegt ein in Seidenpapier eingeschlagenes Bukett und aus den Maiglöckchen fällt mir ein Kuvert entgegen, das ich aufreiße und lese – Herzlich willkommen! ruft dir deine Claire zu.

Da fällt alles, was mich mit der Welt verbindet und sie mir unerträglich macht, von mir ab: ihre Herzlosigkeit und eisige Gleichgültigkeit, ihr unüberwindliches Missverstehen und ihre viehische Lust an der anderen Leid und hilflosen Ratlosigkeit, ihre unbedingte Vielheit und nie zu heilende Zerrissenheit, ihre nicht auszudrückende Nichtigkeit und nicht zu beschreibende Sinnlosigkeit, all ihre Fragwürdigkeit, all ihre Rätselhaftigkeit, all ihre Qual sinkt ins Wesenlose, ein warmer roter Schauer strudelt in mir und ich fühle, als wäre ich neu geboren, meine makellose Reinheit und dann ist es, als drückte der Konvallarienduft mich weich und süß in einen Sessel und raunte mir zu: das ist das Glück.

Ich weiß nicht, wie lange ich so gesessen habe. – Dann habe ich ein Bad genommen und bin lange bei meinem Friseur geblieben und dann – wir haben nicht die Zeit verabredet noch Ort, fliegen wir aufeinander zu. –

Da haben sie einen Klub gegründet, sie nennen sich die Positivisten. Die haben auf ihre Fahnen geschrieben und haben viel Lärm dazu gemacht: die Welt ist unsere, d. h. des gewöhnlichen Mannes Wirklichkeit, die uns nichts anderes zeigt als Beziehungen der Dinge zueinander, und diese Dinge sind Eigenschaften, die sich gegenseitig tragen ohne einer stützenden materiellen Substanz zu bedürfen.

Das ist wie ein Meer, ohne Ufer und ohne Grund; wer mag in ihm schwimmen!

Und sie zerblasen dir die Substanz und das Ding und die ganze Metaphysik und lassen sich nicht widerlegen, wenn du an die Logik glaubst – das ist wie das Meer! das ist wie ein Blatt im Orkan!

Da habe ich einen Riss durch mein Leben getan und bin gläubig geworden und glaube an die Substanz und lache über meinen Glauben, und glaube an die Welt als Vorstellung, trotzdem ich weiß, dass das Ding an sich Chimäre ist, und glaube an die Materie als an die Schöpfung meiner Sinne und des Dinges an sich, trotzdem ich weiß, dass es dreimal bewusste Lüge ist. Aber ich muss die Lüge glauben, muss eine Insel im Meer haben, will ich nicht der ratlose Schwimmer und das Blatt im Orkan sein.

Denn – obwohl ich skeptisch bin wie es sich gehört, bin ich doch zu schwach, die Konsequenz meiner Skepsis zu ziehen; und seh ich sie gezogen, so flüchte ich wieder in die Schatten Gottes, die ich vorher bekämpfte, zurück und – sehne mich wieder aus ihnen heraus.

Ich glaube an die Substanz, mag ich sie kraftbegabten Stoff, Energie oder Geist und ihre Einheiten Atome, Dynamiden oder Monaden nennen: in jener unendlichen Nacht, in jenem schwebenden Ozean pendelnder Atome ballt sich eine Anzahl Einzelheiten zu einem Komplex zusammen. Die Wellen, die dieser ewig in sich zitternde und pendelnde aussendet und empfängt, dieses Wellenbad, in dem er stetig schwimmt, das ist seine Welt. Da kommt von irgendwo auf jenem Ozean ein anderes Gekräusel und die beiden Wellensysteme, diese zwei zitternden und schlagenden Etwas um einen kompakteren Kern, berühren sich, durchkreuzen und verfangen sich – zwei Welten, so bunt und märchenhaft, nähern sich und gehen ineinander über und flammen zu einer lodernden Fackel hoch und leuchten und glänzen, um schnell wieder in die ewige Nacht zurückzufallen.

Und wir spielen mit diesem Außerordentlichen, wir werden uns dieses flammenden Wunders nicht einmal bewusst, wir Kinder und blinde Augenblicksnarren nennen es Liebe und lüsteln und spielen damit. – In dieser Stunde haben wir nicht viel reden können. Claire hing schwer in meinem Arm, ihr Gesicht war bleich und sie schwankte und kam mir vor, als habe ihr Körper Halt und Kraft verloren. Ich hatte Mitleid mit ihr und mir. Und von dem Abend weiß ich nichts mehr, als dass sie mir erzählte, sie habe sich sagen lassen, in welcher Himmelsrichtung unser Übungsplatz läge, und sei dann des Nachmittags, wenn die Sonne schon hinter die Linden ging, täglich weit nach Westen hinaus gewandert.

Oh, ich war nicht bei Sinnen, ich wollte zu dir!

Gern aber möchte ich wissen, was wir an diesem Abend gedacht haben ohne dass es uns zu Bewusstsein kam, wir Kinder und Narren, wir Fackel in der Nacht. Oder schlief auch unser Denken an dem Tag und wir waren nichts als eine rote Flamme Glück?

Denkst du an diesen Tag? Leuchtet er nicht wie ein schönes Licht durch dein armes zerfahrenes Leben, du schöne gischtende Welle, du Leben ohne Seele, du Sehnsucht nach einer Seele?

Ich denke an ihn, und in der Flamme, die da in der Nacht tanzt und zuweilen so märchenschöne Welten in sich baut, glüht nur noch der Gedanke an die, die einmal ihre Welt mit der ihren mischte. Dann flackert sie nicht mehr, dann brennt sie ruhig und stet, denn sie hat ein Ziel.

Und wie dieses Ziel zu mir kam und der Wille zu diesem Ziel? – Gestern war es, als ich in den Nebel sah, der wieder da draußen hängt – o ich weiß, weswegen er da hängt, dieser Bauch der Schwermut, dieser lauernde Sarg – da hörte ich, wie die Stille, die um mich war, eine absolute Grabesstille, immer näher und drohender gegen mich rückte, sodass ich kleiner und kleiner wurde und es mir war, als schrumpfte ich zu einer braunen Fratze zusammen, die aus weiten entsetzten Augen ins Leere stierte – und da flüsterte die Grabesstille mir zu: Siehe, so wirst du nun immer und ewig wieder hier sitzen und in den Nebel sehen, du wirst immer wieder in deinen Erinnerungen graben und immer wieder an deine Schläfen fassen – o setz dir ein Ziel! Es gilt die Ewigkeit!

Ich sehe mein Ziel.

Und das für alle Ewigkeit?

Ja, das für alle Ewigkeit. –

Siehe, unter Nebelwolken, unter dem Bauch der Schwermut und unter dem lauernden Sarg kam mir mein Mittag. –

Flieder- und Maiblumenduft liegt in meinem Zimmer, es geht gegen Morgen und das Licht ist unnötig geworden. Zwischen Schlaf und Wachen liegst du mir im Arm, du küsst mich wohl und beginnst zu plaudern, dann lächelst du und schmiegst dich wie eine schnurrende Katze an mich. Da hebst du dein Gesichtchen mit dem wirren Haar:

Du! Was ist das?

Das sind die Ulmen, sie sind grün geworden und nun rauschen ihre Blätter im Wind.

Da schlingst du wieder einen Arm um mich und legst dein Raubtiergesichtchen an meine Brust.

Dann habe ich dich heim gebracht, durch den Duft und Gesang des Pfingstmorgens brachte ich dich heim. Weißt du, wie wir am frühen Morgen durch den Jahrmarkt strolchten, der da am Strand aufgebaut war? – Als ich zurückgekommen war, lehnte ich mich ins Fenster und sah dem Blühen da draußen zu und lauschte den Amseln, die unaufhörlich von ihrer kleinen Liebe in den Morgen schrien. Auf der Straße gingen Leute meiner Kompanie vorüber, sie fuhren auf Urlaub und winkten zu mir herauf, ein wenig bedauernd, ein wenig schadenfroh, denn mir waren wegen wiederholter Dienstversäumnis zwei Tage vom Urlaub gestrichen worden. Ich lächelte ihnen nach und hörte weiter den Amseln zu und konnte an diesem Morgen des Wunderns und Staunens nicht satt werden über meine farbige klingende Welt. Mir war wie dem Schwimmer, der ein bergendes Gestade gefunden hat und zwischen Blumen und Gräsern liegend in das Branden und wilde Wogen schaut.

Es ist Abend und wir sitzen in einem Garten am Strand. Die Wellen plätschern dicht an unseren Fuß und die Boote kehren zurück. Müde rollen die Segel herab, träge schaukelt der Kahn, aber die Augen der Heimkehrenden leuchten nach See und Unendlichkeit. Es ist kühl geworden und die letzten Gäste gehen. Da setze ich mich neben dich und fasse deine Hände und du lehnst dich an mich, müde und schwer. Wir blicken in den Abend hinaus, in den goldbraunen Himmel und die schimmernden Wasser, über die wie große traurige Schwäne die letzten Segel gleiten; von ferne, von irgendwo ferne über den Wassern kommt ein weicher Gesang und da beginnen wir von unserer Liebe zu reden. Die erste Freude, die uns lähmte und sprachlos machte, ist vorüber und jetzt können wir die Fülle unseres Glückes nicht mit Händen fassen und möchten weinen vor Seligkeit. Kühler wird es und dunkler wölbt sich der Himmel über den dunkleren Wassern.

Du weißt nicht, was es heißt, wenn unser Gott das Nichts wird und dann in unser Leben die Liebe fällt. Wenn die Worte alle zerfallen und die Grenzen alle verschoben sind und es uns im Haltlosen umhertreibt und wir nicht wissen wohin? wozu? Wenn alles Lüge wird und Sinnlosigkeit und Fragwürdigkeit und Nichtigkeit und alles weniger als Staub – nur du! nur du! Du weißt nicht, was es heißt, den Grund unter sich verlieren, über dem Bodenlosen hängen, wo das schwarze Nachtgevögel der Zweifel und Rätsel um uns huscht, kein Grund, kein Ziel – nur du! nur du! Du weißt nicht, was es heißt, vor sich selber fliehen müssen, du weißt nicht, was Zerrissensein heißt, nicht glauben können und doch mit hungerndem Herzen glauben müssen an ein Festes in diesem wüsten Meer, das Urälteste und Gewisseste, das was stand wie Granit, herabgerissen und an seiner Stelle ein grinsendes Rätsel, ein schauerliches Nichts sehn müssen – nur du! nur du!

Da schwindet wie durch Zauber das Grauen und entsetzliche Verlassensein, die Fragwürdigkeit und das ewige Rätsel sinkt, der Abgrund, das gähnend Bodenlose, das schwarze Nachtgevögel ist nicht mehr, die Flucht hat ihr Ende erreicht und ich bin geborgen, ich habe Grund und Ziel und suche nicht mehr. Ich bin nicht mehr ich, ich bin vielleicht du? oder ein seliges Nichts? ich bin verloren in schluchzender Glückseligkeit, ich bin ein Hauch, der dich umspielt, der nichts weiß als dich zu umspielen und ewig zu umgaukeln. O du! O du!

Du weintest leise an meiner Brust, am Himmel begannen die Sterne zu funkeln und zu unseren Füßen plätscherte und schmeichelte das Meer mit seinem schwarzen Wellengezottel.

Aber am nächsten Morgen – zweifelte ich plötzlich an meinem Glück, ich zweifelte plötzlich an meinem Rauschtrank. Ich hielt es mit einem Male für Genuss und dessen höchste Stufe für erreicht, sodass ich mich jetzt von ihr trennen müsste, um die Schönheit der Erinnerung zu bewahren. Denn wenn sie auch ein Weib war, das sich herzlich geliebt glaubte und das der Neid der anderen zu immer neuer Liebe trieb, dauern konnte ihre Liebe doch nur, wenn ich täglich einen neuen Fels, einen kleinen neuen Eigenwillen und Stolz, eine trotzige Gleichgültigkeit und Untreue aus mir wachsen ließ, die sie mit ihrer Liebe bestürmen und in sich begraben könnte. Aber ich war schwach und müde und weich, ich wollte den stillen Ruheort, ich war einmal von der Welle niedergerissen und wollte nun weiter in ihrem weichen Schoß ruhen.

War das Rausch, war das Genuss? Ich glaubte mir nicht und traute mir nicht und wollte ein Ende machen. Und zudem war es mir, als sei trotz unserer Zärtlichkeit etwas Unwahres an unserer Liebe, als stehe sie auf einem falschen und morschen Grund.

Aber am Abend, da ich in einem obskuren Tanzlokal Patrouille stand, kam sie plötzlich und setzte sich still in eine Ecke und half mir bis Mitternacht über die drei Stunden in solchem Lokal und unter solchem Pöbel hinweg.

Mein Misstrauen raunte mir zu: Weswegen kommt sie? Hat sie Furcht vor sich, sie könnte mir untreu werden und mich dadurch verlieren?

Weswegen fürchtet sie es? Des angenehmen Neides der anderen wegen, den sie damit einbüßen würde? Weswegen liebt sie denn sonst gerade mich?

Aber ich mochte meinem Misstrauen nicht trauen, und war doch plötzlich schwankend, und als ich dies merkte, befangen und ratlos geworden.

Weil ich aus irgendeinem Grunde mich von ihr trennen wollte und doch meine Unfähigkeit dazu fühlte? Und nun einen Trennungsgrund suchte?

Am Ende aber kam aus meiner Ratlosigkeit, meinem Misstrauen und meinem Ärger über dieses Misstrauen, meinem Entschluss, mich von ihr zu trennen, und dem Gefühl, ihn doch nicht ausführen zu können, und meiner Dankbarkeit, dass sie ungebeten mir hier Gesellschaft leistete, ein merkwürdiges, aufregendes Stimmungsgemisch hervor, das sich nach außen in einer närrischen lauten Verliebtheit zeigte.

Den Anlauf aber zu einem Versuche, mich von ihr loszulösen, habe ich doch getan. Mich von ihr loszulösen, aber nicht durch eine einfache Trennung, sondern durch eine Überwindung. Welcher Art jedoch diese Überwindung werden sollte?

Als wir kurz nach Mitternacht jenes Tanzlokal verlassen hatten und zur Kaserne gingen, um uns auf der Wache abzumelden, ging Claire auf dem Bürgersteig nebenher; sie wartete vor meiner Wohnung, bis ich mich in Ruhe umgekleidet hatte, und darauf machten wir einen Rundgang durch die Restaurants und Cafés der Stadt, und kamen erst nach einigen Stunden heim.

Und in dieser Nacht war es das erste Mal, dass ich ihre übergroße Zärtlichkeit beobachtete; dass sie mir, wie ich sie beobachtete, peinlich wurde und ich mich ihr zu entziehen suchte. Es war nicht ein körperliches oder ästhetisches Missbehagen, das mich dazu trieb, sondern der schlichte Gedanke: du bist nicht wert, ganz das Sinnen und Denken eines Menschen auszumachen.

Aber da sah sie mich mit einem seltsam halb fragenden, halb drohenden Blick an und fiel, als ich mit Absicht eine kalte und abweisende Miene aufsetzte, mit einer mänadischen Wildheit über mich. Ich aber lag gelassen da und ward – traurig ob ihres leidenschaftlichen Tobens und zärtlichen Rasens. Dann nahm sie sie in meinen Arm und legte ihren Kopf wieder an meine Schulter und begann mit offenen Augen zu träumen, während ich in einer wundersamen Melancholie ins Licht starrte, die sich rasch verstärkte zu dem Gefühl eines namenlosen unermesslichen Leidens, das mir Tränen in die Augen trieb.

Draußen raschelte und rauschte der Wind in den Ulmen, ein einzelner Stern flackerte unruhig durch das Laub und ein verspäteter Zecher taumelte und sang durch die Nacht – wie traurig klang mir das einsame Gegröle dieses Trunkenen! Da schwand der Stern, der Pfingstwind atmete leise und leiser und der Zecher hatte sich irgendwohin verloren – – das Fenster klinkt! Etwas Schattiges steigt vor ihm hoch, etwas Faltiges, Nächtiges – es steigt und steigt, es klinkt gemächlich das Fenster auf, es schiebt bedächtig die Flügel auseinander – jetzt steigt es vom Fenster herab, stützt sich auf den Stuhl und – sieht mich an! Da reiße ich dich schreiend an mich und berge meinen Kopf an deiner Brust. – – – Die Einsamkeit hatte mich angesehn. – – Als ich wieder aufblickte, brannte die Lampe fahl und gelb, aber die Ulmen raschelten und rauschten wieder und ein gelbgrauer Morgenhimmel schimmerte durch das Laub. Da fasste ich mit beiden Händen in dein Haar: Nun lösche das Licht! Deine Haut sieht im Dämmern am weißesten aus, nun lösche das Licht und hab mich lieb! –

Nein, wie ich nicht zur Erkenntnis tauge, tauge ich auch nicht zur Liebe und zum Genuss. Es ist weder Liebe, noch Genuss, es ist Flucht und Vergessen-Wollen.

Wäre es Liebe, so hätte ich die Kraft gehabt, sie durch eine Art Selbstüberwindung zu vertiefen, dadurch dass ich mich von der Geliebten trennte. Denn Liebe, wie ich sie will, wird beschmutzt durch den Genuss und sucht das Geliebte auf einem himmelstürmenden Gedanken-Staffelbau unerreichbar hoch zu heben. Und gerade der Blick auf die blendende Höhe und die unendliche Entfernung, die ich selbst zu ihr gebaut habe, das ist das, was für mich der Rausch der Liebe sein könnte.

Wäre es Genuss, wäre ich ein Lebenskünstler, ein Genießer wie er sich gehört, dann hätte ich jetzt eine Trennung herbeigeführt, ich hätte meinen Schmerz und um des Schmerzes willen acht Tage lang brennen lassen, um ihn dann in den Armen einer anderen zu vergessen. –

Als sie mich um elf Uhr des Morgens verließ, verabredeten wir, dass sie mich nach dem Essen wieder treffen sollte. Ich musste bei ihr sein, ich musste ihre blauen Augen mich streicheln fühlen, ich musste mich weiter von ihr lieben lassen.

Aber worin bestand mein Rausch? Ich finde nichts anderes, als in dem Bewusstsein von ihr geliebt zu werden und der Ruhe in Geist und Gemüt, die damit über mich kam.

Hätte ich sie geliebt und meine Liebe bis zur Selbstüberwindung der Liebe gesteigert, so wäre das auch ein Rausch gewesen, aber aktiver Art. Wie der Gläubige sich berauscht an seinem Gott, der nichts ist als sein in immer weitere Ferne projiziertes Ich. Aber ich bin passiver und nicht aktiver Natur, ich bin ein Höhlengrübeltier eigener Art; ich flüchte in die Höhle, nicht um mich meinem Grübeln und meinen Meditationen ungestört hingeben zu können, sondern um in ihrem Dämmerlicht das Gefühl zu genießen, von ihnen befreit zu sein, und mich kindlich freuen zu können: nun bin ich dem bösen Tag da draußen endlich entflohn! Nun lockt er mich nicht mehr mit seinen schillernden Rätseln und funkelnden Fragen, der gleißende Versucher, der lockende Verderber, der böse leuchtende Tag!

Sie und ihre Liebe, das sind für mich Weihrauch und Klosterzelle und einlullende Litaneien. Ich bin ein moderner Anachoret, und meine Zelle und mein Gott ist der Leib und die Liebe eines Dirnchens. Seltsame Sätze, aber wegen ihrer Seltsamkeit wahr, wenigstens für mich – nun, das versteht sich von selbst, du Narr. –

Auch in der Nacht, die diesem Nachmittag folgte, schliefen wir zueins. Aber es lag eine eigentümliche Trauer und Scham über unserer Lust, und als sie mich des Mittags verließ, meinte sie: Du bist so seltsam zu mir. Du hast mich nicht lieb. –

Zwei Tage darauf betrog sie mich, ich aber reiste zu Verwandten und schrieb ihr von da aus einen Bettelbrief.

Wenn der Nebel noch länger so vor meinem Fenster hängt, schieße ich mir eine Kugel durch den Kopf. Alles was mich von Claire ablenken könnte, habe ich fort getan. Ich fasse kein Buch an, ich halte meine Gedanken im Zaum, nur in jenem Sommer dürfen sie mir grasen; ich richte meine Spaziergänge ein, dass ich den Menschen nicht begegne, ich spreche in diesen acht Wochen kein Wort, ich bin in diesen acht Wochen stumm, in Heiden und Moore nur gehe ich und auch nur auf Schleichwegen in einen dichten Fichtenbestand, durch den ein Moorbach fließt, den ich liebe, weil er mir mein tägliches Bad gibt. Ich grabe mich wie eine Wühlmaus in meine Erinnerung ein, denn in ihrer Liebe und der Art, wie ich sie verlor, muss auch der Weg vorgezeichnet sein, wie ich sie wiedergewinne. Aber der Nebel soll fort! Das ist, als rückten seine Wände näher auf mich von Tag zu Tag, das ist, als sarge es mich schon bei Lebzeiten ein, das ist, als hörte ich schon die Hammerschläge! Ohne Form und Bild, ohne

Grenzen und Ruhepunkte liegen sie um mich, diese Nebel-Leichentücher. Darin mag es einem weisen Winkel-Grübelwesen behagen, dessen Rausch ein abstrakter Begriff und eine blutlose Formel ist, aber das ist Gift für mich, der ich darnach dürste, den wildesten wütendsten urwüchsigsten Trieb, den Sturm, der die Wellen formt und vorwärts peitscht, wieder auf mich zu lenken, damit ich – in ihm Ruhe finde. O wenn dieser Nebel nicht bald vor meinem Fenster schwindet, jage ich mir eine Kugel durch den Kopf.

Ein wolkenloser Sonnentag lag schläfrig über dem uckermärkischen Landstädtchen, das mich für einige Tage beherbergte. Ich hatte mich soeben in Helm und Mantel bei dem Reiterregiment angemeldet, das dort liegt, hatte mir das Schloss angesehen, das inmitten seiner altertümlichen Gartenanlagen eingeschlafen ist und von selbstherrlichen Markgrafenvergangenheiten träumt, war in den schattigen Laubengängen des hundertjährigen Gartens umher gewandelt und saß nun träumend und still wie das Schloss und sein hundertjähriger Garten auf einer Bank. Vor mir floss breit und vom Schilf umsäumt die Oder, so ruhig und träg, dass man im Zweifel sein konnte, wohin sie floss. Am Horizont aber räkelten sich weiche Höhen und blinzelten verschlafen und sonnenmüde aus weißen Sandflecken herüber und stachen mit ihren Kirchturmspitzen wie mit kleinen neugierigen Fingern in die Luft und rings im stillen Garten schmetterten die Finken – ich aber hatte nichts zu tun als geruhsam meine Zigarette zu rauchen und mich auf ein gutes Mittagessen zu freuen.

Und nach dem Essen wird zur besseren Verdauung geschlafen und nach dem Schlafen wird der Kaffee getrunken, und nach dem Kaffee wird Konversation seichte seichte gemacht und darnach – gehen wir zu Geheimrats, wo ich ein junges hübsches Mädchen kennenlernen werde. Aber da darfst du nicht wieder von solchen philosophischen Sachen reden – hast du nicht gestern gesehn, wie der Oberlehrer ironisch lächelte, der arbeitet nämlich in Philosophie und macht vielleicht sogar seinen Doktor darin! Und morgen früh gehst du dann mit Vetter in den Park – in die Kirche gehst du Schlingel ja nicht – und da bestimmt ihr Vögel; es gibt so viele Vögel in dem alten königlichen Park. Und mittags gibt es denn – – Ach ja. Das ist aber auch ein Rausch, nur ist er behördlich und kirchlich empfohlen, erlaubt und kultiviert! Und die Oder fließt so ruhig und träg, man weiß wahrhaftig nicht, wohin sie fließt.

Aber ich passe nicht in eure Welt und mir widersteht euer Rauschaufguss. Ich sah mit zu hellen Augen ins Leere und Haltlose, ich brauche einen schärferen Trank, einen der etwas nach – Hautgout und Laster? riecht.

Ist das ein neuer Faden in meinem Tintenstrichgewirr? Untreu ward sie mir schon und ein Dirnchen ist sie immer gewesen, aber deswegen brauchte ich unsere Liebe, vielmehr mein notwendiges Behagen an ihrer Liebe, nicht Laster nennen. Ich tat soeben nur, nachdem ich alle Kultur und herkömmliche Sittlichkeit von ihr abgestreift und das triebhaft-unschuldige Tier habe, so wie ich es brauche, als Würze zu meinem Trank einen Tropfen Lasterbegriff, eine kleine abschreckende Dosis Lasterchen hinzu. Um den meinen ganz von dem euren zu trennen? Um ihm das Air des Verbotenen und Absonderlichen und – Krankhaften zu geben? Und tat ich das – aus Schamgefühl?

Dann müsste ich ihr den Seitensprung schon verzeihen und, wollte ich konsequent sein, sogar mich über ihn freuen.

Schweigen nicht die Vögel in dem stillen Garten? Sie sollten mich auslachen, dass ich mich durch die alten Jahrhunderte, die hier noch zwischen den Bäumen hängen geblieben sind, habe düpieren lassen und mich meines Rausches und meiner Welle habe schämen wollen. – – Nun nun, ich verzeihe dir schon, denn eben war ich feige. Aber wer wird nicht feige, wo so ehrwürdige Gespenster über einem in den Bäumen hängen!

Als ich den Brief geschrieben hatte, einen Brief, von dem mir ein Bekannter sagte, ich hätte mich in ihm prostituiert, blieb ich noch einige Tage in diesem Städtchen und saß jeden

Vormittag in dem stillen Garten, an dem die Oder vorbeifließt, so träge, dass man nicht weiß, wohin sie fließt.

Und als ich ging, blieb, ich hätte es nicht geglaubt, eine kleine Wehmut zurück und ich musste an die Jahrhunderte denken, die da zwischen den alten Bäumen hängen.

Wie es einem Opiumraucher und Äthertrinker zu Mute ist, wenn er einen Musensohn seinen Kummer im braunen Bier ertränken sieht, habe ich mir erzählen lassen, aber dass ein christlicher Missionar nicht mit der gleichen Wehmut sondern mit Entrüstung den Fetisch betrachtet, der auf der braunen Haut seiner Jüngerin hängt, verstärkt mich in meiner Verachtung der Lehre, die zerlumpte Fischerknechte und epileptische Fanatiker asiatischen Auswurfs auf die Akropolis und das Forum Roms zu tragen wagten. – Aber als die Dampfbahn wieder über die Felder rollte und die Räder wieder ratterten, schalt ich auf den stillen Garten und die Oder, die so träge fließt, und fragte mich nur, ob ich sie wiedergewinnen würde.

Im Jahrmarktstrubel war sie untergetaucht und mitten in ihm erreichte sie mein Brief. Da hatte sie sich losgerissen und sich eine Stellung besorgt. Hinter dem Bahnhofsbüfett stand sie, zierlich und blond, eine Glutwelle stieg ihr in die Wangen, als sie mich erblickte. Da atmete ich auf und zu Hause fand ich Briefe von ihr mit Bitten und Beteuerungen. So hatte ich sie wiedergewonnen und sie hatte mich lieber als zuvor.

Weil sie mir ein Opfer gebracht hatte, da sie sich ihrer Freiheit begab und die Nächte hindurch in einem rauchigen Wartesaal stand?

Weil ihre Untreue ihr die Gefahr, mich zu verlieren, deutlicher gemacht hatte?

Jedenfalls nicht aus Reue, und sicherlich nicht, weil ich ihr verziehen hatte.

Sie hatte mir ein Opfer gebracht und die Stellung genommen, aus Furcht, anderenfalls mir wieder untreu werden zu können. Das war's. Und ihre neue Liebe beruhte auf dem Glauben, jetzt ein gewisses Recht auf mich zu haben.

Und dass dem so war, fühlte ich bald und – fühlte mich so wohl dabei: ein Ding sein, das einem anderen gehört, das ist das feinste Untertauchen und der feinste Rausch.

Jetzt gehörst du mir! Daher ihre Eifersucht, ihre täglichen Briefe und stündlichen Karten, daher die Glut von Zärtlichkeit, in die sie mich hüllte. Ich war ein eigenartiges Spielzeug, das sie sich erworben hatte und das sie Tag und Nacht nicht aus den Händen ließ.

Bis sie es in- und auswendig kannte, bis sie sich bewusst ward, dass es ihr Spielzeug war und nichts weiter und ihr nichts Neues mehr sagen konnte? Bis die Welle den Felsen zermürbt hatte und er weich in ihrem Schoß lag, und sie dann ausging, einen anderen zu suchen, an den sie wollüstig zerschellte und den sie wieder zerreiben und in sich begraben konnte?

Jetzt aber noch rankte sie sich so an ihrer Liebe hoch, dass wir die Rollen vertauschten und sie die Gebende wurde. Sie legte Gefühl und Innigkeit in unser Verhältnis, sie träumte Tag und Nacht von den wenigen Stunden, die wir wöchentlich zusammen sein konnten, und spielte in diesen mit mir wie ein Knabe mit einem blanken Kiesel, ein Mädchen mit seiner geliebtesten Puppe, eine junge Mutter mit ihrem Kind spielt. Ich wollte einmal Seelenschenker sein und ich weiß jetzt, weswegen ich es sein wollte, und noch besser weiß ich, was ich ihr damals geschenkt habe: ich gab ihr das Selbstgefühl und die Spannkraft zurück; die Welle wurde elastisch und schön – aber würde sie, wenn sie mich überwunden hatte, nicht wieder aufschnellen und einen anderen Felsen suchen? Es war ein gefährliches Geschenk, was ich ihr und mir da gab. – Aber jetzt hatte sie zu verzeihen, denn ich ward gleichgültig und begann, die Äußerungen ihrer Liebe hinzunehmen wie jeden anderen Genuss.

Nur der Augenblick und die intensive körperliche Lust beglückt und Maßhalten ist nur so weit erlaubt, als es zum Zweck der Erhaltung der Genussfähigkeit erforderlich ist. – Es wird zwar nur so sein, dass jeder unserer Zustände, mag er relativ noch so leidensvoll sein, den höchstmöglichen Genuss darstellt, den der Körper in diesem Augenblick erreichen kann, weil er ihn erreichen muss. Aber – esst, liebt und trinkt! Ja, ich bin wieder in der Garnison und »spiele den Lustigen, den Trinker, den Possenreißer, den Bonvivant, den Narren, den Pousseur, treibe mich in verliebten Abenteuern umher und mache Schulden, gelte als Nihilist und bin Nihilist und habe im Grunde auch alle zum Narren« – aber *nitschewo!* das macht nichts.

Woher kam dieser Umschwung in mir?

Weil ich sie nicht liebte, sondern nur von ihr geliebt sein wollte und mich über die Maßen geliebt sah. Und was ihr Gleichgültigkeit und Nicht-Liebe schien, war, dass ich ihrer Liebe aus Sinnlichkeit und Trieb höchstens eine solche aus Dankbarkeit entgegenbringen konnte, die nicht in dem Maße wie jene nach der Lust strebte, die für sie die Krone der Liebe, die Liebe an sich war. Sie merkte es wohl und ward oft traurig darüber.

Und ich trank und würfelte und spielte den Narren und überfiel sie zuweilen mit stürmischen Forderungen meiner Sinnlichkeit, weil ich – meinem Rausch noch immer nicht glauben wollte; ich – schämte mich seiner und betäubte mich über meinen Rausch. Nur wenn die Gefahr kam, sie zu verlieren, musste mein Wille, sich diesen Ruheort und Ruhegarten zu bewahren, wieder erwachen, das heißt: für sie meine Liebe wieder sichtbar werden.

Meinem Stabilitätsbedürfnis war genügt, ich schämte mich meines Genügens und vertrank meine Scham. –

Die Hammerschläge sind verklungen, der Nebel-Sargdeckel fiel dröhnend zu und die Schwermut hämmerte ihn fest. In ihm trieb ich über die Schwelle des neuen Jahrs und merkte es nicht – war doch ein Tag so neblig wie der andere. Und ich zerpflücke und zerdeutle mir meine Liebe, es tut so wohl. Ich bin ja nur mein eigener Anatom, um den größeren Schmerz der bunten Erinnerung zu fliehen, ich suche ja nur objektiv zu sein, um nicht subjektiv bleiben zu müssen.

Aber heute hat es der Nebelsarg und Regen da draußen, der aus den feuchten Sargdeckeln tropft, darauf abgesehen, mir so bunte Liebes- und Sonnentage heraufzubeschwören, dass ich die quälenden Zauberinnen nicht anders überwinden kann, als dadurch dass ich sie in Tinte verwandle, nur müssen es helle farbige Kleckse sein und nicht die schwarzen Striche, in die ich sie sonst zu zerlegen pflege.

Der zweite Juli war es; am Morgen machten wir einen Marsch über Warnemünde und Doberan, und jetzt saß ich im Vorgarten meiner Wohnung und blätterte in einem Seglerhandbuch. Das waren mir damals die liebsten Bücher; Skifahrer-, Luftschiffer-, auch wohl solche rein technischer Art. Ich erinnere mich, in der Zeit ein Buch über Wasserkraftmaschinen gelesen zu haben. Und da es gerade an dem Tag ein Segelwetter war, wie es sich gehört, vertiefte ich mich in die Theorie und die mechanischen Grundlagen des Segelns. Dabei trank ich, denn soeben hatte mich Claire durch ein Telegramm gebeten, sie des Abends zu erwarten, und ich hatte mir angewöhnt, angetrunken zu unserem Stelldichein zu kommen.

Wollte ich verhindern, dass ich Einzelheiten sah oder hörte, Kleinigkeiten, die eine – Illusion zerstören konnten? Ist es denkbar, dass ich, so sehr ich sie gerade so haben wollte wie sie war, doch einer Illusion bedurfte? Das klingt paradox, das ist es deswegen aber noch nicht.

Es ist 8 Uhr abends und das Seil zittert durch die Straßen; unsichtbar, unstofflich? wer weiß! aber es hängt da und zittert und wartet, elastisch wie ein Gummiseil. Nun schlägt es seine Angelhaken in uns und zieht und zieht, bis ich sie kommen sehe, wiegend, ein wenig schlenkernd, im weißen flachen Hut. Acht Tage haben wir uns nicht gesehn! Wir geben uns nicht die Hand, aber wie wir uns erreicht haben, schmiegt sie sich mit Schulter und Hüfte an mich, für einen Augenblick nur; das war auf der belebtesten Straße, aber ich weiß, es hat keiner gesehn, denn es konnte keiner sehn, das war schnell wie ein Blitz und durchschlug uns wie ein warmer roter Schlag. Dann gehen wir ins Freie und gehen unter Linden, die in ihrer letzten Blüte stehen. – Du hast wieder getrunken, Liebling. – Verzeih! aber der Nachmittag wurde so lang. – – –

Sieh! nun hattest du doch keinen Dienst und wir treffen uns am Abend erst. O du, das ist nicht recht von dir. Ich freue mich so unbändig auf dich und nun knauserst du mir noch von den paar armseligen Stunden ab. – O, du bist gar nicht wert, dass ich dich so liebe. Ich weine oft die ganze Nacht um dich. Warum weine ich nur immer, wenn ich an dich denke? Ich bin überhaupt immer traurig, wenn ich mit dir gehe. Warum nur? Du! warum? Du hast mich doch so lieb, da brauchte ich doch nicht traurig sein. Aber ich glaube, wenn man einen so recht lieb hat, dann ist man eigentlich traurig. Komisch.

Vielleicht bist du traurig, weil ich traurig bin.

Du und traurig! Aber weißt du, was ich wohl möchte? Wenn du mich so ganz lieb hast – du weißt! – dann möchte ich mit einem Male sterben.

Wollen wir uns heute Nacht totschießen, Claire? – O ja! –

Wäre es aber nicht schade um uns beide?

Nun, wenn wir beide zusammen tot sind, dann ist es doch gerade so, als ob wir lebten. – Aber wenn wir aufhören uns lieb zu haben, nicht? Bitte, bitte!

Aber sage mir, weswegen denn jetzt schon?

Ich fürchte, ich bleibe dir nicht treu. Ich weiß nicht, woher das kommt. Du bist so merkwürdig. Ich glaube öfter, du hast nur dich lieb und mich hast du lieb, weil ich dich lieb habe. Du hast mich eigentlich gar nicht meinetwegen lieb, sondern nur deinetwegen. Aber das ist ja Unsinn! Denn wenn du mich deinetwegen lieb hast, dann hast du doch auch mich meinetwegen lieb. Du? – Sieh, auf so dumme Gedanken kommt man. Ach! das kommt von den dummen Bäumen, die riechen so. Und dann habe ich immer eine reine Angst, dass ich dir wieder untreu würde. O, es ist so traurig, dass ich dich nicht so lieben kann, wie ich möchte. Ich glaube, du bist zu gut zu mir. Aber ich bin schlechter als du denkst, und ich – will auch schlechter sein!

Komm Claire, die Linden machen uns toll.

Aber einen Zweig lass uns für die Nacht mitnehmen.

Wozu denn?

Das ist so ein schönes Gefühl, wenn Nachts welke Blumen auf dem Tisch liegen. –

Wie? ist sie auch kompliziert? Es wird der Lindenduft gewesen sein. Es hört sich so an, als ob sie etwas Richtiges ahnte, aber es war nur eine sentimentale Plauderei. Es wird der Lindenduft gewesen sein. –

Siehst du, sagte sie als sie des Nachts sich über mich geworfen hatte und mein Gesicht in beide Hände nahm, wie sie es gern tat, ich möchte nun so anfangen, dich aufzuessen. Zuerst deine Augen; nein, nicht deine Augen! Oder noch lieber, du wärst mein Kind, wenn es noch nicht geboren. Dann gehörtest du ganz mir.

Aber Claire!

Was ist denn dabei? Das kann man doch ruhig sagen. Oder darf man das nicht?

Das dürfen nicht alle sagen; das darfst nur du sagen, mein kleines Lieb.

Nicht wahr? Und wenn du dann geboren wärst, siehst du, dann dürftest du mir nur denken, was ich denke! Dann würden wir beide nur über dich denken. Ach du! –

Und als sie des Morgens um sieben, da die Sonne schon heiß auf den Straßen lag, ging, verabredeten wir, dass sie zu den Schießständen hinausfahren und mich dort treffen sollte.

Dort wollen wir uns ins Gras und in die Sonne legen. –

Die Sonne glüht und hebt den Horizont, in dem wie ein weißer Strich der Leuchtturm von Warnemünde steht. Ein kühlender Wind kommt von der See und über ihm und ihm entgegen segeln die krausen Wolken. Ich aber habe mein Haupt in deinen Schoß gelegt, da warfst du

162

meine Feldmütze weit ins Gras und spieltest in meinem Haar. Und die Sonne steigt und glüht, von den Schießständen fällt Schuss auf Schuss und immer noch steht wie ein weißer Strich der Leuchtturm am Horizont; eine Hummel läutet im Gras und eine Esche will uns nicht stören und raschelt nur leise mit ihrem ruhlosen Laub.

Claire, ich weiß, du hast mich unglaublich gern und ich war oft hässlich zu dir. Nun verspreche ich dir, dich immer mehr zu lieben.

Da beugtest du dich herab und küsstest mein Haar, und so bin ich denn eingeschlafen. Mitten in der hohen Sonne und dem Duft von Gräsern und Klee schliefen wir ein. Ein Lächeln war auf unseren Lippen, das nahm der Wind und zerstreute es über die Welt und segnete sie.

Lotus procumbens und *corniculatus* wuchsen dort und viel blassgelbes Leinkraut, und ein bunter Eichelhäher, glaube ich, lachte aus der Tiefe des Waldes, an dessen Rand wir schliefen. –

An einem Abend jedoch, als sie mich bat, die Nacht bei mir bleiben zu dürfen, da sie sonst nicht wüsste, wohin? schlug ich es ihr ab. Durch eine trunkene Laune von mir, da ich sie eines Abends nicht von mir gehen ließ, hatte sie ihre Stellung verloren und scheute sich, zu ihren Eltern zu gehen. Nun musste sie mich durch Drohungen zwingen, sie mit mir zu nehmen. Es war dieses der Tag vor einer Felddienstübung, die früh morgens begann und uns erst am übernächsten Mittag zurückbrachte.

Sie liebt mich und ich gehöre ihr, das war ja mein Rauschbeerentrank.

Und sie? Sie erwartete mich am übernächsten Tag draußen vor der Stadt und besuchte mich des Nachmittags in meiner Wohnung, wie sie mich nach jenem Scharfschießen besucht hatte. Ich ließ es geschehen und dankte ihr nicht.

Aber als ich sie verlieren sollte und sie gereizt durch meine störrische Gleichgültigkeit, trunken und auf Anstiften ihrer Freundin im Begriff war, mit einem andern vom Tanzboden zu gehn, riss ich sie mit Gewalt zurück und schleppte sie mit und bat sie mit Tränen und heißen flehentlichen Beteuerungen, mich nicht zu verlassen.

Du nimmst ja meine Seele, meinen Garten mit!

Und die Stunden, die diesen Tränen und wilden Bitten und der endlichen Versöhnung folgten, waren so voll von leidenschaftlicher Wut, dass meine Wirtin und mein Putzer, mein Korporal und Feldwebel, nicht viel hätte gefehlt und der Leutnant kam, vergeblich an meiner Türe klopften, ich hatte sie wieder und – schlief und wurde am nächsten Tage mit zweiundsiebzig Stunden Arrest bestraft, und während ich in meinem Arrestzimmer die Blätter einer Linde zählte, deren Wipfel und ein Stück blauen Himmels ich durch das vergitterte Fenster sah, der Schlaf auf der hölzernen Pritsche mich floh und Hunger und Kälte kam und ich allmählich begann mit einer kaum mehr niederzuhaltenden Wut zwischen den vier Wänden zu rasen, trank und tanzte sie und lächelnd überreichte ich ihr nach den drei Tagen die zwei Knöpfe mit den mecklenburgischen Ochsenköpfen – *va banque* der Possen! ich will meinen Rausch.

Nach einigen Tagen erhielt ich einen Brief, in dem sie mir schrieb, es sei ihr, »als wäre eine Wand zwischen uns getreten; was ist das nur?« Ich wusste es mir so wenig zu erklären wie sie.

Sie hatte wegen meiner »Bestrafung«, zu der sie den indirekten Anlass gegeben hatte, von mir Zorn und Vorwürfe erwartet und – damit von einem neuen Felsen geträumt, den sie durch ihre Liebe würde besiegen können. Aber nun lächelte ich und verzieh.

Und wir wussten es nicht und staunten, dass wir uns hiernach nicht noch lieber hatten als zuvor. – –

Es ist Nacht, die Uhr geht auf zwölf und ich sitze oben auf der Mauer, die die Kasernengebäude umschließt; denn meine Strafe besteht außer dem dreitägigen Arrest und dem Verlust der »Gefreitenknöpfe« in der Einkasernierung. So muss ich mich allnächtlich, wenn alles schnarcht und schläft, aus der Stube, in der ich zusammen mit meiner Korporalschaft schlafen soll, heraus stehlen, muss sachte über den Hof schleichen und heimlich über die Mauer ins Freie klettern. Dann steht sie draußen hinter einer Ulme und wartet auf mich.

In weißgrauen Lachen und Seen liegt der Nebel rings und wie eine blankgeputzte Ampel hängt über mir der Mond. Die Kaserne schläft, aus ein, zwei Zimmern dringt durch die Vorhänge ein rötliches Licht und die nägelbeschlagenen Stiefel der vier patrouillierenden Posten stapfen hart und hallen dumpf und monoton über den öden Platz, während wie rote tückische Kakerlakenaugen die Lichter einer Bahn aus den weißen Nebelleibern glummen. Da schwinge ich mich über die Mauer und lasse mich vorsichtig an ihr nieder fallen. –

Was kommst du spät? Ich warte schon so lange und es ist kalt und unheimlich hier. Aber ich friere und bin müde, lass uns schlafen gehn! –

Ich habe vorher Wein bestellt und zwei Wachskerzen brennen auf dem Nachttisch neben uns, und es ist warm und schwül im Zimmer. Im blauen Waffenrock, mit rotem Kragen, roten Aufschlägen und blanken Knöpfen, liege ich auf dem Bett; dann entkleidete sie sich, ganz und nackt, und setzte sich rittlings auf mich. Ich nehme ihre Hände und biege sie mit leiser Gewalt zurück, bis ich ihre Augen gefunden habe –

Ist es nicht wie in einer Kirche, wenn vor den Heiligenbildern die Wachskerzen brennen und der Weihrauch sich wie eine süße Wolke in den dämmernden gotischen Bogen verfängt? Siehst du nicht das tiefe unheimliche Leuchten in dem roten Wein?

Sahst du, wie draußen der Mond gleich einer leuchtenden Ampel in der Nacht hing? So hänge auch ich, ratlos und einsam, in der Welt, in ihrem Rätsel und ihrer ewigen Brutalität. Ich fluche ihr nicht, weiß ich doch, mein Fluch ist bedingt, und ich bin zu klug und zu schwach zum Fluchen; ich bin zu helläugig geboren und mein Wille zergeht in dem Licht meiner Augen, er verliert seine freudige Blindheit und damit seine Wucht; ich baue mir aber auch nicht auf diesem Fundament von zerflatternden Rätseln und harten Brutalitäten ein hohes helles Haus – ich gehe abseits und suche einen Garten, ich vergesse die Fragwürdigkeit der Welt im Rausch und finde ihn in dir, in dem Aufgehen in deinem nackten weißen Leib.

Willst du nicht trinken? Sieh, der Wein ist so rot! Rot und herb wie die purpurnen Knäufe deiner Brüste.

Mein Garten bist du, in dem wie eine letzte, allerletzte blaue Aster die Möglichkeit für mich blüht, mich an der Welt zu erfreuen als an einem Gemälde, dessen Farbenglanz ich auf mich wirken lasse, ohne nach seinem Schöpfer, einem Zweck und Sinn und der Zusammensetzung der Farben zu fragen.

Du süße Aster, du meine Geliebte, du roter Wein und schwerer Rausch!

Da ließ ich deine Hände, die ich noch immer mit sanfter Gewalt zurückbog, los und da sankst du über mich, so, dass mein Kopf gerade zwischen deinen Brüsten zu liegen kam. – –

Sieh! da im Westen hat einer in den Himmel gestochen und nun fließt das Blut, das rote rotgoldne goldene Blut. Über die welligen Höhn und Zacken der blauen Wolkengebirge rollt es hin, um die Inseln dort im grünlichen Meer und die Nehrungen, die auslaufen wie Nadeln, schäumt es auf und kräuselt über sie. Sieh! in Flocken und Schaum stäubt es über das ganze Firmament!

So verbrennt sie Tag für Tag in stiller unnahbarer und gleichgültiger Pracht, wirft Gold über die Welt und achtet es wenig und nichts, achtet des nichts, was sie schuf, ihr Werk sind wir, sind nichts ohne sie, sie aber schwindet gelassen, als ging's sie nichts an.

Sie, des alten Orients Gott und Rausch und Garten und Ruhepunkt, und meiner – ein Aufgeben meiner selbst an ein Dirnchen. Das ist die Reihe. –

Jetzt sehen wir uns noch sieben arme Mal und dann reise ich fort.

Und ich reise dir in fünf mal sieben Tagen nach.

Du willst mich besuchen? O tue es nicht, tue es nicht! Ich weiß nicht, aber es ist mir, als ob ich dich warnen sollte. Du hast mich zu lieb. Ich kann das nicht ertragen. Das ist, als ob mich das oft zerreißen wollte.

Wie die Abendwolken dort die Abschiedsglut der Sonne, die sie in sich aufgenommen haben, nicht ertragen können und deswegen zerflattern und zerreißen?

So mag's wohl sein. O komme nicht nach! tu es nicht! tu es nicht!

Da küssten wir uns und unsere Lippen wollten sich nicht trennen, während das Abendrot sein letztes rotes Gold über uns warf und traurig wurde, dass es sein letztes war und es alles andere schon vergeudet hatte.

Als wir uns getrennt hatten und ich heimwärts ging, prägte ich ein Wort – oder tat ich's erst heute? – für das, was mir als letzte und höchste Stufe übrig blieb, ich nannte es meine Selbstauflösung in ihr.

Von nun an gingen wir täglich hinaus, die Abendröte zu sehen, sieben Male gingen wir hinaus.

Und da wir zum siebenten Mal hinausgingen und auf einem Hügel standen, der dort frei aus der Ebene ragt, fiel schon die Sonne steil zum Horizont und schickte sich an, unter den Mittelpunkt des sie umgebenden hellen Scheines zu gleiten; des Scheines, dessen oberer und seitlicher Rand, *ma chère*, in zarteren Rosafarben schimmert als der erste Gedanke einer neuen Liebe, der sich auf Ihre Wangen malt, während sein der Erde zugewandter Teil in goldbraunen Tinten schwimmt, die sogar den Schimmer Ihres unvergleichlichen Haares an samtener Sättigung übertreffen.

Aber gelassen durchsinkt die Sterbende den farbig umrandeten Schein; vom frühen Nachmittag an hat er sie getragen, nun aber, wenn sie als gewaltige, doch schon nicht mehr leuchtende Scheibe von einem tiefen Orangerot in die dem Horizont auflagernde Nebelbank einsinkt, zieht sich dieser vorher noch einmal hell Aufschimmernde und sich breit Ausdehnende in ein gelblich glänzendes Oval zusammen und schwebt so gleich einem Sarge, o *ma chère*, aus dem die Leiche fiel, verlassen und einsam über der Gruft, in die jene versank.

Nun sehen Sie, nun lauschen Sie – nun wird es klingen! Nun gelangen die Trauerlieder, die der Himmel anstimmt, an Ihr Ohr! Hören Sie, wie aus der Nebelbank Ton auf Ton auf goldenen Stufen emporsteigt? Das ist kein schwarzer Mönchs-Raben-Grabgesang, das ist ein gemessen schreitendes, goldgeschichtetes Lied, das sich gelassen und wuchtig vertieft zu einem brausenden Rot, das von Stufe zu Stufe, steigt, um gehalten auszuklingen in der weißblauen Wölbung der Abendkuppel.

Aber Sie hören schon das Lied, das die Erde singt? Sie wenden sich und hören den tiefblaugrauen Streifen, Sie lauschen dem Schattenlied, das die Erde klagend an den Osthimmel wirft? Und hören Sie nicht – o wenn Sie lauschen wollten! –, wie die Gegendämmerung hellrosenrot aus dem Schattenlied der Erde aufsteigt und jetzt, jetzt mit schnellen rosafarbigen Fingern in den Himmel greifend tönt? Hörte je einen solchen Ton Ihr kleines Ohr?

Aber Sie wenden sich wieder? Sie haben schon das rauschende Leuchten im Westen gehört? Ihre märchenschönen Augen weiten sich, um das rote Brausen zu trinken? Ihre stolzen Brüste dehnen sich – knistert nicht die Seide über ihnen? Ihr ranker Leib reckt sich – umschwebt mich da nicht ein Duft wie von blühenden Tamarinden? Oder ist es nicht der blühender Edelkastanien? O *ma chère,* der Sarg, der weiße Sarg, aus dem die Sonne fiel! Hören Sie denn, hören Sie denn nicht die süße Mollserenade seines weißen hellen Gelbs? Wird es nicht um einen Hauch dunkler? Wie ein Primelngelb? Empfinden Sie denn nicht – o öffnen Sie Ihre Augen weit! –, wie die Luft erfüllt ist wie von dem Sammetduft eines Primelnstraußes? Sehen Sie, in das goldne Stufenlied sind rauschende Orgeltöne gedrungen! Hören Sie, flammend rot steigen sie über die langgestreckten Stufen! Sehen Sie, aus dem dämonischen Ockergelb quillen sie hoch, aus der gelben glummenden Schicht, die gleich zusammengeschweißten Gewittern über den bräunlich schwelenden Dunst des Horizontes lagert! Hören Sie die gebändigten Donner? Sehen Sie die gefesselten Blitze? O *ma chère, ma chère,* Ihr Atem stockt und zwischen Ihre junonischen Brauen hat ein Blitz eine zürnende Falte geschlagen! – Aber glätten Sie Ihre kleine Stirne getrost –: sehen sie nicht die Antistrophe? Sehen Sie den herben meergrünen Streifen, wie er widerstreitet dem rauschenden warmen Rot und dieses und die gebändigten Donner zugleich abschließt von dem weißen klagenden Dämmerungsschein, der über dem ganzen Westen liegt? Hören Sie das alles zueins und fühlen Sie auch, wie die rosenfarbige Gegendämmerung nach ihrem letzten lauten Aufleuchten in einem schwachen blassen Violett leise schnell verklingt, nachdem schon der Erdschatten in dem Getöse der düster heraufrollenden Nacht versunken war?

Still! hörten Sie den ersten Fanfarenklang? Sehen Sie, wie er dort oben hoch hoch im hellen Blau, hoch über den Stufen des Goldliedes und über den Orgeltönen, die wuchtig über sie schreiten, auf roten Wogen heranschwimmt? Sehen Sie, hören Sie schon den kommenden – Purpur aus ihm? Oh! nun wird die knisternde Seide über Ihren stolzen Brüsten reißen! Nun werden Ihnen Schauer auf Schauer über den göttlichen Schwung Ihres marmornen Nackens rinnen! Das Purpurlied! Oh! meine Göttliche, das Purpurlied! Sehen Sie, wie es sich leuchtend und unter brausenden Fanfaren niedersenkt? Auf den Sarg, aus welchem die Sonne fiel! Oder fuhr vielleicht die brausende Flamme aus dem Sarg hervor? Der Sarg brennt! Der Sarg sinkt donnernd hinab hinter den Stufen des Goldlieds und ihren tobenden Orgelklängen! Und aus seinen klaffenden Spalten – fährt nicht das Feuer in roten Fetzen hervor? Und wandelt das goldne Gelb in glühendes Orange, das Orange in heißes Zinnoberrot und das Rot in düster karmoisinrote Glut! Die flammt und schleudert ihre zischende Lohe heulend hoch – der Himmel brennt! –

> Marienkäferchen, flieg!
> dein Vater ist im Krieg,
> dein' Mutter ist im Holda-Land,
> Holda-Land ist abgebrannt:
> Marienkäferchen, flieg! –

Aber Claire! Ich weiß nicht, ich musste das singen, das kam so über mich. – O, sei mir nicht böse deshalb!

Dann gingen wir heim, schweigend und befangen. Sie schämte sich ihres Liedes – o du süße Törin! O wie sehr kenne ich den Grund meiner Selbstauflösung in dir! –

Am nächsten Morgen, denn es war der erste September, an einem Sonntag, ging ich mit Rosen zur Bahn, deren Blätter der Mehltau befallen hatte; es ist nämlich eine Eigentümlichkeit des Mehltaues, dass er gerade die Blätter der dunkelroten Rosen befällt. So fuhr sie hin und nahm meine Rosen mit, ich aber begann an das Manöver zu denken, denn die Manöver sollten in diesem Jahr im östlichen Holstein abgehalten werden – sie aber fuhr an jenem Morgen nach Kiel.

»Die Wolken fliehn, der Wind saust durch die Blätter, ein Regenschauer zieht durch Wald und Feld,« kahl schon werden die Ulmen und die Rosen verblühn und gelbe Ulmen- und rote Ampelopsisblätter knäuelt der Wind und rollt sie hin, dunkel ist's noch und der Regen stiebt und nach Holstein! rattern die Räder; und Holstein ist Wind und See und kalte Höhe und fegende Regenfransen; zur Rechten ein See, die Wolken gehn tief und der Wind hat über Nacht die Pappeln gebrochen an unserem Weg; zur Linken ein See, wir kommen aus Plön, Nacht ist's und es knattert und prasselt der Regen; und Stoppelfelder und schwelende Biwaksfeuer und die Zähne klappern in der feuchten Nacht in der Buchenwaldschlucht, und Hunger und Durst und Marschieren, immer Marschieren; da steht sie in Kiel, ein Trupp zieht vorüber, noch einer und mehr, sie steht auf dem Stuhl auf dem Bürgersteig und sucht nach mir und winkt und schreit nach mir, uns trommelt indes der Regen auf dem Helm – im Süden, in Oldesloe; Marschieren, Marschieren; da schnäuzt sich ein Stern; da duckt sich das Lager vor dem Arm, der eisig aus dem Weltenraum langt – der Arm ist Gottes! Eiszapfen sein Haar, sein Blick ist Hohn und wehrlos glimmt in seiner Hand die Kugel Welt; Kältetod ist sein Name; der frisst den Raum, den dein Auge durchblitzt und dein Geist umfliegt und die Zahl bezwingt, samt seinen Sonnen und Erden und irrem Weltenstaub, in einer Sekunde dir auf; der Frostpolyp, der Kältekrake, der den Raum umkrallt und in ihn seine eisigen Arme streckt, ich fühl seinen Arm und schauere und krümme mich gleich dem Wurm – die Kraft ist ewig? wo alles zum Ausgleich strebt und die Kälte lauert? Wärme ohne Gefälle ist keine Kraft, »ein Klumpen Tod, ein Chaos harten Tons«.

Es ist grimmig kalt. Zu zehn oder zwölfen liegen wir dicht aneinander gepresst um das schwelende Feuer; zuweilen wälzt sich stöhnend und leise fluchend einer von uns herum und dreht der Glut eine andere Seite zu. Auf den verkohlenden und verglimmenden Scheiten steht ein mächtiger rußiger Kessel; es brodelt in ihm und ein beißend aromatischer Geruch steigt von ihm hoch; es sollen am Morgen die Feldflaschen aus ihm gefüllt werden. Nun bricht eines der Scheite mit einem leisen Knistern zusammen, Funken stieben und gefährlich neigt sich der Kessel, als wollte er seinen braunen kochenden Inhalt über mich gießen. Aber er wird schon stehen bleiben. – Nun dreht sich der Wind und treibt mir den stechenden Rauch in die Augen; da wälze ich mich langsam herum und lasse meinen Rücken braten. Den Kopf stütze ich in die Hand, schmiege meinen Leib fest gegen die Seite eines schlafenden Reservisten, platt liegt er auf der Erde und schnarcht, und blicke in die Nacht. Es ist dunstige Luft; ein paar Sterne zähl ich, ein paar wulstige Baumschatten kauern am Horizont und rings um mich glühen trübrot die Feuer und werfen, wenn der Nachtwind die schweren bläulichen Rauchfahnen zur Seite schiebt, ihre düsteren Lichter über die Zelte; dann tritt ein unförmiger schwarzer Klumpen aus der Nacht hervor, ein dumpfes Stimmengewirr schallt dann wohl herüber und die Lichtscheine huschen über eine wagerechte Reihe gespenstisch geröteter Gesichter – der Marketender-Wagen und ein paar nimmermüde Zecher; die Narren. Einige Schatten stehen hier und da, schwarz und verschwommen, wie aus der Erde gewachsen; wenn sie eine Zeit lang gestanden haben, fangen sie an schwerfällig zwischen den Zelten hin und her zu tappen – das Stiefelleder ist hart wie Holz und die Füße sind wund –; dann stehen sie plötzlich vor einem Feuer, dösen stumpfsinnig in die Glut, wackeln wieder auf ihrem Patrouillengang fort und verschwinden lautlos, als hätte sie die Nacht gefressen.

Ich möchte wohl Soldat bleiben; man vegetiert so hin. Und diese prächtige Müdigkeit nach jedem Tag und diese herrliche Massensuggestion; man ist nie selbst, man kommt nie zu sich. Man nimmt niemals Gifte ein, man scheidet niemals Gifte aus. – Was habe ich damals in Lockstedt für dummes Zeug geredet; ich habe mich wohl sogar ereifert. Wozu? Ich Narr. –

Was soll nun nächstens aus mir werden? – Arbeiten? Ich könnte ja wohl einmal ein Buch schreiben, über die zum Glück zureichende Dummheit, denn daraufhin läuft schließlich alle Schreiberei hinaus; wenigstens die ehrliche. – Aber wozu? Ich habe ja Claire. Ich will mich noch ein paar Jahr von ihr lieben lassen, ich will noch ein paar Jahr ein herziges Spielzeug sein. Bis ihre feine Haut welk wird. – Und dann will ich das Extrakt meines Lebens ziehn. In einem Sonett, einem einzigen Sonett, einem braunen Sonett. Das soll sich anfühlen so weich und fremd wie brauner Zunderschwamm. Ein ganzes Jahr will ich an ihm arbeiten. Das soll ein Sonett werden! Alles, alles soll es aus mir ausscheiden, was sich in diesen langen toten Jahren angehäuft hat; jede Zeile ein Buch. Und dann? – Dann kommt die Probe aufs Exempel: vielleicht könnte ich dann leben – leben! – Oder dieser Eindringling, dieses aberwitzige Sehnen nach einer definitiven Wahrheit, vor dem ich schon Rettung suchte im Rausch der Liebe, hätte mich zugrunde gerichtet, und damit – würde auch aus dem Sonett nichts werden; die Drüse ist erstickt, sie sekretiert nicht mehr.

Aber es ist kalt, grimmig kalt, und der Wind hat sich wohl schon wieder gedreht. Hoppla! schnarchen Sie nur weiter! –

Marschieren, Marschieren und schwelende Biwakfeuer, und ein Brief fliegt herüber, ein süßer, ein wilder, und jetzt noch drei Tage die Stiefel nicht aus und das Koppel nicht ab und die Gesichter sind – schwarz, und die Bärte sind – wild, und die Augen sind – rot und das Manöver ist aus.

Das riecht nach verdorrtem Sommerlaub, das riecht auf den Straßen nach Herbst und meine Ulmen sind kahl, doch mein Herz ist still, mein ruhiges müdes Herz ist still, wie der goldene Herbst und zählt und zählt die Tage, dann rufen die Räder zu ihr! zu ihr! Der Dienst ist – aus, das Jahr ist – um.

> Ich lieb unendlich diese blauen Nebel,
> die herbstlich still den Wald umgeben
> wie wenn ein Bahrtuch einen Sarg umwebt,
>
> ich lieb unendlich diese goldnen Schimmer,
> die über Stoppelfeldern schweben
> wie eine Krone über Toten schwebt,
>
> ich lieb unendlich diese bleiche Sonne,
> ich seh in ihren müden Blicken
> das goldne Glück, das auch aus meinen blickt.

Der ruhlose wilde Spuk, der Geist ist unendlich und reitet auf seinen Ziffern und Buchstaben in seine Unendlichkeit; die Welt ist endlich, ist eine Kugel, die in der Kälte schwimmt und ihr Inhalt ist Herbst, ist ein Kunstwerk, das sich selber anschaut, wie heute der Tag sich nicht genugtun kann, in sich selber zu sehen und zu schluchzen vor seinem kleinen goldnen Glück: o herbstendes Glück, o Lächeln im Winkel, o rote goldne Euthanasie!

In den Nächten aber trank ich und hockte in Bars, mit einem roten Holsteiner, der eines Abends so gewaltig Rheinwein und Burgunder trank, dass ihm über den hilflos ins Leere starrenden Augen der Schweiß in hellen Perlen auf der Stirne stand, und kam alltäglich erst am hellen Vormittag heim. Suchte ich den Rausch, den der Tag mir geboten hatte, mit gröberen Mitteln fortzusetzen? Oder – ich trage ungern goldne Geschenke in mein Zimmer; ich zerpflücke sie mir da zu leicht, ich gehe mit ihnen unter Menschen und spiele da heimlich mit dem Glück, wie es leise in mir klingt; so fühle ich es mehr, so weiß ich, dass es mein und mein eigen ist, – und trinke, um dieses Gefühl und die Traumstimmung und das leise Schaukeln zu verstärken und fest zu halten?

Eines Tages aber war ich in Zivil und trug eine Aster im Knopfloch.

Der Himmel ist tiefviolett und die Hügel, auf denen die versprengten Kiefern wie Pinien stehn, sind ziegelrot und die Buchen und Eichen huschen wie glimmende Feuer vorüber. Jetzt steigt ein Rot wie von Heckenrosen gestreift in das tiefe Violett, das umstreichelt mich wie weicher Samt, und der Zug wiegt so leicht und federt so sanft und die Eichfeuer und Buchen mit ihren herbstenden Goldblättern leuchten so rot und die Birken so gelb – so fahr ich zu ihr, so fahr ich nach Kiel.

Der Sarg zerbarst! Der Nebel ist fort! Eisblumen hat die Nacht an mein Fenster geworfen und nun heult der Ost. Tot ist die Welt und mein Herz ist leer, da nimmt es der Wind und wirbelt es über die Gassen, zermürbt's zerkrümelt's, Staub auf staubigen Straßen.

Aber weißt du, der Schmerz der Hoffnungslosigkeit ist auch ein Rausch. Doch der taugt nicht für dich, denn er ist nicht skeptisch genug und bejaht ein Ideal und findet am Ende den Grund für dessen Nichterfüllbarkeit in der Metaphysik. Und lange genug saßest du in Buddhas windstillem Hain: dort wächst die Moral. Aber nicht als moralische, als künstlerische Erscheinung erträgst du die Welt.

Aber glaubst du, dass dein Selbstzergrübeln und schmerzlich buntes Erinnern allein den Garten dir wiederbringt, in dem jene Blume wächst?

Und warst du nicht in diesen Nebelwochen schon daran, aus deinem – Nihilismus dir einen Rausch zu brauen? Ganz sachte und heimlich über Nacht die Grundlagen einer eigenartigen Metaphysik zu legen, die das Ding an sich im Nichts und der Hoffnungslosigkeit sieht? Und fühlst du nicht, welche Moral dir da erblühen würde? Das Mitleid mit allen, das Erbarmen mit allen, mit den allen, die du doch so herzlich und von Grund aus verachtest! Dann wärst du mir bald in Kirchen und Klöster gelaufen! Zwinge dich zu deinem echten Rausch! Hänge deinen Garten dir hoch! Male ihn dir so märchenschön – du weißt, alle Malerei übertreibt, denn sie setzt das Geschilderte als etwas Eindeutiges, Unabhängiges und Fürsichbestehendes. In jeder Schilderei steckt ein Wunsch.

Hänge deinen Garten hoch! Denk an den Lenz! Er kommt, er kommt – und dann?

Hinter den Werften und Docks, den angelnden Riesenarmen der Kräne und den dröhnenden Eisengerüsten verblassen die letzten Fetzen des Morgenrots und gelbrote Reflexe laufen über die opalisierenden Wasser und spielen um die stählernen Kriegskolosse – weißgrau, eisengewordener Wille und Wucht liegen sie da. Kühl ist's, von den alten Linden fallen die letzten Blätter und lang war die Nacht.

Habe ich dir schon erzählt, was ich in dieser Nacht geträumt habe? Du warst wohl noch wach, da fiel mitten in einem Kuss, den ich auf eine deiner Brüste drückte, der Schlaf auf mich. Da löste sich meine Seele aus mir und stieg an seiner Hand durch deine linke Brust, Stufe über Stufe, hinab in dein Herz. Hier in dem purpurnen Zimmer setzte ich mich auf einen sammetbeschlagenen Thron, und während ich dort saß und den Strömen deines Blutes lauschte, wie es draußen sang und brauste, öffneten sich die Türen des Zimmers und Kobolde, die sich in gelbroten Taft gekleidet hatten, traten herein und trugen auf silbernen Schüsseln deine Gedanken. Sie stellten sich im weiten Kreis um mich her und ihr Sprecher trat vor und sagte: Hier bringen wir dir, du König unserer Gebieterin, unseren Tribut. Und aus seiner Schale erhob sich jeder Gedanke und sprach zu mir und sagte, wer er sei. – – So hast du mich lieb? – – – Aber mit einem Male flogen donnernd die Türen des Zimmers auf und eine schäumende Flut Blutes brach herein, riss die Kobolde fort, stürzte den Thron und ich schwamm und kämpfte in den gischtenden Blutwogen, bis sie mich in einem ekelhaften warmen schweren Tod erstickten.

Sie schwieg und krauste die Stirne.

Lass uns frühstücken gehn. Wie kannst du nur so etwas träumen? –

Am Abend fiel eine kalte Luft auf den Hafen und breitete eine Bank von Dunst über ihn; und da die Sonne ihre Glut in ihn warf, lag er über ihm wie ein – feinkörniger roter Dampf. Bäume und Masten verschwanden in ihm, die Erde verflog und es war, als habe ein Gott uns in eine Abendwolke gehüllt und trüge uns fort.

Da lehntest du dich an mich und drücktest meine Hand: Wie wunderbar! Sieh! und nun beginnen die Schiffe zu sprechen. Was mögen die sich wohl erzählen? O du in Kiel? Du bei mir? –

Deinen Garten – o hänge ihn hoch! Es kommt der Lenz – und dann?

Wie der Ostwind das strähnige Zigeunerhaar der Birken peitscht! Aber im Nebel und Wind – sie rüsten sich zum Lenz! Und was für sie die blinkenden Stärkekörner sind, die sie hinverfrachten, wo es ein Grünen und Blühen werden soll, das ist für dich – – das stoffgewordene Mittel, der stoffgewordene Geist, die stoffgewordene Macht ist Geld! Blinkende Stärkekörner und – Geld! –

Es nebelte den Tag, und da es begann zu dämmern, bestellte ich Wein und lehnte meinen Kopf auf deinen Schoß.

Nun bist du schon acht Tage hier, acht Tage schon wohnen wir hier und wissen von nichts und kümmern uns um nichts. Ich glaube, wenn wir länger beisammen blieben, vergäßen wir die Welt.

Da kam die Sonne hinter einem Haus hervor und warf abermals Gluten in den Nebel, der da auf der Straße lag.

O sieh den Nebel! Wieder roter Nebel! Das sieht aus wie rotes Blut.

Da zog ich dich nieder und haspelte so lange in deinem Haar, bis es als goldne Welle über mich fiel und mich begrub und ich begraben lag in einem Sarg von Frauenhaar und Blut. –

Ach: Wochen nur – dann kommt der Lenz!

Ich muss eine Erfindung machen. Eine Erfindung, wie sie sich gehört, ist das zielbewusste Suchen und Finden einer neuen Nutzbarmachung einer der vorhandenen Kräfte. Eine Kraft wird nutzbar durch Umwandlung latenter in bewegte Kraft und durch Schaffung eines Gefälles. Alle Erscheinungen der Kraft, soweit sie mechanisch sind, nutzen wir aus; vom chemischen Prozess und elektrischen »Strom« bis zu Wasser und Wind, ausgenommen den Luftdruck und die Schwerkraft im engeren Sinne. Diese aber scheidet aus – sie ist das physikalische Rätsel an sich, vielleicht nur ein metaphysisches Problem – wir können kein – Gefälle für sie schaffen, keinen schwerkraftlosen Raum. Und jener tritt nur, abgesehen von den meteorologischen Erscheinungen, in Wirkung gegenüber dem luftleeren Raum. Der, als die Bedingung des Gefälles, müsste dauernd gewahrt bleiben. In ihm treibt er das Wasser zehn Meter hoch, und aus dieser Höhe muss ich es entfernen, ohne dass ich den luftleeren Raum, der sein Heraufsteigen ermöglicht, vernichte. Die Frage ist's. Zwei Monate nur! –

Als ich heute Morgen mein Bad in dem Moorbach nahm, dort wo er durch das Tannendickicht über gelbroten eisenhaltigen Sandboden rollt, formte ich weiter an meiner Frage, während das eiskalte Wasser meine Knie umspülte und ich gemächlich das Eis zerschlug, das wie fein durchbrochene Spitzenmanschetten von den Ufern über das Wasser gewachsen war.

Das ist keine Phantasterei und kein *perpetuum mobile,* das stetig die Kraft aus sich erneut, das will die gegebene Kraft des Luftdrucks wirksam werden lassen. Wie Wärme nur wirksame Wärme ist bezogen auf einen weniger warmen Körper, so der Druck der Luft nur bezogen auf einen Raum von geringerem Druck. Dieser muss bewahrt bleiben und trotzdem das Wasser, dessen neun Meter starkes Gefälle ich haben will, aus ihm in dieser Höhe entfernt werden. – Und das muss geschehn durch seine eigene Kraft, und diese Kraft muss größer sein als der Druck der Luft, der es sonst wieder in das Vakuum zurücktriebe.

In einem luftleeren neun Meter hohen Rohr, das in seinem oberen Ende zweimal umgebogen ist, steigt das Wasser hoch und fällt darauf in einen Behälter, der sich an dem nach unten gebogenen Ende des Steigrohres befindet: aus diesem Behälter muss ich es entfernen, wozu ich entweder die bewegte Kraft des aus dem Rohrende fallenden Wassers benutze oder den Druck der gesamten oder eines Teiles der gesamten schon in dem Behälter ruhenden Wassermasse.

Da begann es zu schneien und ich wanderte durch den stöbernden Schnee, stundenlang; durch den Wald, durch das schilfbraune Moor, über die Heidehügel und gleich einem alten Zaubermeister zeichnete ich in den Schnee, dort wo er glatt und eben lag wie eine Tafel, Röhren und Würfel und Schaufelräder und Kugelventile. Und warf mir der Wind, der sich nach Süden drehte, seine Flocken in die Augen –

Du Narr! leg dich hin, ich decke dich zu; lege dich nur hin, es sieht schon keiner! – so suchte ich mir eine dichte Kiefer, wie sie windgedrückt auf den Hügelhöhen stehen, einen Wacholderring oder ein Rotdorngestrüpp, in deren Windschatten ich wie auf einer weißen Riesen-Schiefertafel weiter meine Kreise zog. Es muss! Es muss!

Auf der Landstraße hatte der Wind, der schnurstracks über ihr blies, dort wo Gebüsch zu beiden Seiten war, Schneewellen gebaut. Vier gute Schritte waren von Berg zu Berg und eine starke Hand breit waren sie hoch. Und dort, wo das Gebüsch zurücktrat und der Schnee über den freien Feldern wie ein Nebel flog, war auf der Höhe der basaltgewalzten Straße eine Rille freigeblieben, über die der stäubende Schnee in schmalen schlängelnden Strähnen lief, als ob zahllose kleine Dampffähnchen vor mir herhuschten. Ich versuchte, Schritt mit ihnen zu halten, aber schnell wie kleine Schlangen liefen sie mir fort:

Wir sind lustiger und leichter als du, du Tölpel und Grübeltor, der sich sein schönes Leben selber zerschneidet und unsere Mutter besiegen will, weil ihm sein lockeres Glück entflog, so ein lockeres loses Dirnchenglück! Wir Schneeeidechsen und kristallenen Kinder der Luft, wir huschenden Flämmchen von stiebendem Schnee! –

Nachmittag war's, als ich heimkehrte, verschneit und verklammt, aber eines brachte ich mit: es wird eine Art selbsttätiger Druckpumpe sein müssen, die das Wasser aus dem Behälter presst, und auf deren freiem Hebelarm wirkt als Kraft der Druck des aus dem Steigrohr fallenden und auf dem Hebelarm in einem Gefäß aufgefangenen Wassers.

Nun habe ich Linien um Linien gezogen, phantastische Pumpen und rollende Ventile gezeichnet und viel Zahlen- und Formelnkrams dazu gemalt, jetzt will es dämmern und zögernd fallen die Flocken. Wir sprachen damals oft vom Schnee – jetzt sitzt sie mit dem andern in einer Dorfschenke und schäkert mit ihm und freut sich auf die Heimkehr und Schlittenfahrt. Und ich vergrabe mich hier und schreibe, schreibe von Dingen, die nicht mehr sind und doch noch sind und vielleicht jetzt erst das sind, was sie damals schienen; denn jetzt erst sind sie eindeutig, fest und in sich rund, damals waren sie ein Hauch der vorüberjagenden Wirklichkeit. Ich bilde und schaffe sie, ich umschlinge mit des Kältekraken Armen die Welt, die Kugel glimmenden Staubs, ich reite verwegen über sie hinaus ins Nichts und atme auf, wenn der Nachtwind mahnend an mein Fenster klopft, – um mich wiederzufinden in einer absoluten Einsamkeit. Eben noch genoss ich mich in einem gefährlichen Spiel und nun bin ich nichts als ein trauriges Taumeln zwischen dem glühenden schmerzlichen Wunsch nach ihr und dem Gedanken an den Tod, der immer verführerischer zu locken und zu flöten weiß. Und kein Ruhepunkt ist zwischen ihnen, kein stützender ablenkender tröstender Gedanke – und die Menschen? Ich sprach schon seit zwei Monden kein Wort, ich weiß nicht mehr wie meine Stimme klingt, ich bin ja stumm, bin ein helläugiger Spuk und ein kluges Gespenst – nur mein Name.

Zwei Tage darauf, da der rote Nebel sich zu Regen verdichtet hatte, fuhr sie nach ihrer Heimatstadt zurück, wo ich sie nach den Universitätsferien wieder treffen wollte. Ich konnte aber nicht so lange von ihr getrennt sein, ich reiste nicht in meine Heimat, sondern blieb noch einige leere, wüste Tage in Kiel und fuhr ihr schließlich nach und suchte sie am gleichen Abend auf.

Ich bin dir untreu geworden; in der Trunkenheit geschah's. O verzeih!

Ich verzieh und acht Tage lebten wir noch zusammen. Mir gingen die Mittel aus und wir lebten auf Borg. In einem Hotel, in dem wir übernachteten, ließ ich eines Morgens meinen Mantel als Pfand. Dann mietete ich mir eine Wohnung in ihrer Nähe und nachmittags kam sie zu mir; wir taten sehr verliebt und schmiedeten Pläne, es lag aber etwas über uns, das uns hinderte, uns und unseren Plänen recht zu glauben, und des Abends kam es regelmäßig so, dass wir uns betranken. Die Grundlüge, die in unserer Liebe lag, da jeder im anderen anderes suchte, drängte sich aus irgendeiner Ursache hoch, meine Geldnot verstärkte das Missbehagen, das uns, ohne dass wir seinen Grund klar sahen, quälte, und so suchten wir es im Trinken zu vergessen, um wenigstens unsere, plötzlich gewaltsam und roh aufschießende, Sinnlichkeit ungetrübt genießen zu können.

Missbehagen und Betäubung darf ich über diese acht Tage schreiben.

Bis ich eines Abends, da ich nicht mehr das Porto für meine Briefe bezahlen konnte, ihr meine Lage gestand. Sie versprach mir, Geld zu besorgen, und kam nicht zurück.

Da ging ich in ein Lokal, dessen Wirt ich kannte, und nach einigen Stunden kam sie in Begleitung von vier Herren in dasselbe Lokal. Ich sah, dass sie betrunken gemacht wurde, und ging zu ihrem Tisch hinüber und rief sie heraus. Sie folgte mir, da sie sich aber weigerte, sofort mit mir nach Hause zu gehen, gingen wir wieder hinein und tranken weiter, ich und sie. Nach einer Stunde ging ich abermals hinüber und fragte sie, ohne mich um die dasitzenden auch schon betrunkenen Kavaliere zu kümmern. Da sie tat, als hörte sie mich nicht, setzte ich mich wieder an meinen Tisch und wir tranken weiter, sie und ich. Als sie mit ihren Herren, mit ihren vier patenten selbstgefälligen Nichtsen, ging, trottete ich hinterher. Als einer dieser Herren in seine Wohnung ging, um einen Schirm zu holen, und sie vor seiner Türe wartete, wartete ich mit. Aber als ich sie mit mir ziehen wollte, drohte sie zu schreien. Dann kam der Herr mit dem Schirm und nahm ihren Arm und brachte sie nach Haus; sie aber lehnte ihren Kopf zärtlich an seine Schulter und ich lief wie ein Trottel nebenher. Als sie sich vor ihrer Haustüre, die beiden Trunkenbolde, küssten, stand ich dabei und sah zu und rührte nicht die Hand. Dann entschuldigte ich mich bei dem Herrn mit dem Schirm, blieb noch vor ihrem Hause stehen und rief, da auf ihrem Zimmer Licht angezündet wurde, dreimal laut ihren Namen, und als daraufhin sofort das Licht erlosch, ging ich in eine Bar und betrank mich bis zur Besinnungslosigkeit.

Am nächsten Morgen kam sie und bat mich, sie freizugeben – hätte ich es getan, dann säße ich jetzt nicht hier und lauschte dem Wind, wie er an den Telegraphendrähten pfeift, sondern läge warm in ihrem Arm. –

Lass mich doch frei! Ich kann dir nicht mehr treu bleiben.

Liebst du mich nicht mehr?

Ich glaube, nein.

Also alles, alles gelogen?

Ich hatte dich einmal sehr lieb –, aber jetzt – sie zuckte die Achseln und schnippte mit den Fingern.

Schämst du dich nicht?

Muss es gleich sein?

Du liebst mich doch noch! Du weißt es nur nicht! Das ist gar nicht anders möglich! Das kann, das darf gar nicht anders sein! Du täuschst dich hier über dich selbst! Du weißt nicht, was du sagst! Du bist nicht bei Sinnen! Du bist gar nicht du! Du bist noch betrunken! O mein liebes Lieb – – Hier begann ich zu bitten, zu betteln, bis sie nachdenklich wurde und mir versprach, am Nachmittag wiederzukommen. –

Sei ruhig, liebes Herz! Sie war nur betrunken, sie wird sich wieder zurückfinden. Wäre es doch erst fünf! Weswegen habe ich sie denn jetzt nur gehen lassen? Nur ruhig! ruhig! – Als sie nicht kam, rannte ich im Trab durch die Hafengassen zu ihrer Wohnung und schickte einen Jungen hinauf. Sie war nicht zu Hause. Da rannte ich im Trab – Herrgott! wenn sie inzwischen bei mir gewesen ist! – zurück. Es regnete damals, glaube ich. Da sah ich jemanden durch das Dunkel und den Regen kommen, in einem wiegenden losen und etwas schlenkernden Gang. Da wartete ich auf sie vor meiner Tür und ging mit ihr auf mein Zimmer. – Hier weinte sie und legte den Kopf an meine Brust. – Vergib! Ich weiß nicht, wie das kam. Vergib

172

mir nur, und gib Acht, es wird alles wieder gut. Ich gehe jetzt nach Hause, und um elf, wenn sie schlafen, komme ich zu dir. Dann wollen wir alles bereden.

Ich verzieh ihr und glaubte ihr, sie blieb noch eine Zeit, dann ließ ich sie gehen – weswegen ließ ich sie nur gehen? – und legte mich früh zu Bett und wartete. Ich verschränkte die Arme hinter den Kopf und lauschte dem Stieben des Regens draußen und dem leisen Summen der Lampe und sah zu, wie sich eine Spinne an ihrem Faden langsam langsam von der Decke herunterließ, aber mein Blut strömte und brauste und gärte in mir, als wollte es mich jeden Augenblick wie einen Ballen aus den Betten schleudern. Die Uhr schlägt elf! Da fahre ich hoch und lehne mich im Nachthemd ins Fenster, eine geschlagene Stunde, bis die Turmuhren eine nach der andern zwölf schlagen. Noch einmal tasten meine Blicke durch das Dunkel, an den Straßenlampen vorbei, die mich aus dem Nebelregen wie große verweinte Augen anstieren, – ich schauerte vor Kälte, ich schloss das Fenster, ich ließ das Licht brennen, ich legte mich wieder hin.

Wenn man gerne weinen möchte und das salzige Nass will und will nicht kommen, dann muss man den Rücken krümmen und die Knie anziehen und nicht vergessen, die Zehen einzukrallen, dann grabe man die drei äußersten Finger jeder Hand in den Daumenballen und presse die Zähne aufeinander, besser noch, man zerreißt mit ihnen die Kissen, und spanne alle Muskeln krampfhaft an – dann pressen sich vielleicht doch drei Tränen aus den Augen.

Es mag richtig sein, dass »bei jeder lebhaften Erregung der Hirntätigkeit ein Strom von positiven oder negativen Wirkungen mittels der vegetativen und motorischen Nerven durch den ganzen Körper läuft und wir erst, indem wir von den dadurch in unserem Organismus bewirkten Veränderungen mittels der sensiblen Nerven wieder Rückwirkung erhalten, unsere eigene Gemütsbewegung empfinden«, es mag richtig sein, dass ich durch jenes bewusste krampfhafte Zusammenreißen aller Muskeln jene Veränderungen in meinem Organismus betäuben und ersticken will, – jedenfalls braucht man sich zu solchen Erregungen der Hirntätigkeit nur dreimal zu zwingen, zu zwingen durch ein unausgesprochenes kleines Wort, sechs Buchstaben nur, und sich nur dreimal zu zwingen zu diesem gewaltsamen Erstickungsversuch, und die sympathischen, motorischen und sensiblen Nerven haben es satt, und du liegst da wie ein Klumpen Blei – der plötzlich beginnt, tief, tiefer mit rasender Geschwindigkeit ins Bodenlose zu fallen – – –

Am nächsten Morgen war ich wieder vor ihrer Wohnung und schickte einen Jungen hinauf. Sie war nicht zu Hause gewesen. Gott weiß, wo sie gewesen ist.

Dreimal lief ich an dem Tage zu ihrer Wohnung, im Trab durch die Hafengassen, die Straßenjungen kannten mich schon, und die Hafenarbeiter grinsten vor Hohn und viehischem Vergnügen, drei Stadttelegramme schickte ich ihr an dem Tage ins Haus, beim zweiten sah mich der aufnehmende Beamte an und lächelte, beim dritten zog er die Brauen zusammen und blickte mich argwöhnisch an – dann betrank ich mich. Zwanzig Stunden lang, und am nächsten Vormittag sah man mich geschmückt mit einem Kranz von Stechpalmblättern und Immortellen auf dem Ross eines Abfuhrwagens durch die Straßen reiten.

Und gerade in dieser Nacht hatte sie mit Steinchen, die sie an mein Fenster warf, mich zu wecken gesucht. Polizisten, denen sie sagte, sie wohne hier, hatten ihr dabei geholfen und erzählten es mir, als sie mich am nächsten Mittag wegen Unfugs zur Stadtwache bringen wollten.

Als ich das hörte, gab ich ihnen meinen Namen und fand dabei meine Taschen voll von Visitenkarten von Leuten, die ich in der Nacht angerempelt und geohrfeigt hatte, und lief zu ihrer Wohnung, und da ich sie da nicht fand, begann ich wieder zu trinken und suchte sie in allen Kneipen. Der müde Pessimist und Seelenschenker auf der Suche nach seiner verschenkten Seele! Ihre Seele wollte ich ihr wiedergeben, nun habe ich ihr meine gegeben, und trinke und suche sie von Kneipe zu Kneipe. Meine arme Seele, meinen stillen Garten, meine müde Aster, meine Möglichkeit, das Leben zu ertragen als künstlerisches Phänomen – in einem Tanzlokal fand ich sie.

Betrunken saß sie da mit einer betrunkenen Null, die mich höhnisch und doch ängstlich aus ihren kleinen Augen angrinste. Er fühlte sich seiner Beute noch nicht sicher, war höflich, o so zuckerhöflich, zu mir und ließ ihr Glas nicht leer werden. Aber ich hatte mich zu ihnen gesetzt und blieb bei ihnen und trank auf sein Wohl, ich war so klein und ratlos und feig und reichte ihr einen Brief, den ich vorher geschrieben hatte. Sie zerriss ihn, ohne ihn geöffnet zu haben, vor meinen Augen. Aber ich blieb bei ihnen und trank mit ihnen, sie sprach nicht mit mir, aber ihre Augen ruhten mit einer seltsamen Starrheit auf mir.

Dann taumelte ich heim und – krallte die Zehen und zerbiss die Kissen. *Lacrimae Christi*, das waren Tränen des Glücks und ein wohlfeiles Nass; er gab sein Leben für sein Idol, wenn es auch im Grunde sein Leben nahm und ihn verdarb, aber er war so glückhaft blind und fühlte sich stark und genoss sich und freute sich doppelt, da er es zu geben wähnte.

Und ich – es ist mir in diesen Tagen nicht der Schatten eines Gedankens gekommen, sie der »Untreue« zu zeihen – weil ich sie nicht als Einzelwesen liebte, sondern als die typische und nackte Vertreterin des eindeutigen unkomplizierten Triebs. So konnte ich ihr aus ihrer »Untreue« keinen Vorwurf machen, denn Treue ist das Festhalten und immerwährende Betonen des eigensten Selbst, und das musste ich ihr absprechen. Sie war personifizierter Trieb, aber deswegen noch keine Persönlichkeit, als welche allein sie hätte Treue bewahren können. Sie war ihrem Triebe treu.

Ich haderte in diesen Stunden nicht mit ihr, sondern mit jenem Trieb und der unseligen Tatsache, dass in ihm mein Garten blühen musste. Ich haderte mit der Welt und mir. –

Der wilde Schmerz, der mich hinwarf und ins Bodenlose fallen ließ wie einen Klumpen Blei, ist vorüber, aber es zittert noch in mir der Groll: warum warf mich das in eine Welt, die zu erkennen mir unmöglich ist? Und warum nimmt mir das dann den Ort, von dem aus ich sie als Bild ansehen kann?

Aber der Garten soll wieder blühen, die Abendröten sollen wieder leuchten, so sicher wie die Luft, von deren Stärke die spöttischen Schneezünglein sprachen, bezwungen werden wird. –

Am nächsten Tag trabte ich wieder durch die Hafengassen, ich weiß nicht, wie oft? Ich war nichts als fiebernder, rasender Wunsch. Lief ich nicht, so lag ich im Fenster und spähte aus, lag ich nicht im Fenster, so stürmte und tobte ich in meinem Zimmer wie ein gekäfigtes Tier. Suchte ich meine Bekannten auf, dann stieß sie mein ruhloses, bald brütendes, bald exaltiertes Wesen zurück; so fanden sie einen Grund und drückten sich – der Pöbel! Freunde – Freunde habe ich nie gehabt, ich bin nicht nach der Schablone; zu der Dirne gehöre ich, und die Dirne mag mich nicht, so wüte ich gegen mich selbst, und es ist mir, als sollte mein Leib, der mich nun schon fast dreißig Jahre getragen, schreiend in Fetzen auseinanderfliegen. – Wo ist sie? Zu Hause war sie nicht, man wusste nicht, wo sie war. Am Abend erfuhr ich's. Bei einer Freundin war sie, deren Einfluss auf sie ich kannte. Blieb sie länger bei der, so war sie, auch ohne ihren neuen Kavalier, für mich verloren. – So lief ich hin zu der und erfuhr, sie sei soeben zu ihren Eltern gegangen, um sich Wäsche zu besorgen. So blieb ich und wartete. Nach einer Weile kam ihr Kavalier von gestern, nichtssagend, unfrei und dick und blond; er ging etwas gebückt und den Kopf in die Schultern gezogen, einen niedrigen Klappkragen, sie waren damals »Mode«, trug er um seinen feisten Hals, und ein Grinsen lag auf seinem schwammigen Gesicht. Ich begrüßte ihn und reichte ihm die Hand und fragte nach seinem Befinden. Er sah mich erstaunt an, und ich – wusste nicht, was ich tat. Ich hatte das dumpfe Gefühl, du machst dich unglaublich lächerlich und benimmst dich Leuten gegenüber, die du sonst mit einer Handbewegung zur Seite geschoben hättest, wie ein Kind und markloser Kastrat; aber dann kam wieder der Gedanke an sie und die unheimliche Furcht, sie zu verlieren, und wischte alles fort.

Jetzt warteten wir beide. Zum Lachen war's, er saß breitbeinig und sorglos auf dem Sofa, ich lief ruhelos von Zimmer zu Zimmer und redete vom Wetter.

Als sie kam, sah sie mich groß an, setzte sich der blonden Null auf den Schoß und tätschelte und küsste sein rundes Gesicht. Ich sah zu. Dann ging ich zu der Freundin in ein Nebenzimmer und redete, ich weiß nicht, was?

Mein Herr, tun Sie, was Sie nicht lassen können.

Ich habe ihr wahrscheinlich von Giften und Pistolen geredet. Als ich in das erste Zimmer zurücktrat, ging Claire heraus und tuschelte mit der anderen nebenan. Dann kamen sie beide zurück, sie setzte sich wieder der Null auf den Schoß und küsste sein Mondgesicht, und die Freundin höhnte mich fort. –

Dann darf ich wohl Adieu sagen? – Bitte.

Die Null machte eine tiefe Verbeugung, die Freundin grinste, wie nur ein schadenfrohes Weib grinsen kann, und sie sah mich starr aus großen blauen Augen an.

Kein Zweifel, sie war noch betrunken. Betrank sie sich mit Absicht, oder wurde sie mit Absicht betrunken gemacht?

Ich aber torkelte wie ein Trunkener heim und lief und rannte und hastete ruhelos, sinnlos in meinen Zimmern. Und die Nacht? Ich weiß nicht, wie ich sie überwand. Vielleicht betrank ich mich, vielleicht krümmte ich meinen Rücken und spannte alle Muskeln krampfhaft an, vielleicht bat ich auch ihre Schwester, ein gutes Wort für mich zu reden. Vielleicht auch tat ich dieses alles zusammen und hing über dem Nichts. –

Das schneit und stöbert wieder den ganzen Tag, der Wind ist nach Norden zurück gesprungen und bläst nun wie ein Frostriese in den stiebenden Schnee. Ich gehe ihm entgegen und freue mich, wie er mit seinen leise singenden Kristallen meine Haut peitscht. Oben auf einem Hügel bin ich gestanden, der da verschneit aus verschneiten Feldern ragt, rund und weiß wie eine volle Frauenbrust. Hier rüttelte und riss die Luft auf ihrer brausenden Fahrt vom Pol zum Süd an mir, als wollte sie mich aufnehmen und mit fliegendem Mantel in die verschlafenen Felder tragen.

Aber ich meistere dich doch! Gerade du, die du mich jetzt in zorniger Wut umfegst, sollst mir Sklave sein, meinen Lenz und Garten zu bauen. – O, ich sehe sie in einem Zimmer, wohin sie nicht gehört, es ist morgens gegen elf, da kämmt sie ihr blondes Haar oder breitet über den liebesmüden Liebsten, zu dem sie nicht gehört, die Decken und spreitet und glättet sie.

Aber braust nur und tobt und lächelt und glättet, ich zwinge euch doch!

Dann zog ich mein Notizbuch hervor und schrieb, während meine Augen zeitweise vom Schnee verklebt waren und ich ihn entfernen musste, und dem Sturm prüfend in die Augen sah, wie er Wolke auf Wolke gegen mich schickte:

Der Behälter, in den das Wasser aus dem Steigrohr fällt, besteht aus zwei Teilen, die durch ein Rohr, in welchem zwei Kugelventile lagern, verbunden sind. Im oberen Teil ist eine Druckpumpe angebracht, an deren kürzerem Hebelarm ein Kolben in dem in den unteren Behälterteil hineinragenden Pumpenrohr hängt, und dessen Gewicht allein genügt, um das Wasser aus dem unteren Raum gegen den auf der Ausstoßöffnung liegenden Druck herauszupressen. Auf dem anderen mehrere Male längeren Hebelarm befindet sich ein Auffanggefäß für das aus dem Steigrohr stürzende Wasser, so, dass das Gewicht des aufgefangenen Wassers multipliziert mit der Länge des Hebelarmes gleich dem Gewicht des Druckkolbens multipliziert mit der Länge seines Hebelarmes ist. Bei weiterem Zufluss sinkt das Auffanggefäß unter die Gleichgewichtslage und hebt den Kolben, bis bei einem gewissen Tiefpunkt die Wände des Gefäßes sich automatisch öffnen und das aufgesammelte Wasser entlassen, das erleichterte Gefäß hochschnellt und gleichzeitig der niederfallende Kolben mit seinem Gewicht das im unteren Raum befindliche Wasser, das die Kugelventile hindern, in den oberen Behälterteil zu dringen, wieder durch ein Ventil in einen Nebenbehälter presst, aus dem es ein Heber entfernt. Während der Kolben von dem sich in dem Auffanggefäß wieder ansammelnden Wasser gehoben wird, strömt das in dem oberen befindliche Wasser durch die Ventilöffnungen des Verbindungsrohres in den unteren Behälterteil. Der Kreislauf ist geschlossen. Die Luft ist bemeistert, und die Macht kommt zu mir. Einen Niagara bau ich an jedem Ort.

Da brüllte der Wind und fasste mich und hob mich und hüllte mich in eine stiebende Wolke Schnees und warf mich herab von der weißen Hügel-Frauenbrust. Und der Schnee, der mich in kompakten heulenden Massen heimbegleitete, höhnte mir zu: Das Dings, mit dem du uns meistern willst, ist nur ein Gedankending, ein Bild und Wunsch. – Ich bau ein Modell. –

So? spottete der Wind, blendete mich mit seinem stäubenden Schnee und trieb mich blindlings durch rostbraune Gageln und Heckenrosen, durch wirr verfilztes Kreuzdorngestrüpp und langfingrige Holunderbüsche und ihr dürres vorjähriges Hopfen- und Winden- und zähes Waldrebengeschlinge tiefer und tiefer in raschelndes Schilf. Da verblasste das Bild des Niagara an jedem Ort, und mein Garten schwand, und triumphierend brüllte der Schneesturm über mir, der ich starr und ratlos im dem gespenstischen Klingeln des braunen Rohres stand.

Dort hinten, hinter den peitschenschlanken Binsen, wo im Sommer die Mummeln und Seerosen blühen – nun, warum denn nicht? Der See ist tief und plaudert nicht und sein Eis einen Strohhalm stark – nun, warum denn nicht?

Aber ich riss mich fort und ging und lief und arbeitete mich eilends zurück durch das jetzt unheimlich klingelnde Schilf und durch die Gageln und widerspenstigen Heckenrosen.

Und als ich wieder auf meinem Zimmer saß und meine Zeichnungen betrachtete und in ihren Briefen blätterte, und dann meiner Flucht gedachte, die mich in dieses Nebelland verschlagen hat, verzweifelte ich an allem und sah todmüde zu, wie draußen der Schnee die zum Überwintern umgebogenen Rosen begrub.

Weswegen bin ich nicht zu den Mummeln und Seerosen gegangen! –

Aber wenn der Garten verblasst und das Ziel mich nicht mehr selber treibt, soll etwas anderes auf meinem Rücken die hurtige Peitsche schlagen. Ich grabe nicht umsonst in meiner Erinnerung, ich bohre nicht zwecklos in meiner Wunde.

In den drei folgenden Tagen lief ich vergeblich durch die Hafengassen und suchte Tanzlokale und Schenken ab. Sie blieb verschwunden. Und zu der Freundin, bei der sie wahrscheinlich tagsüber steckte, wagte ich mich nicht hin. Ich trieb mich wahllos umher, planlos, seelenlos. Eines Tages bändelte ich mit einer Dirne an und nahm sie mit auf meine Wohnung. Aber als sie anfing zärtlich zu werden, warf ich sie auf die Straße.

Ich war von allen Mitteln entblößt, ich konnte es aber nicht über mich bringen, die Stadt zu verlassen. Schickte man mir Reisegeld, so vertrank ich es in einer Nacht; und sonst wusste ich mir auf andere Weise Geld zu verschaffen. In den Augen der Welt, als man so Welt nennt, war ich ein moralischer Lump; in meinen nichts als ein elender Stümper. Ich hatte eben den Halt verloren und ward nun auch in dieser Beziehung zum Blatt im Orkan.

Wäre ich damals zum Totschläger geworden, um sie mir, wenn auch nur für Stunden, wiederzugewinnen, ich hätte ja! zu mir gesagt. Aber was ich jetzt tat, hatte keinen Sinn und führte zu nichts, das machte mich klein und hässlich und »schlecht« und entfernte mich damit nur mehr von ihr und meinem Ziel.

Auf das einzig Richtige jedoch, auf das, was so nahe lag und das jeder Knecht und Straßenfeger getan hätte, ihrem Geliebten die Faust unter die Augen zu halten: du oder ich! – darauf kam ich nicht. Und es war nicht Feigheit, was mich davon abhielt. Es war das ratlose, tatlose Staunen und Starrwerden, das uns vor dem unerwartet Unabänderlichen ergreift. Wir fragen nicht einmal: wie kam das? wie konnte das kommen? wir staunen es an und sind starr und stumm.

Dieses plumpe Wegangeln eines betrunkenen Mädchens eine eherne Tatsache und etwas Unabänderliches und Hände-Lähmendes? Nicht für alle, aber für mich. Nun, das versteht sich wohl von selbst, du Narr! Denn ich bin zu sehr Gedankenmensch, trotzdem ich den Gedanken hasse; es fließt zu viel Hamletblut in mir, und mein Handeln kommt spät. Und besonders spät musste es hier kommen, weil ich als denkender und nicht als im reinen Sinne liebender Mensch dieser – Liebestatsache gegenüber trat. Hätte ich nur geliebt, so hätte die Liebe schon, ohne dass ich überlegte und wollte, mich, über mich hinweg, zu Taten fortgerissen. Und ich hätte dir dann nicht wünschen mögen, mein Bürschchen, mir unter die Finger zu kommen! –

Und plötzlich einbrechenden ehernen Tatsachen gegenüber bleibt als Einziges dem bangen Herdenvieh und der ratlosen Masse der Glaube, eine noch stärkere eherne Tatsache durch Bitten zu ihrem Beistand zwingen zu können.

Und ich – konnte nicht warten, bis die Starrheit in mir nachließ und mir Raum zu Fragen und Überlegungen gab, ich sank hinab in diese Masse:

Ich habe in einer dieser Nächte gebetet.

Gib mir ihre Liebe wieder, und ich glaube fortan an dich.

Das war das Blatt im Orkan katexochen [vorzugsweise; Anm. d. Hg.], das war intellektuelle und moralische Verkommenheit, das war seelischer Bankrott.

Und als ich das erkannte, wuchs mir der Preis meines Gartens – o meines stillen Gartens! – riesengroß.

Und fragst du mich hier, du neugieriger Leser, dem der, Gott mag wissen welcher, Zufall dieses Blatt in die Hände gespielt hat – aber fass es vorsichtig an, es ist mein blutiges Blut, meine nackte Seele! –: was stellte deinen Garten dar, bevor dich dieses Dirnchen liebte?

Da war mein Rausch und Garten, in den ich flüchtete vor dem Zwiespalt meiner Welt, der Glaube an die endliche Erkennbarkeit dieser Welt. Der aber schwand.

Denn – ich verbessere mein Wort von damals, wo der müde Wind unter den leichenfahlen Wolken taumelte und die Maschinengewehre unaufhörlich ihre feurigen Zungen in die Nacht spukten: auch jenes Verfolgen der feinsten Fäden der Kausalität, auch die pure allerobjektivste Wissenschaft ist Rausch, denn sie glaubt.

Der rauschlose Mensch, der freie Mensch, wie er sich gehört, ist der, der der Unerklärbarkeit und vollkommenen Haltlosigkeit lachend ins Auge sieht, der sie keinen Augenblick vergisst, der ihr zum Trotz lebt, der in uferlosen Meeren mit Freuden schwimmt, der keines Ruheortes für sein kurzes Sonnendasein, der keines Glückes bedarf, es müsste denn gerade sein Trotz und sein Wandern auf Eis sein Glück sein. Aber er nennt es nicht Glück, er ist zu stolz, man verschwendet ihm dieses Wort auf zu vieles, und er verachtet Abendröten und Astern und blaue Veilchenglücke. Er sagt: gebt mir noch uferlosere Meere, noch kälteres Eis. – In sein Auge möchte ich sehen, aber wo gäbe es solchen – Herrn der Welt?

Wie würde er höhnen über das violette Glück meiner vegetativen Seele, das sich in windstille Gräben und Winkel drückt! Wie würde er es mit seinen Füßen beiseite stoßen und mit seinen Augen nach Firneneis und Gletschern suchen!

Ich mache mich schon so klein und werde vor mir kleiner mit jedem Tag. Aber das ist einmal die Peitsche, die mich treiben soll – ich will wenigstens das blaue Veilchen sein und nicht untergehen und verschwinden im Volk der Gräser und in Rübenfeldern – und zum andern, das ist, wie wenn ein Pilot sein Flugzeug zerlegt, um den Fehler zu finden, der ihn vorzeitig zur Erde brachte. – Ich mache noch einen Flug und mitten in die Abendglut hinein. –

Da kam sie eines Mittags zu mir; ich weiß nicht, ob auf Zureden ihrer Schwester oder bestimmt durch einen Brief von mir, die ich ihr täglich ins Haus schickte. Ich war in den Tagen abgemagert und sah wüst und verkommen aus. Sie ist frisch und unbekümmert wie stets. Wann sieht eine liebende Frau auch wohl schlecht aus? Das Leben ist schön, daran ist gar nicht zu deuteln, nur darf man eben nicht selber drin stecken, oder muss – über ihm schweben; doch das ist mir eben versagt. Ich muss, in seinem Angelpunkt sitzend, mich selber erst vergessen und verlieren, um seine Schönheit überhaupt bemerken zu können. –

Ich komme, um dir Adieu zu sagen. Wir wollen als Freunde auseinander gehen.

Als Freunde? Hahaha! Als Freunde! Du mein Freund? Lass dich nicht auslachen! – Aber sei wieder mein Lieb! O Claire, lass dich bestimmen, komm zur Vernunft! Denk doch einmal über dich nach!

Was ist da viel nachzudenken? Nein, wir müssen uns trennen, es muss sein! Es ist etwas geschehn – – ich könnte, auch wenn ich wollte, nicht mehr zu dir zurück.

Ich habe dir immer noch verziehn.

Du warst eben viel zu gut zu mir.

Da begann ich zu bitten, zu betteln, zu betteln wie ein Hund; und erzählte von der haltlosen Welt und dem Chaos in mir. –

Du Armer! wie kann man nur? Es gibt doch so viele Weiber, und sie laufen dir nach. Warum denn gerade mich? So 'n dummes Mädchen!

Da begann ich die Schleusen meiner Beredsamkeit aufzuziehen wie ein sich eine fette Pfründe erpredigender Pfaff – – –

Aber es ist doch etwas geschehen! Ich kann und darf es dir nicht sagen – –: wir dürfen nie, nie mehr so ganz zusammen sein. Und – ich hab ihn auch gerne!

Und dieser Mensch –?

Er sagte es mir auch gleich nachher. Er hat mich doch so lieb.

O du kleines Schaf! Das hat er nur gesagt! Gesagt, um dich an sich zu binden.

Meinst du? Nein, nein! Es ist so. –

Und deine Briefe? Deine tausend Beteuerungen? Dein ganzes – Glück und neues Leben, von dem du mir immer schriebst?

Ja, jetzt liebe ich doch ihn!

Wenn du so fortfährst, bist du bald wieder auf der Straße.

Du! ich bin ihm treu; geradeso wie ich dir treu war.

O, so wirst du noch dem Hundertsten treu sein!

Aber ich kann doch nicht anders! Es tut mir selber oft leid, dass ich so sein muss. Ich – muss zu ihm. Du – und er hat mich auch so lieb. Herzchen sagt er. Sieh, das ist eine Locke von ihm. O komm, komm, es ist Zeit! Lass mich gehn. Und zu den andern sagen wir einfach, wir hätten uns beide erzürnt. Nicht? Komm!

Da versuchte ich, sie zu küssen und begleitete sie dann nach der Wohnung ihres neuen Geliebten Vor seiner Tür verabschiedete ich mich von ihr. –

Mannrausch nannten unsere Alten das Weib; die Verführerin zum Mit-Füßen-Treten jeder Distanz, zur Selbsterniedrigung *par excellence* nenn ich's.

Und doch ist dieses Kriechen im Kot die Hyperbel aller Weltbejahung. Ein famoses Leben, das sich so bejaht und weiter führt!

Ich verneine das Leben und doch benutze ich die Liebe, die Bejaherin des Lebens, dazu, um mir das Leben ertragbar zu machen. Darin steckt der tragische Knoten! Und ist das Leben denn überhaupt wert, dass wir nach seiner Ertragbarkeit streben? – Doch das sind törichte Worte. – Aber wie löse ich jenen Knoten? Ich müsste mich zwingen, sie so zu lieben, wie sie mich liebte. Aber dadurch würde ich das Leben bejahen und – sieh! will ich vielleicht das

Leben verneinen? will ich es als unerklärbar sehn? will ich im Haltlosen hängen? – – Ich frage nicht weiter, das könnte mich zu bösen Schlüssen führen. Ich lasse die Hand davon. –

Ich bin über den Stadtwall gegangen, wo ich zuweilen an Sommerabenden mit ihr ging; nun bin ich zurückgekehrt und sitze auf meinem Zimmer, in dem noch das Parfüm liegt, das sie mit einem Mal in diesen Tagen trug; und mein Geburtstag ist just. Sieh! kam sie deswegen zu mir?

Aber ich will mir eine kleine Feier machen. Ich will mich ein wenig mit mir unterhalten. Und weswegen sollen es nicht einmal Verse sein? – –

Aber das sind ineinander gefilzte und sich jagende Gedanken; das sind mir zu viel Interpunktionen, die klettern mir an ihren Fragezeichen in zu krause Labyrinthe. Das sind mir miserable Verse.

Merkwürdig, wenn mich das einmal packt was sich Denken heißt, dann lässt mich das nicht mehr los, und ich grabe mich wie ein Maulwurf ein.

Gewiss; er ist ein griesgrämiger Gesell und mag die Sonne nicht sehn. Das Volk sagt, er ist blind, und es hat so unrecht nicht.

Und ebenso merkwürdig ist es, dass mich das stets zu Schlüssen führt, die mich verkleinern.

Gewiss; vielleicht die Verzweiflung um der Verzweiflung willen, oder das Machtgefühl und der wohlfeile Selbstgenuss, auf Trümmern zu stehen. – So? – Gewiss; vielleicht auch die letzten Folgerungen der Begriffe selbst, die zu einer Zeit geschaffen wurden, die mit der dienigen wenig gemein hat, und die jetzt, aus irgendeinem Grunde schärfer angefasst und zu Ende gedacht, sich in Nichts auflösen. Und du fühlst dich verkleinert, weil du den Gefühlswert, der ihnen anhing, nicht mit überwinden konntest.

Und du meinst, in diesem Gefühlswert liegt eine Bejahung?

Gewiss. Aber lassen wir das. Du zählst heute siebenundzwanzig Jahr; ein Fazit wollen wir nicht ziehen – es soll ja eine Geburtstagsfeier sein – und in die Zukunft wollen wir auch nicht sehen – es soll ja eine Feier sein –: wir wollen von einem echten Geburtstagsthema plaudern, von der Ewigen Wiederkehr.

Ich beginne, an ihr zu zweifeln.

Gelt? ein verschämter Wunsch?

Sie ist nur als Lehre und Erziehungsmittel, als metaphysische Grundlage eines Wertsystems von ihrem Lehrer aufgenommen und neu gepredigt.

Gewiss.

Und wenn letzten Endes sich alle Bewegung in Wärme verwandelt, so ist es unzweifelhaft, dass schließlich die Kälte des Raumes sie frisst. Woher sollte der neue Anstoß kommen?

Gewiss.

Und wäre sie auch die Wahrheit an sich, sie bliebe immer eine menschliche Wahrheit. Wir könnten mit der gleichen Berechtigung das Gegenteil vermuten – Gewiss; und wenn wir unsere Vermutung nur glauben, auch beweisen; meinst du.

So meinte ich's; wir Wortanbeter und Tagsgespenster, deren Geist nichts als ein grundsuchender Anker ist.

Nun, dann ziehe den Schluss und durchhaue den Knoten, den du dir da aus Liebe und Verneinen geschlungen hast.

Gib mir Zeit! Einmal noch möchte ich in meinem Garten stehen. Gib mir ein viertel, ein halbes Jahr Zeit und dann – dann soll mir kein Gemsenjäger oder Osterglockengeläute hindernd in den Weg treten. – So? Und wenn du dann so faul und weich mitten in deinem Garten liegst? – Vielleicht – vielleicht auch dann. Aber einmal noch möcht ich die herbstende Welt sehn. Lass mir die Hoffnung. Es ist ja mein Geburtstag just. –

Ich verlobe mich mit ihr! Ich schreibe ihr, ich biete ihr meine Hand! Ich heirate sie, ich gehe noch heute mit ihr aufs Standesamt und, wenn sie will, mache ich den Mummenschanz mit und lasse mich mit ihr trauen! Und ich schrieb den Brief. –

Und es liegt nicht an mir, dass ich zur Stunde nicht Hausvater und Winkeladvokat bin, sondern in einsamen Nächten versuche, in meiner heiligen Narrenseele zu lesen, und nebenbei die Luft bezwinge. Aber es ist gut, dass es so kam. Denn ich war im Begriff, eine Sünde wider den heiligen Geist zu begehen. Denn jetzt begehrte ich nicht ihre Liebe, welche für mich den Rausch darstellte, sondern ihren gesetzlich bestätigten körperlichen Besitz. Geblendet und betäubt durch die Furcht, sie zu verlieren, griff ich nach etwas, was sie gar nicht war. Ich wollte den Trieb und griff nach einer menschlichen Klausel, ich wollte heiße, mich wie eine wilde Welle überstürzende Liebe und rief jene Institution zu Hilfe, die ich, der preußische Referendar, nicht genug zu verachten weiß, die menschliche Gerichtsbarkeit.

Ich habe mir nicht vorgesungen und vorgelogen, dass mit der Zeit ihre Liebe wieder erwachen würde; ich wusste zu gut, dass die jenem Bleichgesicht nachflattern würde, aber in der Verzweiflung ward ich zum Betrüger gegen mich selbst.

Ich hätte sie gewiss auf Händen getragen und wäre aus Sorge für sie zur unheimlichen Winke spinne geworden, die den verschämten Klienten, die sich in ihre Höhle wagten, den letzten roten Heller aus der Tasche gezogen hätte. Aber ob ich ihr liebes Spielzeug, ihr Eigentum und Ding wieder geworden wäre?

Und dass sie sich nicht fortwarf, dass sie meine Hand, die tausende ihrer und nicht nur ihrer Art mit Freuden ergriffen hätten, ausschlug, beweist, dass sie der Trieb und die Welle war, als welche ich sie liebte.

Nun muss ich warten, bis sie den Felsen, den sie jetzt umschäumt, zermürbt hat, und werde dann vor sie treten als ein Neuer, als einer der die Luft bezwungen hat und in seinen Händen die stoffgewordene Macht trägt, das Geld.

Denn als Schwächling ging ich von ihr und ein Weib, wie ich es will, kann den nicht mehr lieben, den sie um ihre Liebe winseln sah wie einen Hund.

Fange ich nicht allmählich an, auch dieser Episode meines taumelnden Lebens dankbar zu sein? Fange ich nicht allmählich an, zu gestehen: es ist gut, dass alles so gekommen ist? Denn blickte ich nicht tief hinein in mich? fand ich nicht fest und klar umrandet den Ort, auf dem allein mein Glück blühen kann? wuchs nicht in mir die Kraft, schnurstracks und unbeirrt auf mein Ziel zu gehen? und – bezwang ich nicht die Luft?

Sehe ich nicht wieder, dass nur der Schmerz der Freund des Menschen ist? Oh mein närrisches, zerrissenes und immer wieder verharschtes heiliges Herz, halte fest an dich und gehe deinen Weg! –

An diesem Abend blieb ich zu Hause und ging früh zu Bett. Eine kleine Ruhe war über mich gekommen, ein kleiner Hoffnungsschimmer schien und die Starrheit wich. Und jetzt drängten sich die Fragen hoch nach den Ursachen des Ereignisses, das uns so unerwartet überfallen hatte.

Wie kam es, dass sie jenen lieben und mich verlassen musste? Verließ sie mich, weil sie ihn liebte, oder liebte sie ihn, weil sie mich verlassen konnte?

Mit großen Flügeln flatterte wieder die Einsamkeit über mir und die Nacht, die draußen unter den Geißelhieben des Windes stöhnte, und das Licht, das träumerisch singend auf meinem Nachttisch stand, erbarmten sich meiner und sprachen mit mir und halfen mir: Sieh, du bist niemals eifersüchtig gewesen. Begann jemand, den du liebtest, einen anderen zu lieben, so hieltest du es für eine Dummheit, deswegen jenem anderen zu grollen. Und für ebenso dumm hieltest du es, ihm zu zürnen, wenn er den von dir geliebten Gegenstand sich gewinnen wollte. – Weil ich dann der ganzen Welt hätte zürnen müssen, in deren Verknüpfung von

Ursachen und Wirkungen, oder in deren Bedingtheiten und Funktionen es lag, dass er ihn zu gewinnen suchen musste. Und ich würde auch durch das Interesse, das ich ihm mit meinem Argwohn und Zorn gewidmet hätte, sein unfreiwilliger Bundesgenosse gegen mich geworden sein.

Und für ebenso sinnlos hieltest du es, deiner Geliebten gram zu sein, wenn sie begann, einen anderen zu lieben.

Dann schloss er nämlich so: sie ist jetzt nicht mehr die, als welche ich sie liebte. Ich liebte sie als die mich Liebende; nun aber müsste mir eigentlich ihre neue Liebe und damit sie selber gleichgültig sein.

Aber jedes liebende Weib verlangt die Eifersucht, riefen mir beide *unisono* zu.

Und ihr seht, dass ich nicht eifersüchtig sein kann.

Sieh! das ist wieder eine Verhedderung, die aus dem Knoten folgt, den du dir knüpftest aus Liebe und Verneinen, aus Denken und Gefühl.

Darum sah ich es nie, wenn sie neben mir mit dem und jenem kokettierte.

Außer, wenn du zu viel getrunken hattest.

Wenn der Alkohol deine Überlegung eingeschläfert hatte, liebtest du wie der Pöbel.

Dann liebte er geschlechtlich und da erwachte die Eifersucht.

So ließest du es geschehen, dass sie an dem Abend, da du aus Kiel kamst, mit jenem Mondgesicht, das da irgendwo vor seinem Bierkrug kauerte, Blicke tauschte. Du fühltest dich ja so sicher.

Und in jenen Tagen, wo er sagte er ging seine arme Seele suchen und sich betrank, hat jener andere irgendwo seine Liebste getroffen und der Bursche – mit seinem pfiffig dummen Bauerngesicht – seinem strohgelben Haar – und seinem fetten Bauch – und seinem Klappkragen und mecklenburger Hals – wusste das, was ihm sonst an Anziehendem fehlte, zu ersetzen, dadurch dass er sich als den Bemitleidenswürdigen gab.

Er bestach nicht, wie du Hansnärrchen so gerne tust, er rührte sie.

Er hat sie – die inzwischen unter dem Einfluss ihrer neidhündischen Freundinnen in jenen missbehagten Tagen an ihrer Liebe irre ward – gleich gefesselt, indem er ihr gestand, dass er wegen einer widrigen Sache aus seiner Verbindung gestoßen sei – bei den Mädchen kein Glück habe und von seinen Freunden gemieden werde – und nun völlig einsam dastände.

Einsam! riefen wir da im Chor, als ob Einsamkeit verscheucht werden könnte, wenn man Menschen um sich sammelt! Einsamkeit – rühre uns keiner mit profanen Händen an dieses Wort! Der meisten Einsamkeit ist Langeweile.

Dann hat er sie betrunken gemacht und mit sich genommen – und ihr am anderen Morgen gebeichtet, er sei krank und durchseucht. – Aber nur seine große Liebe habe ihn verleitet, sich so weit zu vergessen. – Das war alles so pöbelhaft plump und so maßlos gemein – aber für ein Mädchen wie sie ebenso maßlos interessant.

Denn weißt du, »man rühmt das Mitleid als die Tugend der Freudenmädchen.«

Und weißt du, mit der Möglichkeit, Mitleid zu üben, gab er ihr schneller eine Seele als du, du Seelenschenker!

O wie war er rührend interessant!

Und ich war zu schwach, dieses Interesse, das er ihr eingeflößt hatte, zu übertrumpfen.

Hättest du diesen miserablen Lumpen mit Fußtritten bedacht und wärst dadurch als der Stärkere und noch Interessantere und wieder Neue vor sie getreten, so wäre sie dir selig in die Arme gefallen.

Er erregte ihr Interesse und deine Schwäche war schuld, dass dieses Interesse zur Liebe ward. – Und erst recht zur Liebe ward, wo er routinierter Weise ihr die Wahl gab zwischen sich und dir; dir, der um ihre Liebe bettelte und winselte, und ihm, der trotz seiner Liebe und

Verlassenheit zurücktreten und auf den Genuss verzichten wollte, denn – du hättest sie ja so lieb.

So liebte sie ihn also, weil sie mich verlassen konnte.

So ist's. Er war der neue Fels. – – –

Da schwiegen wir drei, eine Turmuhr schlug und ein Schiff heulte im Hafen. Dann ward es still, gespensterhaft still – mit einem Schreck fuhr ich hoch – da begann wieder die Nacht zu stöhnen und träumerisch summte das Licht. –

Aber blieben denn gar keine Erinnerungen und Mahnungen in ihr?

Die machte sie schweigen durch den Gedanken des Mitleids. Sie sagte sich: ich will dem armen Verstoßenen Stütze und Trost sein – er hat so wenig Glück bei den Mädchen und dir laufen die Weiber ja nach.

Und er?

Alles Berechnung! Alles Manöver! –

Aber hatte nicht vielleicht auch er ein Bedürfnis nach Rausch? War er nicht vielleicht auch ein Sucher nach stillen Gärten? Dann müsste ich dem glücklicheren Leidensbruder, der sich in allem Wirrwarr und Rätselsturm die unangekränkelte Freiheit und skrupellose Rigorosität des Handelns bewahrt hätte, die Hand drücken und still beiseite gehen. Aber Gerechtigkeit um jeden Preis – das ist auch ein *Vaccinium*trank, und zwar recht vulgärer Art. – Nein, der Garten, den sie für mich darstellte, war sie nicht für ihn. Dazu war er – zu dumm.

Sein Rausch lag da, wo Pöbelräusche liegen, als da sind – Liebe, Gott und Vaterland – Bildung und Bier – und anderes mehr – und vieles andere mehr.

Er war aus seinem Kreis gestoßen – und zwar aus dem gleichen Grund, weswegen du ihn hättest mit Fußtritten bedenken sollen – nun gewann er sich mit diesem Grund ein neues Weib! – und suchte bei ihr nichts als Unterhaltung und Vergessenheit. Aber nicht Vergessenheit, wie ein ruhloses Gespenst sie sucht, nicht Flucht und Rettung aus einem uferlosen Meer – nein, dieser perfide Hohlkopf = Hohltopf war kein Blatt im Orkan.

Ein trauriges Resultat, das wir zu dreien hier finden.

Aber wenn du nicht lieben kannst, wie der Pöbel liebt, mit Wut und Eifersucht, so lass die Hand davon! trommelte der Regen an die Scheiben und höhnte die stürmische Nacht und glotzte mich aus vergrämten Augen an. – Aber ich brauche diese Liebe und – kann sie nicht halten. Der plumpste Tölpel, der schmutzigste Idiot stiehlt sie mir und ich stehe dabei – und bitte: gib mir sie wieder! – und frage: wie kam es, dass du sie mir nehmen konntest? – und finde: sie ging zu ihm, weil sie zu ihm gehen musste. – Eine wohlfeile Weisheit! lachte die Nacht und klatschte mit einem Regenguss gegen das Glas.

Da löschte ich das Licht und wühlte mich in die Kissen und hörte noch, wie die Nacht vor dem Fenster flüsterte: Und ist dein Rettungsplan für dich nicht ebenso perfid, wie der, mit dem sich jener bleiche Lump deinen Garten stahl? Du rechnest darauf, sie sei auch nicht frei von der kalten Berechnung und Hochschätzung fauler Bequemlichkeit, die ihr euren Weibern angezüchtet habt? Du hältst dich an dieses Ankertau? Gib Acht, es reißt! Sie wird schon der Advokatenfrau die Geliebte eines interessanten und skrupellosen Ausgewiesenen, eines dummpfiffigen Lumpen vorziehen. Gib Acht!

Da fuhr ein heulender Schrei durch die Nacht, über die Dächer an den Türmen vorbei durch den Sturm und Regen und die glotzende Dunkelheit, fuhr dreimal laut um die Stadt, um hoch über ihr in einem schmerzlichen Wimmern und Winseln zu enden. –

Am Vormittag kam ihre Schwester zu mir: Sie ist zu Hause! Geh hin, aber mach schnell, dass du sie triffst, und lass sie dann nicht los. Wenn sie den anderen wieder sieht, ist alles aus.

Da kleidete ich mich eilends an und lief durch die Hafengassen.

Ihre Mutter öffnete mir.

Verzeihen Sie, dass ich so bei Ihnen hereinstürme! Sie wissen, weswegen ich komme? Haben Sie den Brief gelesen, den ich Ihrer Tochter schrieb?

Ja, aber – –

Sie meinen, meine Verwandten würden dagegen sein? Das wird sich schon machen! Doch! Doch! Das geht! Geben Sie mir Ihre Tochter! Sie soll es gut haben! Wo ist Claire?

Sie zieht sich an.

O sagen Sie ihr, sie soll schnell machen! Ich muss sie sehen! Und das andere – das geht! Das geht bestimmt! O glauben Sie mir doch!

Da sah sie mich mit einem merkwürdig klugen und bedauernden Blick an und ging in ein Nebenzimmer und ich hörte, wie sie drinnen mit Claire sprach.

Wird sie? wird sie nicht? Sie wird! sie wird! Du Narr, sie wird dich auslachen! –

Nach einer Weile kam sie, nachlässig angekleidet, im Unterrock und mit offenem Haar, über die Schultern und bloßen Arme hatte sie ein Tuch geworfen. Ihr Gesicht war gelblich und bleich, graublaue Schatten lagen unter den Augen und die obern Fingerglieder ihrer linken Hand waren nussbraun vom Zigarettenrauchen.

Claire!

'n Tag.

Sie lächelte und setzte sich auf das Sofa, ich saß auf einem Stuhl nebenan und wollte ihre Hand ergreifen.

Bitte, nicht anfassen.

Hast du meinen Brief gelesen? Und was sagst du darauf?

Sie lächelte wieder und schüttelte den Kopf.

Claire, willst du nicht meine Frau sein? Stoß dein Glück doch nicht mit Füßen fort!

So? lachte sie und stieß einen Gummiball, der auf dem Boden lag, mit dem Fuß fort.

Nein, nichts zu machen. Und, hör mal, du musst nun aufhören mit solchen Sachen. Es wird Zeit, dass du zu arbeiten anfängst.

Bist du verrückt?

Du verbummelst mir sonst. Ja, sieh einmal, er ist erst drei Semester – so jung! Du, der weiß noch von nichts! Und du? Was denkst du eigentlich vom Leben? Du kannst dich doch nicht immer amüsieren.

Ich mich amüsieren?

Hast du vielleicht bis jetzt etwas anderes getan?

Herrgott! ich will ja für dich arbeiten, Tag und Nacht –

Ja, um dich mit mir amüsieren zu können. Nein nein, es ist aus. Tut mir leid.

Dann nestelte sie an einer Schnur ein Medaillon hervor, das an ihrer Brust hing, und spielte damit, indem sie es hochwarf und auffing und öffnete und den gelben Haarbüschel küsste, der darin lag.

Du, jetzt singen sie – – und sie nannte irgend einen Operettentext oder was es war und begann, ihn vor sich hin zu trällern.

Claire, denk an unseren Sommer! An Kiel! Wie kann man das nur vergessen?

Ich habe es nicht vergessen, ich werd es auch nie vergessen; aber jetzt – – nein doch! Es gibt doch tausend Weiber und ganz andere als mich.

Da hast du recht.

Aber es ist besser, Sie gehen jetzt. Es hat ja keinen Zweck.

Du weißt nicht, was du tust – aber ich fahre morgen, komm noch einmal zu mir! Heute Nachmittag, ich bitte dich.

Ja, ich komme. Adieu.

Als ich die schmale Treppe hinunterging, kam mir die grimmige Lächerlichkeit meiner verunglückten Werbung nicht zum Bewusstsein. Ich dachte überhaupt nichts, ich kam mir merkwürdig frei und leicht vor, denn – ich war wohl auf dem Wege wahnsinnig zu werden. –

Als ich des Nachmittags an ihrer Wohnung vorüberging, stand sie am Fenster und rief mir zu, ich möchte sie in einer Stunde bei mir erwarten.

Und als sie kam, schlang sie die Arme um meinen Hals und legte ihren Kopf auf meine Schulter.

Nein, ich darf dich nicht verlassen. Aber willst du mich jetzt noch? So wie ich jetzt bin? Deine Frau werden? Lass es, Liebling, ich mache dich unglücklich. Du hast ja nun gesehen, was für eine ich bin. Aber ich kann einmal nicht anders sein, es ist ja grässlich, dass ich so sein muss; das ist oft so, als wäre ich gar nicht ich, als risse mich etwas mit – aber ich will auch nicht anders sein. Sieh, das war immer so; wenn ich an dich denke, dann muss ich weinen. Das war meine ganze Liebe. Mach es doch wie es alle machen; die amüsieren sich und nachher werden sie vernünftig.

Ja, mein Amüsement und Vernünftigwerden ist eben eigener Art. Mein Vernünftigwerden ist gerade der Entschluss, nie aufzuhören »mich zu amüsieren«. Ach! dass du mich nicht verstehen kannst! Aber du darfst mich ja nicht verstehen, ich will dich ja ganz so wie du bist.

Aber dann trieb mir die Hoffnung des Glücks die Worte wie die Wasser eines Springbrunnens hoch, und sie lag wieder mit träumenden Augen wie sonst an meiner Brust und küsste mich wie sonst und vergoss viel Freuden- und Reuetränen und versprach mir alles, was ich wollte, und gab alles zu und wir verabredeten, dass ich am nächsten Morgen fahren und sie mir in vier Tagen nachkommen sollte.

Aber was wird Herzchen sagen? Der weint sich tot. Du! ich muss ihn um acht Uhr treffen. Claire!

Doch! das muss ich.

Gut, dann bereite ihn langsam vor.

Sie küsste mich und da es acht Uhr wurde, ging sie und ich war so dumm und ließ sie gehen. – Nun bin ich wieder allein, die Nacht liegt schwarz und lauernd vor dem Fenster und die Lampe will jeden Augenblick ihren monotonen Singsang in bittere Worte verdichten.

Aber ich zünde mir eine Zigarette an, da verschwindet das beängstigende Lauern der Nacht und der monotone Singsang der Lampe ist nichts als ein glimmender, Petroleum fressender Docht.

Aber der narkotische Rauch verfliegt und nach einer Stunde packen sie mich doch: Sollte das wirklich keine Berechnung sein? Sollte das Liebe sein aus – Mitleid?

Aus Mitleid geliebt – bis dahin fiel ich nicht, das danke ich mir. Aber es ist ein bitterer Dank.

Aber hätte ich's ihr denn wehren können? Hätte sie nicht, wenn ich diese Liebe aus Mitleid abgewiesen hätte, mich noch mehr geliebt? Und mich am Ende doch bezwungen wie die Welle den Fels? – Oder sollte sie mich doch noch lieben wie einst, ihre Reue echt und meine Überlegung von gestern und was die hämische Nacht und dies neidische Licht mir einflüsterte, Wortkram, nichts als Wortkram sein?

Am Ende wusste ich mich aus den Fragen und spinnfadenfeinen Abwägungen nicht anders zu retten, als dass ich mich an die vier Worte klammerte und sie gleich einem irrsinnigen Lamaisten, gleich einem Gebetfähnlein, das auf einer steinigen Halde ruhlos seine vier heiligen Worte in die Winde knattert, ewig wiederholte: ich habe dich lieb – *om mani padme hum!*

Das war auch ein Rauschtrank, aber einer, der nicht recht trunken macht, von ihm aus kann ich keine Abendröten bauen; aber er war von dem Tage an mein Halt, bis heute, wo ich die Luft bezwang und nun bald ausgehen werde, mir meinen echten schweren Trank zu holen –

184

du wilde sprühende gischtende, mich weich begrabende Welle, du wirst mich schon finden, denn ich fange an, das »ich habe dich lieb« zu überwinden und wieder ein Fels zu sein! –

Nun liegen die Zeichnungen fertig vor mir, die Patentansprüche für jeden Teil, auch für den Nebenbehälter, in den die Druckpumpe das Wasser presst und aus dem es ein Heber entfernt, sind aufgestellt; an einen Feinmechaniker wandte ich mich schon, der soll mir das Modell bauen, und dann suche ich mir Kapitalisten und Banken zu gewinnen. Und dann – halte still, mein Herz! – –

Das war heute des Morgens um acht und totenstill. Dunst umlagerte den Himmel und Dunst lag über dem Schnee, über den das Auge streifte kaum einen Steinwurf weit. Die Stille aber, die hinter dem Dunst lauerte und ihn und mich umkrallte wie eine Schlange oder ein Ring, langte zuweilen mit der Hand hervor und stieß einen Kiefernzweig an, auf dass er eine Hand voll Schnee mit einem unterstickten dumpfen Ton und einem nachfolgenden heimlichen Rascheln fallen ließ und wir ihre Nähe nicht vergäßen.

Das war des Morgens um acht und so totenstill wie damals, als die Einsamkeit in mein Fenster kletterte.

Die Quecksilbersäule mag einen Strich unter dem Nullpunkt gezeigt haben, aber die Luft deuchte mir warm und der Schnee reichte mir stellenweis bis zum Knie. Ich watete und watete in ihm und wollte nicht fort kommen vom Ort, meine Glieder waren wie von Blei und mein Atem ging schwer und ich wusste nicht wohin? wozu?

Ich blieb stehen, ich zeichnete mit dem Stock in den Schnee, und als ich hinsah, war's ein großes *N;* da zuckte es in meinem Arm, der Ring der Stille stieß mich wohl an, und als ich wieder hinsah, stand da ein großes *NICHTS.* Da legte ich mich in den Schnee, und lag so lange da, bis die Stille leise zu mir trat. Hinter dem Stamm einer Kiefer, unter der ich lag, trat sie hervor, weiß und vergrämten Gesichts und sah mich sinnend an. Dann begannen wir miteinander zu reden, müde und gleichgültig wie zwei Greise von einer fernen Zukunft reden.

Soll ich? Soll ich nicht?

Wir führten gelassen Gründe und Gegengründe vor, aber da ich gegen die drei Gründe: Das ist das Leben, das den Rausch erfordert und dir die Kraft nicht gibt, den Rausch zu halten, und weißt du denn, ob du nun trotz allem der Fels sein wirst, und wenn, wie lange du der Fels sein wirst, und weißt du denn, ob du überhaupt für sie noch der Fels sein magst und – kannst? – da ich gegen die nichts aufzuführen wusste, streckte ich mich aus und wollte die Augen schließen.

In dem Augenblick trat die Sonne aus den Dünsten, trüb und orangerot, und sah mich an. Lange sahen wir beide uns an, nachdenklich wie man vor dem Abschiednehmen nachdenklich ist.

Ich zürne dir nicht. Ich bitte dich nur, fortan mich schlafen zu lassen; hörst du, ewig schlafen zu lassen. Du missfarbene Apfelsine. – –

Von der Kiefer, unter der ich einzuschlafen begann, fiel ein Ballen Schnee auf meine Nase. Eine Hand voll weißer kalter Kristalle, von dem frohen Gesang eines Zaunkönigs aus der Ruhe gebracht und von der Schwerkraft bewegt – diese plumpe Tatsache und elegante Formulierung des Rätsels, das hinter allem liegt und lauert und wie ein Harlekin lacht, führte mich dem Leben zurück.

Danke ich's ihr? Dank ich's ihr nicht?

Und müde stapfte ich wieder durch den Schnee; der reichte mir stellenweise bis zum Knie. Es war so still und meine Glieder waren schwer wie Blei.

Ein Schwarm Krähen zankte sich um einen Fleischbrocken, den der Jagdaufseher zum Vergiften der Füchse ausgelegt hatte, und die Spuren der Hasen und Wiesel, die über den Weg in die Felder liefen, sahen hellrot in der orangefarbenen Sonne aus. – – –

Jetzt bin ich heimgekehrt und fahre in meiner Erzählung fort; es ist nicht mehr viel zu erzählen – Ich fuhr am nächsten Tage nicht, sondern ging nach dem Mittagessen zu ihr. Ihre Schwester und deren Liebhaber waren im Zimmer, und sie stand vor dem Spiegel und machte sich fertig zum Ausgehen.

Du noch hier? Ich dachte dich schon lange fort.

Ich musste dich noch einmal sehen. Kannst du nachher – –

Nein, nein, ich habe keine Zeit.

Und gestern?

Ja ja. Ich gebe dir mein heiligstes Ehrenwort, dass ich nachkommen werde. In vier Tagen. Aber jetzt lass mich.

Da pfiff jemand unten, wie man einem Hund pfeift.

Da ist er schon!

Und ich trat mit ihr ans Fenster, und sah meinen Gartendieb und *Practicus lumpacius,* der mit verlorenen Couleurringen und Spirochäten sich ein Weib gewinnt, auf der Gasse stehen. Im schwarzen Überzieher, den Kopf zwischen die Schultern gezogen und rund und feist wie ein sorgloses Schwein, stand er da und blinzelte herauf.

Der ist doch nicht hübsch! sagte ihre Schwester.

Ich finde ihn aber hübsch!

Dann hastete sie und eilte, ohne mich eines Blickes zu würdigen, fort.

Kein Zweifel, sie »liebt« ihn.

Ich blieb noch eine Weile und sprach mit ihrer Mutter und Schwester und deren Liebhaber und ließ mir von ihnen versichern, alles für mich zu tun. Dann ging ich auch.

Und fuhr nach jenem Gehölz, wo die Schießstände sind und im Sommer das blassgelbe Leinkraut blühte, dessen Unterlippen so rot und trotzig sind wie reiner Frauen Lippen. Ein Gartenlokal lag dort und es sollte da an dem Abend getanzt werden. So hoffte ich, sie hier noch einmal zu sehen.

Und als der Tanz begann, setzte sich ihr Geliebter auf eine Rampe, die da im Saal war, hockte dort krumm und zusammengekauert, freute sich diebisch und sah ihr aus seinen Schweinsäuglein nach, wenn sie an ihm vorübertanzte.

Als sie beide hereinkamen, hatte er mich tief begrüßt, während sie mich erstaunt ansah und leicht mit dem Kopf nickte. Dann setzten sie sich so, dass sie mir den Rücken zuwandten, sie lehnte ihren Arm auf den seinen und er vergaß nicht, unaufhörlich neuen Likör für sie anfahren zu lassen.

Ich sah zu und blieb tatlos sitzen.

Noch einmal tanzte sie an mir vorbei; sie tanzt so leicht. Ich trank noch einen Blick aus ihren Augen, die mich in diesen Tagen so starr ansehen, und log mir vor, heute etwas wie Kummer in ihnen zu lesen: vergiss mich doch! ich muss ja so handeln, ich bin wie die Welle. Dann ging ich fort und wusste: sie wird nicht kommen, denn sie kann es nicht; hier ist etwas, gegen das alles Bitten und Lieben und Wollen machtlos ist. –

Die Herbststürme waren auf dem Meer erwacht und streiften nun mit ihrem tobenden Wirbel die Küsten und holten sich das letzte braune Laub und spielten Fangball mit ihm auf den Feldern. Aus den zerrissenen Wolkenbrocken lugte der Mond und glitzerte auf den Pfützen wie Katzengold. Ich grub die Hände in die Taschen und ging fürbass. Der Lindenweg war's, auf dem wir an jenem Juliabend gingen und sterben wollten.

An einer Weghöhe, wo der Wind gleich einem jagenden Reitergeschwader über ihn setzte, blieb ich stehen und sah ihm ins Gesicht. In dem bleichen Licht dämmerte zur Linken der Wald, wo damals der Sommer um uns duftete und der Leuchtturm von Warnemünde wie ein kleiner weißer Strich am Himmel stand. Jetzt tastete er mit seinen langen Lichtfingern über die schwarze See, die fahlen Wolken und die windzerzausten Wälder und spielte auf ihnen seine wüste Rhapsodie. –

Dröhnender setzte das Reitergeschwader an mir vorüber, Regenböen ihre flatternden Fahnen und unter ihren brausenden Hufen stoben die Blätter. Mir war's, als stöbe und rollte und flatterte ich mit, ein verdorrtes zerknittertes windzerfressenes Blatt. – Ein trübes Licht, rot und drohend, hing und zuckte über der Stadt. Das wird eine böse Nacht, die wird keinen braunen Mohnsaft auf mich gießen. – –

Ich irrte noch manche Stunde in den Straßen umher, bis ich merkte, dass ich vor dem Hause ihres Geliebten stand, in dessen Zimmer bis in den Morgen das Licht brannte.

Des Vormittags um zehn, da es leicht gefroren hatte, fuhr ich ab. –

Es war inzwischen November geworden. In einer westdeutschen Universitätsstadt schlug ich mein Heim auf und wusste in den Tagen nichts Besseres zu tun als Tag für Tag ihr zu schreiben. Viel unglaublich närrisches Zeug schrieb ich da. Und sonst sah man mich ruhlos auf den Straßen laufen oder stumpfsinnig in Cafés hocken, oder ich brütete schwermütig auf meinem Zimmer und war nichts als ein Spuk und mein Name. – Als der vierte Tag kam, wusste ich, dass er sie mir nicht bringen würde. Aber ich schmückte mein Zimmer mit Blumen und putzte sogar einen alten Schläger blank, dann erwartete ich sie zu dem Zuge, den ich ihr angegeben hatte. Sie kam nicht und auch keine Antwort kam. Ich schrieb und schrieb; in diesen Tagen hing der Wahnsinn über mir und betastete stündlich mit seinen weichen Fingern mein Haupt. – Von ihrer Schwester erfuhr ich schließlich, dass sie krank bei jener Freundin läge. So war es denn aus. Aber ich schrieb weiter, Tag um Tag, und stärkte dadurch nur ihre Liebe zu jenem andern. Und da keine Antwort kam, schickte ich auch diesem einen Brief, in dem ich an seinen Edelmut appellierte und ihn bat, sie frei zu geben, da ich sie zu meiner Frau machen wolle.

Aber als ich mich am nächsten Morgen im Spiegel sah, kaufte ich mir eine Hundepeitsche und reiste mit dem nächsten Zug ab, um in dem Anblick der Striemen, die ich in sein Gesicht peitschen wollte, mich wieder vor mir rein zu waschen. Doch in Bremen stieg ich aus und fuhr mit dem andern Zuge, der da schon wartete, wieder zurück.

Ich sehe mich ja in diesem Handel mit den Augen an, mit denen jener Lump mich ansehen muss, und erhöhe ihn noch mehr, wenn ich mich in den seinigen rehabilitieren wollte. Der Erfolg dieses Briefes, der nichts ist als ein ratloses Flehen an ein imaginäres Ding von Edelmut, der nichts anderes ist als jenes Gebet gegenüber einer ehernen Unerbittlichkeit, und der nichts anderes ist als das Zeichen meiner völligen Zernichtung, wird nur der sein, dass ich ihre Liebe zu ihm nun zu hellen Flammen geschürt habe.

Aber als ich von dieser Fahrt heimgekehrt war, konnte ich nicht mehr mit mir allein sein, ich musste meine Bekannten aufsuchen und des Nachts verbannte ich meine entsetzliche Einsamkeit durch das Lesen von Spukgeschichten und lasziver Literatur.

Und die Antwort auf dieses alles war, dass mir eines Abends ein Kuvert gebracht wurde, in dem auf einem halben Briefbogen mit Bleistift wörtlich geschrieben stand: »Möchte dich bitten, nicht mehr zu schreiben. Ich habe mich gestern so mit mein Verhältnis verkracht und möchte mich doch nicht erzürnen. So lieb du mich hattest, so unglaublich bin ich jetzt in Herrn ... verliebt. Es ist so schlecht von mir, aber ich kann nicht anders. Also unterlass das Schreiben.«

Als ich das gelesen hatte, kniff ich die Lippen zusammen und begann, da ich das Gefühl hatte, als müsste ich jeden Augenblick aufbrüllen wie ein gequälter Stier, unaufhörlich zu trinken; aber ich ward nicht trunken, es war als hätte ich ein Viperngift eingenommen. Am nächsten Tage flüchtete ich in dieses Dorf jenseits der Hyperboreer und vergrub mich hier, während der Dezembernebel vor meinem Fenster hing und nicht rücken und weichen wollte, dieser Bauch der Schwermut. Und ward stumm wie ein Fisch und unfassbar wie ein Gespenst. Bis der erlösende Frost und Schnee kam und mit ihnen der Gedanke, Herr zu werden über die Luft, und der Wille, wieder ein Fels zu sein. Geschrieben habe ich ihr in diesen Tagen nicht mehr; ich will den Felsen nicht weiter stärken und die Welle bei ihrer Arbeit nicht hindern. – – – – –

Zwei Monde sitz ich nun hier, und in einem Mond bezwang ich die Luft. Während ich mich selbst zerschnitt, erkannte ich mein Ziel und im Schmerz fand ich den Weg zu ihm.

Mit Wissen und Willen gehe ich nun abseits. Ich kenne nicht das, was auf den Straßen schreit, ich kenne nicht das, was von den Kathedern fließt, ich kenne nicht das, wovon die Weisheit der Welt träumt, ich kenne nicht das, was der Gedanke spinnt, was der Zweifel glaubt und der Glaube zweifelt, ich kenne nur das, was der Körper fühlt und das Auge sieht. Am Meer wollen wir wohnen, dort, wo es am reinsten ist, und dort will ich dein sein, dein süßes Spielzeug und lieber Tand. Unter einem Ölbaum in unserem Garten wollen wir sitzen und auf das Meer sehen, das noch blauer ist, als der Himmel über ihm. Des Nachts aber soll dein Haupt wieder an meiner Schulter ruhen und kein hässlicher Traum über deine kleine Seele gehn. Und leise rauscht das Meer, der Himmel wölbt sich über ihm Stern an Stern und eine weiße Möwe schwimmt zwischen Himmel und Erde: still ist die Welt und schön wie ein Traum. – –

Nun sind die ersten lauten Briefe über meine Erfindung in die Welt geschickt! Ein Mechaniker ist mit seiner Werkstatt nebenan und baut das Modell! –

Heute Mittag langten die Antworten an: das Geld liegt bereit! Die Arbeit, die widrige beginnt. Das Reden und Überlegen mit Menschen, deren Reden und Überlegen mir fremd ist, das Anstrengen und Rechnen und Tüfteln und Kombinieren, das Erwerben um des Erwerbens willen, das mir alles von Herzen widersteht. Aber im breiten Strom strömt schon die Macht zu mir, leise hör ich ihr Rauschen.

Und diese Blätter, die ich in zwei Monden schrieb, um acht böser Wochen Herr zu werden, die werden wir am Ostersonntag, wenn sie lachend und weinend in meinem Arm liegt, Bogen auf Bogen zu einem Scheiterhaufen aufbauen und mit ihnen das halbe Jahr verbrennen, das über unsere Liebe fiel wie ein Spuk und Reif. Sie sollen nicht leben bleiben, denn ich fürchte, es ist neben der Narrheit zu viel Selbstbetrugs in ihnen; sie sind wahr, wie nur ein Ding wahr sein kann, aber nur für den, der sie schrieb, und nur in den Stunden, in denen sie geschrieben sind. Schon jetzt, wenn ich in ihnen blättere, kommen sie mir vor, wie eine fremde unheimliche Welt. –

Der Januar geht, die Tage werden schon länger und unter dem Schnee lauert der Lenz – er kommt, er kommt!

Und nun die Frage, die über mich entscheiden soll und die ich bisher niederhielt, weil ich sie niederhalten musste: Wie ist es mit dem Rausch? Sollte die Möglichkeit, die Fragwürdigkeit der Welt zu vergessen in interesseloser Anschauung und passivem Genießen, das ist mein Rausch, wirklich für mich gebunden sein an das Bewusstsein, von einem Dirnchen geliebt zu werden, von dem ich fürchten muss, dass es mich in jeder freien Stunde betrügt?

Sollte diese Verkettung wirklich vorhanden und notwendig oder – gar nur möglich sein? Könnte da nicht eine Selbsttäuschung liegen, ein zufälliges zeitliches Zusammentreffen, das ich mir kausal gedeutet habe?

Ich will nur nach der Möglichkeit dieser Verknüpfung fragen.

Mein Wille kommt in ihr, als in dem entgegenkommenden eindeutigen Trieb, zur Ruh. Aber auch mein fragender suchender Geist?

Flüchtet auch er vor dem Vieldeutigen zu ihr? Der Geist zum Trieb? Zum Willen? Sollte er nicht vielmehr Ruhe finden in einer Formel, einem Symbol und Bild? Und sollte sie, der

188

unzweideutige und in seinen Äußerungen doch so mannigfache und rätselhaft schillernde Trieb, für ihn ein Symbol sein?

Ein Symbol für die Eindeutigkeit der vieldeutigen Welt, an deren Buntheit und unendlichen Rätselhaftigkeit er sich nun, da er sich ihrer Eindeutigkeit bewusst bleibt, erst erfreuen kann?

So kann es sein.

Ein Fehler bleibt trotzdem. Denn ich sehe keinen Grund, weswegen der Geist, den ich – zwar nicht ohne Absicht – zum Diener des Willens gemacht habe, gerade in demselben Gegenstand sein Symbol sehen muss, in dem sein Herr zur Ruhe kam. Er könnte in jedem fremden Gewächs und Tier das Symbol sehen. Warum gerade in ihr? Warum gerade in dem liebenden Weib? Warum gerade im Trieb? Warum gerade im konzentriertesten Leben?

Und bedarf er überhaupt des Symbols? Ist für ihn dieser Umweg nötig? Kann nicht für ihn die einfache Erkenntnis, wenn sie in ihrem Ausdruck – und nicht nur in ihrem Ausdruck – auch immer bildlich bleibt, genügen?

Und bedarf er des Symbols doch, so kann ich höchstens ein zufälliges Zusammentreffen beider Richtungen, des ruhesuchenden Willens und symbolsuchenden Intellekts, in jenem einen Wesen annehmen – ein zufälliges Zusammentreffen im Knotenpunkt des Lebens!

Aber zufällig – das heißt hier und in meinem Mund so viel wie eine Flucht zum Glauben und Wunder. Hier steckt der Fehler. Die Möglichkeit der Verknüpfung ist da, aber meine Deutung dieser Möglichkeit ist – falsch. – Und der Fehler steckt in der Trennung von Körper und Geist, von Wille und Intellekt, wie er ebenso steckt in jenem Knoten, den ich mir geknüpft haben wollte aus Denken und Gefühl – ich brauche ihn gar nicht so gewaltsam mit Pulver und Blei zu durchhauen – er steckt in meiner Trennung von Ich und Welt, er steckt in meinem Rausch und meinem Bedürfnis nach Rausch, er steckt in meiner Müdigkeit, die doch zugleich etwas Aktives, heftig Abwehrendes ist, er steckt in meiner Schwäche, die doch auch meine Stärke ist, in meiner Krankheit, die doch zugleich meine Gesundheit ist, in meinem Pessimismus, der andererseits Optimismus ist, er steckt in meiner ganzen Haarspalterei der Liebe, in dem Sich-selbst-Aufgeben und -Auflösen, das doch gerade so gut ein gewaltsames Zusammenraffen und Konzentrieren ist, in meinem Wunsch geliebt zu sein, der aber seinerseits keine Liebe sein will, in meiner Liebe, die keine sinnliche sein will, aber doch Liebe ist zu der mich sinnlich Liebenden, er steckt in allen Begriffen, mit denen ich bisher operierte, – denn er steckt in der Sprache selbst, die willkürlich trennt und Grenzen setzt, wo alles grenzenlos ist und fließt, die die Dinge meistern will, während sie von den Dingen getrieben wird, die Dinge haben eben keine Grenzen, es ist alles Bedingtheit, Verkettung und Strom: das Denken ist Stückwerk und Dunst und ewige Gefahr, das Wort ist Trug und die Schrift ist Gift, der Satz ist eine Schlange und giftige Verführerin und das Buch ein Knäuel von ihnen. Bild und Körper, das ist's, und die goldne Ruh.

Und so ist es gut, dass ich nicht nötig habe – weil es zwecklos ist –, über die Möglichkeit dieser Verknüpfung und die Tatsächlichkeit des Rausches weiter nachzugrübeln. Zwei Augen blau wie die See, die Locken blond wie Gold und ein Gesichtchen geschnitten zart wie das einer Gemme, das sei das Ziel, der Wunsch, der Trieb, das Glück, die Ruh – der Frieden!

Über den verschneiten Feldern schwindet der Tag und hinter dem letzten Hügel, der da aufragt wie eine volle Frauenbrust, ging die Sonne und wirft flockigen Schaum auf. Der stäubt in bleichem Pfirsichrot über das Meergrün des Himmels. Der Wind schweigt und die Kälte kommt, still ist die Welt – schläft sie? stirbt sie vielleicht? Aber auf purpurnen Fittichen leuchtend und brausend fliegt mein Sehnen über ihr, mein leuchtendes brausendes Sehnen: die wieder zu umarmen, die meines Lebens Glück und Elend ist!

Am Tage vor Ostern fuhr er nach seiner früheren Garnison. Aber er sah sie nicht mehr, die er suchte; sie hatte sich und ihren Geliebten, nachdem sie auch ihm untreu geworden war, vor einigen Wochen erschossen. So irrte er den Tag über in den Straßen umher und erhängte sich gegen Sonnenuntergang draußen in einem Gestrüpp. – Dort fand man ihn. Seine Taschen waren voll von Wertpapieren und zu seinen Füßen lagen diese Blätter, vom Nachtwind über das Gras gestreut, an dessen Halmen der Tau in hellen Tropfen hing.

Dann rollte die Sonne herauf und die Drehorgel ging ihren alten Gang.

Nachwort des Herausgebers Joerg K. Sommermeyer

Gustav Sack, 1916

Gustav Sack wird in Schermbeck bei Wesel als Sohn eines Lehrers am 28. Oktober 1885 geboren. Besuch der Schermbecker Volksschule, Einjährigenprüfung am Weseler Gymnasium, 1903 kurzfristig Apothekerlehre in Hadersleben, Abitur in Wesel. Er verfasst Gedichte, entwirft Dramen.
1906-1911 studiert er ohne Abschluss Germanistik und Naturwissenschaften, u. a. Biologie, in Greifswald, Münster und Halle. Gedichthefte *Stille Stunden* und *Ein Liebesleben* (*Die drei Reiter*, 1920). 1911-1912 Roman *Der dunkelblaue Enzian* (*Ein verbummelter Student*). Militärdienstjahr in Rostock. Roman *Mein Sommer 1912* (*Ein Namenloser*). Sack findet keinen Verleger für seine Werke (Nahezu sein gesamtes Œuvre wird erst in den Jahren nach seinem Tod, 1917-1920, von seiner Ehefrau Paula Sack, geb. Harbeck, herausgegeben). 1913/1914 lebt er in München, wo sein Romanfragment *Der große Held / Im Hochgebirge* (Paralyse) entsteht. Die Ablehnung seiner Werke, fehlende Arbeit, Geldnot und Kriegsausbruch bewirken eine Nervenkrise und seine Flucht in die Schweiz. Er kehrt zurück, wird im Herbst 1914 Soldat in Frankreich; 1915 Beförderung zum Leutnant. Verstimmungszustände sowie Auseinandersetzungen mit Vorgesetzten erzwingen im Januar 1916 eine stationäre Unterbringung in Lippstadt. Ab April 1916 wird Sack im Garnisonsdienst in München und Aschaffenburg eingesetzt, Drama *Aus dem Tagebuch des Refraktairs* (Der Refraktär), im Oktober 1916

191

aber an die rumänische Front versetzt, wo er am 5. Dezember 2016 bei Finta Mare in der Nähe von Bukarest fällt.

„Die Gesellschaft und Kultur der schwierigen, meist ungeliebten Moderne mit verlorener Mitte war unheimlich geworden. Polaritäten von rechts und links, drastische Veränderungsprozesse, zunehmende Industrialisierung, Pluralität, Heterogenität, Relativismus, notorische Unübersichtlichkeit, Gebiete idyllischen Friedens neben Zonen brutaler Gewalt, Freigeisterei, fragwürdiger Glauben an Fortschritt und Vernunft. Friedrich Nietzsche hatte an der Zentralität der Arbeit als Grundpfeiler bürgerlicher Gesellschaft gezweifelt, von Pluralität der Kräfte und Umwertbarkeit aller Werte gesprochen. In der Nachfolge Ludwig Feuerbachs verkündete er: *»Gott ist tot!«*.

Max Weber konstatierte: *»Der Puritaner wollte Berufsmensch sein, wir müssen es sein. Denn indem die Askese aus den Mönchszellen heraus in das Berufsleben übertragen wurde und die innerweltliche Sittlichkeit zu beherrschen begann, half sie an ihrem Teile mit daran, jenen mächtigen Kosmos der modernen, an die technischen und ökonomischen Voraussetzungen mechanisch-maschineller Produktion gebundenen, Wirtschaftsordnung erbauen, der heute den Lebensstil aller einzelnen, die in dies Triebwerk hineingeboren werden, nicht nur der direkt ökonomisch Erwerbstätigen, mit überwältigendem Zwange bestimmt und vielleicht bestimmen wird, bis der letzte Zentner fossilen Brennstoffs verglüht ist. ... Aber aus dem Mantel ließ das Verhängnis ein stahlhartes Gehäuse werden. Indem die Askese die Welt umzubauen und in der Welt sich auszuwirken unternahm, gewannen die äußeren Güter dieser Welt zunehmende und schließlich unentrinnbare Macht über den Menschen, wie niemals zuvor in der Geschichte. Heute ist ihr Geist, ob endgültig, wer weiß es?, aus diesem Gehäuse entwichen. Der siegreiche Kapitalismus jedenfalls bedarf, seit er auf mechanischer Grundlage ruht, dieser Stütze nicht mehr. ... Niemand weiß noch, wer künftig in jenem Gehäuse wohnen wird und ob am Ende dieser ungeheuren Entwicklung ganz neue Propheten oder eine mächtige Wiedergeburt alter Gedanken und Ideale stehen werden, oder aber, wenn keins von beiden, mechanisierte Versteinerung, mit einer Art von krampfhaftem Sich-wichtig-nehmen verbrämt. Dann allerdings könnte für die ,letzten Menschen' dieser Kulturentwicklung das Wort zur Wahrheit werden: ,Fachmenschen ohne Geist, Genussmenschen ohne Herz: dies Nichts bildet sich ein, eine nie vorher erreichte Stufe des Menschentums erstiegen zu haben.'«*

Nihilismus grassierte, eine entwertete Welt. Und wie sich die Werte aufgelöst haben, wird Hermann Broch in seiner Trilogie *Die Schlafwandler* darstellen." (Joerg K. Sommermeyer, Franz Kafkas Erzählungen, Orlando Syrg, Berlin 2018; OrSyTa 12018; Nachwort, S. 337 ff., 341 f.; m. w. N.)

Nietzsche hatte die Unangemessenheit eindeutiger Begriffe gegenüber ambi- und polyvalenten Sachverhalten gegeißelt. Der Glaube an eine „richtige" Wahrnehmung und „objektive" Erkennbarkeit von Wirklichkeit sowie ihre sprachliche Darstellbarkeit ging immer mehr verloren. Um die Jahrhundertwende werden Wahrnehmungs-

Erkenntnis- und Sprachkritik virulent. *„Ich fürchte mich so vor der Menschen Wort"* (Rainer Maria Rilke, 1898 / 1899). *Beiträge zu einer Kritik der Sprache* (Fritz Mauthner, 1901 ff.). *„Es ist mir völlig die Fähigkeit abhanden gekommen, über irgend etwas zusammenhängend zu denken oder zu sprechen"* (Hugo von Hofmannsthal, *Brief des Lord Chandos an Francis Bacon*, 1902).

Dada, Antidada, schweifende, realitätstranszendierende Phantasten und Wunderdilettanten, in Berlin, Paris und Zürich, sowohl miteinander verbunden als auch gegeneinander kämpfende Polemiker. Weltveränderung, vom Kopf auf die Füße gestellte Philosophen, Sprachveränderung, Lebensveränderung. Es muss alles neu werden und vor allem anders! Befreier, Zerstörer, Erbauer, Destruktion und Konstruktion, Abbruch, Umbruch. Aufbruch, Revolution, Anarchie, neue Ordnungen. Einerseits mündend in die Torpedierung aller Traditionen und Werte in den faschistischen Gräueln des Hitlerismus, dem Gulag des jede Hoffnung pervertierenden *‚Gesamtkunstwerks Stalin'* und dem Entschwinden von Verantwortung bei den Atombombenabwürfen auf Hiroshima und Nagasaki, andererseits bis heute aktuell, unerledigt fortdauernd. (siehe Joerg K. Sommermeyer, Balleinrubin: Ball, Einstein, Rubiner, Orlando Syrg, Berlin 2017; OrSyTa 12017; Nachwort, S. 144 ff.; m. w. N.)

Gustav Sack ist dementsprechend ein voranschreitender, (Alfred Korzybskis *Allgemeinen Semantik*, Ludwig Wittgensteins Sprachskepsis {*„Es ist eine Hauptquelle unseres Unverständnisses, dass wir den Gebrauch unserer Wörter nicht übersehen"*} voreilender), Broch und Musil verwandter, moderner Erzähler auf der Höhe dieser Umstände und seiner Zeit. Ein denkender Dichter, ein fühlender Philosoph. Nachkantianische Erkenntnis- und Wirklichkeitsprobleme, nachnietzscheanische Wertkonflikte und Maßstabszertrümmerungen. Alles hat sich schon aufgelöst oder ist in Auflösung begriffen. An wen oder was soll und kann man sich in dieser Welt noch halten?

Mögliche Erkenntnis durch Wissenschaft und mittels Sprache wird von Sack fast pausenlos, sich selbst in Frage stellend, kritisch reflektiert. Natur, in grandioser musikalischer Sprache beschworen, wird entzaubert. Liebe und Sexualität führen früher oder später zu Leid, Krankheit und Tod. Menschliches Scheitern, Nihilismus, existentielle Konflikte, unerfüllt bleibende Sehnsüchte, Ödnis, Wert und Sinn weder in „kosmischer" Natur noch in radikalisierter Sexualität erreichbar.

Gustav Sack denkt, untersucht, experimentiert, diskutiert, endet regelmäßig trotz oder gerade wegen all seiner Anstrengungen im Leeren. Er fühlt intensiv, denkt leidenschaftlich, lange vor Albert Camus oder Jean Paul Sartre, die Unerträglichkeit von Welt und Gesellschaft, die Fremdheit des Menschen in ihr, die Absurdität des Lebens und verzweifelt! Tod, Mord, (erweiterter) Selbstmord locken, sind immer nah; aller Rest ist Schweigen im grundlosen Nichts.

Joerg K. Sommermeyer, Berlin, 23. März 2019

Nova Giulianiad
Saitenblätter für die Gitarre und Laute
Herausgegeben von Joerg Sommermeyer
i. V. m. d. Internationalen Gitarristischen Vereinigung
ISSN: 0254-9565
Orlando Syrg, Freiburg i. Brsg., 1983-1988

Josefa Gerhäuser
Leben will ich
Gedichte und Assoziationen
Herausgegeben von JS (Joerg Sommermeyer)
Orlando Syrg Taschenbuch, OrSyTa 12002, Freiburg i. Brsg. 2002

Joerg Sommermeyer
Anton Unbekannt
Pathoaphysischer Antiroman
Tragigroteskenfragment
Herausgegeben von Georg J. Feurig-Sorgenfrei
Orlando Syrg Taschenbuch, 1. Aufl., OrSyTa 12009, Berlin 2009

Joerg K. Sommermeyer (Hg.)
Balleinrubin: Ball, Einstein, Rubiner
Hugo Ball: Tenderenda der Phantast
Carl Einstein: Bebuquin oder die Dilettanten des Wunders
Ludwig Rubiner: Gedichte, Kritiken, Manifeste
Herausg. u. mit einem Nachwort versehen von Joerg K. Sommermeyer
Orlando Syrg Taschenbuch, 1. Aufl., OrSyTa 12017, Berlin 2017

Franz Treller
Nikunthas, König der Miami
Eine Abenteuererzählung aus Nordamerika
Anhang: **Indianer-Gedanken** von Oskar Panizza
und **Die blaue Schlange** von Fritz von Ostini
Vollst. rev. und neu bearb. von Georg J. Feurig-Sorgenfrei
Hrsg. und mit einem Nachw. vers. von Joerg Sommermeyer
Kollektion Abenteuer- & Reiseerzählungen / KAR 1
Orlando Syrg Taschenbuch, 1. Aufl., OrSyTa 22009, Berlin 2010
2. Aufl., OrSyTa 22017, Berlin 2017

Joerg K. Sommermeyer

Vernimm mein Schreien

Pathoaphysischer Antiroman

Tragigroteskenfragment

Herausgegeben von Georg J. Feurig-Sorgenfrei

Orlando Syrg Taschenbuch, 2. durchgesehene, verbesserte und um einen Anhang

erweiterte Auflage von *Anton unbekannt*, OrSyTa 32017, Berlin 2017

3. Auflage, Neufassung, OrSyTa 112018, Berlin 2018

Joerg K. Sommermeyer

Lieblingsmärchen

[Andersen, 1001 Nacht, von Arnim, Bechstein, Brentano, de la Motte Fouqué,
Brüder Grimm, Hauff, Hebel, Hoffmann, Hofmannsthal, Keller, Mörike,
von Sternberg, Stevenson, JS, Storm]

Ausgewählt, zusammengestellt, durchgesehen und revidiert,

herausgegeben und mit einem Nachwort versehen

von Joerg K. Sommermeyer

Kollektion Abenteuer- & Reiseerzählungen / KAR 2

Orlando Syrg Taschenbuch, 1. Aufl., OrSyTa 42017, Berlin 2017

2. erweiterte Auflage, OrSyTa 22018, Berlin 2018

Joerg K. Sommermeyer (Hg.)

Franz Kafkas Romane

Der Verschollene (Amerika), Der Prozess, Das Schloss

Durchgesehen, revidiert und herausgegeben

von Joerg K. Sommermeyer

Reihe alte Tradition Azurcelesteblueoscuro / RAT ACBO 1

Exemplarische Werke der Weltliteratur

Orlando Syrg Taschenbuch, 1. Aufl., OrSyTa 52017, Berlin 2017

Joerg K. Sommermeyer (Hg.)

Franz Kafkas Erzählungen

Durchgesehen, revidiert und und mit einem Nachwort herausgegeben

von Joerg K. Sommermeyer

Reihe alte Tradition Azurcelesteblueoscuro / RAT ACBO 2

Exemplarische Werke der Weltliteratur

Orlando Syrg Taschenbuch, 1. Aufl., OrSyTa 12018, Berlin 2018

Joerg K. Sommermeyer (Hg.)

Heinrich von Kleists Erzählungen, Anekdoten und Essays

Durchgesehen, revidiert und mit einem biographischen Abriss
herausgegeben von Joerg K. Sommermeyer
Reihe alte Tradition Azurcelesteblueoscuro / RAT ACBO 3
Exemplarische Werke der Weltliteratur
Orlando Syrg Taschenbuch, 1. Aufl., OrSyTa 32018, Berlin 2018

Joerg K. Sommermeyer (Hg.)

Christian Morgensterns Galgenlieder und Palmström

Durchgesehen, revidiert und mit einem biographischen Abriss
herausgegeben von Joerg K. Sommermeyer
Reihe alte Tradition Azurcelesteblueoscuro / RAT ACBO 4
Exemplarische Werke der Weltliteratur
Orlando Syrg Taschenbuch, 1. Aufl., OrSyTa 42018, Berlin 2018

Joerg K. Sommermeyer (Hg.)

Robert Müllers Tropen

Der Mythos der Reise
Urkunden eines deutschen Ingenieurs
Durchgesehen und revidiert, herausgegeben
und mit einem Nachwort versehen
von Joerg K. Sommermeyer
Kollektion Abenteuer- & Reiseerzählungen / KAR 3
Orlando Syrg Taschenbuch, 1. Aufl., OrSyTa 52018, Berlin 2018

Joerg K. Sommermeyer (Hg.)

Taugenichts et cetera

Eichendorff, Chamisso, Büchner
Aus dem Leben eines Taugenichts
Peter Schlemihls wundersame Geschichte
Lenz
Durchgesehen, revidiert und mit einem Nachwort
herausgegeben von Joerg K. Sommermeyer
Reihe alte Tradition Azurcelesteblueoscuro / RAT ACBO 5
Exemplarische Werke der Weltliteratur
Orlando Syrg Taschenbuch, 1. Aufl., OrSyTa 62018, Berlin 2018

Joerg K. Sommermeyer (Hg.)
Künstlerbetrachtungen
Diderot, Wackenroder, Hoffmann
Rameaus Neffe, Joseph Berglinger, Johannes Kreisler, Kater Murr
Durchgesehen, revidiert und mit einem Nachwort
herausgegeben von Joerg K. Sommermeyer
Reihe alte Tradition Azurcelesteblueoscuro / RAT ACBO 6
Exemplarische Werke der Weltliteratur
Orlando Syrg Taschenbuch, 1. Aufl., OrSyTa 72018, Berlin 2018

Joerg K. Sommermeyer (Hg.)
Rainer Maria Rilkes Gedichte
Stunden-Buch, Buch der Bilder, Neue Gedichte, Der neuen Gedichte anderer Teil,
Requiem, Das Marien-Leben, Duineser Elegien, Die Sonette an Orpheus
Durchgesehen, revidiert und mit einem Nachwort
herausgegeben von Joerg K. Sommermeyer
Reihe alte Tradition Azurcelesteblueoscuro / RAT ACBO 7
Exemplarische Werke der Weltliteratur
Orlando Syrg Taschenbuch, 1. Aufl., OrSyTa 92018, Berlin 2018

Joerg K. Sommermeyer (Hg.)
Rainer Maria Rilkes Prosa
Dichtungen in Prosa, Die Weise von Liebe und Tod des Cornets Christoph Rilke,
Die Aufzeichnungen des Malte Laurids Brigge, Erzählungen und Skizzen,
Geschichten vom lieben Gott, Auguste Rodin, Aufsätze und Besprechungen
Durchgesehen, revidiert und mit einem Nachwort
herausgegeben von Joerg K. Sommermeyer
Reihe alte Tradition Azurcelesteblueoscuro / RAT ACBO 8
Exemplarische Werke der Weltliteratur
Orlando Syrg Taschenbuch, 1. Aufl., OrSyTa 102018, Berlin 2018

Joerg K. Sommermeyer (Hg.)
Drei alte Erzählungen
Die Judenbuche (Droste-Hülshoff), Die schwarze Spinne (Gotthelf),
Krambambuli (Ebner-Eschenbach)
Durchgesehen, revidiert und mit einem Nachwort
herausgegeben von Joerg K. Sommermeyer
Reihe alte Tradition Azurcelesteblueoscuro / RAT ACBO 9
Exemplarische Werke der Weltliteratur
Orlando Syrg Taschenbuch, 1. Aufl., OrSyTa 122018, Berlin 2018

Joerg K. Sommermeyer (Hg.)

James Fenimore Coopers The Last of the Mohicans
Der letzte Mohikaner

A Narrative of 1757 / Eine Erzählung aus dem Jahre 1757
Deutsch nach der Übersetzung von J. F. L. Tafel,
revidiert und neu bearbeitet von Georg J. Feurig-Sorgenfrei
Herausgegeben und mit einem Nachwort versehen
von Joerg K. Sommermeyer
Kollektion Abenteuer- & Reiseerzählungen / KAR 4
Orlando Syrg Taschenbuch, 1. Aufl., OrSyTa 132018, Berlin 2018

Joerg K. Sommermeyer (Hg.)

Johann Wolfgang von Goethes
Reineke Fuchs

Durchgesehen, revidiert und mit einem Nachwort
herausgegeben von Joerg K. Sommermeyer
Reihe alte Tradition Azurcelesteblueoscuro / RAT ACBO 10
Exemplarische Werke der Weltliteratur
Orlando Syrg Taschenbuch, 1. Aufl., OrSyTa 142018, Berlin 2018

Joerg K. Sommermeyer (Hg.)

Heinrich Heines Romanzero nebst Lieblingsballaden
von Goethe, Schiller und anderen

Ausgewählt, durchgesehen, revidiert und mit einem Nachwort
herausgegeben von Joerg K. Sommermeyer
Reihe alte Tradition Azurcelesteblueoscuro / RAT ACBO 11
Exemplarische Werke der Weltliteratur
Orlando Syrg Taschenbuch, 1. Aufl., OrSyTa 152018, Berlin 2018

Joerg K. Sommermeyer (Hg.)

Eduard von Keyserlings Prosa
Ausgewählte Werke I

Beate und Mareile, Schwüle Tage, Dumala, Wellen, Abendliche Häuser
Durchgesehen, revidiert und mit einem biographischen Abriss
herausgegeben von Joerg K. Sommermeyer
Reihe alte Tradition Azurcelesteblueoscuro / RAT ACBO 12
Exemplarische Werke der Weltliteratur
Orlando Syrg Taschenbuch, 1. Aufl., OrSyTa 162018, Berlin 2018

Joerg K. Sommermeyer (Hg.)

August Stramms Gedichte

Du. Liebesgedichte; Die Menschheit; Weltwehe;
Tropfblut. Gedichte aus dem Krieg

Durchgesehen, revidiert und mit einem biographischen Abriss
herausgegeben von Joerg K. Sommermeyer

Reihe alte Tradition Azurcelesteblueoscuro / RAT ACBO 13
Exemplarische Werke der Weltliteratur
Orlando Syrg Taschenbuch, 1. Aufl., OrSyTa 172018, Berlin 2018

Joerg K. Sommermeyer (Hg.)

Joseph Conrads Heart of Darkness
Herz der Finsternis

Englisch und Deutsch

Deutsch nach der Übersetzung von Ernst Wolfgang Freißler,
revidiert und neu bearbeitet von Georg J. Feurig-Sorgenfrei
Herausgegeben und mit einem Nachwort versehen von Joerg K. Sommermeyer

Kollektion Abenteuer- & Reiseerzählungen / KAR 5
Orlando Syrg Taschenbuch, 1. Aufl., OrSyTa 182018, Berlin 2018

Joerg K. Sommermeyer (Hg.)

Münchhausen und Lukian

Bürgers Münchhausen und Lukians Bericht
phantastischer Begebenheiten

Durchgesehen, revidiert, neu bearbeitet
(Lukian basierend auf der Übersetzung von August Friedrich Pauly),
herausgegeben und mit einem Nachwort versehen,
von Joerg K. Sommermeyer

Kollektion Abenteuer- & Reiseerzählungen / KAR 6
Orlando Syrg Taschenbuch, 1. Aufl., OrSyTa 192018, Berlin 2018

Joerg K. Sommermeyer (Hg.)

Johann Wolfgang von Goethes Prosa
Ausgewählte Werke I

Die Leiden des jungen Werther, Briefe aus der Schweiz,
Die Wahlverwandtschaften, Novelle

Durchgesehen, revidiert und mit einem Nachwort
herausgegeben von Joerg K. Sommermeyer

Reihe alte Tradition Azurcelesteblueoscuro / RAT ACBO 14
Exemplarische Werke der Weltliteratur
Orlando Syrg Taschenbuch, 1. Aufl., OrSyTa 12019, Berlin 2019

Joerg K. Sommermeyer (Hg.)

Johann Wolfgang von Goethes Prosa
Ausgewählte Werke II
Wilhelm Meisters Lehrjahre
Durchgesehen, revidiert und herausgegeben
von Joerg K. Sommermeyer
Reihe alte Tradition Azurcelesteblueoscuro / RAT ACBO 15
Exemplarische Werke der Weltliteratur
Orlando Syrg Taschenbuch, 1. Aufl., OrSyTa 22019, Berlin 2019

Joerg K. Sommermeyer (Hg.)

Johann Wolfgang von Goethes Prosa
Ausgewählte Werke III
Unterhaltungen deutscher Ausgewanderten,
Wilhelm Meisters Wanderjahre
Durchgesehen, revidiert und herausgegeben
von Joerg K. Sommermeyer
Reihe alte Tradition Azurcelesteblueoscuro / RAT ACBO 16
Exemplarische Werke der Weltliteratur
Orlando Syrg Taschenbuch, 1. Aufl., OrSyTa 32019, Berlin 2019

Joerg K. Sommermeyer (Hg.)

Johann Wolfgang von Goethes Prosa
Ausgewählte Werke IV
Dichtung und Wahrheit,
Belagerung von Mainz
Durchgesehen, revidiert und herausgegeben
von Joerg K. Sommermeyer
Reihe alte Tradition Azurcelesteblueoscuro / RAT ACBO 17
Exemplarische Werke der Weltliteratur
Orlando Syrg Taschenbuch, 1. Aufl., OrSyTa 42019, Berlin 2019

Joerg K. Sommermeyer (Hg.)

August Klingemanns Nachtwachen
von Bonaventura
Durchgesehen, revidiert und herausgegeben
von Joerg K. Sommermeyer
Reihe alte Tradition Azurcelesteblueoscuro / RAT ACBO 18
Orlando Syrg Taschenbuch, 1. Aufl., OrSyTa 52019, Berlin 2019